**Ein Himmel voller Schmetterlinge**

Roman

Gib dem Schicksal eine Chance

Bibliografische Information der Deutschen Nationalbibliothek: Die Deutsche Nationalbibliothek verzeichnet diese Publikation in der Deutschen Nationalbibliografie; detaillierte bibliografische Daten sind im Internet über dnb.d-nb.de abrufbar.

TWENTYSIX – Der Self-Publishing-Verlag
Eine Kooperation zwischen der Verlagsgruppe Random House und Books on Demand

© 2018 Zufelde, Ester Bianka

Herstellung und Verlag: BoD – Books on Demand, Norderstedt

ISBN: 9783740762049

# Inhalt

| | | |
|---|---|---|
| | Prolog | 9 |
| 1 | Weitreichende Glücksmomente | 13 |
| 2 | Das einzig Richtige | 42 |
| 3 | Ein zerbrochener Traum | 68 |
| 4 | Verworrene Spiele | 91 |
| 5 | China | 100 |
| 6 | Klarheit | 124 |
| 7 | Ergötzen | 142 |
| 8 | Bewusstseinsverändernde Mächte | 168 |
| 9 | No Hope / Keine Hoffnung | 188 |
| 10 | Wispernde Stimmen | 201 |
| 11 | Tränen der Trauer | 227 |
| 12 | Pure Angst | 232 |
| 13 | Finster erscheinende Tage | 248 |
| 14 | Ein dubioser Hoffnungsschimmer | 255 |
| 15 | Nacktes Überleben | 270 |
| 16 | Dem Himmel so nah | 276 |
| 17 | Tag X | 298 |
| 18 | Seelenverwandt | 305 |
| 19 | Ein Himmel voller Schmetterlinge | 312 |

Ester Bianka Zufelde

# Ein Himmel voller Schmetterlinge

Roman

## Prolog

Sanft rauschend bahnt sich die Isar ihren Weg durch die Stadt München. Umringt von tausenden Bäumen in sattem Grün, von Häusern, die sich mal alt, mal neu stattlich zur Schau stellen. Straßen, welche ab und an ihren Weg begleiten, durch Brücken verbunden, die beharrlich in vollendeter Eleganz direkt über den Fluss verlaufen.

Das kühle fließende Nass ist ein Erholungsort für viele Menschen, die den steten Alltag, den Trubel, den dichten Verkehr für ein paar Stunden der Erholung, des Glücks entfliehen wollen. An warmen Sommertagen ist er umringt von ihnen. Kein Aussehen spielt eine Rolle, kein Glaube, kein noch so kleiner Makel kann die gute Stimmung der manchmal dicht an dicht gedrängten Menschen mannigfaltigster Herkunft trüben. Jeder von ihnen weiß seine eigene Geschichte zu erzählen. Jeder von ihnen trägt gute sowie schlechte Erinnerungen mit sich. Gedanken, Träume, Begebenheiten, die prägen, formen und einen den Weg für das noch bevorstehende Leben ebnen.

Schicksal könnte man meinen, nachdem ich mir einfach die Person herausgenommen hatte, welche nur wenige Meter von mir entfernt, halb liegend auf einer Picknickdecke saß. Ein Mann mit etwa dreiundvierzig, der mit einer kurzen blauen Hose und weißem Hemd, dessen Ärmel er etwas hochgekrempelt hatte, bekleidet war. Er beobachtete ein kleines asiatisches Mädchen. Allerliebst sah sie in ihrem gelben Kleidchen aus. Das Mädchen mit ihren geschätzten sechs Jahren spielte voller Begeisterung mit Steinen am Wasserufer. Nach und nach begann sie die unterschiedlich geformten

Steine übereinanderzustapeln. Akribisch genau versuchte sie den fünften Stein auf die übrigen auszubalancieren. Gleichsam erreichte die Spannung ihren Höhepunkt, der schon wacklige Stapel fiel in sich zusammen. Die Mimik des Kindes wechselte sofort von freudestrahlend zu unendlich enttäuscht, bis hin zu einem traurigen Schniefen, das fast in einem Weinen enden sollte. Mitfühlend wirkte der Mann. Umgehend versuchte er das kleine Mädchen aufzumuntern. Er sprach ihr Mut zu, spornte sie an es noch einmal zu versuchen. Jeder erkannte sofort, dass diese beiden Menschen zusammen gehörten. Vielleicht war er der Vater des Kindes, vielleicht ein Onkel, vielleicht aber auch nicht.

Ein wunderschöner heißer Sommertag, zwei fremde Menschen, die mein Herz erreichten. Ich schwöre, ich kannte sie nicht. Fasziniert, ja interessiert an ihnen begann ich gedanklich den unbekannten Personen eine eigens kreierte Geschichte zu geben. Eine Geschichte, die wie eine Liebesromanze beginnt und im Verlauf von schwarzen Schatten, vom Leid verfolgt, ja gehetzt von der grausamen Realität ihren Höhepunkt erreicht, bevor sie hier für ein paar Stunden das kurze Glück genießen können. Ruhe finden, ehe die erbarmungslose Realität, das Schicksal erneut an ihre Seite tritt.

Ich muss gestehen, dass ich vor Ergriffenheit weinte, als ich sah, wie ein kleiner Schmetterling auf die Hand des kleinen Mädchens flog, sich gemütlich setzte. Wie glücklich sie doch war. Wie vorsichtig sie auf den Mann zusteuerte, der sie die ganze Zeit beobachtet hatte. Erst da erkannte ich sein Gesicht. Erst da sah ich das Leid in seinen Augen. Das Leid, was ihm das Leben auferlegte. Ich spürte die Sehnsucht, der dunklen Seite des Lebens zu entfliehen, um endlich die Freude des heiteren Daseins wiederzufinden.

So sind es die Augen des unbekannten Mannes gewesen, den ich einfach Lucas nannte, die mich inspirierten diese Geschichte zu schreiben. Eine Geschichte, die das Leben schreibt. Von Menschen, die ich nicht kannte. Von Menschen, die mich just inspirierten, reale Komponente, mit illusorischen Gedanken von mir verknüpft wurden. Ein Mann, obendrein ein kleines Mädchen, dessen Anblick mich mehr und mehr in ihren Bann zog.

# 1 Weitreichende Glücksmomente

Unklar, verworren beginnen die Tage des Lebens, bevor ihre Zeit gekommen ist.

Zehn Jahre zuvor, der Sommer hatte gerade begonnen. Es war Anfang Juni, die Luft war sehr warm und der Himmel zeigte sein strahlendes Blau über der Stadt München. Das dichte Blattwerk der Bäume verhalf den Leuten eine kühle Brise unter ihnen zu erhaschen. Der laue Wind, das Rascheln der Blätter, das Summen von Bienen in den Wipfeln. All das lud so manchen zum gemütlichen Verweilen ein.

Lucas saß damals auf einer Parkbank, nahe der Isar. Mit seinen dreiunddreißig Jahren stand er schon sehr erfolgreich im Leben. Schlank, dunkelhaarig, gleichmäßige Gesichtszüge, immer freundlich schauend. Ja, das gewisse Charisma wies er auf. Er genoss seine Mittagspause, die Ruhe, beobachtete verträumt den Verlauf des Flusses. Fixierte die klare Spiegelung der einzelnen Häuser, Bäume auf ihrer ruhig laufenden Wasseroberfläche. Er träumte, war glücklich es beruflich geschafft zu haben.

Jahre vorab stritt er noch unerbittlich mit seinen Eltern. Jede Kleinigkeit brachte die steten unterschiedlichen Ansichten zum Kochen. Immer wieder geriet er mit dem Gesetz in Konflikt. Das Dorf, aus dem Lucas stammte, absolut konservativ, nicht zugänglich für neue Ideen. Weltoffene Ideen, die er hervorbrachte. Er wollte überzeugen. Doch sein in ihren Augen eigensinniges Verhalten führte nur dazu, dass die Leute schon missbilligend tuschelten. Nicht weil er stahl oder Schwächere verprügelte. Nein, Lucas war ein weltoffener Andersdenkender, ein Kämpfer. Wenn man einen Menschen überhaupt so bezeichnen kann. Ein Mensch, der große Ideale hatte, sich für die Umwelt einsetzte, engagiert bei Greenpeace mitwirkte, demonstrierte, Flugblätter verteilte. Sich so manches Mal an Bäume kettete, um gegen ihre Rodung zu protestieren.

Flausen nannten seine Eltern die Ambitionen von ihm. Flausen, die er aus seinem Bewusstsein streichen und besser mit der Arbeit auf dem eigenen Bauernhof verbringen sollte. Denn letztendlich ist rundherum genug Natur, genug Umweltschutz. Das Vieh füttern, den Boden bewirtschaften und sich um den großen Wald kümmern. Ausreichend Arbeit, meinte sein Vater, ein Bauer der dritten Generation stetig. Schließlich war Lucas der einzige Sohn und somit baldiger Bauer. Seine zukünftige Aufgabe klar.

Aber Lucas hatte eine andere Lebensplanung, wollte etwas anderes. „Nur Bauer?", zu sein, wie er es stets beteuerte, das war ihm eindeutig zu wenig.

Gekämpft hatte er stets für seine Ideale, bewies Rückgrat. Nach seiner Ausbildung in der Landwirtschaft ließ er sich in den Gemeinderat wählen, später in den Stadtrat. Heute, im Jahr 2015, ist er gewähltes Mitglied im Landtag. Trotz seiner vielen Arbeit, glücklich. Nur eines war noch nicht perfekt. Etwas schien noch zu fehlen. Während er auf dieser Bank saß und über all diese Dinge nachdachte, verspürte er wieder die Leere in seinem Herzen. Er fühlte sich allein, einsam.

Max, ein enger Freund, selbst Mitglied im Landtag, wollte ihn schon seit längerem mit seiner Schwester Helene verkuppeln. Lucas jedoch fühlte sich einfach nicht zu ihr hingezogen. Sie war hübsch, ohne Zweifel. Reihenweise lagen ihr die Männer zu Füßen. Dennoch, bei Lucas kamen keinerlei Gefühle auf.

*„Was ist nur los mit mir?"*, dachte er gerade noch. Es gab viele Frauen, die ihn mochten. Aber die Richtige wollte ihm nicht über den Weg laufen. Lucas bemühte sich. Obgleich ein kurzer Flirt, bedeutungslose Liebeleien waren alles, was sein Herz an Gefühl hervorbringen konnte. Das gewisse Etwas, das, was er bei den Frauen intuitiv suchte, fehlte einfach. Doch was das war und vor allem, was er bei ihnen suchte, konnte er einfach nicht herausfinden. Jede Bemühung seinerseits manövrierte ihn sofort ins Aus. Was machte er falsch?

Eine Frau Anfang achtzig setzte sich plötzlich neben ihm auf die Bank. Herausgerissen aus seinen Gedanken, und etwas überrascht blickte er in ein freundliches, sehr gepflegtes, obgleich von den vielen Jahren gezeichnetes Gesicht. Lucas lächelte kurz. Ohne weiter darüber nachzudenken betrachtete er die Frau. Als Außenstehender sah man sofort, dass er stierte, sie unverhohlen musterte. Ihm war das keinesfalls bewusst. Innerlich dachte er, wie sie wohl in jungen Jahren ausgesehen hatte. Welcher Typ Mann wohl zu ihr passte. Vielleicht wäre sie die Richtige in seinem Leben gewesen. Vielleicht hätte er sich Hals über Kopf in sie verliebt und ihr sein Herz zu Füßen gelegt, viele Kinder mit ihr gezeugt und darüber hinaus bis an ihr Lebensende die Zweisamkeit geteilt.

„Junger Mann. Habe ich sie erschreckt? Ist alles mit ihnen in Ordnung?" Begann sie zu fragen, zerrte ihn förmlich aus seiner starrenden Haltung. Unwohl fühlte sie sich in diesem Moment.

Erschrocken von ihrer ängstlichen Art, versuchte er die Situation zu retten. „Nein, entschuldigen sie bitte! Alles in Ordnung." Schnell stand er auf, lächelte freundlich, wünschte der Frau noch einen schönen Tag und ging.

Ein leises wehklagendes Raunen hörte er noch von ihr. „Ach, jung müsste man noch einmal sein."

Breit wurde das Lächeln, das sich jetzt über sein Gesicht zog, seine Stimmung aufhellte. Kurz überlegte Lucas, ob er ihr einen schelmisch blinzelnden Blick zuwerfen sollte. Ihr zeigen, dass man trotz des hohen Alters erkannte, wie schön sie einmal war und immer noch ist. Aber letzten Endes tat er nichts von all dem.

Lucas bekam Durst. Seine Schritte wurden schneller. Ihm fiel das kleine behagliche Kaffeehaus im Wiener Stil, nur wenige Straßen entfernt, ein. Es lag zwar etwas nah an der Straße, dennoch hielt sich der Verkehr in Grenzen und man konnte dort, unter dieser großen alten Kastanie, gemütlich sitzen. Nur noch ein paar Schritte, dachte er bei sich.

Vor dem Kaffee, das jetzt wenige Meter vor ihm lag, erblickte er eine junge unbekannte Frau mit langen, dunkelblond gelockten Haaren. Sie biss gerade in ein Croissant, dabei lief ihr etwas flüssige Schokolade übers Kinn. Schnell nahm sie ihre Serviette mit ihrer freien Hand, versuchte umgehend das Malheur dahinter zu verbergen. Lucas war wie gebannt, jede ihrer Bewegungen registrierte er wie im Rausch. Starr seine Haltung, starr sein Blick. Fasziniert beobachtete er von der gegenüberliegenden Straßenseite die schlanke Frau. Offenkundig war er gefangen von ihrer Aura.

Unbedingt wollte er diese Frau kennenlernen. Jeder fremde Gedanke war verschwunden. Lucas Herz spielte völlig verrückt. Wie in Trance ging er einen Schritt auf sie zu. Eine Zeit, die ihm wie eine Ewigkeit vorkam. Berauscht von ihrem Anblick. Lucas befand sich auf einmal in einer anderen, völlig neuen Welt, die er nicht beschreiben konnte. Kribbeln im Bauch, schweißnasse Hände. Sein Herzschlag dröhnte förmlich, glich einem pochenden Schmerz im Innenohr. Gedanklich formte er Worte. Übte nervös.

Unerwartet traf es ihn. Wie ein Donnerschlag, heftig und unwiderruflich. Sekunden müssen es nur gewesen sein. Quietschende Reifen durchbrachen seinen sehnenden Blick. Ein dumpfer Schlag von der Seite, ein abrupter Sturz, starke Schmerzen am Hinterkopf waren alles, was er noch merkte, bevor sein Körper hilflos am Boden lag.

Stille, Dunkelheit umgaben ihn. Dann folgten wirre Gedanken, eigenartige Bilder. Er träumte von wilden Feldblumen, vom frischen Heu. Ganz plötzlich erblickte er einen Schatten über sich. Licht, das langsam aufleuchtete, immer greller wurde. Irritiert versuchte er zu erkennen, wer da gebeugt über ihm auftauchte. Immer noch vom Sturz benommen, von der Sehnsucht geplagt, hob Lucas langsam seine Hand, wollte dieses wunderschöne Gesicht berühren. Tat es.

„Ist mit ihnen alles in Ordnung?", erklang eine raue, erregte Männerstimme in seinen Ohren.

Erschrocken zog er seine Hand zurück, kniff seine Augen zusammen, öffnete, schloss sie wieder. Das pure Chaos beherrschte seine Gedanken. Der erlebte Tag flog noch einmal an ihm vorbei. *„Ist mit ihnen alles in Ordnung?"* Diesen Satz hörte er nun schon das zweite Mal. Die Parkbank, vergangene Gedanken, eine alte Frau, diese faszinierende Frau und dann … Ein rauer Ton. Eine tiefe Männerstimme, dessen verdutztes Gesicht er erst jetzt wahrnahm. Lucas ertappte sich dabei, wie er die Wange eines fremden Mannes zärtlich berührte. Rau, unrasiert.

Jetzt schämte er sich. Ihm wurde übel. Er wollte nur noch weg, sofort aufstehen. Doch dieser heftige Schmerz in seinem Kopf. Ein lauter, langer nicht endender Ton erklang auf einmal in seinen Ohren. Ein Ton, den man früher am Ende des Nachtprogramms zu hören bekam. Eintönig, nervend. Hinzu kamen weit entfernt, aufgeregt klingende Worte.

„Ich schwöre, ich habe den Mann nicht gesehen. Er war plötzlich da ..."

Die Übelkeit in ihm war mittlerweile unerträglich für Lucas geworden. Sein Kopf schnellte zur Seite, er übergab sich. Gleich darauf wurde es totenstill und völlige Dunkelheit brach erneut über ihn herein.

Erst Stunden später wachte er im Krankenhaus auf. Lucas musste sich widerwillig eingestehen, dass er ohne zu überlegen auf die Straße getreten war, um eine Frau anzusprechen, deren Existenz er wenige Minuten zuvor noch nicht einmal kannte. Das machte ihn zornig.

„*Ich Idiot*", waren die Worte, die er sich innerlich eingestand. „*Midlife Crisis, früh hat sie mich erwischt. Ich will mein Leben mit einer Partnerin an meiner Seite füllen und bringe mich dabei fast um. Noch schlimmer, ich benehme mich wie ein rammdösiger Trottel.*"

Zwei Rippen waren gebrochen und eine Gehirnerschütterung trug er von einem leicht vermeidbaren Unfall davon. Am Nachmittag kam ein junger Polizist, nahm ein Protokoll auf. An jede Kleinigkeit bis zum Unfall konnte sich Lucas erinnern, doch die Frau, die er so faszinierend anblickte, erwähnte er in keinster Weise. Er log. Schließlich würde der Beamte einen Lachanfall bekommen, dessen felsenfester Meinung war er. Wie konnte man sich auch in eine Frau verlieben, die man nur einen winzigen Augenblick wahrnahm? War es denn Liebe? Oder war es angehender Wahnsinn, getrieben von Verzweiflung, von der Sehnsucht nach Zweisamkeit? Er wusste es nicht. Dennoch, diese unbekannte Frau, ihre unbeholfene Art, ihr Aussehen, alles an ihr war für ihn Faszination pur, allgegenwärtig, nicht mehr wegzudenken.

Am Abend besuchte ihn sein Freund Max, der mit vollem Namen Maximilian Reindl hieß, obgleich die Kurzbezeichnung eindeutig besser zu ihm passte. Er war ein mächtiger breitschultriger Mann mit Bauch. Sein Gesicht freundlich, vielleicht ein wenig verschmitzt. Schon in der Schule fiel sein Name als erstes, wenn etwas Desaströses, etwas Unangebrachtes, ein kleiner Streich, egal was es war; was geschah, vorgefallen war. Es hieß immer „Max, das war dein letzter Streich." Lehrer, selbst Mitschüler hielten ihn stets als Ersten für den Verursacher. Damals schon dicklich, mit schwarzen Haaren, die sehr oft wild in alle Richtungen standen. Eben, wie der echte Spitzbube von Wilhelm Busch in einer seiner berühmtesten Erzählungen.

Lucas musste immer mit einem Lächeln an diese Geschichte denken, wenn er seinen besten Freund begrüßte. Und das seit er ihn, bei der ersten Begegnung im Landtag, über die Kurzfassung seines Namens aufklärte. Im Übrigen bekam jeder diese Geschichte zu hören und alle reagierten gleich. Standen kurz stutzend vor ihm, überlegten, ob er seine Äußerung ernst meinte oder sie nur verunsichern, gar veralbern wollte. Max hingegen blieb ruhig, gelassen, ernsthaft.

„Ah, ja jetzt wo du es sagst. Genau. Tatsächlich. Diese Ähnlichkeit, verblüffend", kam dann die Antwort seines Gegenübers.

Doch heute ging es nicht um ihn. Besorgt wirkte sein Blick, nachdem er Lucas gegenüber stand. „Mensch du machst ja Sachen.", sprach sein Freund, nachdem sie sich herzlich begrüßt hatten.

Lucas lächelte kaum merklich. Deutlich sah man, dass er unter Schmerzen litt. „Jetzt da ich dich sehe, geht es mir gleich besser."

Max musterte ihn kurz. Während er grübelnd durch sein widerborstiges Haar mit den Fingern fuhr, lachte Lucas etwas lauter.

„Ha ha, selbst in dieser Situation kannst du über mein Aussehen lachen?"

„Oh, glaub mir! Die Schmerzen sind es wert. Hast du mal in den Spiegel geschaut?"

„Was? Nein." Er ging schnellen Schrittes ins angrenzende Bad, betrachtete sich.

„Oh, man.", hörte Lucas Max Stimme. Er lachte wieder und umklammerte dabei vorsichtig den gebrochenen Rippenbereich.

Nachdem Max erneut vor ihm stand schossen die Worte wie aus der Pistole Lucas entgegen. „Hopfen und Malz verloren. Wie oft wollte ich mir diese schrecklichen Haare schon abschneiden lassen. Kahl. Verstehst du? Aber wie sieht das denn aus? Dick mit einem runden knuffigen Kopf gleicht einer Bowlingkugel. Oder noch treffender wäre, wie ein Deoroller."

Lucas lachte erneut. „Hör schon auf. Ich habe Schmerzen du Depp!"

„Nun mal, Spaß bei Seite. Wie ist denn das passiert?", er wies mit der Hand in Richtung der gebrochenen Rippen.

„Ich erzähle dir alles, aber ich bestehe auf dein Schweigen!"

Max wirkte irritiert, gleichzeitig gespannt und nickte. „Versprochen, ist doch Ehrensache."

Danach folgte sein kompletter Bericht über den Unfallhergang. Selbst die unbekannte Schöne, die Verursacherin seines Unfalls, wurde in jedem winzigen Detail von ihm beschrieben. Seine Erwähnung über diese unbekannte Schöne glich eher der einen Ode. Lucas Augen leuchteten jedes Mal, wenn er von ihr sprach.

Erst schwieg Max, dann fragte er nachdrücklich „Du nimmst mich auf den Arm?"

„Nein, leider nicht."

„Ich freue mich für dich. Ich weiß, du bist schon lange auf der Suche." Er überlegte noch einmal. „Was ist mit Helene, meiner Schwester? Sie lässt dich im Übrigen schön grüßen und entschuldigt sich, dass sie nicht hier sein kann. Sie steht unter immensen Druck. Du weißt, das Studium."

„Ah, verstehe. Ist sie wieder auf Kosten deines Vaters in einem der Schickimicki Hotels, mit dem Vornamen Wellness, in Österreich?"

„Ja genau, sehr teuer, exquisit und hilft nicht. Ich bin da wohl das beste Beispiel.", er deutete auf seinen Kopf und beide lachten.

Vier Tage später wurde er entlassen. Die Schwester von Max holte ihn ab. Sie hatte es immer noch nicht aufgegeben Lucas für sich zu gewinnen. Er genoss die Sorge, die sie ihm entgegenbrachte. Dennoch kamen keinerlei Gefühle in ihm auf.

Als er gerade das Gebäude des Krankenhauses mit Helene an seiner Seite verlassen wollte, bemerkte er zwei junge Krankenpflegerinnen, die sich gerade mit einem Becher Kaffee in der Hand unterhielten. Sie lachten.

Lucas war von diesem Lachen der Frauen fasziniert. Gebannt blieb er abrupt stehen. Obwohl ihre Gesichter nur teilweise zu sehen waren. Neugierde packte ihn. Etwas war sehr anziehend an dieser Situation. Die beiden jungen Frauen, das hatte er schon bemerkt, drehten sich jetzt genau in seine Richtung, kamen auf ihn und Helene zu.

Lucas traf die Erkenntnis wie ein Blitz. „Sie? Aa...", mehr Worte konnte er nicht aus seinem Mund herausbringen. Regungslos wirkte sein Körper. Der Gedanke, das Leben wollte ihm einen Streich spielen. Trugbild, Täuschung, tauchten die Wörter in seinem Unterbewusstsein auf.

Eine der jungen Frauen lächelte mitfühlend und sprach. „Herr Berger. Wie ich sehe, werden sie entlassen. Das ist schön, dass es ihnen wieder gut geht. Sie machen aber auch Sachen. Einfach auf die Straße laufen."

Lucas wollte antworten. Aber außer ein langgezogenes „Aa..." und ein unangenehmes lautes Schlucken kam nichts über seine Lippen. Er fühlte sich zittrig, irgendwie unwohl. Sein Herzton dröhnte förmlich in seinen Ohren. Er wollte so viel sagen, so viel fragen, aber die Worte waren alle aus seinem Bewusstsein gelöscht.

Alle starrten einander an. Verwirrend und peinlich wirkte diese Situation jetzt für jeden Einzelnen.

Helene ergriff das Wort. „Verzeihen sie! Kennen sie Lucas?"

Die junge Frau lachte, wandte sich von Lucas ab. „Oh entschuldigen sie bitte! Ich habe den Krankenwagen gerufen und bin mit ihrem Mann ins Krankenhaus gefahren. Wir verfügen hier über sehr gutes Personal. Na ja und wie sie sehen, ist ihr Mann wieder gesund." Kamen die Worte aus dem Mund einer achtundzwanzigjährigen Frau, die gemeinsam mit ihrer Kollegin jetzt beiden freudestrahlend gegenüberstand.

Helene, die ein Jahr älter war, wirkte überrascht. Ihr gefielen die freundlichen Worte. Schließlich dachte sie, dass sie mit ihm verheiratet wäre.

Bei Lucas hingegen klappte die Kinnlade nach unten. Wieder wollte er etwas sagen, aber es kam einfach kein Wort über seine Lippen. Seine Gedanken hüpften nervös umher. Wie ein Idiot kam er sich vor. Endlich stand sie vor ihm. Eine Frau, die er seit Tagen nicht mehr aus seinem Kopf bekam. Er war fasziniert von ihrer Stimme. Nicht nur, dass sie in seinen Augen sehr attraktiv war, wenn nicht die Schönste überhaupt. Nein. Darüber hinaus hatte sie auch eine wunderschön klingende Stimme.

„Ach sie haben mich ins Krankenhaus gefahren? Sie waren meine Retterin in der Not.", gelang es ihm endlich, zu sprechen.

„Na ja, jeder hätte das gemacht. Ich war gerade in der Nähe." Wieder lächelte sie ihn freudestrahlend an.

„Schön." Floh das Wort aus seinem Mund. Aber als er noch etwas mehr sagen wollte, kam nichts. Keine Stimme. Kein Ton. Wieder einmal wurde er in ihrer Gegenwart starr, bewegungsunfähig. *„Schön. Sag was du Trottel!"* Er versuchte zu lächeln. Für die anderen Beteiligten sah es eher wie ein verzerrtes Lachen aus.

Helene wurde diese Situation zu bunt. So kannte sie Lucas gar nicht. *„Warum benimmt sich Lucas vor dieser fremden Frau wie ein verliebter Trottel?"*, dachte sie noch ... Wie ein Blitz traf es sie, abwechselnd wich ihr Blick zu beiden. *„Er gehört mir!"* Hörte sie sich innerlich vor Wut schreien. „Ich bedanke mich im Namen meines Mannes, ich meine Lucas. Vielen Dank noch einmal, dass sie ihn gerettet haben." Sie schmiegte sich jetzt wie eine schnurrende Katze an ihn. Ihre ganze Körperhaltung sprach. Er gehört zu mir! Es sah beinahe so aus, als ob sie ihre Krallen ausfahren wollte, um der jungen unbekannten Frau die Augen auszukratzen.

Die junge Krankenpflegerin zuckte etwas, lächelte dennoch erneut. Ihr war diese Situation unangenehm. Sie wollte nur noch schnell weg, bereute bereits, dass sie diesen Mann überhaupt angesprochen hatte.

Noch einmal gelang es Lucas zu sprechen. „Verzeihen sie bitte mein unmögliches Verhalten." Er dachte seine charismatische, wortgewandte Haltung kehrte endlich zurück. Das Auftreten eines standfesten Politikers. „Sie müssen verstehen ..."

Die junge Frau lächelte erneut.

„Ich meine ... Ich dachte, ich kenne sie, aber...", log er. Was für ein Desaster. „*Reiß dich zusammen Lucas Berger!*", beschwor er sich innerlich. „*Du bist Politiker, ein Mann der Stunde, kannst mit Worten umgehen. Denk!*" „Vielen Dank, dass sie an meiner Seite waren. Gerade in der Not ist es schön zu sehen, dass es noch rettende Engel gibt." „*Oh man was war das denn? ... Wie war doch gleich ihr Name?*"

Helene schnappte nach Luft, als sie bemerkte wie die Augen von Lucas zu leuchten begannen. Sie war für ihn einfach nicht mehr existent. Er betete diese fremde Frau geradezu an. Und um dem Ganzen noch eine Krone aufzusetzen, schob er Helene einfach von sich weg. Gut, er war vorsichtig, wollte sie auch bestimmt nicht demütigen, dennoch begriff sie in dieser Sekunde ein für alle Mal, dass sie nicht im Mittelpunkt der ganzen Szenerie stand, sondern eine wildfremde, durchschnittlich aussehende Frau. Für Helene, die erfolgsverwöhnt war, wenn es um Männer ging, brach sprichwörtlich eine Welt zusammen.

„Oh entschuldigen sie bitte. Mein Name ist Jasmin. Jasmin Rosenberg. Und das ist meine Kollegin Katrin. Ich meine Katrin Bern."

Kurz reichten sie einander die Hand, worauf sofort ein spontanes „Schön sie kennenzulernen Jasmin. Ich meine Frau Rosenberg.", aus Lucas Mund folgte.

Sie lächelte kurz. Wurde etwas verlegen, als er seine Hand, welche er ihr entgegengestreckt hatte, fest umschlungen hielt und nicht mehr losließ. Da war er wieder der selbstbewusste Charmeur, den die Frauen zu Füßen lagen. Doch gegen Lucas Erwartung blieb sie entspannt.

„Jasmin ist vollkommen in Ordnung. Ich muss jetzt leider wieder an die Arbeit. Hat mich wirklich gefreut."

Lucas stutzte kurz, dachte keinesfalls daran loszulassen. In Gedanken formte er schon die nächsten Sätze.

Helene stupste ihn ungeduldig an. „Lucas, die junge Frau muss an ihre Arbeit!", drängte sie ihn.

„Was, ach ja, natürlich." Endlich ließ er ihre Hand los.

Sein verlorener Blick schien sich wieder in der Realität zu befinden. „Auf Wiedersehen, hat mich wirklich sehr gefreut und noch einmal vielen Dank."

Die jungen Krankenpflegerinnen hatten den beiden noch nicht ganz den Rücken zugedreht, als Helene wieder nach Lucas Hand griff, um sie gefühlvoll zu umschließen. Wie froh ist sie daraufhin gewesen, als er diese Berührung zuließ. Innerlich wusste sie genau, was seine Blicke Jasmin gegenüber bedeuteten. Auch jetzt fixierte er die Frauen. Helene wurde unruhig. Sie überlegte angestrengt, wollte gerade etwas sagen, doch Lucas Worte kamen ihr zuvor.

„Warum hast du behauptet, wir wären verheiratet?"

Verdutzt, gleichzeitig erschrocken über diese Aussage ließ sie seine Hand wieder los. „Ich, ich habe mich versprochen!", versuchte sie glaubhaft zu vermitteln. Innerlich kochte Helene vor Wut. Warum interessierten sich immer die attraktiven, erfolgreichen Männer für andere. Sie war doch hübsch, klug. Bald erfolgreiche Anwältin, doch die Männer? Wenn es für sie ernst wurde, endete alles in einem Desaster. Niedergeschlagen erkannte sie abermals, dass sie einem Mann verfallen war, eine Zukunft mit ihm plante, sogar schon Gardinen für eine gemeinsame Wohnung gedanklich kaufte, die noch unter ferner liefen zu betrachten war.

Lucas erkannte Helenes Kränkung. Er mochte sie. Sie war so etwas wie eine kleine Schwester, eine Freundin für ihn, mehr konnte er sich einfach nicht vorstellen.

„Entschuldige, aber verheiratet? ... Wie utopisch ist das denn bitte?", versuchte Helene einer Eskalation auszuweichen. Ihr Lächeln wirkte jetzt aufgesetzt.

Eindringlich, forschend blickte er in ihr Gesicht. „Ja sicher utopisch. Wenn ich zu forsch war, entschuldige ich mich hiermit."

„Schon gut. Ist einfach nicht dein Tag", sprach sie, tat belanglos.

Lucas indes war überglücklich. Innerlich strahlte er. Er wusste jetzt, wo er die junge Frau wiederfinden wird, kannte endlich ihren Namen.

Jasmin und ihre Kollegin Katrin, die alle nur Cat nannten, betraten indes ihre Station.

„Ach Cat, ich habe mich gerade zum Narren gemacht. Hast du gesehen, wie mich Herr Berger angestarrt hat?"

Cat schmunzelte, blieb jedoch stumm.

„Ich bin einfach naiv zu denken, ich müsste mich vorstellen. Ihm erklären, dass ich einer der Ersthelfer vor Ort war. Es ist schließlich meine Pflicht Menschen in Not zu helfen. Ich komme mir so dumm vor. Ich wollte keinen Dank von ihm. Es hat mich überwältigt. Zudem war ich einfach nur froh, dass es ihm besser geht und er schon entlassen wurde. ... War ich zu aufdringlich?"

„Quatsch. Wie kommst du darauf?"

„Wie wohl? Ich hätte ihn nie ansprechen dürfen."

„Ist doch alles gut. Das verstehe ich nicht. Warum regst du dich auf?"

„Na, hast du ihn etwa nicht erkannt? Dieser Mann, Herr Lucas Berger sitzt im Landtag."

„Ja und?"

„Er ist ein Politiker."

„Ach und deshalb ist er kein Mensch, wie jeder von uns. Sondern etwas Besonderes?"

„Ja."

„Mensch wach auf! Menschen haben ihn gewählt. Deshalb kam er dorthin, wo er jetzt ist. Du musst aufhören dich vor solchen Leuten klein zu machen! Schließlich sind sie nichts Besseres."

„Ich weiß nicht. Wenn er sich jetzt wegen meiner Aufdringlichkeit bei unserer Klinikleitung beschwert. Dieser Mensch hat doch gewaltigen Einfluss."

„Du spinnst. Warum sollte er das tun? Du hast ihn gerettet. Wach auf!"

„Aber das ist doch…"

„Nichts aber! Dieser komische Kauz, der wie angewurzelt vor dir stand, sah ehrlich gesagt wie ein verliebter Trottel aus und nicht wie ein standfester Politiker." Jetzt lachte Cat laut.

Jasmins ernstes Gesicht wich einem Lächeln. „Ja, da hast du recht. Ich denke, diese Helene ist die Richtige für ihn."

„Nicht Helene. Du hast es ihm angetan. Du."

Beide blieben stehen, blickten sich an.

„Ich?"

„Na, steht noch jemand neben dir?"

Verblüfft, innerlich zweifelnd wirkte Jasmins Blick in dieser Sekunde. „Meinst du das ernst?"

Cat lachte noch einmal laut, hakte sich freudestrahlend bei ihrer Freundin ein. „Komm, blindes Aschenputtel! Wir gehen wieder an die Arbeit."

Jasmins Gesichtsfarbe wurde vor Verlegenheit rot. Sie sprach jedoch kein weiteres Wort.

Nachdem ihre Spätschicht beendet war, folgte ein freier Tag. Die Begegnung mit einem Politiker hatte Eindruck bei ihr hinterlassen, obgleich die Behauptung von Cat vorrangig durch ihren Kopf schwirrte. Sie versuchte diese Gedanken zu verdrängen, den Politiker zu vergessen. Doch es gelang ihr einfach nicht. Wie auch, schließlich standen mal wieder Wahlen an und sein Gesicht zierte nicht nur viele Zeitschriften, auch in der Stadt begegnete ihr andauernd das Gesicht des Mannes auf unzähligen Wahlplakaten.

In ihrem Kopf durchlebte sie diese Begegnung mehrere Male. Das Wort verliebt, ließ ihr einfach keine Ruhe. Diesen Moment während er ihr in die Augen sah … War das etwas, was ihr zeigen sollte, dass er Gefallen an ihr fand? War er wirklich in sie verliebt? Er kannte sie doch nicht, hatte sie erst bemerkt, nachdem sie ihn höflich ansprach. Er war ein Unfallopfer, bei dem sie zufällig die Ersthilfe vornahm, ihn ins Krankenhaus begleitete. Mehr nicht. Er konnte sie keinesfalls wahrgenommen haben. Oder etwa doch? Letztendlich kam sie zu dem Schluss, dass sich ihre Freundin geirrt hatte. Schließlich sah Cat in fast allen Blicken, die ihr wildfremde Männer zuwarfen, Liebesbekundungen.

Drei Nachtschichten folgten. Wie immer war sie allein auf der Station. Der permanente Mangel an Pflegekräften ist in dieser Klinik allgegenwärtig gewesen. Und die flüchtige Begegnung mit Lucas war aus ihren Gedanken verschwunden.

Die dritte Nachtschicht begann. Die Patienten schienen ohne Komplikationen die Nacht zu verbringen. Sie saß im Stationszimmer, es war drei Uhr morgens, las ein Buch, als ein lautes Türknallen Jasmin aufschrecken ließ.

Abrupt stand sie auf, ging schnellen Schrittes, betrat den Flur der Station. Keine Menschenseele, alles schien leer. Langsam schritt sie den Gang ab. Vorsichtig öffnete sie leise jede der Patiententüren, doch alles war ruhig. Niemand schien aufgewacht. Eigenartig kam ihr diese Situation vor. Die Station wirkte ruhig, lautlos. Zu ruhig in ihren Augen.

Ein Knall, direkt hinter ihr, der eindeutig das Zuschlagen einer Tür gewesen sein musste. Ihr ganzer Körper zuckte zusammen. Sie drehte sich um, erschrak von Neuem. Ein nebelhaftes schwarzes Knäuel, fast halb so hoch wie der Flur. Unwirklich schien dieses Gebilde zu schweben. Als ob dieses Ding sie beobachtete. Jasmin merkte regelrecht wie Gänsehaut ihren Körper erfasste. Langsam erkannte sie die Form eines schwarzen Hundes. Dieser eilte direkt auf sie zu. Panisch versuchte sie zu fliehen. Doch bewegen konnte sie sich nicht.

Jasmin wollte schreien. Kein Wort glitt über ihre Lippen. Ohne Unterlass kam dieses Gefühl über sie. Angstschweiß kam derart übereilt in ihr auf. Ein lauter, dumpf klingender Ton, hallte in ihren Ohren, der Schlag ihres Herzens. Sie wollte schlucken, sie konnte nicht. Das Gebilde, das jetzt eindeutig ein bösartig blickender Hund gewesen war, eilte rasend schnell auf ihre Person zu. Krampfhaft schloss sie ihre Augen, kniff sie förmlich zusammen. Die einzige Regung ihres Körpers. Wind, der plötzlich eiskalt an ihr vorbeihuschte. Dann wurde es wider erwartend warm um sie herum. Stille trat ein.

Als Erstes gelang es ihr, zu schlucken. Vorsichtig öffnete sie ihre Augen. Ihr Herz schlug immer noch wild in ihrer Brust. Doch mit großer Erleichterung stellte sie fest, dass der furchteinflößende Hund verschwunden war.

Noch taumelnd, benommen vor Angst lehnte sie sich an die nächste Wand. Ihr Herz verlangsamte endlich seinen rasenden Schlag und wenige Sekunden später war sie endlich in der Lage weiter zu gehen.

*„Ich fange eindeutig an zu spinnen. Zu viele Nachtschichten, zu viel allein, zu viele gruselige Bücher."* Jasmin dachte den Schreck überwunden zu haben, als sie plötzlich von hinten an der Schulter berührt wurde.

Sofort kehrte das Unbehagen in ihr zurück. Und obwohl die Gänsehaut ihren Körper erneut einnahm, war sie dieses Mal in der Lage sich zu bewegen, sich schnell umzudrehen. Der Patient aus Zimmer sechs stand vor ihr. Sie hatte ihn zuvor weder gesehen noch gehört. Erst jetzt spürte sie die eisige Kälte, die ihn umgab.

„Schwester Jasmin. Haben sie auch den schwarzen Hund gesehen, der gerade in meinem Zimmer gewesen ist?", fragte dieser mit zitternder Stimme vorsichtig. Eindeutig hatte der Patient Angst. Er war schon weit über achtzig, litt an fortgeschrittener Demenz. Sein Gesicht wirkte aschfahl und das Zittern seines Körpers verstärkte sich vehement.

Jasmin bewegte sich kurz. Irgendwie versuchte sie damit, die Gänsehaut von ihrem eigenen Körper zu verbannen. „Aber Herr Hartmann, was bitte schön soll denn ein Hund im Krankenhaus? Bitte gehen sie in ihr Bett. Ich begleite sie.", versuchte sie so behutsam wie möglich zu sprechen. *Er hatte also auch diesen Hund gesehen. Dennoch, in diesem Stadium der Krankheit sieht man Einiges, was gar nicht existiert. Vielleicht bin ich auch ...?* Schnell verwarf sie diese Gedanken.

Nachdem sie den Patienten an die Hand nahm, erschrak sie noch einmal, denn er war eindeutig unterkühlt. „Herr Hartmann, ich muss sie jetzt schleunigst ins Bett bringen. Kommen sie bitte!"

Zurück im Krankenzimmer huschten beide Augenpaare im Raum umher. Nachdem keiner etwas Ungewöhnliches, oder gar einen Hund erblickt hatte, merkte man förmlich wie entspannt die Situation wurde. Herr Hartmann hatte sofort wieder andere Gedanken. Er sprach von seinen Kindern, glaubte in Jasmin eine seiner Töchter zu erkennen und plauderte freudestrahlend über alte Zeiten mit ihr.

*„Er muss ein lustiger Mensch gewesen sein?"*, dachte sie, als sie ihn mit der Bettdecke zudeckte. Gedanklich rief sie sich die Tabletteneinnahmen des Patienten auf. Sie strich vorsichtig über seine Hand, die mittlerweile warm gewesen war. Fühlte behutsam seinen Puls, strich über seine Stirn. *„Eigenartig, alles normal."* Jasmin lächelte ihn mitfühlend an. „Bitte versuchen sie zu schlafen! Der Tag bricht bald an."

„Wer sind sie? Was wollen sie an meinem Bett!" Er wirkte auf einmal aufgebracht.

Jasmin hingegen holte tief Luft, bevor sie ruhig zu sprechen begann. „Herr Hartmann, sie sind im Krankenhaus. Ich bin Schwester Jasmin. Schlafen sie etwas! Nach dieser Nacht können sie wieder nach Hause."

„Nach Hause." Er lächelte. „Ist gut. Ich schlafe jetzt, dann darf ich nach Hause."

Vorsichtig strich Jasmin erneut über seine Stirn, war gleichzeitig froh, ihn sofort mit diesem Satz beruhigt zu haben. Er lächelte abermals, drehte sich auf die Seite, sein Blick von ihr abgewandt und schloss gleich darauf die Augen.

Auch Jasmin lächelte mild. Der Patient tat ihr leid. Instinktiv stellte sie sich innerlich die Frage. *„Was würde wohl ihre Zukunft vorsehen, vorbereitet haben?"* Eine kurze Zeit verstrich, in der sie gebannt an seinem Bett stand, ihn beobachtete, während er zu schlafen schien. Gerade beschloss sie zu gehen, als sich der Patient in einer abrupten Bewegung erneut umdrehte, ihren Arm packte und mit weit aufgerissenen Augen seiner tiefen Stimme Ausdruck verlieh. Zischelnd, warnend sprach er. „Jasmin, das Herz einer anderen. Lotus, Tränen und Schmerz. Verbunden für immer. Flieg, kleiner Schmetterling flieh!", dann lächelte er wieder, wandte seinen Körper abermals ab und schlief sofort ein.

Jasmins Herz raste erneut, ihre Haltung war sehr steif. Ihre Augen hatte sie immer noch starrend auf Herrn Hartmann gerichtet. Ihr schmerzendes Handgelenk als Beweis der Wahrheit, keine Einbildung, unmöglich. Vorsichtig berührte sie es. „Ah...", wich der flüsternde Schmerzenslaut über ihre Lippen.

Verwirrt, ängstlich konnte sie nur langsam aus dieser angespannten Haltung ausbrechen. Ihr Herzschlag dröhnte erneut vor Aufregung in ihren Ohren. Langsam verließ sie das Patientenzimmer *„Was um alles in der Welt, war das? Ich fange an zu spinnen. Ich darf einfach keine Horrorfilme mehr schauen, geschweige denn derartige Bücher lesen. Sonst ende ich noch wie dieser Patient Herr Hartmann. Armer Mann."*, versuchte Jasmin sich zu beruhigen. Dieses ungute, beunruhigende Gefühl konnte sie dennoch nicht von sich abschütteln.

Im Stationszimmer angekommen, nahm sie eine Tasse, füllte sie mit Kaffee und ließ sich erschöpft auf ihren Stuhl fallen.

„Man, was für eine Nacht", murmelte sie vor sich hin. Ein Blick auf die Uhr verriet, dass es erst drei Uhr dreißig war. *„Oh Gott! Noch so ein Moment und ich wechsle den Job. Ich bin einfach nicht für Nachtschichten geeignet."*

Endlich traf die Frühschicht ein. Die Übergabe im Stationszimmer endete nach knapp zwanzig Minuten. Sie erwähnte den Vorfall mit Herrn Hartmann, vermied dennoch von ihrer unheimlichen Begegnung zu sprechen. Jetzt nachdem die Station belebt, der Tag angebrochen war, hatte sich ihre Meinung gegenüber dem Erlebten ohnehin geändert. Sie beschwichtigte ihre Fantasie mit dem Gedanken, vollkommen übermüdet Dinge gesehen zu haben, die nicht existent sein konnten, sein durften.

Auf dem Heimweg ging sie gedanklich die vergangene Nacht durch. Eigentlich wollte Jasmin abschalten, den neuen Tag genießen. Aber innerlich war sie gefangen in dem Moment der erlebten Angst. Herr Hartmann ließ ihr einfach keine Ruhe. Wieder bemerkte sie Furcht in sich aufsteigen. Ihr Handgelenk, das plötzlich phantomartig zu schmerzen begann. Vorsichtig berührte sie die Stelle, an der man die stark erröteten Abdrücke seiner Hand noch deutlich erkannte. Diese unheimliche Situation, die bereits in der Vergangenheit lag, lief plötzlich wie ein dauernd wiederkehrender Filmabschnitt vor ihrem geistigen Auge ab. Der unsanfte feste Griff. Ihr stark schmerzendes Handgelenk, letzten Endes warnend, unheimlich klingenden Worte. Worte, die sie fortwährend auf dem Nachhauseweg leise zu sich sprach. „Jasmin, das Herz einer anderen. Lotus, Tränen und Schmerz. Verbunden für immer. Flieg, kleiner Schmetterling flieh!"

Was hatte das alles zu bedeuten? Hatte sie sich alles nur eingebildet? War es diese permanente Müdigkeit, die ihre Sinne durcheinanderbrachten? Jasmin wusste es nicht. Kurz dachte sie daran, was ihre beste Freundin und Kollegin sagen würde. Schicksal. Frag nach deinem Schicksal. Wie oft hatte Cat darum gebeten, sie zu einer spirituellen Sitzung zu begleiten. Aber Jasmin empfand diese Wahrsagerei als Humbug und Geldschneiderei. Ihr war bewusst, dass es mehr auf dieser Welt gab, als man bisher beweisen konnte. Doch Vorsehung und dummer Aberglaube an schwarze Hunde, Wahrsagen, Dämonen waren bisher nur dumme Geschichten für sie. Sie zwang ihren Verstand gerade jetzt, diese Erfahrung zu verleugnen. Zwang sich, nichts von alldem zu glauben oder gar als real zu betrachten. Übermüdung, Kurzzeitträume bläute sie als Erklärung ihrem Verstand ein.

Müde und erschöpft kam sie in ihrem kleinen Reich an. Eine anderthalb Zimmer Wohnung, die eine halbe Stunde von ihrem Arbeitsplatz entfernt war. Klein, fein, noch bezahlbar, dachte sie jedes Mal, wenn sie die Wohnungstür aufschloss und Katze Jacky ihr freudig entgegensprang.

Jacky war schon eine alte Katze, die sie von Zuhause mitgenommen hatte. Schneeweiß mit einem dicken schwarzen Fleck, der das rechte Auge wie eine Augenklappe umrahmte. Über zehn Jahre begleitete sie schon ihr Leben.

„Ach Jacky, du hast es gut. Nur schlafen und fressen."

Zärtlich trug sie ihre Katze in die Küche, machte ihr eine große Dose Katzenfutter auf. Beobachtete sie, während jeder Bissen aufgeregt von ihr heruntergeschluckt wurde.

Jasmins Müdigkeit kehrte zurück. Sie duschte, ging anschließend sofort ins Bett. Noch bevor ihr Bewusstsein in die Traumwelt abglitt, bemerkte sie Jacky, welche schnurrend auf ihr Bett sprang, sich anschmiegte und wohlige Wärme verbreitete.

Den ganzen Tag verschlief sie. Eigentlich stellte Jasmin immer den Wecker auf fünfzehn Uhr. Doch dieses Mal hatte sie vergessen ihn anzustellen. Es war schon einige Minuten nach neunzehn Uhr, als Jasmin munter wurde, da ihre Katze das immer noch leicht schmerzende Handgelenk behutsam abschleckte.

„Ach Jacky, lass mich doch schlafen! Der Wecker hat noch nicht geklingelt. Ich bin so müde. Wenn du wüsstest, was ich in der letzten Nacht durchgemacht habe, würdest du mich schlafen lassen!", raunte sie leise.

Jacky indes ließ sich nicht beirren und hörte nicht auf.

„Ja, ja schon gut! Wie spät ist es denn?" Genervt tastete Jasmin mit der Hand nach dem Wecker. Sie erschrak, nachdem sie erkannte, dass der Abend schon angebrochen war. Sofort richtete sie sich auf und blieb am Bettrand sitzen.

„Danke Jacky, Jack. Danke meine kleine Piratenbraut, dass du mich geweckt hast."

Die Katze setzte sich auf ihren Schoß, legte sich und schnurrte.

„Ach meine Kleine. Wenn ich dich nicht hätte, würde ich mein ganzes Leben verschlafen.", sagte sie liebevoll zu ihr.

Die Wohnung wirkte auf Jasmin in diesem Moment wie ein Backofen. Sie riss das Fenster auf. Doch statt der erwartend erfrischenden Brise wurde der Raum zuerst vom Straßenlärm durchflutet, bevor ein kühler Windhauch ihr entgegentrat. Die Sonne war schon hinter den Häusern der gegenüberliegenden Straßenseite verschwunden. Eigentlich war die Straße nicht stark befahren, obgleich die aneinandergereihten Autos, direkt vor ihrem Fenster, etwas anderes vermittelten. Ihr fiel die große Baustelle nur ein paar Häuserblocks entfernt ein. Jasmin verdrehte genervt die Augen, wollte dennoch das laue Lüftchen genießen. Sie streckte ihren Körper genussvoll und atmete erwartungsvoll die Luft tief in ihre Lunge, bevor ein kratzender Hustenreiz ihre gute Stimmung niederdrückte, zum Erliegen brachte.

Dieselgestank lag in der Luft. Abermals wurde ihr schmerzlich bewusst, dass sie in einer Stadt lebte und nicht wie früher auf dem Land. Obgleich, Jasmin hatte sich dafür entschieden. Mehr erleben, Leute kennenlernen, flippig sein, anonym und nicht zu gläsern wie auf dem Dorf. Wo jeder, jeden kennt. Weg vom Tratsch, weg vom Klatsch und der Boshaftigkeit mancher Leute. Einfach sorglos das Leben genießen. Ohne beobachtende und beurteilende Blicke auf sich zu spüren.

Als sie gerade einen frischgebrühten Kaffee in ihre Tasse goss, klingelte es an der Tür. Trotz der aufwühlenden Hustenattacke, der innerlichen Aufregung, ausgelöst durch steten Dieselgestank, der einfach nicht aus ihrer Wohnung entweichen wollte, wirkte Jasmin verschlafen. Heftig rieb Jasmin ihre Augen, bevor sie einen Blick durch ihren Türspion wagte, der im ersten Moment nur kleine lilafarbene funkelnde Sterne zum Vorschein brachte, bevor stete Dunkelheit zu erkennen war.

„Cat.", fluchend wich das Wort aus ihrem Mund. Sie riss die Tür auf. „Muss das sein? Warum hältst du immer den Türspion zu?"

Cat zuckte mit ihren Schultern. „Angewohnheit, denke ich!"

„Dich hätte ich fast vergessen, wenn ich ganz ehrlich bin." Eindeutig war ihr anfänglicher Wutausbruch verschwunden und Reue im Wortlaut kam zum Vorschein.

„Das sehe ich", brachte Cat freudestrahlend heraus. „Entschuldigung angenommen." Sie trat ein. „Woher weißt du, dass ich es bin? Könnte doch auch ein Perverser sein."

„Weil nur du den Türspion zuhältst. Ein Triebtäter ist bestimmt nicht so dumm. Keiner, glaube mir. ... Geh ins Wohnzimmer! Ich muss noch duschen."

„Was hast du? Warum bist du so genervt? Lass dir ruhig Zeit. Hast du eine Flasche Wein, die wir vorher trinken könnten?"

„Bedien dich! Du weißt, wo er steht."

Cat betrat die Küche. Im selben Moment sprang die Katze laut fauchend vor ihre Füße.

„Jacky du Mistvieh! Du hast mich erschreckt. Lass mich in Ruhe! Ich lasse dich schließlich auch in Ruhe!"

Beide starrten einander an.

„Du verstehst, was ich sage? Habe ich recht?"

Die Katze drehte ihren Kopf etwas zur Seite, begann zu schnurren. Dann drehte sich Jacky um und verschwand erhobenen Hauptes in das kleine Wohnzimmer, kletterte den riesigen Kratzbaum empor und machte es sich nach einem langen, ausgedehnten Gähnen gemütlich. Cat folgte ihr wenig später, setzte sich mit einem Glas Wein in der Hand gegenüber dem Kratzbaum auf die Couch.

„Wie ich sehe, hast du den Wein gefunden", sprach Jasmin, während sie ihre Haare mit einem großen gelben Handtuch trocknete und sich in einem weißen Bademantel hüllte, zu ihr auf die Couch setzte.

„Sag mal…? Wie alt ist deine Holzbeinkatze eigentlich?"

„Nenn sie nicht so! Sie heißt Jacky. Verwegen, dennoch sehr lieb und verschmust."

„Sie ist ein Holzbeinmistvieh!"

„Was hat sie denn dieses Mal getan, dass du schon wieder so überaus abwertend über meine Kleine sprichst?"

„Sie hat mich fast zu Tode erschreckt, als ich deine Küche betrat."

„Ihr zwei werdet wohl auch nicht mehr warm miteinander?" Fragte Jasmin, lächelte sanft. „Komm zu Frauchen! Jacky, Jack."

Die Katze sprang von ihrem Kratzbaum direkt auf ihren Schoß, legte sich darauf, begann sofort zu schnurren. Jasmin indes streichelte ihre Jacky liebevoll. Cat beobachtete die beiden und nippte an ihrem Glas. „Du brauchst dringend einen Liebhaber. Diese Katze ist kein Mann."

„Das weiß ich. Sie ist ein liebes Wesen, das ich sehr lieb habe. Diese Katze begleitet mich schon sehr lange, leistet mir Gesellschaft. Verstehst du das?" Vorsichtig umfasste sie ihre Katze unter den Vorderpfoten. Beide sahen einander an. Jasmin lächelte. Die Katze hatte jetzt eher einen gelangweilten Gesichtsausdruck. Behutsam küsste sie ihre Jacky auf die Stirn.

„Iii... Du solltest dieses mäusejagende Wollknäuel nicht küssen!"

„Warum? Schau doch! Sie liebt es."

„Wer weiß, welche Krankheiten in ihr schlummern."

„Du übertreibst. Sie ist kerngesund und außerdem gehe ich regelmäßig zum Tierarzt."

„Mh..." Cat überlegte kurz. „Du hast meine Frage nicht beantwortet. Wie alt ist deine Holzbeinkatze?"

Jasmin dachte nach. „So in etwa 10 oder vielleicht doch schon 11 Jahre."

„Na dann, sollte sie bald den Löffel abgeben."

„Hör auf, so zu reden! Außerdem heißt sie Jacky. Meine süße kleine Jacky, Jack."

„Jacky, Jack mit Holzbein." Erwiderte Cat und prostete Jasmin mit dem Weinglas zu.

„Ich finde es sehr süß, dass ihre vordere rechte Beinbehaarung rot ist."

„Wenn du mich fragst..."

„Ja, ja. Dann sieht es so aus, als ob sie zu ihrer Augenklappe noch ein Holzbein hat."

„Ja und ne Buddel voll Rum. Die mit Holzbein sind immer die Bösen." Sprach Cat erneut, prostete ihr zu und trank danach einen großen Schluck.

„Die mit Holzbein?", fragte Jasmin. Sie war eindeutig etwas beleidigt. „Jacky hat kein Holzbein. Es handelt sich hier auch um ein Lebewesen und nicht um eine erfundene bösartige und hinterlistige Person aus dem Buch „Die Schatzinsel", von Robert Louis."

„Sag ich doch, böse. Der schwarze Fleck um ihr Auge bedeutet Tod."

„Hör bitte auf! Eher vielleicht wie eine Augenklappe. Eine Bedeutung wie verwegen, tapfer. Zum Beispiel: Dieser Schauspieler, der Jack Sparrow in „Fluch der Karibik" spielte. Verwegen, doch lieb, irgendwie auch lustig, einfühlsam ..."

„Du verwechselst wohl Jack Sparrow mit Jack The Ripper." Unterbrach Cat Jasmin.

„Ich find das nicht mehr lustig. Überhaupt nicht. Ich glaube, du solltest keinen Wein mehr trinken! Wie kannst du meine Katze mit einem Serienmörder vergleichen!", schnaubte Jasmin jetzt wütend.

Gerade wollte sich Cat entschuldigen, denn sie hatte die ganze Sache wirklich übertrieben, da klingelte es erneut an Jasmins Tür.

„Erwartest du noch jemanden?"

„Nein." Sprach sie. Beide sahen einander verwundert an.

Jasmin stand auf, ging zur Tür, sah durch ihren Spion.
Blumen waren alles, was sie sah.

„Ja bitte, wer sind sie?" Kamen die Worte irritiert aus ihrem Mund, als sie die Tür einen Spalt öffnete und vorher akribisch darauf achtete die Kette vorzulegen.

„Sind sie Jasmin Rosenberg?"

„Ja. Wer will das wissen?"

„Ich habe eine Lieferung für sie abzugeben."

Cat tauchte an ihrer Seite auf. „Mach schon auf!", eindeutig war sie neugieriger als ihre Freundin.

Jasmin entfernte die Türkette und öffnete.

„Aber ich habe nichts bestellt."

„Ich soll den nur für sie abgeben." Erwiderte er, nachdem er ihr den Strauß entgegenstreckte. „Bezahlt ist er schon."

„Beeindruckend. Ich wusste es.", sprach Cat. „Nimm ihn endlich."

„Wer schickt mir denn Blumen?"

„Nimm ihn!"

„Danke", Jasmin lächelte den jungen Mann an. „Danke", und nahm den Strauß entgegen.

„Nichts zu danken. Einen schönen Abend wünsche ich noch."

„Ihnen auch", rief sie ihm hinterher, während er schon die Treppenstufen hinunterrannte.

„Von wem ist er denn?" Cat wirkte aufgeregt. Insgeheim jedoch war sie sich sicher, wer ihrer Freundin einen derart imposanten Strauß zukommen ließ.

Jasmin hingegen stand regungslos da, fixierte den Strauß und wirkte vollends irritiert. „Keine Ahnung." Verträumt roch sie an den Blüten.

„Schau doch! Eine Karte", sprach Cat gerade noch, nahm sie aus dem Blumenstrauß und las sie laut vor. „Für meinen rettenden Engel. Danke noch einmal. Lucas Berger."

„Von Lucas Berger?" Jasmin war erfreut, gleichzeitig überrascht. Andächtig schritt sie mit dem Strauß ins Wohnzimmer, nahm ihren alten Platz auf der Couch ein. Währenddessen kramte Cat in ihren Küchenschränken und suchte eine Vase.

Immer wieder las Jasmin die Karte. Sie konnte es nicht fassen, dass sich ein Mann, der in einer ganz anderen Liga spielte, mit einem Blumenstrauß, bestehend aus prächtigen weißen Lilien und gelben dicken, langstieligen Rosen, bei ihr bedankte. Er wirkte wirklich imposant.

Cat unterbrach ihre Gedanken und kehrte mit einem alten, großen Gurkenglas gefüllt mit Wasser zurück. „Du hast keine so große Vase. Das hab ich ganz hinten im Küchenregal entdeckt. Die Unmengen an Eincentstücke habe ich in eine der Salatschüsseln gekippt." Woraufhin sie das Glas auf ihren Wohnzimmertisch stellte, ihr die Blumen abnahm und den Strauß darin platzierte.

Als Cat sich neben ihr niederließ, sprudelten die Worte ohne Unterbrechung aus ihrem Mund. „Warum sammelst du Eincentstücke? Wenn ich du wäre, würde ich alles an Kleingeld sammeln, was mir zwischen die Finger kommt. Rentiert sich doch eher, verstehst du? Na ja ist deine Sache. Mensch, was für ein Strauß. Ich hatte also recht. Dieser Mann hat ein Auge auf dich geworfen. Du hast ihm den Kopf verdreht. Er steht auf dich. Also wenn du mich fragst, heißt es jetzt am Ball bleiben. Antworte ihm! Oder vielleicht nicht gleich. Lass ihn zappeln. Ich wette, er wird sich wieder bei dir melden. Was mir gerade einfällt. Dieser Lucas Berger muss sich über dich erkundigt haben. Sonst wüsste er nicht, wo du wohnst. Was meinst du, ist er für ein Sternzeichen? Welcher Aszendent stand wohl während seiner Geburt am östlichen Himmel? Passt ihr zusammen? Meint er es ernst? Wir müssen unbedingt zu meiner spirituellen Beraterin! Sie ist ein Medium. Kann in die Zukunft blicken. Was sagst du dazu?"

Jasmin blickte immer noch fassungslos auf die Karte, saß da und schwieg.

„Hallo, Erde an Jasmin? Was sagst du dazu?"

Zögerlich begann sie endlich zu sprechen. „Mir hat noch nie jemand einen Blumenstrauß geschenkt. Noch nie. Noch dazu in dieser Größe." Verträumt starrte sie auf die Blumen, welche ihre Katze jetzt neugierig umkreiste.

## 2            Das einzig Richtige

Verborgene Fragen bestimmen die Zeit, den Ablauf der bevorstehenden Dinge.

Lucas saß immer noch in seinem Büro am Schreibtisch. Hell, freundlich war es und lag in der Nähe vom Landtagsgebäude. Er arbeitete nicht. Starrte gemütlich sitzend aus dem Fenster, träumte. Es war Jasmin, die ständig seine Gedanken beeinflussten. Ihr Lachen, ihr Duft, ihre Haltung, ihr Gang, alles an ihr wirkte auf ihn elfenhaft, graziös. Verzaubert von einer Person, die er erst zweimal traf und das reichte, um ihn derart aus der Bahn zu werfen. Ihm waren diese Gedanken peinlich. Schließlich ist er ein Mann, ein Politiker. Charismatisches Aussehen, standfest in seinen Einstellungen, immer gefasst auf jedwede Situation. Eben ein echter Mann.
Jetzt war Lucas nach der Begegnung mit dieser einen jungen Frau wie eine Tafel Schokolade, die jedes Mal, wenn er nur an sie dachte, zu schmelzen begann. Gegenüber anderen hätte er das wahrscheinlich nicht zugegeben. Lucas war gefangen von ihrer Aura, von ihrem Bild, das er andauernd vor seinem geistigen Auge wahrnahm. Diese Frau ließ ihm einfach keine gedankliche Freiheit mehr. Seine Arbeit, die ihm immer sehr wichtig war, rückte zum ersten Mal an zweiter Stelle. Verträumte Blicke, die er einfach nicht abstellen konnte. Selbst nachdem Max sein Büro nach kurzem Anklopfen abrupt betrat.
„Na alter Freund, auch noch da? Ich weiß, Neuwahlen. Keiner kann so richtig abschalten."

Lucas jedoch saß in seinem Schreibtischsessel und starrte gebannt aus dem Fenster. Keine Regung, keine Reaktion, die Max signalisieren konnte ihn gehört zu haben.

„Lucas! Hörst du mir überhaupt zu? Hallo?"

Langsam drehte er endlich seinen Sessel in die Richtung von Max, überlegte kurz, rieb sich dabei leicht die Stirn. „Wenn ich ehrlich bin", brachte er vorsichtig heraus. „Eher nicht. Ich bin überhaupt nicht aufgeregt."

„Na, na. ... Diese theatralische Seite kenne ich gar nicht von dir. Du bist dir deiner Sache ganz schön sicher. Hast wohl die weibliche Wählerschaft schon auf deiner Seite?" Er lachte nach diesen Worten.

„Was meintest du?" Lukas konnte den Worten nicht folgen. Er wirkte abwesend, weit weg. Hatte ein sanftes Lächeln auf seinen Lippen, starrte Max an, als ob er jemand anderer wäre.

„Sag mal, bist du krank? Geht es dir nicht gut? Kann ich dir irgendwie...?"

Lucas schüttelte sich kurz. „Nein. Nicht so", unterbrach er Max. „Ich weiß du wirst ...", sprach Lucas gerade noch niedergeschlagen. „Ich, ich ... Setz dich doch bitte! ... Ich hatte doch diesen Unfall."

„Also doch. Keine Sorge, ich kenne da einen Spezialisten ...", unterbrach er ihn. „... Ich muss ihn nur anrufen und sofort wirst du noch einmal untersucht. Wäre ja gelacht." Er starrte Lucas jetzt vollends verwirrt an, nachdem dieser ein lautes schallendes Lachen nicht mehr unterdrücken konnte. „Was hast du? Brauchst du etwa keinen Arzt?"

Lucas hielt sich den Bauch, der langsam zu schmerzen begann. „Nein, nein. Den brauche ich nicht. Es sei denn, es gibt einen Arzt, der Liebeswahn heilen kann." Kurz wurde er still. Er wollte niemanden etwas erzählen, aber bei Max. Lucas musste einfach.

Jetzt war es Max, der vollkommen irritiert wirkte. Musternd sah er ihn an, ordnete die letzten Momente. „Echt jetzt? ... Dann hat sich ihre Hartnäckigkeit doch ausgezahlt?"

Lucas wurde blitzartig ernst. „Weißt du ..." Er schwieg, dachte nach, blickte wieder aus dem Fenster.

„Es handelt sich also nicht um meine Schwester?", brachen die Worte aus ihm heraus.

„Nein. Ja ... Bitte sei nicht sauer! Sie ist sehr lieb. Ich mag sie ... Aber eben nicht so."

„Ich verstehe." Jetzt wirkte Max ernst.

„Sind wir trotz alledem noch befreundet?", warf Lucas die Frage schnell in den Raum. Einen kurzen Augenblick hatte er Angst seinen Freund beleidigt zu haben. Das wollte er keinesfalls. Schließlich war er einer der Wenigen, der ihn im Landtag nicht wichtigtuerisch oder besser gesagt argwöhnisch gegenübertrat. Von Anfang an war Max offen, ehrlich und zeigte ihm wie man in der politischen Hierarchie bestehen, vor allem mithalten konnte.

„Was? ... Na klar. Nur weil du nicht in meine Schwester verliebt bist, kündige ich dir doch nicht die Freundschaft. Trotzdem möchte ich, dass du folgenden Rat sehr ernst nimmst! Meine kleine Schwester ist sehr hartnäckig. Das weißt du doch?"

Lucas nickte kurz.

„Wenn sie ihren Willen nicht bekommt, kann sie einem das Leben zur Hölle machen. Das ist ein guter Rat, nimm ihn bitte ernst! Pass auf! Sie wird versuchen ihre Ziele zu erreichen. Vielleicht hört sich das nicht gerade sehr brüderlich an. Aber du solltest einfach mit ihr ins Bett steigen! Danach verliert sie meistens ihr Interesse."

„Hör auf! Sie ist deine Schwester."

„Sie ist ein Biest und meine Schwester. Vorrangig ist sie jedoch ein Biest. Kennt sie die Auserwählte?"

„Ja, nein. Doch, sie hat sie schon einmal gesehen. Ich meine, ich kenne sie auch noch nicht so lang."

„Es ist die Krankenpflegerin. Meine Schwester hat da so etwas angedeutet."

Lucas schluckte schwer. „Was hat sie denn gesagt?"

„Na ja, ihr schwant etwas. Irgendwie hast du dich der Kleinen gegenüber wie ein Trottel benommen."

Lucas schmunzelte. „Ja zu meiner Schande muss ich gestehen, dass das stimmt. Und ob du es mir glaubst oder nicht, das ist mir noch nie passiert."

Max scherzte. „Liebe auf den ersten Blick?"

„Wie ein Schlag hat es mich erwischt. Am Tag meines Unfalls. Sie war der Grund. ... Ich fühle mich in der Gegenwart von Jasmin wie ein Stalker. Am liebsten würde ich sie anstarren, umarmen, küssen, alles auf einmal", sprudelten die Worte ernst aus seinem Mund.

„Ja, dich hat es ja voll und ganz erwischt. Ein Psychiater könnte dich wieder in die Spur bringen."

Nun lachten beide.

Max stand auf. „Ich dachte mir schon, dass du nicht ohne weiteres einfach auf die Straße rennst. Im Krankenhaus hast du mir die Geschichte ja schon erzählt. Da war ich mir aber noch nicht sicher, ob du es ernst meintest oder nur gescherzt hast. Du weißt schon? Von den Schmerzmitteln warst du benebelt. Hast einiges bei deiner Erzählung durcheinandergebracht. Himmelhochjauchzend und bitter enttäuscht in einem Satz. Wer soll so etwas glauben? Trotzdem, denk an meine Worte! Meine Schwester ist ein Biest. Versuch es ihr schonend beizubringen. Aber das wird dir auch nicht viel nützen. Glaub mir!"

„Ach deine Schwester ist harmlos. Ich habe ihr schon mehrfach gesagt, dass sie für mich eher wie eine

Schwester ist und keine Freundin.", versuchte er, seine Warnung zu verharmlosen.

„Glaub mir Lucas! Sie ist verrückt nach dir. Das liebe, nette Ding kann eine ganz gemeine Furie werden. Nichtsdestotrotz, gehe ich jetzt. Komm mit! Wir gehen in die nächste Bar und trinken ein Bier. Wie wäre das?"

„Ich habe ihr heute Blumen geschickt.", sprach er vollkommen unerwartet.

„Ist nicht dein Ernst. So weit bist du schon?"

„Max, ich erkenne Sarkasmus in deinen Worten."

„Ach. Und da bist du dir sicher?" Er hob spöttisch eine Augenbraue. Erneut lachten beide.

Max klopfte aufmunternd Lucas auf die Schulter. „Komm, wir gehen! Du musst dringend auf andere Gedanken kommen, bevor du noch vollends in Liebeswahn verfällst. Es gab Leute, die sind verrückt geworden, wenn es darum ging das Herz eines Anderen zu erobern."

Lucas grinste zwar genau wie sein Freund, doch innerlich brachte ihm der letzte Satz dazu nachzudenken. Denn er hatte wirklich das Gefühl verrückt zu werden. Insgeheim sogar Angst, dass Verrücktheit in Wahn umschlägt. Letztendlich die Möglichkeit besteht und eine ernsthafte Psychose in seinem Bewusstsein Einzug hält.

Cat und Jasmin genossen gerade den Wein miteinander.

„Gehen wir endlich?", wollte Cat auf einmal ungeduldig wissen.

„Ich habe keine Lust zu tanzen. Gehen wir doch in eine Bar."

„Seit wann möchtest du in eine Bar?"

„Mir ist heute mal so. Ein Mann hat mir Blumen geschenkt und das zum ersten Mal."

„Ja, das hat mir auch noch niemand. ... Doch halt, im letzten Jahr auf dem Oktoberfest. Aber der Kerl war besoffen und es war eine rote Kunststoffrose mit Glitzer. Du hingegen hast einen halben Blumenladen bekommen."

„Jetzt übertreibst du aber."

„Nah sieh ihn dir doch einmal an, selbst das große Gurkenglas ist eigentlich zu eng für diesen wunderschönen Strauß", begann sie zu schwärmen.

„Gut, dass ich es aufgehoben habe. Es dauert sowieso noch ewig bis ich es mit Eincentstücke komplett gefüllt habe. Weißt du, die sind für meine Brautschuhe."

„Ehrlich? Habe ich etwa etwas verpasst?"

„Nein. Das ist so eine Art Familientradition.", sprach sie und ließ es belanglos aussehen, indem sie unbeeindruckt mit ihrer Hand abwinkte.

„Wenn du mich fragst, passt dort Kleingeld für mindestens zehn paar Schuhe rein."

Beide lachten.

„Also, was ist jetzt?", fragte Cat.

„Ich möchte nicht tanzen. Sondern nur ein bisschen Musik hören und mit dir gemütlich plaudern."

„Ok. In einer Bar kann man auch Männer kennenlernen."

„Ich möchte keinen Mann kennenlernen. Einfach nur reden. Ich muss dir etwas erzählen und eine Umgebung unter Menschen ist mir da gerade recht."

„Auch gut. Dann gehen wir in eine Bar und reden über einen anderen Mann?" Sie lachte.

„Nein, was hast du nur immer mit den Männern. Es geht auch ohne."

„Ja, aber mit ist doch schöner. Man vereinsamt nicht und redet nicht andauernd mit Katzen."

„Ja, ja mach dich nur lustig über mich!"

Das Telefon klingelte plötzlich. Eine Kollegin rief an und Jasmin wusste sofort, dass sie am nächsten Tag die Frühschicht übernehmen sollte.

„Oh Mann", sprach sie zu Cat, als sie das Telefonat beendet hatte. Dann musst du wohl alleine gehen! Es ist schon fast zehn. Ich gehe lieber wieder ins Bett, schlafe noch ein paar Stunden."

„Du bist doch gerade erst aufgestanden."

„Trotzdem. Ich bleibe Zuhause, trinke noch ein Glas Wein und gehe dann schlafen."

„Möchtest du, dass ich dir dabei Gesellschaft leiste?"

„Nein geh du ruhig. Du gehst doch so gern feiern."

„Du wolltest mir doch etwas erzählen?"

„Ja, aber nicht hier."

Cat sah Jasmin nachdenklich an. Sie merkte, dass Jasmin etwas auf dem Herzen hatte. Traurig, in Gedanken versunken wirkte sie. „Aber wenn du möchtest, kann ich auch hierbleiben."

„Nein, nein. Geh ruhig!"

„Bist du sicher?"

„Ja."

„Ok, dann gehe ich jetzt."

Eine kurze Umarmung folgte und Cat verschwand.

„Na Jacky, das war es mal wieder. Kein Ausgehen, keine Männerbekanntschaft, nur du und ich."

Jacky, die auf der Couch saß, streckte sich und gähnte.

„Genau, du hast es erfasst. Ich trinke noch gemütlich diesen Wein aus und dann verschwinden wir wieder im Bett." Sie zwinkerte ihrer Katze bei diesen Worten zu, insgeheim allerdings wurde ihr bewusst, dass sich endlich in ihrem privaten Leben etwas ändern musste.

Die Nacht war vorbei und Jasmins Alltag holte sie ein. Frühstück natürlich allein, Fressen für die Katze, der Badaufenthalt und das alles im Schnelldurchlauf. Danach ein flinker Sprint zur Bahn und der berufliche

Alltagsstress begann. *"Das muss aufhören."*, dachte Jasmin, während sie in der Umkleide des Krankenhauses ihren Spind aufschloss. *"Ich bin jetzt achtundzwanzig und werde nie einen netten Mann finden, wenn ich ständig arbeite. Selbst wenn ich einen hätte, wäre er schnell wieder verschwunden. Wie soll ich mir eine Zukunft aufbauen, nachdem ich andauernd in die Arbeit renne!"*
Ihr Handy klingelte.
„Rosenberg."
„Ich bin es, Cat. Ich war gestern Abend in einer Bar. Rate mal, wen ich dort getroffen habe!"
„Keine Ahnung Cat. Bitte sei mir nicht böse! Ich bin sehr spät dran."
„Gut, dann erkläre ich es Dir heute Nachmittag. Sagen wir 16 Uhr. Am Rindermarkt ist gerade Französische Woche. Hast du Lust?"
„Ja. Aber ich weiß nicht, ob ich das schaffe. Ich möchte erst einmal nach Hause, duschen, aber danach komme ich. Versprochen. Denn eines solltest du wissen. Meinen freien Tag morgen, opfere ich nicht mehr." Sie sprach sehr ernst, beendete das Gespräch, schmiss ihr Handy in die Tasche und schloss ihren Spind.
*„Der Morgen fängt ja gut an."*, schwirrten die Worte durch ihren Kopf, während sie ein Wahlplakat von Lucas Berger vor sich sah, nachdem sie durch den Eingangsbereich auf ihre Station eilte. Sein Lächeln wirkte aufmunternd. *„Eigentlich sieht er ja ganz passabel aus."* Schlich ein Gedanke durch ihren Kopf und ihr Gesicht begann endlich zu strahlen. Dieses Gefühl der Glückseligkeit hielt leider nicht lange an, denn wie ein Stoppschild erschien diese Helene, eine selbstbewusste, attraktive Frau in ihren Gedanken. Die Erinnerung ihrer Begegnung lief wie ein Film vor ihrem inneren Auge klar und deutlich ab. Als sich diese Person

katzenartig an ihn anschmiegte, ihre Krallen in seinen Arm rammte, um ihr unmissverständlich klarzumachen, dass dieser Mann schon vergeben ist. Jasmin fühlte sich ertappt. Ihr Gesicht wirkte versteinert, augenblicklich verwarf sie die Gedanken an ihn, drehte ihren Kopf und betrat mit dem Gefühl der Schuld in ihrem Innern das Personalzimmer.

Nach der allmorgendlichen Patientenübergabe folgte die Arbeit. Wie schon oft war die Station überbelegt, das Personal unterbesetzt. Ein rotierender Arbeitsalltag, der für jede Pflegekraft lang, anstrengend, inzwischen aber zur ärgerlichen Routine wurde.

Ein paar Stunden hatte sie schon gearbeitet, mehrere Male den Flur mit hektischen Schritten überquert, doch nachdem sie über den Flur direkt an Zimmernummer sechs vorbeiging, musste sie unwillkürlich sofort an den Patienten Herrn Hartmann denken. Es war nicht die Begegnung des schwarzen Hundes, die sie mittlerweile als Täuschung, verursacht durch Übermüdung, abtat. Oder der kalte Schauer, der sie erfasste, wenn sie an die unerwartete Begegnung mit dem Patienten auf dem Flur dachte. Nein, es beunruhigte sie vielmehr die eigenartige Wortwahl des Patienten. Wie eine Weissagung klang der Wortlaut in dieser Nacht, dröhnte warnend in ihrem Ohr. Sie stoppte, mied jetzt bewusst das Zimmer, überließ einer Kollegin die Pflege des Patienten.

Jördis war ihr Name. Jeder dachte, mit diesem absolut identisch klingenden Berliner Dialekt kam sie aus der Hauptstadt. Aber das war weit gefehlt. Die Potsdamer Ecke war ihre Heimat. Ihr lautes Mundwerk, ihr korpulenter Körper und ihr knallrotes Haar waren legendär.

„Klar mach ick, mene Klene", antwortete sie, nachdem Jasmin darum bat.

Die Frühstückspause hatte gerade begonnen. Jasmin war froh endlich etwas essen zu können. Doch als sie bemerkte, dass ihre Kollegin noch nicht im Stationszimmer war, begann sie nach ihr zu suchen. Schließlich hatte jeder in ihren Augen eine Pause verdient. Sie blickte den Flur entlang und erkannte das rote Licht oberhalb der Tür von Zimmernummer sechs. Flau wurde es ihr jetzt im Magen, der Hunger verschwand abrupt. Zaghaft klopfte sie an und betrat den Raum.

„Ah, Jasmin. Komm rinn! Ick weß, die Pause hat bejonnen. Ick wollte nur noch Herrn Hartmann nach unten bringen. Der Arzt war j´rade da. Sieste jetz iss er erlöst, der Jute. Kik ma, wie friedlich er schläft. Unjefähr paar Stunden her. Weste wat mir die Birjit aus der Nachtschicht jesacht hat?", flüsterte ihre Kollegin jetzt. „Die hat nen schwarzen Hund jesehen. Entweder spinnt die oder da war wirklich wat. Ick mehne, dette is doch jruslich oder wat menst du?"

Jasmin war fassungslos. Sie konnte es einfach nicht glauben. Nicht nur sie hatte diesen Hund gesehen, auch ihre Kollegin.

„Jasmin? Iß bei dir allet in Ordnung?"

„Was ... ja."

„Jeht es dir nich´ jut? Ist es wejen den armen Herrn Hartmann?"

„Nein, ich ...". Jasmins Hautfarbe ähnelte jetzt eher dem Toten.

„Ach ja, du hattest och die Nachtschicht davor. Hast etwa och enen schwarzen Hund jesehen?"

„Was? ... Nein. Ganz sicher nicht. Das sind die vielen Nachtschichten, der Personalmangel und die Überbelegung auf der Station."

„Ja, vermutlich haste recht. Wir jehen alle bis an unsere Jrenzen. Außer en paar Wenje, die immer wieder simultankrank sind."

„Da hast du womöglich recht.", kamen die Worte zaghaft und leise über ihre Lippen.

„Mensch du bist ja leichenblass. Jeh ruhig schon! Ick bring ihn noch schnell nach unten, dann komm ick och."

Jasmin widersprach nicht. Sie wollte nur noch weg von diesem traurigen Ort.

Endlich war ihre Schicht beendet, doch bevor sie ging, ermahnte Jasmin die Stationsleitung noch einmal, nicht bei ihr anzurufen. Schließlich steht ihr nach elf Tagen Arbeit wenigstens ein freier Tag zu. „Morgen möchte ich endlich mal ausschlafen."

Die Fahrt nach Hause verlief nicht mehr stressig. Sie ließ sich Zeit. Wehmut verbreitete sich in ihrem Inneren. Jasmin dachte noch einmal über den Tod von Herrn Hartmann nach. Achtete akribisch darauf, den grausig erscheinenden, schwarzen Hund aus ihren Gedanken zu verbannen. Nachdem sie Zuhause ankam, endete abrupt der Gedanke an den verstorbenen Patienten und Stress begann erneut über ihr hereinzubrechen. *„Was schon sechzehn Uhr! Ich komme zu spät."*

Jasmin sprang förmlich unter die Dusche. Jacky bekam etwas früher ihr Futter, starrte Jasmin beleidigt an, da sie nur wenige Streicheleinheiten von ihr erwarten konnte. Ihre Kleider flogen wild durch ihr Schlafzimmer. Immer wieder zog sie sich vor dem Spiegel um. *„Zu bunt, zu dünn, viel zu eng. Ich muss abnehmen! Oh, das geht gar nicht. Mensch ich muss unbedingt einmal einkaufen. Also doch schwarz. Genehmigt."* Kurz roch sie unter ihre Achselhöhle. „Man das kann doch nicht wahr sein." Eine große Parfümwolke umhüllte ihren Körper und sie verschwand hektisch aus ihrem Schlafzimmer.

Im Wohnzimmer saß ihre Katze und starrte sie erwartungsvoll an. Jasmin blieb stehen, küsste ihre eigene

Hand und pustete ihr den Kuss entgegen, worauf Jacky beleidigt aufstand und in die oberste Höhle des Kratzbaumes verschwand.

„Jacky sei mir bitte nicht böse! Ich verspreche dir, morgen habe ich Zeit für dich."

Die Katze sah sie mit großen Augen an, legte ihren Kopf etwas auf die Seite.

„Wenn du lieb bist, besorge ich dir ein nettes Herrchen. Er hat dann Zeit für dich, wenn ich keine habe."

Als ob die Katze ihre Worte verstand, kletterte sie den Kratzbaum herunter und umkreiste schnurrend Jasmins Beine. Sie nahm Jacky kurz auf den Arm, drückte sie, gab ihr einen Kuss auf die Stirn und setzte sie wieder auf den Boden.

„Ich hab dich auch lieb. Sei brav!" Jasmin schmunzelte und verschwand aus der Tür.

Nach fünfundvierzig Minuten hielt die S-Bahn endlich am Stadtzentrum. Direkt vor dem Rathaus trat sie ins Freie und begab sich schnellen Schrittes in Richtung des Rindermarktes. Sein Name stammte aus der alten Zeit, als dieser Ort tatsächlich als Umschlagplatz des Viehhandels galt. Heute ist er sehr beliebt, ein Treffpunkt für viele, mit zahlreichen Einkaufsmöglichkeiten und Rastplätzen sowie immer wechselnden Veranstaltungen, welche nicht nur bei Touristen sehr beliebt sind. Von weitem sah sie schon die Verkaufsstände. Je näher sie kam, umso dichter wurde die Menschenmenge.

Nur noch wenige Schritte trennten sie vom ersten Verkaufsstand. Es begann ein kulinarischer Streifzug französischer Köstlichkeiten.

Jasmins Magen knurrte und sie erkannte, dass sie nach der Frühstückspause nichts mehr gegessen hatte. Es fiel ihr wahrhaftig nicht leicht den Köstlichkeiten zu widerstehen. Doch nach einem kurzen Blick auf die Kirchturmuhr, stellte sie mit erschrecken fest, dass auch ein Sprint die verlorene Zeit nicht mehr einholen konnte. Zwei Stunden Verspätung. Jasmin blieb stehen. Ihre Laune begann sich einem erneuten Tiefpunkt zu nähern. Es ärgerte sie, weit außerhalb zu wohnen. Denn schließlich hätte sie wirklich gern ihre Freizeit mit Freunden verbracht.

*„Was für ein chaotischer Tag."* Hungrig, mit knurrendem Magen beschloss sie trotzdem weiter zu gehen, obgleich die Euphorie verschwunden war. Sie schlenderte jetzt mit einer Laune, welche sich deutlich in ihrem Gesicht widerspiegelte. Ihr kam es so vor als ob Passanten, die ihren Weg kreuzten, zurückwichen. Kein Drängeln, keine hektischen Bewegungen, um Fußgängern auszuweichen. Es war Platz vorhanden. Sie konnte jetzt mehr sehen, ihre Umgebung bewusst wahrnehmen.

Als dann, zu ihrer freudigen Überraschung, sie doch noch Cat in der Ferne erkannte. Wie immer lachend, laut aus der Menge schallend. Irgendwie hatte sie das Talent, jeden mit ihrem herzlichen Lachen anzustecken. Jasmin strahlte jetzt. Gedanklich überlegte sie, welche Entschuldigung angebracht wäre, während sie immer näher kam. Auf einmal bemerkte sie zwei Männer an Cats Seite. Sie blieb stehen. Beobachtete. Überlegte.

*„Das hat sie also damit gemeint. Dieser Lucas Berger ist ihr anscheinend gestern noch über den Weg gelaufen."* Ein weiterer Mann stand neben ihm, den sie nicht kannte. Sie zögerte kurz. Entschied dann doch weiterzugehen. Eher langsam, bedacht schlich sie zwischen den vielen Menschen an Cat und ihre Begleiter heran. Vergnügt unterhielten sich die Drei miteinander. Wie gute alte Freunde.

Jasmin wägte ab. *„Was soll ich sagen? Worüber soll ich mit diesem Menschen sprechen? ..."*

Lucas lachender Blick streifte durch die vorbeilaufende Menschenmenge. Kurz schlich sich der Gedanke bei

Jasmin ein, dass dieser gutaussehende Politiker, der eindeutig jeden Mann neben ihm in den Schatten stellte, nervös war. Jedoch verwarf sie diesen Gedanken sofort, als sich ihre Blicke kreuzten und ineinander verharrten.

Sein laut schallendes Lachen brach sofort ab. Im ersten Augenblick glaubte sie, dass in dieser Masse von Leuten ihre Person kaum zu entdecken war. Doch das war eindeutig weit gefehlt. Vor Lucas geistigem Auge existierte Jasmin allgegenwärtig. Besessen von einer Person, mit der er gerade mal zehn Minuten, wenn überhaupt, gesprochen hatte. Er wirkte plötzlich unbeholfen, sprach kein weiteres Wort und richtete seinen Blick nur noch auf ihre Person.

Auch Cat und der fremde Mann bemerkten, wie Lucas Verhalten schlagartig verändert war. Leicht schwitzend, eindeutig nervös wirkte er. Ihre Blicke folgten seinen. Cat musste sofort lächeln, als sie Jasmin mitten in diesem emsigen Getümmel wahrnahm.

Der fremde Mann beugte sich zu Cat und flüsterte ihr etwas ins Ohr. Sie lachte darauf, nickte zustimmend. Drei Personen, drei Augenpaare, die jetzt eindeutig auf sie gerichtet waren. Zögerlich ging sie weiter. Jasmin bemerkte sofort, dass sich nach und nach ihre Gesichtsfarbe änderte. Das Herz in ihrer Brust begann merklich schneller zu schlagen. Und der Schweiß, der ihre Handflächen einnahm. *„Ich bin eine Frau, kein Kind. Vor wem habe ich eigentlich Angst? Nicht rot werden! Bitte, nicht rot werden!"*

Cat ging diese ganze Szenerie eindeutig zu langsam. Ungeduldig stellte sie ihre Füße auf Zehenspitzen, wedelte heftig mit ihren Armen, die sie jetzt gestreckt nach oben hielt und rief dabei lauthals. „Hier sind wir, Jasmin! Hier! Schön, dass du doch noch kommst."

Jeder, wirklich jede Person im Umkreis von ungefähr zehn Metern hatte sie augenblicklich im Fokus. Es war zu spät. Alle Beschwörungsformeln, die sie insgeheim ihrem Bewusstsein vermitteln wollte, halfen nichts. Ihr Gesicht glühte unwiderruflich.

Einzelne Personen direkt neben ihr, eilige, bummelnde Menschen betrachteten Jasmin voller Neugier. Peinlich berührt senkte sie ihren Kopf.

*„Oh man, warum musst du immer so viel trinken! Cat, ich könnte ...",* stellte sie ihre Freundin stumm zur Rede. Jasmins Schamesröte war am Höhepunkt angelangt. Die Entfernung erschien in dieser Minute endlos. Am liebsten wäre sie auf der Stelle für immer im Boden versunken.

Straßenmusiker begannen unerwartet zu spielen. Mexikaner, die mit ihren berauschenden Klängen der Panflöte Menschen zum Träumen brachten.

*„Endlich, nicht mehr im Mittelpunkt. Danke, wer immer das getan hat! Danke!"*

Cat sprang Jasmin gleich um den Hals, nachdem sie die Drei erreicht hatte. Eindeutig war ihre Freundin beschwipst, das erklärten auch die zuvor laut ausgesprochenen, fast schreiend wirkenden Worte.

„Wir dachten schon, du kommst nicht mehr.", sprach Cat lächelnd, sie schwankte etwas dabei, versuchte den Arm des fremden Mannes an ihrer Seite festzuhalten. „Oh. Ich glaube, für heute war es genügend Wein. Ich bleib jetzt besser bei Wasser."

*„Das solltest du wirklich!"* Jasmin lächelte, während sie diesen Gedanken am liebsten laut ausgesprochen hätte.

„Na, da staunst du. Ist mir meine Überraschung doch gelungen, oder? Also das hier ist Herr Berger. Oh, Verzeihung ich meine Lucas. Du weißt schon, der, den du gerettet hast. Der dir die Blumen geschenkt hat, die in dem Glas, die Brautschuhe ..."

„Ich denke Herr Berger weiß, dass er mir Blumen geschenkt hat.", unterbrach sie sofort ihren Redefluss. Es war jetzt Lucas, der sich in seiner Haut eindeutig unwohl fühlte.

Jasmin blickte den zweiten Mann in ihrer kleinen Runde an. Still schweigend stand er vor ihr. Er lächelte und man merkte sofort, dass ihn die Begegnung mit Jasmin freute.

Cat erkannte endlich, dass sie wie schon zu oft unbedacht und zu überschwänglich Menschen in Verlegenheit gebracht hatte. Prompt riss sie sich zusammen „Ach ja und das… Wie war doch gleich dein Name?"

„Max.", sprach der Mann mit einer freundlichen Stimme. Er nickte kurz, als ob er gerade im Begriff gewesen war, sich vor Jasmin zu verbeugen.

*„Alte Schule."*, schwirrte es augenblicklich in ihrem Kopf.

„Ach ja Entschuldigung, Moritz. Das ist Jasmin."

„Ich heiße zwar Max, freut mich dennoch dich kennenzulernen." Beide schmunzelten und reichten einander die Hand.

Lucas rührte sich nicht. Starr war sein Blick auf Jasmin gerichtet.

Jasmin zögerte etwas, beschloss dann doch Lucas in die Augen zu schauen, streckte kurz entschlossen auch ihm mit einem Lächeln auf ihrem Gesicht die Hand entgegen.

„Danke, für die Blumen.", sprach sie zaghaft, fast flüsternd, um daraufhin ihre Hand von ihm zu lösen.

Lucas war ihrem Blick verfallen. Und loslassen, wollte er sie auf keinen Fall.

„Mkrr!" Räusperte sich Max, stieß Lucas sanft mit seinem Ellenbogen ermahnend in die linke Seite.

„Ah, das war doch nichts. Wollen sie …? Ich meine … lassen wir doch die Höflichkeitsfloskeln beiseite und sagen gleich Du zueinander! Ich bin Lucas." Erwartungsvoll fixierte er ihre Augen.

„Sie dürfen", antwortete sie kurz darauf. „Ich meine, du darfst." Ihr Lächeln wirkte eher verlegen.

Lucas war erleichtert, endlich einmal einen vernünftigen Satz in ihrer Nähe zustande bekommen zu haben. Der töricht, schmachtende Mann in Trottelgestalt schien endlich von ihm abgefallen zu sein. „Auch ein Glas Wein? Sie haben hier einen vortrefflichen Bordeaux."

„Na ja, wenn ich ganz ehrlich bin, muss ich dringend etwas essen. Ansonsten steigt mir der Wein zu schnell in den Kopf."

„*Und was dann passiert, sieht man ja.*", dachten die Drei und ihre Köpfe schnellten automatisch zu Cat. Wie zur Bestätigung hickste sie. „Entschuldigung, aber ich brauche dringend ein Glas Wasser!"

„Kein Problem.", kam die Antwort von Lucas sofort. Ich kenne hier in der Nähe ein nettes kleines Restaurant. Es liegt in etwa knappe hundert Meter entfernt."

Jasmins Hunger, war mittlerweile unerträglich für sie. „Nein kein Restaurant. Hier gibt es doch viele gute Leckereien. Schließlich ist Frankreich für eine sehr gute Küche bekannt."

„Aber ja. Das ist sie", mischte sich Max in ihr Gespräch ein. „Dort, sehe ich gerade, sind noch einige Plätze unbesetzt."

„Einen schönen guten Tag, wünsche ich", sprach Lucas, sobald sie den Tisch erreicht hatten. „Sind denn bei ihnen noch vier Sitzplätze frei?" Fragte er eine Familie mittleren Alters, die mit einer etwas pummeligen Frau, einer Französin, am Tisch saßen.

„Ja natürlich", antwortete der Familienvater überschwänglich.

Lucas bedankte sich kurz und die Vier nahmen die zweite Tischhälfte ein. Gerade wollte er ein Gespräch mit Jasmin beginnen. Innerlich hatte er schon einige Worte zurechtgelegt.

„Sind sie nicht Lucas Berger, aus dem Landtag?", ertönte eine heitere Stimme an seiner rechten Seite überraschend.

Lucas drehte sich zu seinem Tischnachbarn. „Ja, der bin ich."

„Ah schön mal einen von Oben kennenzulernen. Sind ja auch bald Wahlen. Jetzt heißt die Devise, Menschennähe."

Lucas wirkte einen Moment irritiert. Er merkte, dass der Familienvater schon einen gewissen Weinkonsum hinter sich hatte. „Ich möchte nicht unhöflich erscheinen, aber von Oben? Ich bin ein Mann des Volkes. Ein Mann wie sie."

Jeder am Tisch bemerkte wie peinlich es seiner Frau war. „Thomas."

Er sah sie an. Sie wirkte nervös. „Nur keine Angst mein Schatz." Wieder blickte er Lucas an. „Freue mich, ihre Bekanntschaft zu machen. Ich heiße Thomas Schmidt und bin Wähler ihrer Partei. Das ist meine Frau, unser Sohn und unsere Tochter.", sprach er, während er mit seiner rechten Hand auf jedes Familienmitglied deutete.

„Ich bin sehr erfreut, ihre Bekanntschaft zu machen."

„Wir auch. Wir genießen den französischen Wein und die Sonne, die über uns scheint."

Herrn Schmidts Frau saß ihm direkt gegenüber. Sie trat ihn anscheinend, denn er zuckte kurz zusammen. „Siehst du nicht, dass er außer Dienst ist. Er ist hier privat."

„Nein, nein. Ein Politiker ist immer im Dienst.", wandte er höflich ein.

Herrn Schmidts Kinder waren schon über zwanzig. Sie wirkten etwas verhalten und wollten den Vater mit einem Gespräch ablenken. Anfangs schien ihr Vorhaben zu glücken, doch eben nur anfangs.

„Wissen sie Herr Berger, wir waren im letzten Jahr auch schon einmal hier. Die ganze Familie. Damals passierte dieser Amoklauf. Sie wissen schon. Wir saßen hier und tranken Wein, aßen leckere Spezialitäten des Landes. Plauderten gemütlich."

Die Leute an den umliegenden Tischen wurden auf einmal still, nachdem jeder die Worte hörte.

„Na ja wie gesagt. Ich weiß nicht, ob sie das verstehen, dass wir wieder hier sind. Letztes Jahr sind wir in diese Richtung mit vielen anderen Menschen gerannt." Er wies mit seiner Hand gerade aus. „Nun, wenn ich ehrlich bin, sind wir alle froh gewesen, dass es bei uns nur eine Fehlmeldung war, obwohl nur wenige Kilometer weiter Menschen starben."

Absolut still war es jetzt. Selbst die Vögel in den umliegenden Bäumen verstummten.

„Wer kann schon so etwas furchtbares Vergessen. Den 22. Juli wird wohl kein Beteiligter vergessen. Auch in der Politik setzt sich jeder Politiker für mehr Sicherheit ein. Bayern, München vor allem sind sicher. Leider kommt es immer wieder zu solch tragischen Zwischenfällen. Dennoch ist es den schnellen Einsatz der Sicherheitskräfte zu verdanken, dass nichts Schlimmeres passiert ist."

„Es starben Menschen."

„Diese furchtbare Tatsache verharmlost auch niemand."

„Damit haben sie sicherlich recht. Aber damals kam ich mir vor, als würde ein Krieg ausbrechen. Die Angst der Menschen in den Augen. Manche halfen einander, andere drehten sich um, verschlossen ihre Tür. Obwohl meine Tochter noch panisch versuchte die Menschen in einem der Häuser dazu zu bewegen, uns mit hinein zu lassen … Sie drehten sich einfach um und ignorierten sie. Wie oder besser gesagt, was sagen sie dazu?"

„Ich kann nur an alle Menschen in Deutschland appellieren zu helfen. Dennoch. Wir leben in einer Demokratie. Frei sind nicht nur die Gedanken. Das Handeln bestimmt den Menschen, bestimmt wer wir sind. Ich hätte ihre Tochter und jeden Weiteren ins Haus gelassen. Selbst mit der Gefahr im Nacken, dass sie eventuell eine Bedrohung wären."

„Mh… diese Sichtweise ist für mich neu."

„Jeder Mensch macht Fehler, diese einzugestehen und für diese gerade zu stehen, das macht doch einen guten Menschen aus. Fehler machen wir letztendlich alle. Ich kann nur noch abschließend dazu sagen, dass ich mir und ich glaube, da spreche ich nicht nur allein als Politiker mit dieser Überzeugung, meine eigenen Fehler eingestehe. Ich versuche, diese stetig zu beheben, zum Wohle Bayerns und zum Wohle Deutschlands."

Jasmin beobachtete Lucas. Bewunderte sein standhaftes höfliches Auftreten. Nicht arrogant, einfach ein liebenswerter Mensch. Das machte diesen noch unbekannten Mann überaus sympathisch in ihren Augen. Er wurde nicht nur von den Tischnachbarn beobachtet, Passanten blieben gebannt stehen, lauschten. Es war faszinierend zu sehen, wie er die Menschen einbinden konnte, wie sie seinen Worten aufmerksam lauschten, wie sie nickten, wenn sie seiner Meinung waren und wie sie gebannt an seinen Lippen hingen.

Max hingegen sprach kein Wort. Jasmin wunderte das, denn schließlich hatte er auch einen Sitz im Bayerischen Landtag, sein Gesicht zierte ebenso einige Wahlplakate.

Die Zeit verflog und nachdem er sein unerwartetes Gespräch beendet hatte, wandte er sich wieder Jasmin zu. Lächelnd flüsterte er ihr ins Ohr. „Ich weiß, es ist schwierig in einer Wahlperiode ungestört zu sprechen. Noch dazu in der Öffentlichkeit."

Jasmin erwiderte sein Lächeln, bevor sie zaghaft zu sprechen begann. „Ja, da hast du recht. Schließlich hängt an fast jeder Ecke ein Plakat von Max und dir."

Lucas nickte kurz. Er überlegte. „Was meint ihr? Wollen wir nicht doch in das Restaurant gehen? Ich meine in das, was ich vorhin erwähnt hatte."

Für Jasmin schien es gerade der richtige Zeitpunkt den Standort zu wechseln. Das bekannte Gesicht, welches sie in der Menschenmenge vor sich entdeckt hatte, beunruhigte sie zusehends. Ein wirklich unsympathischer und überaus aufdringlicher Reporter, der vor einigen Wochen als Patient auf ihrer Station gelegen hatte. Wolfgang Elisen. Jasmin wusste sofort, wenn dieser Mann sie erkennen würde, noch dazu mit einem Politiker an ihrer Seite, dann endete dieser schöne Tag in einem Desaster. Schließlich hatte der Reporter immer wieder davon gesprochen für ein Tageblatt zu arbeiten und betont auf der Suche nach der neusten Story zu sein. Er war ein Angeber, ein Unsympath erster Güte. Damals wollte er unbedingt mit ihr ausgehen. Sie war so froh, diesen Menschen nicht mehr zu sehen. Wie würde er reagieren, wenn er sie mit einem anderen Mann sieht? Und noch schlimmer, wenn er erkennt, wer Lucas war? Lucas war zwar nur einer von vielen Politikern, aber dennoch bekannt.

*„Nur kein Risiko eingehen"*, dachte sie gerade, während der Blick des Reporters in ihre Richtung glitt. Verstohlen rutschte sie an Lucas heran, beugte sich etwas vor, sodass der Reporter nur ihren Hinterkopf sah. Cats Blick wirkte durcheinander, nachdem sie das eigenartige Verhalten ihrer Freundin verfolgt hatte. Jasmin unterdes zeigte unauffällig in die Richtung des Reporters.

Cat wusste sofort, wen sie meinte. Hektisch sprach sie. „Es ist besser, wenn wir uns einen wärmeren Ort zum Plaudern suchen. Mir ist kalt.", log sie zusätzlich, um die ganze Sache zu beschleunigen.

„Ja, mir auch", folgten die Worte hastig aus Jasmins Mund.

Lucas und Max erkannten sofort, dass die beiden Frauen beunruhigt waren. Beide folgten ihren Blicken und begriffen schnell, dass der Mann, den sie gemeinsam fixierten, eindeutig unerwünscht war.

Cat wirkte nervös und Jasmin schlängelte sich immer wieder um Lucas herum. Ihr Benehmen glich jetzt dem eines Kindes, das versuchte Verstecken zu spielen. Selbst die Personen, mit denen sie an einem Tisch gesessen hatten, betrachteten Jasmin verwirrt. Was sie dachten, mochte sie sich keinesfalls vorstellen.

Schnell, hektisch dennoch freundlich erfolgte die Verabschiedung von den Tischnachbarn. Man konnte förmlich deren starren Blicke spüren, während sie sich immer weiter entfernten. Auf dem Weg schwiegen alle. Und etwa fünfzehn Minuten später saßen sie ungestört in einem kleinen Lokal, an einem Tisch, der etwas versteckt von den Blicken der Nachbartische in einer Nische stand.

Sie aßen etwas. Die Stimmung am Tisch war fröhlich. Unbeschwert, abseits fremder Blicke und noch dazu außer Hörweite. Wie im Flug verging die Zeit.

Es war schon nach elf, als sie alle aufbrachen. Lucas und Max bestanden darauf, beide nach Hause zu fahren. Lucas bestellte das Taxi. Alle Vier genossen die Fahrt, schwiegen dennoch. Die Luft im Fahrzeug wirkte aufgeladen, elektrisiert. Sie spürten, dass dieser gemeinsame Abend etwas Neues für alle war. Etwas Schönes, aus dem möglicherweise etwas Größeres entstehen konnte.

Dennoch es war spät. Jasmin, die wirklich für jeden sichtbar übermüdet schien, war froh, als Erste vor ihrem Zuhause angekommen zu sein. Lucas brachte sie an die Tür.

„Wollen wir das noch einmal wiederholen?", fragte Lucas vorsichtig.

„Ich weiß nicht. Irgendwie steht unser Kontakt nicht gerade unter einem guten Stern."

Überrascht sah er sie an. „Wie meinst du das?"

„Na ja. Es war wirklich ein schöner, unbeschwerter Abend. Aber ..."

Ihm blieb kurz die Luft aus. Was hatte sie auf einmal? Der Abend verlief so gut. Sie lachten, alberten miteinander rum. Alles hatte in seinen Augen gut begonnen. Er war sich sicher, dass Jasmin auch Interesse an ihm hatte, und jetzt? „Ist es wegen diesem Reporter, der auf einmal in unserer Nähe aufgetaucht war?"

Erschrocken, gleichzeitig eingeschüchtert antwortete sie. „Du kennst diesen Mann?"

„Ja. Hatte schon ein zwei Mal mit ihm zu tun. Seid ihr liiert?"

„Was? Nein. Er war mal Patient auf meiner Station."

„Also, dann ist er nicht dein Freund?"

„Gott bewahre, nein! Ich mag ihn nicht sonderlich."

Lucas fiel ein Stein vom Herzen.

„Was steht dann einem weiteren gemeinsamen Abend entgegen?", wollte er jetzt wissen. Die Enttäuschung stand ihm förmlich ins Gesicht geschrieben.

Jasmin wirkte sehr irritiert, schwieg dennoch. Lucas hingegen konnte mit dieser Reaktion nichts anfangen. „Der Abend verlief doch gut. Oder etwa nicht?", versuchte er diese kurze Schrecksekunde zu überspielen.

Sie lächelte einfühlsam. „Als wir uns das erste Mal begegnet sind, warst du so eigenartig. Irgendwie ..."

„Also wenn du abweisend meinst? Das bestimmt nicht. Ich war nur …, na ja, die Nachwirkungen des Unfalls und dann…" Er schwieg.

„Und dann was?"

Seine Gedanken rotierten. Dringend brauchte er eine plausible Idee, eine Erklärung. Schließlich konnte er ihr nicht die Wahrheit sagen. *„Die Wahrheit …"*, überlegte er kurz.

Beide blickten einander schweigend an. Jasmin bemerkte sein wohlriechendes Aftershave. Sie betrachtete sein Gesicht genauer. *„Wenn da nicht diese Frau wäre. Helene"*, überlegte sie.

Währenddessen Lucas alles auf eine Karte setzte. Er hob seine Arme, wollte diese gerade um Jasmin legen, um vielleicht? Er hoffte eindeutig auf einen Kuss, als diese knisternde Stimmung, abrupt von einer rauen tiefen Männerstimme unterbrochen wurde.

„Die Uhr läuft! Wollte ich nur sagen. Außerdem stehe ich hier im Parkverbot. Ich zahle die Strafe nicht!", rief der Taxifahrer ungeduldig.

Jasmin zuckte zusammen und trat sofort einen Schritt zurück.

*„Misst. Dieser Trottel. Nicht in Panik verfallen."*, dachte er gerade noch. „Also, wann sehen wir uns wieder?"

„Ich weiß nicht, ob das so eine gute Idee ist?"

„Gut, dann morgen. Du hast frei, ich bin so ungefähr, sagen wir, achtzehn Uhr bei dir?"

Jasmin sprach kein Wort. Sah ihn nur an.

„Gut, dann morgen achtzehn Uhr. Abgemacht." Übernahm er das Gespräch, gab ihr schnell einen flüchtigen Kuss auf den Mund und ging zum Taxi. Bevor er einstieg, drehte er sich noch einmal um. Jasmin lächelte kurz, eher verlegen. Sie war wirklich froh, dass niemand ihre rote Gesichtsfarbe in diesem

Laternenlicht erkannte. Zuerst perplex, schweigend und dann, bevor das erste Wort über ihre Lippen glitt, erkannte Lucas glasklar, was sie sagen wollte. Wandte schnell ein.

„Bis morgen, achtzehn Uhr!", anschließend stieg er zurück ins Taxi und fuhr mit den anderen davon. Er wusste, dass Jasmin gerade dabei gewesen war, die Verabredung zu canceln. „Hu geschafft.", murmelte er strahlend, doch keiner reagierte.

Jasmin indes stand immer noch regungslos da. Der flüchtige Kuss hatte sie vollkommen und eindeutig aus dem Konzept gebracht. Erst nachdem das Taxi nicht mehr zu sehen war, kramte sie den Schlüssel aus ihrer Tasche. Angestrengt überlegte Jasmin, schließlich war sie eindeutig nicht mit der Verabredung einverstanden.

Helene. Immer wieder tauchte Helene warnend vor ihrem geistigen Auge auf. Und gleichauf folgten viele Fragen, schwirrten in ihrem Kopf, verunsicherten sie zusehends. Wie könnte sie ihm doch noch absagen? Sie hatte keine Nummer, wusste nicht, wo er wohnt. Was wusste sie eigentlich über diesen Mann? Seinen Namen kannte sie, Lucas Berger. Er war Politiker, der wirklich attraktiv, charmant, höflich und überaus klug zu sein schien. Das Ende seiner politischen Karriere war eindeutig noch nicht erreicht. Wie ist die Zukunft mit einem mächtigen Mann? Wie ist das Leben mit einem Menschen, der andauernd in der Öffentlichkeit unter Beobachtung steht? Fragen über Fragen, die sie bis in den Traum verfolgten und ihr darüber hinaus jetzt Angst machten.

Lucas indes war glücklich. Er wusste, dass seine spontane Entschlossenheit zum richtigen Zeitpunkt kam. Doch jetzt? Er hatte das Ruder übernommen und am nächsten Tag wird er ihr erneut gegenüber stehen. Das stand für ihn eindeutig fest. Jetzt im Taxi als Beifahrer wurde er unruhig, versuchte das Glück, welches er glaubte auf einmal durch Unsicherheit zu verlieren, festzuhalten. Ablenkung hieß jetzt seine Devise. Er drehte sich um, wollte gerade die Frage stellen, wer als Nächster aussteigen wollte, da erkannte Lucas Max und Cat küssend, eng umschlungen auf der Rückbank. Kurzerhand ließ er das Taxi anhalten, drückte dem Taxifahrer fünfzig Euro in die Hand und bat beide nach Hause zu bringen.

Verträumte Blicke warf er dem Taxi hinterher, bis es verschwunden war. Lucas, der wie eine Statue gewartet hatte, atmete tief ein, ging gemütlich in Richtung der nächsten S-Bahn-Station, genoss die laue Luft des Abends und versuchte in Gedanken den angenehmen Geruch von Jasmin festzuhalten.

# 3 Ein zerbrochener Traum

Unergründliche Situationen sind meist begleitet von weitreichenden Folgen.

Am folgenden Nachmittag putzte Jasmin ihre kleine Wohnung. Selbst ihre geliebte Jacky musste einige Male ihre angestammten Plätze verlassen. Penibel, ja mancher könnte behaupten, zwanghaft manifestierte sich ihre Putzwut. Man bedenke in einer sauber, ordentlich geführten Wohnung war sie ungeachtet von der Vorstellung einen guten Eindruck zu hinterlassen, besessen. Diese Besessenheit wurde bereits in Kindheitstagen von ihrer Mutter durch mahnende Ratschläge hervorgerufen und somit fest in ihrem Unterbewusstsein verankert.

Heute aber bewirkte der Drang nach Sauberkeit, die schon fast in eine Art Sterilität ausartete, ihre eigene Unsicherheit, ihr mangelndes Selbstwertgefühl zu überspielen. Perfekt wollte sie wirken, von ihren sich eingebildeten Makeln ablenken.

Ein Blick in den Spiegel und sie erkannte eine normale durchschnittliche Frau. Mehr war da in ihren Augen nicht. Gleichaltrige Frauen wirkten auf sie schöner, wohlgeformter, erfolgreicher.

Jasmin verschloss die augenscheinliche Realität, die selbst ein Fremder durchschauen würde. Lukas war ihr verfallen. Jeder Blick, jede Geste seines Körpers verriet die tiefe Zuneigung, die er ihr gegenüber empfand. Nur sie wollte das Offensichtliche nicht erkennen, nicht für wahr erachten.

Erschöpft ließ sie sich auf ihre gemütliche Couch fallen. Betrachtete erleichtert die Umgebung, welche sich im Übrigen nicht wesentlich verändert hatte. Eine gedämpfte, langsame Musik im Hintergrund ließ sie ein wenig entspannen. Verhalf ihr einen kurzen Moment abzuschalten.

Erst jetzt bemerkte Jasmin eine leichte Brise, die durch ihr geöffnetes Fenster strömte. Kühl, erfrischend wirkte sie auf ihrer verschwitzten Haut. Langsam strich sie mit den Fingern der rechten Hand über ihren Hals, verwischte den schon erkalteten Schweiß.

Sie schloss die Augen, träumte. Lucas Gesicht erschien. Der erste Kuss, wenn auch nur zaghaft angedeutet, direkt auf ihre Lippen. Sein Geruch, sein Geschmack, ein wohliges Gefühl, das jetzt ihren Körper durchströmte. Gedanklich lachte sie. Und nachdem er seine Lippen von den ihren entfernte, sehnte sie in diesem Moment einem weiteren Kuss entgegen. Dieses sehnende Gefühl, intensiv, gleichzeitig verzehrend.

Plötzlich erschrak Jasmin. Erkannte, wer auf einmal vor ihr stand. Aus heiterem Himmel tauchte sie auf. „Helene!", hallte das Wort alarmierend über ihre Lippen. Helene, die standhaft vor ihr stand, sie wütend anstarrte. Mahnend, drohend wirkte ihr Blick. Ihre Hände auf die Hüften gestützt.

Ertappt riss Jasmin augenblicklich ihre Augen auf. Sie war wirklich froh, nur geträumt zu haben. Ihre triste weiße Wohnzimmerdecke kam ihr jetzt wie ein heller Lichtblick vor. Aufgebracht stand sie auf und ging ins Bad.

Beruhigend nahm Jasmin das kalte Nass über ihr Gesicht wahr, das sie vorsichtig mit ihren Händen benetzte. *„Das muss aufhören! Warum denke ich an einen Mann, der wahrscheinlich vergeben ist? Was mache ich hier überhaupt? Wir haben gelacht. Zugegeben, wir hatten ein paar schöne Stunden. Aber mehr war da nicht. Wenn Lucas kommt, zeige ich ihm die kalte Schulter."* Energisch betrat sie ihr Schlafzimmer, öffnete den Kleiderschrank und suchte ein passendes Outfit.

Jacky sprang auf ihr Bett. Träge, müde legte sie sich darauf. Am liebsten hätte Jasmin neben ihr lautlos gewartet, einfach die Türklingel ignoriert. Doch dann entschied sie, Lucas eine Chance zu geben, ihm dennoch standhaft gegenüberzutreten. Sie beeilte sich, denn er musste jeden Moment vor der Tür stehen. Eine weiß enganliegende Hose mit einer dunkelblauen Bluse, die jedwede frauliche Form verbarg, war ihre Wahl für das bevorstehende Wiedersehen.

„Bitte starr mich nicht so an!", sprach Jasmin, worauf sie Jacky auf den Arm nahm. „Wir bleiben trotzdem Freunde und halten fest zusammen, auch wenn Lucas nicht zu uns gehören wird. Er hat schon jemanden." Wieder einmal wurde ihr schmerzlich bewusst, dass sie mit einer Katze sprach. Insgeheim bemerkte sie schon lange, dass sie Sehnsucht nach einem Partner verspürte.

Ein vergangener Albtraum, der ihr vor Tagen aufzeigte, wie sie im Alter mit mehreren Katzen lebte, redete, ja einsam dahinvegetierte, endete schlussendlich als krönenden Abschluss mit der Erkenntnis ungeliebt allein zubleiben.

Traurig setzte sie die Katze auf den Boden zurück, beobachtete ihre gemächlichen Bewegungen, während sie davonschlich. Das Klingeln an der Haustür riss sie förmlich aus ihren beunruhigenden Gedanken.

„Er ist da.", flüsterte sie. Ein seltsames Gefühl durchströmte in dieser Sekunde ihre Magengegend. Eilig rannte sie zur Tür, übersah dabei ihre Katze, trat sie. Fauchend sprang sie zur Seite. „Jacky, tut mir leid! Das wollte ich wirklich nicht!"

Ein drohendes Knurren folgte. Danach streckte die Katze ihren Kopf empört in die Höhe und verschwand erhobenen Hauptes, mit aufgestelltem Schwanz durch die geöffnete Wohnzimmertür.

*„Warum bin ich denn so nervös? Er ist vergeben. Bleib cool!"* Vorsichtig öffnete Jasmin die Eingangstür einen kleinen Spalt. Niemand stand davor. Schnelle Schritte hallten im Treppenhaus. Sie betrat es und blickte über das Geländer nach unten. Erst jetzt erkannte Jasmin einen Arm, der sich am Treppengeländer festhielt. Dann sah sie, wie Lucas mit seinem strahlenden Gesicht um die letzte Ecke bog. Nur ein paar Stufen trennten sie noch voneinander. Ihr Herz raste jetzt. Das Schlucken fiel ihr schwer. Doch was war das? Er holte seine rechte Hand, die er hinter seinem Rücken verbarg, hervor und ein dicker, fetter Blumenstrauß mit unzähligen gelben Rosen tauchte vor ihr auf.

Abrupt war ihre Nervosität verschwunden. Ihre Gedanken, ihr Blick. *„Blumen!"* Wohin bitte schön sollte sie diese Blumen platzieren? Sie hatte doch nur ein großes Glas und jetzt? Der erste Strauß wirkte schon zu mächtig in ihrem kleinen Wohnzimmer und wohin sollte dieser? Fassungslos, mit hängenden Schultern stand Jasmin vor ihm. Ihr Gesicht eher ausdruckslos. Kein Wort, kein Lachen war auf ihrem Gesicht zu erkennen.

Nachdem er Jasmin auf die Wange küssen wollte, wich sie aus. Lucas reagierte irritiert. „Was ist mit dir? Ist alles in Ordnung? Geht es dir gut?", seine Worte klangen besorgt.

„Natürlich ist alles in Ordnung.", log sie in einer eher aufgesetzt, schnippischen Art. Jasmin versuchte zu lächeln, ihm eine gute Gastgeberin vorzuspielen, aber diese bigotte Taktik konnte nun jeder durchschauen. Sie nahm die Blumen entgegen und als Lucas in ihrem kleinen Wohnzimmer Platz nahm, den Blumenstrauß im Glas erblickte, erkannte er das vorbestimmte Desaster.

Ein Strauß, der jetzt in Augenhöhe wie ein gigantisch, schon fast erdrückend wirkendes Blumenmeer auf ihn wirkte. Ja ihn tatsächlich zu erdrücken schien. Er lockerte verlegen seine Krawatte.

Verhalten blickten sich beide an. Um weiteren Peinlichkeiten aus dem Weg zu gehen, verschwand Jasmin, ohne etwas zu sagen, in ihrer winzigen Küche.

Da stand sie nun, mit einem wunderschönen Blumenstrauß, den sie aus Platzmangel nirgendwo hinstellen konnte. Wut und gleichzeitig Scham erdrückten ihre Stimmung vollends. Sie schämte sich für alles. Für die kleine Wohnung, dafür, dass sie seinem Kuss auswich, ihn einfach im Wohnzimmer allein ließ. Aber vor allem, weil sie keine Ahnung hatte, wohin dieser Strauß gelber Baccara-Rosen platziert werden sollte. Geschweige denn, worin.

Verzweifelt suchte sie. Im untersten Küchenschrank fand sie letztendlich einen Spaghettitopf. Vor langer Zeit bekam sie den von ihrer Mutter. Benutzt hatte sie ihn jedoch nie. Es war das einzige Gefäß, welches infrage kam. Nachdem sie die Blumen darin aufstellte und erkannte, wie unmöglich diese Kombination auf sie wirkte, verschwand ihre Wut. Erneut wirkte Jasmin unglücklich. Unglücklich auf alles. Auf Lucas, weil er anscheinend annahm, dass sie sich über derartige Dinge freute. Insgeheim tat sie das auch, aber wohin? *„Was bildet sich dieser Kerl ein. Ich bin Krankenschwester, keine Millionärin mit Loft."*

Jetzt stand sie vor ihm. Den Edelstahltopf hielt sie fest an seinen Henkeln, darin der immense Blumenstrauß, der vollends ihren Oberkörper verbarg. *„Wie komisch muss dieser Anblick auf ihn wirken."*, dachte sie. Nachdem sie begriff, dass ihre Atmung eher schnell, laut, wie die einer alten schweren Dampflok, welche jeden Moment entgleisen wollte, wirken musste, versuchte sie, ihre Aufregung zu dämpfen.

„*Wohin damit?*", dachte sie noch einmal angestrengt nach. Ihre Augen fixierten jedes Möbelstück. „*Zu eng, kein Platz, unmöglich! Furchtbar.*" Selbst auf ihrer kleinen Anrichte hätte der Topf mit den Blumen abenteuerlich ausgesehen. Sie gab auf. Trat einen Schritt nach vorn und platzierte ihn laut auf dem winzigen Wohnzimmertisch, direkt neben den ersten Strauß. Dicht an dicht standen beide Gefäße nebeneinander. Der Topf ragte sogar etwas über die Tischkante.

Niemand sprach. Genervt empfand sie diese Situation. Jasmin setzte sich ihm gegenüber, doch alles, was sie sah, waren zwei gigantisch wirkende Blumensträuße und einige Haare von ihm. Wie zarte Antennen wirkten jene. Jasmin musste schmunzeln.

Er hingegen fühlte sich gar nicht mehr wohl in seiner Haut. „Es tut mir leid!", versuchte Lucas irgendwie diese Situation zu entspannen, während er angestrengt seinen Oberkörper streckte, um Jasmins Gesicht zu erblicken. Doch beide Sträuße verbargen vollends ihren Kopf.

Lucas stand auf. „Es tut mir leid.", wiederholte er. „Ich wusste nicht, dass du so ..."

„So, was!" Jasmin merkte, wie ein kleiner dicker Kloß in ihrem Hals zum Vorschein kam. Wie ihre Wut anschwoll, ohne weiter nachzudenken, Worte aus ihrem Mund dröhnten. „In einer solch kleinen Wohnung lebst?! Eine Wohnung, in der zwei Menschen noch nicht einmal den Badaufenthalt unbemerkt voneinander verrichten können?"

Beschämt versuchte er, sie zu besänftigen. „Nein, ich hatte ja keine Ahnung."

Jasmins Wut kam jetzt ungebremst über ihre Lippen. Auch sie stand auf. „Na das sieht euch Politikern ähnlich. Ihr wisst gar nicht, wie viele Menschen in der Stadt leben. Sieh dich um! Diese Wohnung ist sehr klein. Aber etwas Größeres kann ich mir von meinem Gehalt nicht leisten. Trotz Schichtdienst lebe ich am Stadtrand. Muss nebenbei noch auf vierhundertfünfzig Euro Basis in einem Altersheim arbeiten, um mir ab und an mal etwas leisten zu können. Letzten Monat habe ich erfahren, dass schon die nächste Mieterhöhung ansteht …"

„Nein, das wollte ich damit nicht sagen!", unterbrach er sie jetzt. „Wenn ich gewusst hätte, dass du keine Blumenvase in der Größe besitzt, hätte ich eine mitgebracht.", sprach er freundlich, dennoch bestimmt.

Mit geöffnetem Mund sah sie ihn an. Lucas versuchte zu lächeln.

Jasmin wusste nicht, was sie sagen sollte. Worte, die gerade noch auf ihrer Zunge lagen, waren einfach aus ihren Gedanken verschwunden. Sie setzte sich wieder. Er kam auf sie zu, wollte vor ihr auf die Knie gehen, erschrocken sprang sie auf.

Da standen sie nun, nah beieinander. Ein Kopf kleiner als Lucas war Jasmin. Wie komisch musste das ausgesehen haben, dachte sie gerade noch und gleich darauf verspürten beide die Wärme, welche von beiden ausging. Jasmin fühlte den leichten Luftzug, den sein Atem ausmachte.

Vorsichtig begann er zu sprechen. „Ich wollte dich auf keinen Fall in Verlegenheit bringen. Glaub mir! Und im Übrigen ist mir egal, wie klein deine Wohnung ist. Ich komme vom Land. Während meines Studiums lebte ich in einer WG. Und glaub mir, mein Zimmer war kleiner, glich eher einer Abstellkammer."

Überlegend warf sie ihm peinlich berührte Blicke zu. Ihr wurde heiß und darüber hinaus bemerkte sie, wie das Rot ihr Gesicht einnahm.

Er nahm ihre Hände, drückte sie an seine Brust. „Weißt du, meine Eltern sind Bauern. Sie haben einen Hof, Vieh, Wald, Grundstücke. Seitdem ich bei ihnen ausgezogen bin, stehe ich auf eigenen Beinen. Ich weiß, wie man mit wenig Geld auskommt. Auch meine politische Karriere habe ich ohne Förderer auf die Beine gestellt."

Jasmin glühte jetzt förmlich. Sie schämte sich. „Ich wusste nicht ... Ich meine ... Ich wollte dich nicht ..."

„Schon gut.", unterbrach er sie.

„Nichts ist gut! Du musst mir glauben! ...", brachte sie jetzt bedrückt heraus.

Doch bevor sie weiter sprechen konnte, hatte er schon seine Hände um ihre Taille geschlungen und seine Lippen auf ihre gelegt. Dieses Gefühl der Wärme, der Zuneigung entspannte endlich ihre steife Haltung ihm gegenüber. Vorsichtig schloss sie auch ihre Arme um ihn. Schön war dieses Gefühl. Schön und gleichzeitig beängstigend, denn wieder tauchte Helene vor ihrem geistigen Auge auf.

Abrupt ließ sie ihn los. Beendete dieses berauschende Gefühl, um sich widerwillig ins Bewusstsein zu rufen, dass dieser Mann schon vergeben war. Somit war er nur ein Charmeur mit etwas Esprit, der ihr gegenüberstand.

Irritiert wirkte er wieder. „Was ist los? Bin ich zu schnell? Habe ich etwas falsch gemacht?"

„Nein. Doch ... Ich meine. Was ist mit dieser Frau!? Helene."

„Helene? Wie bitte schön kommst du in diesem Moment auf Helene?"

„Als wir uns im Krankenhaus ... Ich meine, als du mich das erste Mal gesehen hast, war Helene an deiner Seite. Irgendwie weiß ich noch ganz genau, dass das Wort Ehefrau von mir ausgesprochen wurde. ..."

„Ach, Helene ist nur eine gute Freundin, mehr nicht. Das kannst du mir glauben!"

„Das habe ich etwas anders in Erinnerung."

„Warum?"

„Na, als ich dachte, dass sie deine Frau ist. Du hast nichts dergleichen getan, um das klar zu stellen."

„Habe ich nicht? Na ja das kommt daher ...", er überlegte. Sollte er Jasmin hier und jetzt die Wahrheit anvertrauen? Sollte er ihr in dieser Sekunde klar zu verstehen geben, dass er sie schon vor seinem Unfall sah? Sich Hals über Kopf in sie verliebt hatte? Liebe auf den ersten Blick, was für ihn bis dato immer unter dummes Geschwätz und somit unter ferner liefen, zu verbuchen gewesen ist. Sollte er ihr wirklich seine Liebe gestehen?

„Woran denkst du?", riss sie ihn aus seinen Gedanken.

„Ich dachte gerade ... Nun Helene ist eine gute Freundin. Vielleicht möchte sie mehr. Aber ich nicht. Sie ist eher wie eine kleine Schwester für mich. Nicht mehr. Und außerdem ist sie die Schwester von meinem besten Freund Max."

„Also deshalb möchtest du nichts mit ihr anfangen?"

„Was? Nein. Helene ist wie eine kleine Schwester für mich, das sagte ich schon. Mehr ist da nicht. Das war's."

Jasmin grübelte. Sie glaubte ihm nicht. Wirkte verärgert. Spielte immer von Neuem die damalige Situation im Kopf durch, kam zu einer einleuchtenden Erkenntnis. Er verheimlichte ihr etwas. Auf keinen Fall sprach Lucas die Wahrheit.

Ein ständiges Wortgefecht folgte. Sie glaubte ihm nicht. Er traute sich nicht, die Wahrheit zu sagen. Laut, wie ein altes Ehepaar stritten beide. Keiner von beiden hatte bemerkt, dass Jacky fortwährend die Streithähne beobachtete. Schnurrend versuchte die Katze Aufmerksamkeit auf sich zu ziehen. Sie betrachtete alles als Spiel. Ihre schnellen fuchtelnden Bewegungen, der laute Zwist. Doch keiner nahm sie wahr.

Ein kleiner Schmetterling flog durch das geöffnete Fenster. Setzte sich auf eine der Rosen. Ruhte mit leicht geöffneten Flügeln darauf. Jetzt war der Spieldrang in der Katze vollends geweckt. Ein großer Satz auf dem Strauß im Glas. Der Schmetterling flog davon und das Glas kippte durch das Gewicht der Katze um. Lautfauchend, nass vom Wasser sprang sie auf ihren Kratzbaum.

„Jacky! Was zur Hölle machst du denn!", fluchte sie.

„Du hast eine Katze?"

„Ja natürlich."

„Ach so deshalb."

„Deshalb was!"

„Na dieser riesige Kratzbaum hier im Raum."

Sie verdrehte ihre Augen. „Denkst wohl, ich scharre dort meine Nägel?", flüsterte sie leise.

„Bitte?"

„Ach nichts." Schnaubte sie und verschwand, kehrte danach mit einem Eimer und Tüchern zurück.

Wütend wischte sie das Wasser von Tisch und Boden. Erst als sie an ihrer Couch angelangt war, um den letzten Rest aufzuwischen, fielen ihr Lucas Füße auf. Er saß auf der Couch und hatte beobachtet, wie sie das entstandene Malheur beseitigte. Abrupt hielt sie inne, blickte auf und starrte ihn an.

„Schön machst du das.", sprach er jetzt belustigt mit der Katze auf seinem Arm.

„Was!"

„Na, ich könnte dir Stunden zuschauen."

„Bitte?" Sie stand auf.

Er setzte die Katze behutsam auf den Fußboden. Dann schnellte Lucas mit seinen Händen nach vorn, umfasste zärtlich ihre Taille und zog sie zu sich auf die Couch. Vorsichtig nahm er ihr das Tuch ab, schmiss es gekonnt in den Eimer, blickte ihr dabei tief in die Augen. „Ich liebe dich."

„Was?" Jasmin schluckte schwer. Hatte sie sich etwa verhört? Konnte es sein, dass er, ein fremder Mann, einfach die drei Worte ausgesprochen hatte? Die drei Worte, welche jede Frau zu gern hörte. Noch bevor sie fragen konnte, gestand er ihr noch einmal. „Ich liebe dich, Jasmin Rosenberg."

Stumm, überrascht, dennoch erfreut, saß sie auf seinem Schoß.

Verträumt beobachtete er sie, erwartungsvoll. Sein warmer Atem wirkte berauschend auf ihrer zarten Haut. Ihre Lippen kamen sich immer näher, wie ein fesselndes undenkbar erscheinendes knisterndes Ereignis. Geschrieben wie in einem klischeehaften Liebesbuch. Ihre Herzen im Gleichklang, schnell, ohrenbetäubend. Doch zugleich ihre Bewegungen, gelassen und ruhig.

In Jasmins Kopf drehte sich alles. Sie wollte reden, wusste nicht was. Sie wollte schlucken, konnte jedoch nicht. Erwartungsvoll, gar sehnsüchtig wirkte ihr Blick. Das Knistern, die Spannung, der erneute Kuss. Lucas strich sanft über ihr Haar, berührte zärtlich ihren Rücken. Und bevor sie überhaupt noch einen weiteren klaren Gedanken fassen konnte, waren ihre Körper schon innig miteinander verbunden. Schweißgebadet, im Einklang, perfekt harmonierend.

Am nächsten Morgen wachte Lucas als erster auf. Langsam schritt er durch ihre kleine Wohnung, beobachtete jedes Detail. Jacky tauchte auf, nachdem er in der Küche Kaffee kochte.

„Na du Kleine, oder bist du ein Kleiner?", fragte er die Katze, die schnurrend seine Beine umkreiste.

„Sie ist ein Mädchen und heißt Jacky.", hörte er hinter sich eine flüsternde Frauenstimme.

Lucas schmunzelte, erfasste die Katze und nahm sie auf den Arm. „Stimmt. Jacky heißt du." Er flüsterte. „Danke meine Kleine. Du weißt wofür?"

Die Katze sah ihn an und schnurrte.

Lucas überlegte kurz. „Ich bin mir sicher, dass dein Frauchen ein Fan vom Film, Fluch der Karibik ist. Denn dein schwarzgefärbtes Auge deutet auf Entschlossenheit hin. Habe ich recht?"

„Ja, das ist sie. Entschlossen, verwegen und draufgängerisch", vernahm er erneut flüsternde Worte hinter seinem Rücken.

Er lachte jetzt, drehte sich um, doch zu seiner Überraschung stand niemand hinter ihm. Wieder glitt ein Lächeln über sein Gesicht. „Verwegen also. Na gut.", murmelte Lucas, setzte die Katze langsam auf den Boden, blickte in Richtung der Küchentür und begab sich auf die Suche nach Jasmin.

Als er sie schlafend im Bett fand, war er anfangs verwundert. Dennoch kam ihm der Gedanke in den Sinn, alles wäre nur ein Spiel. Langsam legte er sich zu ihr, strich zärtlich über ihre Haare. „Verwegen bist du also."

Jasmin streckte wohlwollend ihren Körper. „Guten Morgen."

Lucas wirkte amüsiert, berührte leicht ihre Wange und gab ihr einen liebevollen Kuss. „Ich wusste gar nicht, dass du auf Fluch der Karibik stehst."

„Wie meinst du das?"

„Na deine Katze, Jacky."

„Ah Jacky." Sie überlegte kurz. „Woher weißt du, dass sie Jacky heißt?"

Verwirrt blickte er ihr in die Augen. „Gestern als sie das Glas umschmiss und gerade in der Küche, sagtest du, deine Katze heißt Jacky. Sie sei verwegen und ich dachte ...", stumm blickte er in ihr verwundertes Gesicht.

„Wie meinst du das, in der Küche? Du hast mich doch gerade geweckt." Sie lächelte mitfühlend.

Lucas war irritiert. Er versuchte, die Worte nochmal in Erinnerung zu bringen. Wollte sie ihn etwa hinters Licht führen? War es nur ein Spiel? Aber weder ihre Mimik, noch der ungläubige Blick ihrer Augen schien ihn veralbern zu wollen.

Auf einmal glaubte er, einen Schatten zu sehen. Wie ein zweites Ich, das aus Jasmin entfloh. Er hielt sie in seinen Armen und doch entfernte sich dieser Schatten. War es ein Schatten? Er ging einfach durch ihn hindurch. Innerlich erschrak er.

Jasmin sprach kein Wort. Sie blickte ihn an, überlegte. *„Was war nur los mit ihm?* Ist alles in Ordnung mit dir?"

„Ja natürlich. Ich dachte nur. ... Ich denke, ich ..." Seitdem er Jasmin gesehen hatte, wirkte sein Leben unwirklich. Wie ein Traum, der an Eigenartigkeit stetig zunahm. Und ihn wieder und wieder an seinen gesunden Menschenverstand, im wahrsten Sinne des Wortes, verzweifeln ließ. Ist er verrückt? Oder vor Liebe nur berauscht? Rosarot die Brille, rosarot etwa sein Verstand? Er war glücklich mit Jasmin, liebte sie. Was beunruhigte ihn? Waren es Stimmen, die angeblich nicht existent waren? Dieser eigenartige Schatten? Seine Gänsehaut war eindeutig echt. Ein Auf und Ab der Gefühle begann in ihm zu rumoren.

„Was ist mit dir? Du bist auf einmal so still. Lucas, ist dir kalt?"

„Ach, es ist nichts.", log er. „Es ist nichts. Ich muss nur wieder ins Büro."

„Heute am Sonntag?"

„Na ja, als Politiker hat man nicht viele Sonntage. Erst recht nicht kurz vor der Wahl."

Schnell verabschiedete er sich. Zu schnell. Jasmin war durcheinander. Rotierende Gedanken beunruhigten auch ihren Verstand. War sie nur eine kurze Episode im Leben eines Politikers? Eine kurze Episode in einem Stück, in dem sie sich vor wenigen Augenblicken noch als Hauptattraktion sah, oder war sie nur der Pausenfüller? Betrübte Gedanken, betrübte Gefühle waren alles, was sie jetzt empfand, stillschweigend ertrug.

Er zog sich an, gab ihr einen flüchtigen Kuss auf die Stirn. Sah sich dabei voller Unbehagen im Raum um. „Wir sehen uns.", war das Letzte, was er sprach, bevor er schnellen Schrittes die Wohnung verließ und die Tür hinter ihm ins Schloss fiel.

Lucas hätte sich am liebsten selbst geohrfeigt, nachdem er im Treppenhaus stand. Warum verließ er ihre wohltuende Nähe, ihre Wärme, ihren Geruch, der immer noch an ihm haftete? Die tiefe Sehnsucht, die Zuneigung, welche er ihr gegenüber empfand. Tief in seiner Brust, ein Stechen, Schmerz. Grenzten seine Empfindungen schon an Wahn? Er steigerte sich immer mehr in etwas hinein. Unbekannt, gleichzeitig beängstigend.

Wie zur Bestätigung lief ihm wieder ein kalter Schauer über den Rücken. Wirr wirkte sein Blick. Gedanken an alte Geschichten schwirrten durch seinen Kopf. Er als Kind. Die alten Albträume. Der dunkle große Mann, der in seinem Zimmer stand, ihn zu beobachten schien. Seine Mutter, die zu ihm kam, erklärte, er würde nur träumen. Bis … Ja bis dieser furchtbare Traum von ihm endlich nicht mehr geträumt wurde. Und jetzt, als Mann? Die Geschichten von Geistern, von Feuern, die Inquisition, Hexen. Schwarze Gedanken. Gedanken, die dem finstersten Mittelalter gleichkamen. Seine Schritte wirkten panisch und nachdem Lucas schließlich seine

Wohnung betrat, ins Bad fluchtartig eilte, sich die Kleidung vom Leib riss, die Dusche anstellte, darunter trat, kaltes Wasser über seinen Körper laufen ließ, verschwand seine Ruhelosigkeit. Verschwand die Angst, verschwand seine Sorge. Letztendlich die flüsternde Stimme aus seinem Kopf. Er redete sich ein, es sei nichts gewesen. Eventuell Gewissensbisse, ausgelöst durch permanenten Stress. Jasmin, der Unfall, Karriere, Freunde, Max und zum Schluss noch die Gedanken an Helene.

Helene. Lucas musste mit ihr sprechen. Bei diesem Gedanken kroch erneut ein beunruhigendes Gefühl in ihm auf. *„Was wäre, wenn sein Freund Max, ihr Bruder recht hatte? Was würde geschehen, wenn sie wirklich derart durchtrieben und vielleicht sogar bösartig ist? Was wenn ...?"*

Nachdem er sich abgetrocknet hatte, beschloss Lucas kurzer Hand seine Zweifel, seine Bedenken aus dem Weg zu räumen. Er schrieb eine SMS. Nüchtern und klar formuliert. Ein paar Tage später sollte die Verabredung, in einem der angestammten Cafés, mit Helene stattfinden.

Die Nacht darauf war lang. Unruhig, schwitzend mit anhaltenden Schlafpausen, wälzte er seinen Körper hin und her. Somit war es nicht verwunderlich, dass Lucas mürrisch, unausgeschlafen sein Büro am folgenden Morgen betrat. Trotz der vielen Arbeit, der schnellwechselnden Termine tauchte Jasmin andauernd vor seinem inneren Auge auf. Er hatte Sehnsucht, begann die gemeinsamen Stunden noch einmal gedanklich zu durchleben. Immer mehr wuchs das Verlangen nach einer Frau, mit der er das Innigste geteilt hatte. Dann wieder Zweifel. Was war das? Dieses Rätselhafte, was Jasmin umgab, wenn er mit ihr zusammen war.

Sein Handy vibrierte und somit endete sein kurzer Tagtraum. Nachdem er erkannte, dass Jasmin ihm eine Nachricht gesendet hatte, wuchs seine Freude. Fast zittrig nahm er das Handy in die Hand, begann zu lesen:

„Lieber Lucas,
ich weiß nicht genau, warum wir uns so überschnell trennten. Ich bin zu der Erkenntnis gekommen, dass es eindeutig an unserer zu schnellen Bindung lag. Ruhig und gelassen wäre wohl eher von Vorteil gewesen. Bitte versteh mich nicht falsch, ich bin gerührt von Deinen Worten. Doch ich bin mir sicher, wenn wir beide etwas mehr Zeit zum Nachdenken hätten, könnten wir besser und vielleicht auch konstruktiver miteinander umgehen. ..."
*„Was soll das denn heißen? Noch inniger geht wohl nicht. Konstruktiv?"*
„... Ich denke es ist besser wenn wir uns einige Tage nicht sehen. Wenn Du dann immer noch an mir interessiert sein solltest ...? Eine Verabredung nächste Woche, Freitagnachmittag. Ich habe Frühschicht. Wir könnten uns in der Krankenhauscafeteria treffen?
Liebe Grüße,
    Jasmin"

*„Was soll das? Diese Frau raubt mir noch den Verstand."*
Achtlos schmiss er sein Handy auf den Schreibtisch, stand auf, ging zum Fenster, steckte seine Hände in die Hosentasche, kniff die Augen leicht zusammen und grübelte angestrengt. *„Warum macht sie das?! Und überhaupt. Bin ich bei ihr, kann ich meine Finger nicht von ihr lassen. Gleichzeitig sehe ich Dinge, die nicht existieren. Renne weg. Und wenn ich nicht in der Nähe dieser Frau bin, sind ständig meine Gedanken bei ihr."*

Seine Atmung wirkte angespannt. Mit der rechten Hand lockerte er seine Krawatte und kippte mit beiden Beinen vor und zurück.

Es klopfte an der Bürotür.

„Herein!", schnaubte er, drehte sich dabei um.

„Verzeihen sie Herr Berger, aber eine Frau, Helene Reindl, möchte sie dringend sprechen."

Schlagartig änderte sich seine Stimmung. „Hatte ich nicht für morgen einen Termin mit ihr vereinbart?"

„Das sagte ich ihr schon. Aber sie bestand darauf."

„Habe ich noch Zeit?"

„Zehn Minuten, höchstens. Danach steht schon die nächste Konferenz an."

„Na gut. Bitte führen sie Frau Reindl herein."

Kaum hatte er den Satz beendet, stürmte Helene freudestrahlend in sein Büro, schob mit etwas viel Übermut seine Sekretärin bei Seite. Lucas nickte seiner Angestellten kurz zu, worauf diese den Raum verließ und die Tür von außen schloss.

Fast schwebend, wie in einem überschwänglichen Theaterstück kam sie auf ihn zu. „Lucas, du hast dich mit mir über eine SMS verabredet. Geht es dir gut? Ich dachte schon …" Ein Kuss folgte auf Lucas Wange.

Lucas zuckte zurück.

Abrupt blieb Helene stehen. „Ist etwas mit dir? Hatten wir Streit, oder …"

„Nein, nein. Es ist die Arbeit und ich habe heute wirklich nicht den Kopf …" Er stockte kurz. Helenes bohrender Blick verunsicherte ihn. Auf keinen Fall wollte er jetzt einen Streit vom Zaun brechen. Schließlich war seine Stimmung eh schon an einem Tiefpunkt. Für mehr Aufregung hatte Lucas nun absolut keine Kraft mehr. „In etwa fünf Minuten habe ich schon wieder den nächsten Termin.", versuchte er ihren aufkommenden Unmut zu beschwichtigen.

„Ja, ja. Ich weiß die Wahlen. Mach dir keine Sorgen, du bist und bleibst im Landtag. Du musst einmal abschalten, dich erholen."

„Also Helene, du klingst wie meine Mutter."

Sie schluckte kaum merklich. „Nun gut, ich verstehe. Bei Max liegen auch die Nerven blank. Morgen dann."

Sie nahm den aufgeschlagenen Terminkalender vom Tisch, blätterte die Seite um und markierte ihren Termin mit einem roten Stift, den sie von seinem Schreibtisch zuvor genommen hatte. Danach klappte sie den Terminplaner zu, schmiss diesen regelrecht in Lucas Hand, drehte sich um und ging erhobenen Hauptes zur Tür.

„Ich verstehe ja, dass ihr viel arbeitet. Aber es gibt auch noch etwas, das Leben heißt."

Lucas schmunzelte kurz. „Bis morgen Helene."

„Bis morgen mein lieber Lucas. Wir sehen uns pünktlich." Ohne sich noch einmal umzudrehen, verschwand sie. Er blickte ihr nach.

Seine Sekretärin tauchte wieder in der Tür auf. „Herr Berger, ihr Termin."

„Ja, meine liebe Frau Kranich. Was würde ich wohl ohne sie tun?"

„Eine andere Sekretärin zur Verzweiflung treiben?"

Er lachte. „Ohne sie wäre ich doch in diesem Labyrinth der politischen Schachzüge verloren."

Sie schmunzelte kurz und verschwand. Lucas wusste, dass diese streng wirkende Frau mit Brille, die an einer Kette hing, eher wie eine Bibliothekarin aussah. Sie war schlau, aufmerksam, zusätzlich mit einem hohen Grad an Intelligenz gesegnet. Ihre perfektionistische Art konnte einschüchtern. Gleichzeitig hielt sie ihm den Rücken frei. Intrigierte nie, stand jeden Tag fest an seiner Seite. Insgeheim war ihm bewusst, dass jeder seiner Mitstreiter Lucas um diese loyale Kraft beneidete.

Am darauffolgenden Tag traf er Helene. Sie wirkte nervös und nachdem er ihre dünne Sommerjacke entgegennahm, ahnte er, welches Spiel sie mit ihm spielte. Ein weißes Kleid mit zarten roten Blumen, dessen enge Taille schmeichelnd fallend ihren wohlgeformten Körper umhüllte und knapp über dem Knie endete. Ganz zu schweigen von dem offenherzigen Dekolleté. Springen hätte sie damit wirklich nicht können.

Er betrachtete Helene, die ihm gegenübersaß und versuchte durch ein belangloses Gespräch ihre offenkundige Zuneigung abzuwenden. Innerlich hatte er sich schon die Worte zurechtgelegt. Sätze wie. *"Wir bleiben in jedem Fall Freunde. Schließlich bist du wie eine Schwester für mich. Durch dick und dünn würde ich mit dir gehen."*

Helene indes tat alles, um ihn mit ihren Reizen zu locken. Jeder drehte sich nach ihr um. Jeder beneidete ihn bestimmt um eine derart wohlgeformte und noch dazu über alle Maßen gutaussehende Partie. Aber er, er dachte an Jasmin. Ihre unbeholfene Art, ihrem zartfühlenden Wesen. Und darüber hinaus hatte sie seines Erachtens die wunderschönsten grünen Augen, die er je gesehen hatte.

Irgendwie tat ihm Helene jetzt leid. Wie sie sich bemühte, ihn förmlich anschmachtete. Kränken wollte er sie keinesfalls. Lucas kam zu dem Schluss, er müsse mit ihr einen anderen Ort aufsuchen. Denn erstens würde sie ihm bestimmt eine Szene machen. Zweitens wäre Helene in der Lage zu weinen und das womöglich noch in der Öffentlichkeit. Gedanklich sah er schon die Negativschlagzeilen. *"Gewählter Landtagsabgeordneter, kalt wie die Politik selbst."*

Ein Plan B musste her. Lucas beschloss die ganze Sache einfach einen Tag zu verschieben. Sie tranken ihren Kaffee, stiegen anschließend in seinen Dienstwagen ein und fuhren gutgelaunt davon. Lucas Handy klingelte. Seine Sekretärin cancelte den darauffolgenden Termin.

„Ist alles in Ordnung?", fragte Helene, nachdem Lucas das Gespräch beendete.

„Ich habe noch ein paar Stunden Zeit, bevor mein nächster Termin ansteht."

„Na das passt ja prima. Ich habe auch zufällig noch Zeit."

Lucas lächelte, er wusste, dass sie immer Zeit hatte. Shopping und mit ihren Freundinnen auf Partys gehen, waren die tatsächlichen Hauptbestandteile ihres Lebens. Ihr Studium, was sie irgendwann mal beenden wollte, um Rechtsanwältin zu werden, diese Zukunft sah er noch in weiter Ferne.

Das Auto hielt an ihrem mehrstöckigen Wohnhaus. Ein Stadthaus der Moderne.

„Komm doch noch mit auf eine Tasse Kaffee!" Bat Helene, bevor sie ausstieg.

„Wir haben doch gerade erst Kaffee getrunken."

„Lucas, mein Lieber. Du hältst mich für dumm. Aber ich habe genau gemerkt, dass du mir etwas sagen wolltest."

Erschrocken blickte er sie an. Helene lachte. „Keine Angst ich beiße nicht. Wir sind doch Freunde."

Erleichtert stimmte er mit einem Nicken zu. Dachte insgeheim. *„Wenn nicht jetzt, dann nie."*

Nachdem Lucas seinen Fahrer weggeschickt hatte, fuhren beide mit dem Fahrstuhl in ihr Loft.

Ihre Wohnung strotzte nur so vor Design. Großzügig und viel zu dekadent war diese in seinen Augen.

Nachdem sie Lucas ein Glas Wasser holte und sie sich ohne weiteres einfach auf seinen Schoß setzte, blieb ihm fast die Luft weg. Eindeutig ging diese ganze Situation in die falsche Richtung. „Aber ..."

„... was? Ich weiß doch mein Lieber, was du mir sagen wolltest. Ich warte schon so lange darauf. Sie blickte auf ihre Hand und wies mit dem Zeigefinger der rechten, auf den Ringfinger der linken. „Keine Panik, Lucas mein Lieber. Max hat so etwas angedeutet.", flüsterte sie betörend in sein Ohr.

„Was ...", er fühlte wie sich seine Eingeweide zu einem Knäuel verkrampften. Doch es war zu spät. Diese Frau war immer für eine Überraschung gut. Jetzt ging sie eindeutig zu schnell und voreilig vor.

Lucas wurde wütend auf seinen besten Freund. Spürte dennoch die Hilflosigkeit. Sah in Helenes Augen, die ihn wohlwollend anschmachteten. Wie konnte Lucas ihr die tatsächliche Situation erklären? Und warum fiel ihm sein bester Freund in den Rücken? Er wollte protestieren, doch noch ehe er dieses Debakel in die richtige Bahn lenken konnte ...

Es war zu spät. Helene hatte schon die ersten Knöpfe ihres Kleides geöffnet und seinen Gürtel in ihrer Hand. Ihre Lippen waren fest auf seine gepresst. Schlangenartig wand sie ihren Körper um den seinen und ehe er noch ein protestierendes „Nein!", über seine Lippen brachte, war es schon geschehen. Seine Hose stand offen und ihr wohlgeformter Mund glitt zärtlich, gleichmäßig über sein wertvollstes Stück.

Sie hatte es geschafft. Jasmin war aus seinen Gedanken vollends verschwunden. Leere und Lust. Gefühle, die seinen Verstand außer Kraft setzten. Wie ein wild gewordenes Tier nahm er sie, drückte sie dennoch sanft zu Boden und glitt über ihren heißen schönen Körper. Ein Akt der puren Verführung. Kein Denken, kein Stress, nur unbändige Lust.

Eine Stunde war vergangen. Erschöpft, doch strahlend lag Helene mit Lucas auf ihrem weichen hellen Florteppich. Vorsichtig strich sie über seine Haare.

In Lucas indes brodelte es. Was hatte er getan!? Was um Himmelswillen ist eigentlich in ihn gefahren!? Er liebte Helene nicht. Sie war wie eine Schwester für ihn. Max Schwester. Was hatte er angerichtet? Schuldbewusst stand er auf.

„Musst du schon wieder zum nächsten Termin?", fragte sie verträumt.

„Was, e. Ich meine, ich muss zum nächsten Termin." Er streifte gehetzt die Hose über seine Beine.

„Ach schade.", sprach Helene wieder und drehte sich dabei langsam auf den Bauch. Automatisch fiel sein Blick auf ihre wohlproportionierten Formen. „Du bist wahrhaftig wunderschön."

Sie lächelte. „Ich weiß und ich kann es nicht erwarten dich wieder in meinen Armen zu halten."

Er lachte, wenn auch kaum merklich.

Schmachtend lag Helene vor ihm auf dem Boden. „Heute Abend?", fragte sie fast flüsternd.

Lucas schüttelte leicht seinen Kopf. „Nein tut mir leid, aber … Ich meine, bitte verstehe mich nicht falsch, aber …"

Helene erschrak. Deutlich erkannte man, dass sich ihr Körper versteifte. „Was hast du auf einmal?", flohen die Worte beunruhigt aus ihrem Mund.

Am liebsten hätte er sich jetzt weggewünscht. Hätte das Geschehene, unumgänglich in die Unendlichkeit des Nichts verbannt. Er wollte sie keinesfalls kränken. Erst recht nicht nachdem … und jetzt. *„Freunde"*, dachte er noch. „Heute Abend geht nicht. Termine. Aber morgen, ganz sicher!"

Ihre Augen waren schon glasig. Keine Sekunde länger hätte er mit dieser Antwort warten können. Schuldgefühle plagten ihn. Auch Wut.

Endlich entspannte sie, stand auf und ihr nackter warmer Körper schmiegte sich noch einmal an ihn. In seinem Kopf wirbelten die Gedanken. *„Freunde?"*, beschwor er sein Bewusstsein, obwohl ihre Hände seinen Hals längst umschlungen hatten. Er lächelte und seine Lippen lagen erneut auf ihren.

Lucas genoss diesen Moment, dennoch war da eine andere Frau. Eine Frau, die er eindeutig vor sich sah, wenn er die Augen schloss, die er wahrhaftig liebte. Vorsichtig löste er seine Arme von ihr, beendete den Kuss.

„Ich muss gehen.", formulierte er vorsichtig. Es war eindeutig der bittere Nachgeschmack seiner Reue, über eine Tat, die er eigens zu verschulden hatte und die unangenehm an Lucas klebte, nachdem er die Wohnung hastig verließ. Anfangs versuchte er diese, im Geist auf andere abzuwälzen. Erst schob er Jasmin den Grund seines Fehlverhaltens in die Schuhe, dann seinem Freund Max, letztendlich jedoch sah er ein, dass es seine Dummheit, sein Fehlverhalten gewesen ist. Wie konnte er nur etwas derartig Blödsinniges tun.

Helene hingegen, blickte ihm triumphierend nach, bis die Wohnungstür ins Schloss fiel. Sie wusste, dass Lucas ein anständiger Kerl war, ihn jetzt eindeutig Schuldgefühle plagten. Langsam ging sie ins Bad, betrachtete ihren wohlgeformten Körper im überdimensional großen Spiegel. „Du bist ein Biest, Helene.", sie lachte. „Ein Biest. Dennoch clever. Punkt für dich."

## 4    Verworrene Spiele

Zu lieben ist das Eine, zu handeln das Andere. Das Schicksal jedoch, begleitet fortwährend deinen Weg.

Erst spät am Abend beendete Lucas den letzten Termin in der Stadt. Es war schon nach zweiundzwanzig Uhr, als er erschöpft in seiner Wohnung ankam, duschte und legere Kleidung überstreifte.

Ein Klingeln an der Tür brachte ihn dazu, in Hektik zu verfallen. Er stellte die Gegensprechanlage an. Doch noch bevor eine Stimme erklang, kam Lucas zuvor. „Komm rauf!" Danach öffnete er die Eingangstür, ging ins Wohnzimmer und füllte in Gedanken versunken ein Glas mit Cognac.

„Ich möchte auch eins, bitte!" Es war Max, der sein Jackett ablegte und sich's in einem der bequemen, schwarzen Ledersessel gemütlich machte.

Lucas schwieg. Er wirkte sehr ernst, man sah genau, dass er über etwas nachdachte, während Max Blick eher forschend auf ihm lag. Gekonnt nahm er ihm das zweite Glas, gefüllt mit Cognac, ab. Das war auch gut so, denn ein Teil des Glasinhaltes landete schon auf dem Boden.

„Danke. Was ist los? Warum wolltest du mich noch so spät sprechen?"

Kurz sah er schuldbewusst zu Max, trank einen kräftigen Schluck, atmete tief ein, zauderte. „Ich habe heute mit deiner Schwester geschlafen."

Max verschluckte sich. „Was? Warum …? Ich dachte, diese Jasmin hat es dir angetan."

„Hat es auch. Mit ihr habe ich auch geschlafen."

Jetzt lachte Max. „Du Schwerenöter. Mir den anständigsten Mann vorspielen, der je gelebt hat und dann so etwas. ... Prost."

„Ja, ich weiß. Ich bin ein Schwein.", brachte er sehr niedergeschlagen hervor.

„Na, na. Mal halb lang. Warum so theatralisch. Wir sind Männer."

„Mensch Max. Ich liebe Jasmin."

„Das sagtest du schon. Aber dennoch hast du das Bett mit meiner Schwester geteilt."

„Bett ist gut."

„Nein, nein! Bitte!", fiel er ihm schnell ins Wort, schüttelte sich dabei etwas. Die Gedanken, die gerade durch seinen Kopf schwirrten, versuchte er dadurch loszuwerden. „Keine Details. Bitte! Ich möchte gar nicht wissen, was genau zwischen euch war."

„Sie hat mich überrumpelt."

„Also jetzt sei bitte mal ehrlich! Dazu gehören immer noch zwei. Oder hat sie dich überwältigt und gefesselt?"

„Was? Nein. Mir ist bewusst ... Obgleich in dieser Situation, wie soll ich das sagen? ... Sehr anziehend?"

Max hob eine seiner Augenbrauen. „Ich sagte dir doch. Meine Schwester ist ein Biest."

„Nein, ist sie nicht. Ich wollte ihr sagen ... na du weißt schon. Dann ist es passiert ... Anschließend wollte ich ihr die Wahrheit erzählen. Dass es mir unsäglich leidtut und dass ich Jasmin liebe. Aber ..."

„Aber, du hast es nicht übers Herz gebracht", unterbrach er ihn erneut.

„Sie hatte Tränen in den Augen.", kamen die Worte verteidigend über seine Lippen.

„Prost mein Lieber. Sie hat in jeder Schultheateraufführung die Hauptrolle gespielt. Schauspielerin wäre der richtige Beruf für meine Schwester."

„Das war nicht gespielt. Und überhaupt, was hast du ihr erzählt?"

„Ich?" Im ersten Moment wirkte sein Freund irritiert. Auf einmal hatte er so etwas wie eine böse Vorahnung. „Na nur, dass du dich in die kleine Krankenschwester verliebt hast."

„Das hast du ihr erzählt?"

„Na klar. Ich bin dein Freund."

„Dieses Biest!"

„Sagte ich doch. Pass auf, sie ist ein Biest! Diese Worte kann ich gar nicht genug wiederholen. Du sagtest, sie sei lieb. Ich sprach davon, dass du aufpassen sollst."

„Hör schon auf! Ich habe es ja verstanden." Lucas trank sein Glas leer und füllte es erneut.

„Gib mir bitte auch noch eins."

„Musst du morgen nicht arbeiten?"

„Doch. Aber mein erster Termin ist erst um vierzehn Uhr."

„Meiner um fünfzehn Uhr."

Sie schwiegen eine Weile.

„Was machst du jetzt mit meiner Schwester? So schnell gibt sie nicht auf. Sie plant schon eine gemeinsame Wohnung mit dir."

„Um Gottes willen. Nein. Ihr Geschmack ist äußerst kostspielig. Mit ihr an meiner Seite müsste ich korrupt werden und das nur, um meine Ruhe zu haben."

„Im Augenblick sprichst du wie Vater. Der sagt auch immer wieder, sie müsse sich einen reichen Ganoven zum Manne nehmen. Oder einen Selfmade Millionär."

Beide lachten.

Auf Jasmins Station verlief es ruhig. Darüber war sie froh. Ein normaler Alltag, viel Zeit um nachzudenken. Jeden Tag fuhr sie mit der S-Bahn. Jeden Tag blickte sie in Lucas lächelndes Gesicht, das auf großen Plakaten in der ganzen Stadt verteilt war. Manchmal wurde sie traurig, manchmal nachdenklich, doch meistens war sie wütend. Nicht auf ihn, sondern auf ihre Dummheit. Wie konnte sie nur denken, er wäre an ihr interessiert? Obgleich er Worte sprach, die jede Frau zum sprichwörtlichen Schmelzen brachte. Worte, die in ihrer Knappheit eindeutig Schmetterlingsgefühle verbreiteten.

Innerlich musste sie eingestehen, tiefgreifende Gefühle für diesen Mann zu hegen. Gefühle, die einer Liebe ähnlich waren. Ob es wahre Liebe war? Das wusste sie nicht. Denn ihre geringschätzige Selbstbeurteilung verunsicherte sie immer wieder aufs Neue. Hinzu kam die Tatsache, dass eine derart schnelle, innige Beziehung für Jasmin absolut unbekannt war. Lucas trat urplötzlich in ihr Leben, vermittelte Geborgenheit, Wärme, Zuneigung. Und im gleichen Moment, Unsicherheit, Wut, Kälte. Ein Zusammenleben begleitet mit einem stetigen, absolut schnell variierenden Auf und Ab. Gefühle verpackt, eingebettet mit eigenartigen, eher unheimlichen Ereignissen, die ihr Leben veränderten.

Nicht nur Lucas hörte Stimmen. Nein, auch sie sah Dinge, die nicht existent erschienen, Einbildung sein mussten.

Herr Hartmann. Ein verstorbener Patient, der seltsame Worte sprach. Worte, die beunruhigend ihr Gedächtnis ausfüllten. *„Jasmin, das Herz einer anderen. Lotus, Tränen und Schmerz. Verbunden für immer. Schmetterling flieg!"* Worte, die jedes Mal auftauchten, wenn sie an seinem ehemaligen Patientenzimmer vorbeikam.

Was hatten diese Ereignisse zu bedeuten? Ein dementer Patient sprach sie mit Vornamen an. Gut, er stand auf ihrem Namensschild. Obgleich das Licht im Patientenzimmer eindeutig gedimmt war. Konnte er es dennoch entziffern? Was war das für ein Hund? Die

Kollegin fiel ihr nochmals ein. Sie hatte mit ihr gesprochen. Auf einmal bestritt sie, etwas gesehen zu haben. Trotzdem ihre Augen spiegelten die pure Angst wider.

Ihre Großmutter, die schon lange verstorben war, tauchte vor ihrem inneren Auge auf. Bilder von Geborgenheit, glückliche Ereignisse, die ihr Bewusstsein prägten. Bilder von den vielen Geschichten, die einst über ihre Lippen traten. Schlussendlich traurige Bilder, eine kurze Szenerie, der letzte Blick auf ihr Totenbett. Ein lautloser Raum. Das Kerzenlicht, das ab und an flackerte. Damals war sie erst dreizehn. Schweigend, gemeinsam mit ihrer Mutter stand sie vor ihr. Fest umklammert hielt Jasmin die Hand der geliebten Großmutter. Bittere Tränen, welche unaufhaltsam über ihr Gesicht rannen. Doch die Großmutter war Tod. Ihre Hand blieb kalt. Das ersehnte Öffnen der Augen blieb aus. Friedlich ihr Gesicht, friedlich ihr Körper. Plötzlich trat unerwartet ein schwarzer Schatten aus der Ecke des Raumes. Er kam direkt auf sie zu. Am Boden kriechend, lautlos. Die unbändige Angst, die aufsteigende Panik. Panik, dieser nebelartige, schwarze Schatten könnte sie berühren, ihren Körper vereinnahmen. Sind das alles nur Hirngespinste, Trugbilder? Verursacht von Geschichten? Geschichten, welche man Kindern erzählt, um sie zu ängstigen, sie zu beeinflussen. Oder wirkliche Wahrheiten?

Jasmin hatte mit vielen alten Menschen gesprochen, blickte in ihre Augen. Erkannte immer die Angst, wenn sie begriffen, dass ihr Ende naht. Ist da noch mehr? Werden wir bestraft? Holte uns etwas? Holte uns etwas und gab uns das, was wir verdienten? Können wir durch Reue, Frieden finden? Frieden, auch wenn wir Mörder, Verbrecher, Vergewaltiger waren? Einfach zu viel für sie. Diese Angst von damals und die unzähligen Fragen hatten sie erneut eingeholt. Traten abermals in ihr

Leben, manifestierten sich in ihren Gedanken, pulsierten. Ihr Arbeitsalltag, jetzt überschattet von dunklen Visionen. Sie musste diese in den Griff bekommen.

„*Denk an das Schöne!*", hallten die Worte der Großmutter in ihrem Unterbewusstsein. „*Das Schöne. Denk! Die Sonne, Blumen, frohe Menschen. ... Lucas?*", endlich. Endlich hatte Jasmin ihre dunklen Gedanken aus dem Gedächtnis verbannt. Endlich.

Es war so weit. Der Nachmittag rückte näher, an dem sie sich mit Lucas verabredet hatte. Nervös betrat sie die Cafeteria, nach Beendigung der Frühschicht. Kaum Menschen, nur zwei kleine Tische waren besetzt. Lucas jedoch, war nicht anwesend. Ihr Blick fiel auf die große Uhr an der Wand. Fünf Minuten zu früh. Erleichtert atmete sie aus und beschloss an einem der Tische nahe der Fenster zu sitzen. Jasmin achtete akribisch darauf mit dem Rücken zur Eingangstür Platz zu nehmen. Auf keinen Fall wollte sie ihm ins Gesicht schauen, wenn er den Raum betrat.

Ungeduldig wartend, mit einem Kaffee, den sie kurz vorher vom Verkaufsstand geholt hatte, saß sie da. Aus den noch ausstehenden fünf Minuten wurden mehr als zwanzig. Jasmins sehnende Gedanken ließen sie noch mehr enttäuschen. Betrübt stand sie auf, verließ den Raum und trat auf den Korridor. Laute, schnelle Schritte nahm sie wahr. Ein großer, schlanker Mann, der auf sie zueilte, verwandelte ihr trauriges Gesicht in ein strahlendes Lächeln.

„*Lucas.*" Ihr Atem stockte kurz. Rotierende Empfindungen übermannten sie. Was sollte sie sagen? Fragen über Fragen. „*Du bist zu spät? Ich warte schon fast eine halbe Stunde? Glaubst du, ich habe ewig Zeit?*" Angestrengt überlegte sie, dennoch je näher er kam, umso leerer wurde ihr Kopf. Souverän, ernst, ja cool wollte sie ihm begegnen. Und jetzt? Sein breites, freudestrahlendes Lächeln ließ ihr keine Chance die Dinge rational, erwachsen zu betrachten.

„Bitte entschuldige! Du weißt doch, ich versuche stets pünktlich Verabredungen einzuhalten. Meine Termine sind einfach zu eng aufeinanderfolgend. Im Übrigen bist du heute meine letzte Verabredung." Er lächelte, schloss seine Arme um Jasmin, küsste sie auf den Mund.

Sie hingegen stand da, rührte sich nicht. Nicht, weil Jasmin sprachlos mit leicht geöffnetem Mund vor ihm stand. Nein, der Gedanke, jeden Augenblick würden ihre Beine versagen, sie den Halt verlieren und womöglich in Ohnmacht fallen. All das machte ihr Angst. Sie fühlte sich hilflos, gleichwohl …

Wie schön war diese Umarmung. Wie schön war dieser Moment. Es ging alles sehr schnell. Nach einer zärtlichen Berührung von Lucas folgte gleich darauf ein inniger Kuss. Glücksgefühle, ein flauer Magen, zitternde Knie. Was bisher in ihren Augen noch nicht feststand, war nun allgegenwärtig, endgültig, stand eindeutig fest. Leicht rot mit aufsteigender Hitze. Verliebt, unbeholfen, kaum fähig klare Gedanken im Kopf zu behalten oder gar eine vernünftige Äußerung hervorzubringen. Kein Mucks. Kein Laut. Kein Pips.

„Du bist so ruhig. Geht es dir nicht gut?" Lucas wirkte jetzt etwas irritiert. Dennoch kam er erneut näher.

Jasmins Kopf wurde noch roter. „Doch. Ich …", mehr brachte sie nicht über ihre Lippen, bevor ein erneuter Kuss beide vereinte.

Glücklich hielten sie sich in den Armen. Zusammen und eindeutig füreinander bestimmt. Eine kurze Pause des Schweigens folgte, denn ihre Lippen konnten nicht voneinander lassen. Noch ein Kuss, ein freudiger Blick und Lucas durchbrach die Stille, nachdem zwei junge, laut kichernde Patientinnen an beiden vorbeihuschten.

„Trinken wir noch einen Kaffee oder fahren wir?" Er lächelte, während die Worte zärtlich flüsternd ihr Ohr erreichten.

„Gehen wir.", antwortet Jasmin kurz.

Eigentlich beabsichtigten sie miteinander zu sprechen. Wie zwei erwachsene Menschen reden. Sachlich wollte jeder dem anderen etwas anvertrauen. Ohne Lügen, ohne Geheimnisse. Doch keiner von beiden brachte anständige Sätze hervor. Zu lang erschien ihre Trennung, zu lang die Zeit, die verstrichen war.

Fast hetzend landeten beide in Jasmins kleiner Wohnung, rissen einander die Kleidung vom Leib, genossen diese innigen Stunden der Zweisamkeit. Der Nachmittag verflog, der Abend brach an, darauf folgte die Nacht und erst am Morgen sind beide in der Lage gewesen, vernünftig miteinander zu sprechen.

Wie wohlig warm war das Bett, das sie teilten. Eng umschlungen lagen sie da, betrachteten sprichwörtlich die kahle weiße Zimmerdecke durch eine rosarote Brille.

Lucas flüsterte einfühlsam. „Bitte, lass mich in Zukunft nicht mehr so lang auf dich warten."

„Nein, ganz bestimmt nicht.", antwortete Jasmin verträumt.

„Am liebsten würde ich es hinausschreien.", sprach Lucas belustigt.

„Was?"

„Ich bin verliebt."

„So?"

„Ja. Du hast mir mein Herz gestohlen."

Innerlich kicherte Jasmin. Wie ein kleines Kind, das vor einem großen Berg Süßigkeiten steht, benahm sie sich. Wie schön war diese Konstellation. Wie schön war diese Zweisamkeit. Vor ihrem geistigen Auge tauchten glückliche Bilder wie eine Fata Morgana auf.

Gerade noch himmelhoch jauchzend und ohne weiter darüber nachzudenken, nur weil es ihr in diesem Moment im Kopf herum schwirrte, fragte sie. „Was ist mit Helene?"

Dieser gemeinsame, wunderschöne Augenblick war mit einem Mal ausgelöscht, verschwunden. Lucas Kinn klappte nach unten. Der Mund stand offen. Sein Kopf glühte fast vor Schuldbewusstsein. Schweiß bahnte sich seinen Weg und brachte seine Stirn zum Glänzen.

Jasmin wusste sofort, was er sagen wollte. Das laute Geräusch in ihren Ohren dröhnte wie der Schlag einer Glocke und sie stand direkt daneben. Dieser abrupt aufgekommene Schlag. Ihr Glücksgefühl geradewegs in ein finsteres Loch verbannt.

Lucas schluckte schwer, wollte erklären. Doch was und vor allem wie?

Ihre Augen füllten sich mit Tränen. Ohne ein Wort stand sie auf, ging ins Bad, verschloss die Tür und Lucas, der ihr vorsichtig folgte, vernahm nur das Wimmern einer zutiefst enttäuschten jungen Frau, seiner großen Liebe.

## 5 China

Groß offenbart sich unsere Welt. Doch die Wege zueinander, verlaufen kurz und vorbestimmt.

In dieser Nacht träumte Lucas das erste Mal von einer chinesischen Frau. Am Anfang wusste er nicht, dass sie Chinesin gewesen war. Eine Asiatin, die aus jedem Teil des Kontinentes stammen konnte. Im Schlaf sah er Bilder, Fragmente. Schemenhaft liefen die Szenen vor seinen Augen ab, ließen die Grausamkeit erahnen, nachdem er Abschnitte aus einer ihm fremden Vergangenheit sah. Bilder von Panzern, von Soldaten, von jungen Zivilisten. Er erinnerte sich, diesen Ort irgendwo schon einmal gesehen zu haben.

Obgleich. „Wer waren diese Vielzahl von Menschen?", grübelte Lucas sehr beunruhigt. Kein Gesicht erkannte er genau. Personen rannten durcheinander. Verschwommen nahm er die chaotisch düstere Situation wahr. Unter den unzähligen, weinenden, schreienden Menschen erfasste Lucas eine Frau klar, überaus deutlich. Seine innere Stimme riet ihm, genauer hinzublicken. Wie sie schrie, wie sie weinte. Wie sie letztendlich einen leblosen Körper wimmernd hielt. Ihn verband etwas mit jenem Geschehen. Etwas, was er absolut, darüber hinaus in keinster Weise zuordnen konnte.

„Tian'anmen." Brüllte sie mit zitterndem Unterkiefer. Wieder und wieder, bis auch ihr Gesicht verblasste, die Bilder langsam im Nichts verschwanden.

Keuchend wachte er auf. Er begriff nicht, was diese Bilder bedeuteten, was sie ihm sagen wollten. Er begriff nicht die Tragweite, die Verknüpfung, die sein bisheriges Leben, seine Einstellung komplett erneuern sollten. Unmöglich erschien es für Lucas, dass die Begebenheiten bald zu seinem Leben gehören werden. Obwohl er nicht dabei war. Obwohl er niemals einen dieser Menschen kennenlernen wird, sind sie ein Teil seiner zukünftigen Lebenseinstellung, ein Teil von ihm.

Am Morgen besann er sich auf den vergangenen Abend. Wie schön hatte er begonnen. Und wie tragisch ist er durch ein kleines Wort gescheitert, im Chaos versunken. Helene, hatte es geschafft. Jasmin wollte nicht mit ihm sprechen. Sie wollte keine Erklärung hören, ihn auf keinen Fall noch einmal sehen. Gescheitert noch bevor es richtig begann. Ein furchtbarer Albtraum plagte ihn in der Nacht und jetzt, nachdem er sich im Spiegel betrachtete, sah er einen gebrochen Mann, der über Nacht um Jahre gealtert schien. Jasmin, schrie seine Seele innerlich.

Kalt war seine Dusche, kalt war es in seinem Herzen. Zerbrochen die Hoffnung. Sein Körper wirkte wie der eines Roboters. Routiniert fuhr Lucas mit seinem Dienstfahrzeug zur Arbeit, betrat sein Büro, besprach Termine des Tages mit seiner Sekretärin Frau Kranich. Sein Körper angespannt, die Gedanken weit weg.

Ihr war sofort bewusst, dass er nicht ganz bei der Sache war, Kummer sein Antlitz schweigend verbarg. „Herr Berger? Ist alles in Ordnung mit ihnen?"

Er sah sie an. „Ja, ja. Alles bestens.", log er, nahm ein Bündel Papiere vom Tisch, tat so, als ob er las.

„Herr Berger, sie sind ein guter Mensch. Bitte verstehen sie mich nicht falsch, auch ich war einmal jung. Hatte ein aufregendes Leben, eine berufliche Zukunft. Wenn ich ihnen helfen kann. Ein ehrlicher Rat vielleicht?", fragte sie vorsichtig.

Lucas blickte forschend in ihr Gesicht. Sie lächelte aufmunternd. Nach einer kurzen Pause des Nachdenkens bot er ihr einen Sitzplatz an, woraufhin alle Ereignisse der letzten Tage aus ihm heraussprudelten. Nervös schritt er während der Darstellung seiner desaströsen Erlebnisse hinter dem Schreibtisch auf und ab. Ein Debakel nach dem anderen versuchte er zu erläutern. Heftig gestikulierte, argumentierte Lucas dabei. Stets ihren Blick ausweichend. Der mittlerweile alles andere als angenehm überrascht aussah. Geduldig hörte sie dennoch zu. Ließ jedwede Mimik aus. Versuchte nicht, vorschnell zu urteilen.

Nachdem er seinen privaten Vortrag beendet hatte, sank er erschöpft, gleichzeitig erleichtert seiner Seele Luft gemacht zu haben auf den Schreibtischsessel und beobachtete sie erwartungsvoll.

Frau Kranich schluckte verlegen, nachdem ihre Blicke einander trafen. Man merkte, dass ihr diese ganze Situation unangenehm war. „Nun ... Ich dachte, es geht um etwas, was mit ihrer Arbeit, ich meine im politischen Sinne zu tun hat." Vorsichtig rückte sie ihre Brille zurecht. „Nun gut."

Lucas leicht gerötete Gesichtsfarbe verriet seine Unsicherheit. „Ach, ich dachte ... Bitte verzeihen sie, dass ich sie mit meinen privaten Problemen belastet habe."

„Aber bitte, Herr Berger, verstehen sie mich nicht falsch. Ich bin geschmeichelt, dass sie mir ihre privaten ... Schließlich bin ich ihre Sekretärin." Insgeheim fühlte sie sich geschmeichelt, gleichzeitig ärgerte sich die Frau ihren Chef derartig falsch eingeschätzt zu haben. Im ersten Augenblick hätte sie ihn am liebsten geschüttelt, obendrein sogar geschrien. *„Typisch Mann."*

Dann besann sie sich. Änderte ihre Haltung in eine extrem gerade, steif wirkende Sitzposition, rückte noch einmal ihre Brille zurecht, bevor sie behutsam versuchte ihren Standpunkt zu äußern. „Wenn eine andere Frau, die noch dazu sehr attraktiv ist ... Männer vergessen ihre Vorsätze. Vergessen, dass Gefühle zu einer Beziehung gehören und Lust ... Lust rückt doch stets an zweite Stelle. Schönheit vergeht."

Seine Augen wirkten verloren, glänzten sogar. Sorgenvoll betrachtete die Sekretärin Lucas, gestand sich ein. „Ach sei's drum. Wenn ich ihnen einen guten Rat im Vertrauen geben darf! ... Ich wäre an ihrer Stelle nicht einfach weggerannt. Ich hätte mich der Situation gestellt und meinen Fehler zugegeben. Das ist immerhin noch besser als einfach zu fliehen."

„Flucht, sagen sie? Eine Flucht war das nicht. Ich ..."

Herausfordernd blickte sie ihn an, sprach jedoch nicht.

Lucas gestand jetzt. „Wahrscheinlich haben sie recht. Ich hätte mich der Situation stellen sollen. Anstatt einfach wie ein schmollendes Kind wegzurennen."

Frau Kranich stand langsam auf. „Gut, dass ich ihnen helfen konnte. Wenn ich noch etwas hinzufügen dürfte?"

„Ja natürlich. Bitte, sprechen sie!" Er hoffte.

„Ich hätte mich im Übrigen auch für die Krankenschwester entschieden.", sagte sie noch, die Türklinke schon in der Hand.

Lucas fühlte sich jetzt deutlich besser. „Danke, Frau Kranich."

„Gern, sehr gern. Wenn ich helfen konnte."

„Frau Kranich?"

„Ja?" Sie drehte sich um.

„Was meinten sie vorhin mit ihrem Einwand im politischen Sinne?"

Verstohlen warf sie einen Blick vor die Tür, schloss sie erneut, bevor sie zu ihm gewandt sprach „Herr Berger, es kursieren Gerüchte umher. Es wird von Geldwäsche gesprochen."

„Wie? Geldwäsche?"

„Es sind Gelder aufgetaucht, die sich niemand erklären kann. Schwarzgeld. Wenn sie verstehen, was ich meine."

„Was, hier?", er lachte.

„Ja, man munkelt, es habe jemand in die eigene Tasche gewirtschaftet."

Lucas Mimik verfinsterte sich. „Wer?"

„Das weiß ich nicht mit Sicherheit. Ich habe nur mitbekommen, dass jeder Einzelne seine Spendeneinnahmen überprüfen sollte."

„Und?"

„Na ja. Hier bei ihnen ist alles in Ordnung. Aber bei …"

„Aber bei wem? Sprechen sie schon!"

Frau Kranich holte tief Luft. Zögerte kurz. „Max Reindl."

„Was? Das ist ja lächerlich."

Sie zuckte kaum merklich mit ihren Schultern. „Von mir haben sie das nicht.", sagte sie noch und verschwand aus seinem Büro.

Max indes besuchte mit Wut im Bauch seine Schwester. Mit großem Eifer versuchte er Helene ein schlechtes Gewissen einzureden. Doch zu seinem Entsetzen lachte sie nur.

„So? Ich bin also schuld, dass er mit mir ins Bett gestiegen ist? Nein, nein mein Lieber. So einfach ist diese Sache nicht. Er wollte das Gleiche, genau wie ich! Zwei einsame Menschen, darüber hinaus Sex."

„Hör auf! Nur weil du ihm an den Hals gesprungen bist. Ansonsten wäre nichts passiert. Rein gar nichts."

„Jetzt mach aber Mal einen Punkt! Ich habe ihn nicht gezwungen. Außerdem bin ich die einzig Richtige für deinen Freund. Und nicht diese unscheinbare Krankenschwester. Er braucht eine einflussreiche, vor allem standfeste Frau. Eine angesehene Repräsentantin, die im öffentlichen Leben steht. Auch in der Politik braucht er jemand Vorzeigbares. Nämlich mich, an seiner Seite."

„Mach dich doch nicht lächerlich. Du würdest ihn in den Ruin treiben."

„Was?"

„Du bist egoistisch, feindselig, arrogant. Obendrein kaufsüchtig! Wie eine Elster bist du! Wenn etwas glitzert, willst du es haben! Egal, wie viel es kostet! Egal, wer über die Klinge springt!"

„Jetzt reicht's! Wenn du nicht mein Bruder wärst, würde ich dich aus meiner Wohnung schmeißen."

„Nur keine Umstände, ich gehe. Aber das Eine sage ich dir noch. Hände weg von Lucas! Er braucht eine anständige Frau an seiner Seite! Nicht dich! Akzeptier das endlich!"

„Raus! Auf der Stelle verlässt du meine Wohnung."

„Deine Wohnung? Ha, dass ich nicht lache. Wer hat sie wohl bezahlt? Das warst nicht du. Sie gehört Vater! Ich hoffe, er schmeißt dich in einem seiner lichten Momente raus! Vielleicht begreifst du erst das tatsächliche Leben, wenn du auf der Straße schläfst. Du musst einsehen, dass Geld nicht einfach auf Bäumen wächst! Man muss dafür arbeiten!", schrie er noch, bevor er verschwand. Die Tür schlug mit einem Knall ins Schloss und laut trampelnd, rasend vor Wut hallten seine Schritte im Treppenhaus nach.

Jasmin ging an diesem Morgen total übermüdet, mit stark verquollenen Augen zur Arbeit. In der vergangenen Nacht hatte sie kein Auge vor Kummer zugemacht. Selbst Jackys Fell ist durchnässt gewesen. Still, beruhigend, lag sie in der kummervollen Nacht bei ihr. Ließ bitter Tränen geduldig über sich ergehen. Wie eine echte Freundin, tröstend. Ein Tier, das sie schon über viele Jahre begleitete. Ihre Freude sah, ihren Kummer anhörte. Letzten Endes ihren Schmerz auf ihre Art zu teilen vermochte. Sie war wirklich eine treue, ehrliche Freundin. Dennoch erschrak Jasmin jedes Mal, wenn sie erkannte, dass sie mit einer Katze sprach. Mit ihr die geheimsten Sehnsüchte teilte. Vielleicht hatte Cat recht, wenn sie behauptete, dass sie einen Mann an ihrer Seite brauchte. Endlich Glück teilen sollte mit einer Person, die ab und an auch Antworten konnte und darüber hinaus im Stande war, eine richtige Unterhaltung zu führen.

„Was ist mit dir passiert?", fragte Cat besorgt, nachdem sie Jasmin in der Umkleide des Krankenhauses erblickte.

„Ach weißt du, das Leben meint es einfach nicht gut mit mir. Immer von Neuem falle ich auf dummes Geplänkel, leere Versprechungen rein. Männer sind ab heute tabu für mich. Keine Liebe, nur ich, meine Katze, die Arbeit. Fertig."

„Aber, aber. Ich dachte du und Lucas … Ihr seid füreinander bestimmt."

„Das dachte ich auch.", erwiderte sie leise, wischte sich dabei erneut eine Träne aus dem Auge. Jasmins Kopf senkte sich. Ihr Blick fiel auf ihren nassen Handrücken. „Ich habe nicht gedacht, dass ich noch weinen kann. Langsam muss ich doch ausgedörrt sein."

Cat sah sie bedauernd an, woraufhin Jasmin in ihre Arme sank.

„Was ist passiert? Du musst mir alles erzählen!", formulierte sie behutsam.

„Ach, das dauert zu lange. Wir müssen doch arbeiten."

„So willst du auf Station? Geh nach Hause! Melde dich krank. Geh!"

Und sie ging nach Hause, kroch ins Bett, trauerte, bis der Nachmittag fast vorbei war.

Cat klingelte an Jasmins Tür, doch niemand öffnete. Unzählige Male wiederholte sie den Vorgang. Nervös, angespannt drückte sie anschließend den Knopf der Klingel dauerhaft. Froh ist sie gewesen, als endlich die Tür geöffnet wurde.

Eilende Schritte erklangen im Treppenhaus. Mit jedem Schritt wirkte Cat beunruhigter. Derart niedergeschlagen hatte sie ihre Freundin noch nie gesehen. Jasmins Wohnungseingangstür stand einen Spalt offen. Sie trat herein und fand ihre Freundin verweint im Bett.

„Du liegst immer noch im Bett? Mensch, du musst aufstehen! Das Leben geht weiter."

Sie riss das Fenster auf. „Frische Luft, tut immer gut. Ich koche dir einen Tee. Du stehst auf. Dann duschst du. Komm schon. Bitte!", darauf verschwand Cat in der Küche.

Nach zwanzig Minuten kam Jasmin aus dem Bad. In ihrem winzigen Schlafzimmer saß Cat auf dem Bett. Sie deutete auf den kleinen weißen Nachtschrank. „Dein Tee. Kamille. Beruhigt die Nerven."

Jasmin nickte leicht, trocknete sich ab.

„Ich warte im Wohnzimmer.", sprach Cat noch einmal, ließ sie daraufhin allein.

Ein ungewohntes Bild bot sich Jasmin, als sie ihr Wohnzimmer betrat. Cat saß lächelnd auf der Couch. Katze Jacky saß schnurrend neben ihr. Zwei Streithähne, die unterschiedlicher nicht sein konnten, waren vereint, saßen friedlich nebeneinander. Ein seltenes Bild, das Jasmins Gesicht einen kurzen Augenblick erstrahlen ließ.

„Nun sag schon, was ist mit dir und Lucas passiert?"

„Wir stritten.", antwortete sie nach kurzem Zögern. „Na ja, so betrachtet, war es kein Streit. Nachdem ich gefragt hatte, was mit Helene sei. Er hat …, er hat …", erneut musste sie weinen.

„Was hat er?"

„… mit ihr geschlafen."

Eindeutig war Cat überrascht, obgleich sie insgeheim etwas Derartiges ahnte. „Hat er das gesagt?"

„Was? … Nein. Glaub mir, wenn ich dir sage, seine Augen haben es mir erzählt! Und nachdem ich aus dem Bad kam, war er verschwunden. Weg. Verstehst du? Er hat mit ihr geschlafen. Während ich das erkannt habe, ist er ohne ein weiteres Wort gegangen. Er hat mich nur benutzt." Jasmin schluchzte erneut. „Ich weiß das. Ich fühle das.", mit der flachen rechten Hand klopfte sie auf ihre Brust. „Tief, hier in mir drin, spüre ich das."

„Männer …! Ich begreife das gar nicht. Max hat mir doch gestanden, dass Lucas in dich verliebt sei. Er wäre noch nie von jemanden derart begeistert gewesen wie von dir."

„So, hat er das gesagt? Gelogen hat dein Max, eindeutig nur gelogen!"

„Max ist nicht mein Max! Er ist einfach Max, sonst nichts."

„Ich dachte …?"

„Falsch! Max ist ein Bekannter. Vielleicht irgendwann ein Freund. Mehr nicht!"

Sie schwiegen beide. Jasmin nippte an ihrer Tasse, trank einen Schluck vom Tee.

Wieder klingelte es an ihrer Tür. „Erwartest du jemanden?"

„Nein." Jasmin ging zur Tür, stellte die Gegensprechanlage an. „Ja, wer ist da?"

„Ich bin es, Lucas.", erklang zögernd seine Stimme.

„Kenn ich nicht!"

„Bitte, öffne die Tür! Es tut mir aufrichtig leid. Lass es mich erklären! Bitte!"

„Öffne doch die Tür! Ihr müsst vernünftig miteinander sprechen. Anscheinend hat er erkannt, dass er nicht einfach davonlaufen kann. Offensichtlich empfindet er etwas für dich."

Jasmin überlegte kurz, öffnete die Tür. Nachdem Lucas ihr Wohnzimmer betrat, wollte Cat beide allein lassen. Sie jedoch war anderer Meinung und befahl ihr regelrecht. „Du bleibst hier! Wenn Lucas irgendetwas zu sagen hat, dann bitte uns beiden."

„Das betrifft nur Jasmin und mich!", forderte Lucas ein.

„Wenn du dieser Meinung bist, dann kannst du gleich wieder gehen.", sprach sie schnippisch.

Verstohlen sah er Cat an, die schweigend mit ihren Schultern zuckte.

„Gut. Ich möchte dir nur sagen. Es tut mir leid."

„Was?"

„Alles. Mit Helene, dass ich einfach ohne jedwede Erklärung gegangen bin. Das hätte ich nicht tun dürfen. Du bist mir sehr wichtig. Glaube mir, sehr! Ich … ich liebe dich."

„Ach, hast du das auch zu Helene gesagt?"

„Was? Nein, natürlich nicht. Es ist einfach passiert. Ich kann …"

„Wenn du jetzt sagst, du kannst nichts dafür, dann …"

„Ich habe einen Fehler begangen.", warf er schnell ein. „Ich kann ihn nicht rückgängig machen. Es ist passiert, ich habe mit Helene geschlafen. Und ja, es war gut. Aber es war nur Sex. Punkt. … Mit dir ist das anders."

„Mit mir ist das anders? Wie ist es denn mit mir?", schrie sie.

Cat sprang auf. „Also Stopp. Bis hierher. Klärt das bitte unter euch beiden. Ich gehe."

„Du bleibst!"

„Nein. Das ist eine Sache zwischen euch beiden. Ich möchte hier nicht sitzen. Regelt das vernünftig! Ihr seid schließlich beide erwachsen."

Jasmin ließ sich in einen ihrer Sessel fallen, Cat verschwand darauf. Lucas ging vor ihr auf die Knie. „Zwischen uns, das ist ... Es ist wie ... Ich bin der festen Überzeugung, wir beide gehören zusammen. Wir sind füreinander bestimmt. Merkst du das denn nicht? Ich liebe dich. Das meine ich ernst. Und du liebst mich auch. Das weiß ich. Du kannst das nicht abstreiten."

Argwöhnisch blickte sie ihn an. „Es war nur Sex? Purer Sex? Mehr nicht?" Ihre Augen wurden glasig.

Er nahm ihre rechte Hand. „Ja. Genau das war es. Mit uns das ist anders. Wir gehören zusammen. Für immer."

„Bitte geh! Ich möchte allein sein. Einfach nur allein.", erneut rollten Tränen wie Sturzbäche aus ihren Augen.

„Ich rühre mich jetzt keinen Schritt von deiner Seite. Ich bleibe hier!"

„Geh!", versuchte Jasmin laut zu äußern. Ihr Taschentuch, welches sie noch vor ihrer Nase hielt, milderte ihre vorgesehene Lautstärke erheblich. „Geh."

„Nein! Du wirst mich nicht mehr los. Ich bleibe!" Er stand auf und setzte sich auf die Couch. Sie schwiegen eine Weile. Jacky kam, legte sich zu Lucas. Er kraulte sie, worauf die Katze zu schnurren begann.

„Du fällst mir in den Rücken?", schluchzte sie enttäuscht ihrer Katze entgegen. Daraufhin stand Jasmin auf, ging in ihr Schlafzimmer und ließ sich kraftlos zurück ins Bett fallen.

In Jasmins kleiner Wohnung war es still. Die Stille hatte den Anschein, als lege sie sich wie eine Decke des Schweigens über alle Beteiligten. Selbst ihre Katze schnurrte nicht mehr.

Jasmin wusste nicht, was sie zu allem noch aussprechen sollte. Lucas hatte alles gesagt, sich entschuldigt. Doch jetzt? Zu tief saß seine Schuld. Ihm war bewusst, wenn er nun ginge, wieder davon liefe ... Es wäre das Aus. Endgültig.

Nach mehreren Stunden wachte Jasmin auf. Erschöpft, niedergeschlagen wirkte sie. Am Anfang orientierungslos, da die Nacht schon angebrochen war. Dunkel ihre Umgebung. Dennoch der Streit, das Ende, ihr Kopf fühlte sich schwer, ausgelaugt an. Ihre langsamen unsicheren Schritte. War er noch da? Besaß er dieses Mal den Mut, standhaft zu bleiben? Oder hatte er sie erneut verlassen? Ohne ein weiteres Wort? Ohne eine weitere Erklärung?

Vorsichtig betrat Jasmin das Wohnzimmer. Nachdem sie das Licht anschaltete, Lucas erblickte, leuchtete ein kleiner Hoffnungsschimmer in ihr auf. Auch er war eingeschlafen. Ruhig, friedlich wirkte sein Körper. Auf seiner Brust lag Jacky. Eine Weile stand sie regungslos vor ihm, lächelte. Jacky schnurrte.

„Verräterin", flüsterte Jasmin schmunzelnd, während sie dieses Wort aussprach. Lucas bewegte, streckte seinen Körper. Die Katze sprang von ihm herunter, kletterte den Kratzbaum hinauf, verschwand beleidigt in einem der zahlreichen Verstecke.

„Was? Oh. Ich bin wohl eingeschlafen.", noch benommen vom Schlaf rieb er seine Augen, gähnte, erhob sich gemächlich, verweilte dann sitzend auf der Couch.

„Ja, das bist du", erwiderte Jasmin sanft, setzte sich neben ihn.

„Bitte verzeih mir! So etwas wird nie wieder vorkommen."

Langsam kamen die nächsten Worte aus ihrem Mund. „Weißt du Lucas, ich wäre ein Narr, wenn ich denken würde, dass diese Frau dich einfach aufgibt. Als ich dich damals mit ihr an deiner Seite sah … Ihre Blicke, die sie dir zuwarf. Jeder Blinde hätte sprichwörtlich diese tiefe Zuneigung erkannt, die Helene dir gegenüber empfand. Und nachdem ich sie, als deine Ehefrau ansprach. „Ich vergesse nie diese Haltung, ihren Stolz. Diese Frau gibt dich nicht auf."

„Das ist mir egal. Ich liebe sie nicht. Sie ist schön, hat ihre Reize, aber mehr auch schon nicht."

„Ach Lucas. Was machst du, wenn sie dir erneut über den Weg läuft? Klammernd, flehend mit ihren Reizen spielend, dir gegenüber steht? Du wirst wieder einknicken. Behaupten es sei nur Sex. Ich denke, es ist wirklich besser, unsere Wege trennen sich."

„Was? Nein, auf keinen Fall! Ich bleibe bei dir. Sie wird es nicht noch einmal schaffen. Ich schwöre es dir. Bitte! Das musst du mir glauben!"

Jasmin atmete tief ein. „Deine Standhaftigkeit ehrt dich. Dennoch bin ich mir sicher …"

„Ich kann einfach nicht aufgeben. Ich liebe dich. Helene ist mir völlig egal. Ob du es mir glaubst oder nicht. Ich habe nicht die geringsten Gefühle für diese Frau. Vor kurzer Zeit dachte ich noch, dass ich so etwas wie ein Bruder für sie wäre. Dann habe ich mich zu meinem Bedauern mit ihr eingelassen. … Besser gesagt, habe ich mich von ihren Reizen beeinflussen lassen. Sie log, sie weinte fast, ich hatte ein schlechtes Gewissen. Dann erfuhr ich, dass sie nur eine gute Schauspielerin ist, denn mein Freund Max, hatte mit ihr gesprochen, ihr erklärt, dass zwischen ihr und mir niemals eine Beziehung entstehen würde. Da ich dich liebe und nur dich.", er holte tief Luft. „Helene hat es trotzdem getan. Sie hat mich gegen dich ausgespielt und das nur, weil sie ihren Willen nicht bekommen hat. Sie ist ein Biest. Max wusste das, noch bevor etwas passierte. Aber ich? Ich war noch so dumm. … Habe sie verteidigt. Er hatte recht! Ich habe einen wirklich schlimmen Fehler gemacht und habe dafür gebüßt. Ich will dich! Das nicht für nur jetzt, sondern für immer. Verstehst du das? Ich brauche dich!"

„Lucas, ich weiß nicht. Ich kann das nicht. Bitte! Ich benötige Zeit! Lass uns eine Pause einlegen! Das ist das Vernünftigste."

„Ok. Ich denke ein paar Tage und ich …"

„Nein. Nicht nur ein paar Tage!"

„Aber … Aber … Wie lange?"

„Ich weiß es nicht. Vielleicht einen Monat oder mehr."

„Nein, auf keinen Fall. Das kannst du nicht von mir verlangen!"

Sie zögerte. „Wenigstens eine Woche. Gib mir die Zeit."

„Gut. Sagen wir, ich gebe dir diese eine Woche. Bitte versprich mir, dich bei mir zu melden!"

„Ich verspreche es."

„Wirklich?"

Sie nickte.

„Gut", erwiderte er von Neuem. Er legte die Hände zärtlich um ihr Gesicht. Doch gerade als er sie küssen wollte, wich sie aus. „Nein."

Lucas zögerte.

„Bitte, ich brauche Zeit!"

„Eine Woche", wiederholte er noch einmal, stand auf und verschwand. Innerlich froh den ersten Schritt gemacht zu haben, verließ er ihre wohltuende Nähe. Stärke musste er jetzt beweisen und abwarten. Abwarten und hoffen.

Am folgenden Tag entschied Lucas, sich von der Trennung Jasmins abzulenken. Die Schwarzgeldaffäre rückte in seinen Fokus. Er wollte Gewissheit. Sein Freund, ein Mensch, der sich Schwarzgeld in die eigene Tasche wirtschaftete, zu abstrus, zu utopisch, unmöglich. Seiner Schwester würde er jederzeit etwas Derartiges zutrauen. Aber ihm? Nein. Undenkbar waren diese Ereignisse für ihn.

Zusammen mit seiner vertrauenswürdigen Sekretärin Frau Kranich beschloss er, der Sache auf den Grund zu gehen. Doch ihre Bemühungen scheiterten schon am Anfang. Ohne Passwort konnten sie einfach nicht auf Max Dateien zugreifen.

Frau Kranich jedoch erwies sich wieder einmal als Glücksgriff, nachdem sie ihren Neffen kontaktierte, der im Bereich Informatik sein Studium mit Auszeichnung absolviert hatte. Ein echter Freak eben. Mit seiner Hilfe gelang es den Beiden, die Spur des Schwarzgeldes zu verfolgen.

Max wurde durch ihn entlarvt. Zu seinem Bedauern musste Lucas tatsächlich erkennen, dass sein Freund korrupt war.

Sein bester Freund ließ sich bestechen. *„Schwarzgeld"*, ihm brummte der Schädel. *„Warum?"* Innerlich hatte Lucas gerungen. Die Hoffnung, alles wäre ein Missverständnis, doch es blieb dabei. Max hatte eindeutig Gelder veruntreut. Er war unehrlich.

Maßlos betrübt über die Tatsache, sich in Max getäuscht zu haben, stand er zwei Tage später vor Max seinem Büro. Kurz hielt er inne, überlegte. Wie sollte er beginnen?

Er holte tief Luft, klopfte und riss förmlich die Tür auf.

Max erschrak, klappte augenblicklich seinen Laptop zu und starrte vollkommen konfus in Lucas Gesicht. „Lucas mein Lieber, komm rein! Setz dich!" Noch wirkte er überrascht, doch schnell fing er sich. „Schön dich zusehen."

Lucas hingegen nickte kurz, antwortete jedoch nicht. Mit einem sehr ernsten Gesicht betrat er den Raum und setzte sich auf den Stuhl gegenüber von Max. Forschend betrachtete er seinen Freund. Anspannung lag auf einmal in der Luft. Max wurde nervös, nachdem Lucas nicht wie üblich reagierte.

Lucas fragte nach einer kurzen Pause „Möchtest du mir nicht etwas sagen?"

Max Unbehagen wuchs. Deutlich erkannte Lucas ein leichtes Zucken. Gleich darauf bildete sich Schweiß auf seiner Stirn. „Ich weiß nicht was ...?" Max versuchte zu lächeln.

„Wir kennen uns schon sehr lange. Du warst mir immer ein wahrer Freund, aber jetzt? Ich gebe dir noch eine Chance. Hast du mir etwas zu sagen?"

Sein Freund lockerte die Krawatte, räusperte sich. Das Unbehagen im Innern hatte eindeutig Max Bewusstsein eingenommen. Seine Stirn glänzte.

*„Angstschweiß"*, dachte Lucas insgeheim. *„Ertappt."*

„Ist etwas? Hast du Probleme mit meiner Schwester? Soll ich noch einmal mit ihr sprechen?", wollte er die Situation entspannen, ablenken. Max ahnte, was Lucas im Grunde von ihm wollte.

„Nein. Ehrlich gesagt bin ich nicht wegen Helene oder meinem Disput mit ihr hier. Nichts Privates. Ich ..."

„Also jetzt machst du mich neugierig." Max lachte auf eine eher unbeholfene Art, spielte nervös mit seinem Kugelschreiber.

„Es geht um dich, Max. Mir sind ein paar Sachen zu Ohren gekommen", sagte er klar und ruhig.

„Ich? Ich verstehe nicht, was für Sachen?", mit seiner rechten Hand wischte er den Schweiß von der Stirn.

„Schwarzgeld."

Max Gesichtsfarbe änderte sich schlagartig. Gerade noch bevor er eine vehemente Verteidigung aufbringen konnte, hob Lucas seine Hand, um ihm zu zeigen, dass er schweigen sollte. „Bevor du ein Wort sagst. Ich habe Beweise."

Schwer schluckend, lockerte er noch einmal seine Krawatte. „Beweise? Ich verstehe nicht. Wie ...?"

„Bitte sag jetzt nichts Falsches. Ich habe Beweise. Du hast Geld angenommen. Nicht für die Partei. Geld, welches eindeutig in deine Tasche geflossen ist. Vorbei an der Steuer, vorbei an allem. Es geht um den großen Bauauftrag. Du warst verantwortlich."

„Ich, ich … woher weißt du das? Hast du mir etwa nachspioniert?"

„Max. Wie konntest du nur!"

Nervös sprang Max auf, schritt aufgeregt hin und her. Versuchte dem bohrenden Blick von Lucas auszuweichen. Er überlegte angestrengt. Eindeutig legte er in Gedanken eine Verteidigung zurecht. „Wie konntest du nur? Wie konntest, du nur!", diese Worte hallten eher bitter Lucas entgegen. „Ich bin dein Freund und du spionierst mir nach? Das nenne ich einen Vertrauensbruch!"

Im ersten Moment fühlte sich Lucas wie vor den Kopf gestoßen. Er schwieg, dann endlich war er in der Lage die Angelegenheit richtigzustellen. Besonnen und ruhig folgten seine ehrlichen Argumente. „Hörst du dich eigentlich selbst sprechen? Ich bin dein Freund. Ich konnte es nicht glauben, nachdem ich die Gerüchte hörte. Sie vermuten dich bereits dahinter. Es ist nur eine Frage der Zeit. Meinst du im Ernst, dass es nicht auffällt, wenn Geldbeträge einfach verschwinden? Noch dazu in einem Maße …", jetzt schüttelte er verneinend seinen Kopf. „Mensch, wach auf! Steh dazu!"

Max schluckte schwer, sah dabei endlich in Lucas Gesicht. „Das war es also. Ehrlich gesagt dachte ich, dass ich noch Zeit hätte. Aber na ja. Meine Karriere ist im Eimer. Vorbei, finito."

„Warum hast du das getan?"

„Hör schon auf. Warum? Warum tut man derartige Dinge?"

„Ich verstehe das nicht. Du kommst aus reichem Hause. Dein Vater, ein großer Bauunternehmer im Ruhestand."

„Eben, Ruhestand. Nicht nur meine Schwester weiß wie man Geld unter die Leute bringt. Auch meine eigene Mutter. Diesen Lebensstil kann man nur aufrecht erhalten, wenn Geld gut verwaltet wird. Seitdem mein Vater an Demenz erkrankte, brauchte er Pflege. Meine Mutter war mit dieser Situation vollends überfordert. Nach außen ging es immer um ihr Ansehen. Nur kein Mitleid. Prunk und Gloria ist ihre Devise. Auf alle Konten konnte sie zugreifen. Ein Leben lang hat sich mein Vater um alles gekümmert. Ließ ihr jeglichen Komfort. … Konnte er auch, schließlich hatte er Ahnung, wie Geld verwaltet wird. Zu spät habe ich begriffen, wie viel von unserem gigantischen Vermögen noch vorhanden ist. Die Gläubiger sitzen uns schon im Nacken."

„Weiß deine Schwester davon?"

„Ha, meine Schwester. Sie ist genauso schuldig wie meine Mutter. Schuhe für mehr als eintausend Euro, Schmuck, Reisen. Partys, ohne auf die Finanzen zu achten. Die Pflege meines Vaters. Ich kann nichts machen. Meine Mutter hat sämtliche Vollmachten und hört nicht auf mich. Ich habe alles grob überschlagen, die Villa in Starnberg ist alles, was noch bleibt. Selbst die Wohnung, in der meine Schwester wohnt. Sie muss ausziehen." Er rieb sich die Augen.

„Weiß sie es?"

„Wie meinst du?"

„Ich meine, weiß deine Schwester …?"

„Es ist ernst. Ehrlich gesagt, ist meine Schwester das kleinste Problem. Es geht hier um die ganze Familie!"

„Das habe ich schon begriffen. Aber ich frage dich noch einmal. Weiß deine Schwester von eurer Misere?"

„Als wir uns das letzte Mal stritten, habe ich etwas angedeutet. Oder auch nicht."
„Warum bist du nicht zu mir gekommen?"
„Du? Bitte, was wolltest du machen? Mir Geld leihen, damit meine Eltern nicht auf der Straße landen?"
„Was ist mit deinen vielen anderen Freunden?"
„Bitte! Du weißt doch, wie es heißt. Hast du was, bist du was. Hast du nichts …"
„Wie viel brauchst du denn?"
„Das kannst du unmöglich aufbringen."
„Na ja, versuch es doch mal!"
„Meinst du das im Ernst?"
„Ich sage es noch einmal. Ich bin dein Freund und ich möchte dir helfen."
„Ach Lucas." Max dachte nach. „Mal sehen, fürs erste vielleicht eine Million."
„Was? Oh man, so viel habe ich nicht."
„Na wie viel kannst du denn vorstrecken?"
Lucas wägte ab. *„Wenn ich meine Lebensversicherung beleihe, mein Sparbuch plündere, ein Darlehen auf den Wald, der mir gehört?"*, überlegte er kurz. „Also etwa vierzigtausend in einer Woche und noch einmal sechzig ein paar Wochen später!"
„Das sind wie viel? Einhunderttausend?"
„Na ja, kann auch etwas weniger sein."
„Ach Lucas, lass gut sein. Ich brauche vierhunderttausend. Jetzt. Am besten sofort."
„Himmel Herrgott nochmal! Lass uns doch alles noch einmal durchrechnen! Vielleicht finden wir eine Lösung."
„Das habe ich alles schon gefühlte hundert Mal durchgerechnet. Das Geld ist futsch."
„Wir finden eine Lösung. Max, ich helfe dir."
Sie rechneten, diskutierten. Gleichwohl, eine Lösung fand keiner von ihnen. Max anfängliche Euphorie wich

sehr schnell. Selbst am folgenden Abend konnten sie kein annehmbares Ergebnis vorweisen. Beide waren übermüdet, missmutig. Nur Lucas schien innerlich zu ringen. Sollte er es wagen?

„Weißt du Max? Eigentlich liegt die Lösung klar auf der Hand. Das viele Rechnen nutzt alles nichts. An dieser Stelle sind wir uns doch einig?"

„Ja schon. Wovon sprichst du denn bitte?"

„Ich spreche davon, dass ich in der Lage bin, dir zu helfen."

„Das hatten wir schon. Einhunderttausend sind viel zu wenig. Dennoch danke ich dir, für dieses Angebot."

„Nein, das meine ich nicht. Ich dachte da eher an etwas Naheliegendes."

„Und das wäre? Möchtest du deine Eltern überreden, meine Eltern bei euch im Bauernhaus wohnen zu lassen? Eine Art WG? Demente Kaufsucht, vereint mit altökonomischem Fleiß. Natürlich absolut konservativ versteht sich." Beide lachten.

„Nein. Nun mal im Ernst. Es liegt doch auf der Hand."

„Ich verstehe nicht?"

„Ich könnte …"

„Nein, auf keinen Fall. Wenn ich einer Ratenzahlung nicht nachkommen kann, dann steckst du auch in der Bredouille."

„Aber wenn ich bürge, könnten deine Eltern in der Villa bleiben. Wenn du über deinen Schatten springst, gibst du deine Stadtwohnung auf, ziehst zurück. Überleg doch bitte! Das Haus ist riesig. Die Pflegekraft wohnt dort bereits. Ihr wahrt nach außen euren Status. Das ist deiner Mutter doch wichtig. Und was sie über dich sprechen. Du erzählst mir oft genug, dass dich die Meinung der Leute keineswegs interessiert."

Max überlegte. „Es bleibt dennoch ein Risiko. Und, wenn ich eine Rate nicht zahlen kann?"

„Mensch Max. Wie lange kennen wir uns? Ich weiß, dass du es schaffen wirst. Denk positiv!"

„Also gut. Abgemacht. Danke, jetzt bin ich wirklich erleichtert. Du hast mir sprichwörtlich regelrecht den Arsch gerettet."

„Wozu sind Freunde da?"

„Wärst du eine Frau, würde ich dich jetzt umarmen und küssen."

Lucas lachte. „Schon gut. Du schuldest mir im Übrigen einen Drink."

Eine zeitintensive Woche durchlebte Lucas. Dennoch musste er sich innerlich eingestehen, dass diese aufreibende Zeit genau das Richtige war, um nicht andauend an Jasmin zu denken.

Irgendwie genoss Lucas anfänglich den entsetzten Gesichtsausdruck Helenes, nachdem Max ihr die marode Finanzlage der Familie erklärt hatte, ihr gestand zu welchen betrügerischen Mitteln er griff, um einen Bankrott zu vertuschen. Aber dann brach sie in Tränen aus, fing an zu schreien, zitterte. Es war einfach entsetzlich mit anzusehen, wie sie einen Nervenzusammenbruch erlitt. Derart deprimiert hatte Lucas die junge strahlend schöne Frau noch nicht erlebt. Innerlich erkannte er mit Schrecken, wie schnell ein Gesicht vor Kummer altern, entstellt aussehen konnte.

Max hingegen hielt sich tapfer. Noch bevor man ihn überführte, gab er alles zu. Das Geld, welches er entwendet hatte, war bereits an seine Gläubiger verteilt. Dennoch legte er alles freiwillig offen und vereinbarte mehrere Ratenzahlungen. Er verließ die Partei, legte unaufgefordert sein Amt nieder. Ein großer Skandal blieb aus. Schließlich standen sie mitten im Wahlkampf und wer wollte schon Verluste, besser gesagt Veruntreuung von Geldern zugeben.

Bei Jasmin hingegen verliefen die Tage eher ruhig. Sie ging ihrer Arbeit nach. Traf ein zwei Mal Freunde in der Freizeit. Begleitet, ja überschattet war alles mit Gedanken an Lucas. Konnte sie ihm verzeihen? Insgeheim vermisste sie ihn, doch zugegeben hätte sie das keinesfalls.

Die Woche verging wie im Flug. Nachdem Jasmin auf seine Verabredung einging, hellte sich Lucas Stimmung schlagartig auf. Ein Hoffnungsschimmer, der auf keinen Fall zerbrechen sollte. Alles aber auch wirklich alles, was er jetzt tat, musste beweisen, dass Lucas Jasmin liebte.

Das kleine Kaffeehaus unter den großen dicken Bäumen. Ihre erste Begegnung. Dort erblickte er Jasmin, dort begann das starke Auf und Ab seiner Gefühle. Dieser Ort, dessen Überzeugung war er, konnte Jasmin nur zeigen, wie tief seine Zuneigung ihr gegenüber war.

Lucas ist eindeutig nervös gewesen, als er vor besagtem Kaffeehaus stand, an jenem Tisch Platz nahm, welcher damals von Jasmin eingenommen wurde. Ihre, einstige Präsens schwirrte augenblicklich durch sein Bewusstsein. Vergangene Bilder, die abstrakt vor ihm auftauchten. Unwillkürlich musste er lächeln. Schloss die Augen, um jedes Detail der Szenerie zu intensivieren. Ihr zartes Wesen, ihre anmutige, zugleich unbeholfene Art. Das Schokoladenmalheur, welches sie vor den Menschen verbergen wollte. Ein kitschiger Schwarz-Weiß-Film, der stark manifestiert aus seinem zurückliegenden Leben vor ihm ablief.

„Ist bei ihnen noch ein Platz frei?", sprach eine freundliche nette Frauenstimme.

Er erkannte sie sofort. Sein Blick schnellte nach oben, im gleichen Moment sprang er auf. „Natürlich, bitte." Sein Herz klopfte wie am ersten Tag. Glücklich waren sie. Lächelten, sahen einander in die Augen. Die Hände von Lucas verschwitzt. „Schön sie wieder zu sehen. Mein Name ist Lucas."

Erneut glitt ein Lächeln über ihr Gesicht. „Danke ganz meinerseits", antwortete Jasmin. „Wie ich gehört habe, gibt es hier einen sehr leckeren Erdbeerkuchen."

„Ja, den Besten", strömten die Worte verträumt über seine Lippen. Endlich hatte Lucas den Mut, ihr alles zu erzählen. Seine erste Begegnung mit ihr. Der daraus resultierende Unfall. Die zweite glückliche Begegnung im Krankenhaus. Kurz überlegte Lucas, ob er Helene erwähnen sollte. Ihre Art, ihren Drang Dinge besitzen zu wollen, verwöhnt vom Geld. Doch dann kam Helene in keiner seiner Sätze vor. Ein neuer Anfang, ein neues Glück, darüber hinaus, er und Jasmin in Liebe vereint.

Nachdem die Kellnerin ihre Bestellung aufnahm, beiden Kaffee mit einem Stück Erdbeerkuchen brachte, verbrachten sie die nächste Stunde damit, einander Fragen über ihr Leben zu stellen. Was sie arbeiteten, Hobbys, Vorlieben. Glücklich wirkten sie. Wie verspielte Teenys. Die erste Verabredung. Schüchtern, voneinander angezogen. Obendrein die Sonne, die eindeutig ihre Stimmung weiter aufhellte. Warme, leuchtende Strahlen, die durch das Blätterdach hin und wieder zum Vorschein kamen. Zwei Herzen, die eindeutig einander sehnten. Wie schön war diese Stimmung. Wie schön war dieser Augenblick. Zeit, die rasend schnell verflog, brachte beide träumend, halb taumelnd vor Glück einander von Neuem näher.

Die Zeit des Glücks hielt an. Und mit jedem Tag, mit jeder Woche wuchs ihre Zuneigung, rückte die zerklüftete Vergangenheit in weite Ferne. Auch beruflich lief es rund. Lucas erhielt einen neuen Sitz im Landtag. Jasmin hatte endlich mehr Freizeit, denn ihre Station bekam zwei neue Mitarbeiter, die obendrein blieben.

Bei Max, seinem besten Freund, war das anders. Die Verhandlung unter Ausschluss der Öffentlichkeit verlief alles andere als gut. Sein alter Freundeskreis wandte sich völlig ab. Nur ein ehemaliger Schulkamerad und Lucas standen fest an seiner Seite. Nach der Verkündung einer Bewährungsstrafe von einem Jahr war Max endgültig politisch ruiniert. Er musste eine fünfstellige Strafe an einen gemeinnützigen Verein zahlen. Sein absolviertes Wirtschaftsstudium hingegen machte sich endlich bezahlt. In einer kleinen aufstrebenden Branche gelang es ihm, Fuß zu fassen. Innerhalb von fünf Jahren ist er in der Lage gewesen einen hohen Teil der Schulden seiner Eltern abzutragen. Die erbrachte Bürgschaft von Lucas verhalf Max Eltern darüber hinaus die Villa in Starnberg zu halten.

Selbst Helene hatte begriffen, dass sie ohne grundlegende Veränderungen ihres Lebensstandards bald auf der Straße landen würde. Nach drei weiteren Jahren beendete sie schlussendlich ihr Jurastudium und begann in einer der angesehensten Kanzleien der Stadt München.

# 6                      Klarheit

Verborgen in der Dunkelheit spiegelt sich das Licht der Welt. Ereignisse aus der unbekannten Vergangenheit erleben ein neues Zeitalter, werden gebunden an das Hier und Jetzt. Hängen sich an Personen, die ihren Alltag bewältigen. Ohne zu ahnen, dass die unbekannte Vergangenheit ihren Weg kreuzt, sich herantastet, sich vereinen will. Ein kleiner Wink, ein Fingerzeig genügt und es geschieht.

    Fünf Jahre vergingen. Fünf Jahre des Glücks, des Aufbaus. Überwindung vieler Hürden. Schlechte Zeiten, obgleich die guten überwogen. Glücklich waren Lucas und Jasmin. Inzwischen lebten sie die letzten zwei Jahre zusammen im zentrumsnahen München. Eine Vier-Zimmer-Wohnung mit kleiner Terrasse. Ihre Liebe standhaft, gewachsen, stärker denn je.

    Auch Katze Jacky, die mittlerweile eine alte, gemütliche Dame geworden war, hatte ein erfülltes Leben bei ihnen. Jetzt war es nicht nur eine Person, deren Aufmerksamkeit sie einnahm. Lucas war ein geduldiger Krauler, das nutzte sie tagtäglich wohlwollend aus. Für ihn war die Katze ein Ruhepol, den er nach der anstrengenden Arbeit im politischen Leben brauchte. Die kleinen Intrigen, Debatten, die unzähligen Konflikte. Inzwischen hatte er es insgeheim satt zu sehen, wie langsam etwas Wichtiges beschlossen wurde. Statt des viel gelobten Miteinanders, gab es meist Misstrauen untereinander.

    Der Sommer zog erneut ins Land. An einem der lauen Nächte saßen sie in gemütlicher Zweisamkeit auf ihrer Terrasse, mit direktem Blick auf die alte Eiche. Das

Licht des Mondes, der friedlich den Himmel eroberte, leuchtete harmonisch durch das Blätterdach. Gespräche über ihre Vergangenheit, Kindheitsträume, Erzählungen. Man konnte förmlich spüren wie beide einander vertrauten, einander den nächsten Schritt planten, vereint.

Ein Glas Wein verstärkte das wohlige Gefühl, das beide unter dem Nachthimmel genossen. Grillen etwas entfernt, doch hörbar. Glühwürmchen, die langsam begannen zu funkeln. Nah saßen Lucas und Jasmin beieinander, bestaunten gegenseitig ihre alten Fotografien.

Jasmin war immer von Neuem überrascht, wie seelenverwandt sie miteinander waren. Kindheitsfotos, schöne Fragmente aus ihrem vergangenen Leben. Sorgsam behütet, aufgehoben in besonderen Behältnissen. Zwei Kartons, die einst den gleichen Zweck erfüllten und wiedervereint identische Stücke zugeteilt bekamen. Bei Lucas war es ein Karton, der einstmals seine ersten Fußballschuhe enthielt. Bei Jasmin hingegen waren es ihre ersten High Heels, die sie vor vielen Jahren beim Sommerschlussverkauf ergatterte.

*„Ein Rest schöner Erinnerungen, gefüllt mit Zeitzeugen aus der eigenen Vergangenheit"*, dachte sie gerade noch verträumt, betrachtete daraufhin Lucas, der gebannt, voller Ehrfurcht ihre Fotos anblickte. Jetzt erkannte sie, wer beide waren. Zwei Menschen, die nicht zusammen aufwuchsen, keinerlei Verwandtschaft zueinander hatten. Zwei Menschen, die einander fanden und lieben lernten. Zwei Seelen im Einklang. Genau das sind sie in diesem Moment gewesen.

Nachdem Jasmin ein weiteres Foto aus Lucas Vergangenheit in ihren Händen hielt, das irgendwie nicht zu den übrigen passte, murmelte sie. „Eigenartig."

„Hast du etwas gesagt?"

„Wo bist du da? Sieht absonderlich aus."
„Wieso, was meinst du?"
Schmunzelnd nahm er ihr die Fotographie aus der Hand, blickte ungeduldig darauf. „Oh, das kenne ich gar nicht. Mh...?", überlegte Lucas.
„Aber jetzt schwindelst du. Das musst du kennen! Schließlich erkenne ich dich eindeutig auf diesem Bild. Eine Fotomontage eventuell?"
„Das bin nie und nimmer, ich.", antwortete er voller Überzeugung.
„Du streitest es ab? Willst dich wohl über mich lustig machen? Das bist doch eindeutig, du?"
„Nein, ich bin das auf keinen Fall." Er drehte es um. Doch auf der Rückseite war kein Datum, nichts. „Vielleicht sah mein Vater früher genau so aus."
„Dein Vater? Aber dann müsstest du diese Person erst recht erkennen."
„Na ja, wenn ich jetzt überlege. Das erste Bild, das ich von meinem Vater besitze, stammt aus der Zeit meiner Kommunion. Wenn ich es recht bedenke? Sah er mir keinesfalls ähnlich. Meine Mutter behauptete immer, dass ihre Gene überwiegen. Vielleicht ist es ja ein Bruder von ihr."
„Hat sie denn einen?"
„Auch das kann ich dir nicht sagen.", angestrengt grübelte er. „Wenn ich darüber nachdenke, kenne ich nur Onkel und Tanten von Vaters Seite."
„Eigenartig. ... Wird sich schon aufklären."
„Vielleicht habe ich einen Zwilling." Er lachte.
„Nein bitte. Dieses Bild ist alt. Und jetzt fällt mir auch ein, wo dieser Mann steht."
„Ja, ich ahne, was du sagen möchtest."
„Der Platz des Himmlischen Friedens, in Peking."
„Stimmt genau, der ist es. Also dann kann ich es auf keinen Fall sein. Ich war noch nie in China."

„Ach China. Dort wollte ich schon immer einmal hin. Die Chinesische Mauer, die Tempel, die Kultur und stets fröhliche Menschen.", schwärmte Jasmin.
„Ich bewundere dich."
„Wieso?"
„Immer siehst du erst das Gute. Aber China ist noch mehr als nur…"
„Stopp! Ich weiß, was du sagen möchtest. Ich kann Zeitung lesen und sehe Nachrichten. Aber auch hier in Deutschland gibt es viele dunkle Ecken. Ich denke jetzt an das Schöne. An uns." Der Augenaufschlag, den sie ihm zuwarf, war einfach nur berauschend für Lucas.
Er lachte nochmals. „Darauf trinken wir! Auf das Schöne in der Welt."
„Auf das Schöne in der Welt."

Helene hatte sich in den vergangenen Jahren geändert. Aus einer verzogenen Tochter, einstigen Stammkundin in so mancher Edelboutique, ist eine selbstbewusste hart arbeitende Frau geworden. Eine Scheidungsanwältin auf der Überholspur. Ihre intrigante Art allerdings war nach wie vor ein fester Bestandteil ihres Wesens, der mit der Zeit gewachsen und beabsichtigt im Verborgenen agierte. Die starke Zuneigung zu Lucas nur die Spitze des Eisbergs.
Jasmin hingegen nahm an, mit Helene wäre so etwas wie eine Freundschaft im Laufe der Zeit entstanden. Stets nett, freundlich, hilfsbereit. Doch das war weit gefehlt, das ahnte Lucas bei jeder Begegnung. Er bemerkte die kleinen Spitzen, welche sie ihm ab und an verbal verteilte, erkannte den missbilligenden Blick von ihr, gerade wenn sie dachte, dass sie unbeobachtet sei. Er war in ihrer Gegenwart immer misstrauisch, wachsam.

Heute war Helene auf dem Weg zu ihrem Elternhaus in Starnberg. Eine alte Villa im Bauhausstil mit einem enormen Grundstück direkt am See. Sie klingelte. Die große dunkle, schwere Eingangstür wurde von ihrem Bruder geöffnet.

„Wie geht es ihm heute?", hallte es förmlich in der Eingangshalle, die sie eilig erhobenen Hauptes betrat. „Max, am Telefon warst du erregt. Hat sich seine Situation etwa verschlechtert?", ihre Worte klangen aufgewühlt. Im gleichen Augenblick merkte man aber auch die Bestimmtheit, die Kaltherzigkeit, welche sie als eine Art Unterton mitklingen ließ.

Max indes verdrehte seine Augen, während sie an ihm vorbeihuschte. „Guten Tag erst einmal, liebe Schwester."

„Oh, verzeih mir Bruder. Guten Tag, grias di."

Besorgt wirkte er. „Ich denke, es ist so weit.", sagte er ruhig. „Er spricht nicht mehr. Er isst und trinkt nicht mehr. Mutter weint schon den ganzen Morgen an seinem Bett."

„Mutter weint?", das war auch in ihren Augen kein gutes Zeichen. Helenes Stimmung änderte sich abrupt. Sie ließ ihre Schultern hängen, ihr kalter Unterton wandelte sich schlagartig in Bedauern und Traurigkeit, obwohl ihre Wortwahl einen kleinen Anflug von Sarkasmus nicht verhehlen konnte. „Na ja, das ist nicht gerade hilfreich, wenn Mutter weinend an seinem Bett sitzt. Ich gehe gleich zu ihm. Vielleicht kann ich Vater überreden, etwas zu sich zu nehmen. Schließlich konnte er mir noch nie eine Bitte abschlagen."

„Ja, du warst immer sein Liebling.", erwiderte er nachdenklich. „Versuch es! Aber bitte, sei auf alles gefasst. …"

„Du brauchst gar nicht weiter sprechen. Er wird heute keinesfalls sterben. Ich bin jetzt hier. Du wirst schon sehen.", antwortete Helene voller Überzeugung, bevor sie die Treppe nach oben eilte.

Nachdem sie das große Schlafzimmer ihrer Eltern betrat, übermannte sie plötzlich ein beklemmendes Gefühl. Dunkel schien der Raum, die Luft verbraucht, eher stickig, obwohl die bodentiefe Fensterfront das Zimmer im Licht der Sonne erstrahlen lassen und die enorme Größe vielmehr zu Freiatemübungen anregen müsste. Ein leises Wimmern, gar schniefen kam aus Richtung des großen Himmelbettes gegenüber der Fenster.

„Mutter. Warum sind die Gardinen geschlossen?" Helene ging zum Fenster, öffnete die Vorhänge und eine der Fensterflügeltüren. Tief atmete sie ein. „Schon besser", sprach sie, drehte sich um, lächelte.

„Vater. Wie fühlst du dich denn heute? Ich habe gehört, dass du nicht essen möchtest. Trinken möchtest du auch nicht?" Sie schritt zum Bett und setzte sich an die Bettkante, hielt behutsam seine Hand. Kurz musterte sie ihre Mutter, die gegenüber von ihr auf einem Stuhl kauerte. Ihr Gesicht war fest neben ihm auf die Bettdecke gepresst. Ein leises Schluchzen war von ihr zu hören.

„Mutter!", sprach Helene auffordernd.

Endlich zeigte sie ihr Gesicht. Mit verquollenen Augen blickte sie ihre Tochter an. „Dein Vater wird …", wieder rollten Tränen.

Helene indes strich vorsichtig über die Wange ihres Vaters. Sein eingefallenes, aschfahles Gesicht glich schon der einer Leiche. Nur die flache Atmung verriet, dass noch Leben in ihm steckte. Der starre Blick, den er strikt zur Decke richtete, wandte sich jetzt zu Helene. Seine Mundwinkel zuckten kurz, als ob er lachen wollte. Vorsichtig mit bebendem Unterkiefer öffnete er seinen Mund, darauf löste sich die Zahnprothese vom Oberkiefer, verrutschte, klappte auf seine Zunge.

Es war wahrhaftig kein schöner Anblick, im Gegenteil, wie der leibhaftige Tod sah er aus.

„Vater. Ich … ", war alles, was Helene sagen konnte, bevor bei ihr die Tränen rollten. „Vater bitte, du musst etwas trinken! Nur einen kleinen Schluck, bitte." Behutsam nahm sie die Schnabeltasse vom Nachttisch und hielt sie vor seinen Mund. „Bitte …"

Er drehte seinen Kopf in die entgegengesetzte Richtung.

„Was meinst du … Kind?", sprach ihre Mutter unerwartet. Ihre Augen wirkten auf einmal kalt. „Wie lange muss ich hier noch warten?"

Ungläubig blickte sie in ihr Gesicht. Jedes Wort hatte sie verstanden, obgleich sie diese nicht wahrhaben wollte. „Was hast du da gerade gesagt?"

„Ich … Ich warte schon zu lange. Ich habe auch noch ein eigenes Leben!" Abrupt stand sie auf, wischte sich die verbliebenen Tränen grob aus dem Gesicht und ging.

Helenes Entsetzen spiegelte sich auf ihrem Gesicht. In ihrem Kopf rotierten die Gedanken. Ihr ganzes Leben musste sie mit anhören, dass sie ihrer Mutter sehr ähnlich sei. Und jetzt, da sie erkannte wie kalt, wie abgebrüht, wie berechnend ihre Mutter in dieser Sekunde war.

Kalt lief es ihr den Rücken hinunter. Was war das? Was war auf einmal mit ihrer Mutter passiert?

„Vater, sie meint es nicht so? Es sind die Nerven.", flüsterte Helene.

Vorsichtig drehte er seinen Kopf wieder in ihre Richtung. „Ich …", die rechte Hand glitt langsam zum Mund. Helene erkannte sofort, dass ihn die verrutschte Zahnprothese am Reden hinderte. Achtsam griff sie danach und nahm sie vorsichtig heraus. „Ist es so besser?"

Er versuchte zu lächeln.

„Vater ...", wieder rollte eine Träne über ihr Gesicht.

„Ich hab dich ...", flüsterte er schweratmend, ein kaum hörbarer tiefer Seufzer folgte, sein Kopf glitt zur Seite, seine Glieder erschlafften und er war Tod.

An diesem Tag starb er friedlich in seinem Bett. Helene war froh, bei ihm gewesen zu sein. Ein alter Mann, gezeichnet von einer langen Krankheit, abgemagert, eingefallen. Einst ein erfolgreicher stattlicher, starker Mann. Dennoch, am Ende ein Häufchen Elend, zerbrechlich, schwach. Und obwohl ihre Trauer überwog, war sie glücklich ihn ein letztes Mal gesehen zu haben. In der letzten Sekunde bei ihm zu sein. Ihm beizustehen und zu erkennen, dass sie bis zum Ende sein kleines Mädchen war.

Zum Abschied berührte Helene zärtlich seine Hand, bevor der Sarg geschlossen wurde. Eine schmerzende Trennung, die sie trauernd ertrug. Die Abfahrt des Leichenwagens, die darauffolgende Stille, welche die Umgebung in einen ruhenden Moment des stummen Schmerzes tauchte. Seltsam, makaber zugleich. Darauf folgte ein beunruhigendes Gefühl in ihrer Magengegend, begleitet von Unwohlsein, ehe die Ereignisse bizarr nacheinander in Erscheinung traten.

Ihre Mutter war wie ausgewechselt. Heiter fröhlich, fast tanzend schritt sie durch das riesige Haus.

„Mein!", sprach sie immer von Neuem. „Alles mein.", dabei berührte sie jedes der Möbelstücke, an denen sie vorbeiging.

„Mutter, ist alles mit dir in Ordnung?", fragte Max behutsam. Besorgte Blicke tauschten die Geschwister einander aus.

„Ich rufe unseren Hausarzt an. Leg dich doch etwas ins Arbeitszimmer von Vater. Du brauchst Ruhe.", sprach Max mit Nachdruck.

Ihr Blick schnellte zu ihren Kindern. Kalt, emotionslos im ersten Moment, dann abrupt wechselnd und Hass war alles, was sich in ihrem Gesicht widerspiegelte. Sie rannte ins Schlafzimmer. Irritiert liefen Helene und Max hinterher.

„Mutter, wo willst du so schnell hin?", Helene wimmerte fast bei diesen Worten.

Ihre Mutter blieb stehen, drehte sich um, lachte laut. „Wohin wohl! Ich schmeiß sein Leben raus. Es muss weg! Alles muss raus!"

Die Geschwister schüttelten gleichzeitig ihren Kopf. Verzweifelt standen sie vor der eigenen Mutter, wussten nicht, was sie tun sollten.

Endlich gelang es Helene, zu sprechen. „Mutter versündige dich nicht!"

„Versündigen, da spricht die Richtige. Ich habe ihm fast mein ganzes Leben geopfert. Jetzt bin ich dran. Ich." Sie riss die Kleiderschränke im angrenzenden Ankleidezimmer auf, zerrte jegliche Kleidung des Verstorbenen heraus, um es wirr auf dem Boden zu verteilen. „Raus mit dem Mist. Weg, ich benötige Platz!"

„Mutter, soll ich nicht …? Brauchst du einen Arzt?", fragte Max beunruhigt, ein eher kläglicher Versuch, seine aufgebrachte Mutter zu beschwichtigen.

„Einen Arzt? Mir ging es noch nie besser.", sie lachte erneut laut.

„Aber Mutter? Vater ist gerade eine Stunde tot.", flüsterte Helene flehend.

„Eben! Er braucht die Sachen nicht mehr."

Sie wirkte noch hektischer. Griff vom Boden einen großen Haufen der Kleidung und begab sich schnellen

Schrittes an das geöffnete Fenster, um die Kleidung in den Garten zu schmeißen.

„Mutter, bitte beruhige dich!" Helene weinte wieder.

„Ich soll mich beruhigen! Du hast leicht reden. Die letzten fünf Jahre habe ich keine Partys gefeiert, keine neue Kleidung gekauft. Immer hieß es sparen. Jetzt ist damit Schluss. Verschwindet aus meinem Haus!"

Angewurzelt stand Max inmitten des Chaos. Er sprach kein Wort, beobachtete, ohne jedwede Reaktion. Helene indes wirkte entsetzt. Wollte die Situation irgendwie retten. „Mutter, ohne Max würdest du …"

„Was?", sie hörte auf Kleidung auf den Boden zu schmeißen, blickte dabei ihre Tochter herausfordernd an. „Meinst du etwa, auf der Straße leben? Wohl kaum! Ich habe alle Vollmachten. Mir gehört alles. Alles meins. Und ihr, raus jetzt!"

Max ausdruckslose Mimik verschwand. Rot vor Wut glühte sein Kopf. „Tja Mutter! Ich muss dich enttäuschen. Du hast kein Geld mehr. Du musst jetzt von einer guten Witwenrente leben. Sie ist gut, aber dennoch nicht so gut, dass du wie früher alles aus dem Fenster werfen kannst."

„Ich bestimme, was mit dem Geld geschieht! Nicht ihr. Raus aus meinem Haus!" Wiederholte sie noch einmal. Mit einem großen Kleiderstapel auf den Armen schritt sie wütend an ihren Kindern vorbei, trat an das geöffnete Fenster und warf erneut alles im hohen Bogen über die Brüstung.

„Mutter bitte!" Helene weinte stärker. „Du machst mir Angst."

„Hör schon auf! Du warst immer sein Liebling. Er ist tot." Kalt, unbarmherzig klangen die Worte.

Die Situation drohte zu eskalieren. Helene versuchte verzweifelt, ihren Bruder festzuhalten. „Bitte tu jetzt nichts Unüberlegtes!" Doch er riss sich los. Ihm reichte es.

„Na gut, wenn du meinst, dass alles, was dich an unseren Vater erinnert raus soll. Bitte. Du hast gewonnen. Ich helfe dir, damit du dich endlich wieder beruhigen kannst."

„Ich brauche deine Hilfe nicht. Nicht deine, nicht die deiner Schwester. Ich mache das allein! Und jetzt sage ich zum letzten Mal, verschwindet aus meinem Haus!" Ihre Schritte wurden immer schneller, auch Max war nicht mehr aufzuhalten. Gemeinsam stürzten sie in Richtung Fenster. Jeder von ihnen mit einem großen Stapel Kleidung auf den Armen. Ein absurder Wettlauf begann.

Helene stand bewegungsunfähig mitten im Raum. „Hört auf! Bitte, alle beide. Hört auf!", beschwor sie förmlich die Zwei. Bittere Tränen rollten erneut aus ihren Augen.

Eine riesige graue Wolke verdunkelte auf einmal den blauen Himmel. Still wurde die Umgebung. Unheilvoll, eigenartig zugleich. Max blieb abrupt stehen. Beunruhigt beobachtete er das Geschehen. Doch die Mutter war wie von Sinnen, gefangen in ihrem Wahn. Wenige Meter standen die Geschwister von der Mutter entfernt, als sie im Begriff war einen weiteren Schwung der Kleidung zu entsorgen.

Urplötzlich, wie aus dem Nichts kroch ein schwarzer Schatten, dicht am Boden schwebend, an den Geschwistern vorbei und verschwand im Körper der Mutter, ohne dass sie etwas zu merken schien.

Noch bevor beide irgendetwas sagen konnten, noch ehe ein erneuter Laut zu vernehmen war, rutschte sie kurz vor dem Geländer aus, stürzte über die Brüstung.

Ein dumpfer Aufprall, ein kurzes lautes Knacken, das durch die herumliegende Kleidung etwas gedämmt wurde, war alles, was ihre Ohren wahrnahmen.

Entsetzt, starr standen sie dort, fixierten die Stelle, an der vor wenigen Sekunden noch ihre Mutter gestanden hatte. Helene war die Erste, die zum Geländer rannte. Sie schrie, nachdem ihr Blick auf ihre Mutter am Boden fiel. „Nein, das kann nicht sein. ... N e i n." „Nein, das kann nicht sein. ... N e i n."

Max indes rannte panisch die Treppe hinab, hastete darauf in den Garten, sah den leblosen Körper. Verdreht war ihre Haltung. Blut lief aus der Nase. Vorsichtig berührte er sie am Hals. Hoffte ... Es war zu spät. Ihre Mutter war tot. Genickbruch.

Fassungslos kauerte er vor ihr. Sein Blick wurde glasig und Tränen rollten aus seinen Augen.

Hinter ihm hallte das Wort. „Mutter!", Helene eilte an seine Seite, aufgeregt war auch sie. Erschüttert kniete Helene neben ihrem Bruder.

„Sie ist tot.", kroch der Kummer aus seinem Hals. „Tot."

„Mutter, Mama.", wimmerte Helene.

Am gleichen Tag fuhren Jasmin und Lucas zu seinen Eltern. Sie waren ahnungslos, was gerade in Starnberg geschehen war. Die Sonne schien hell, die Stimmung war gelassen gut. Bei Kaffee und Kuchen saßen sie vor dem Haus, mit Blick auf die Zugspitze. Ein unbeschwerter Nachmittag, der von einer Fotografie vehement ins Aus geraten sollte.

„Gestern Abend haben wir alte Fotos angeschaut ...", begann er eher beiläufig das Gespräch zu wechseln. „Da haben wir Eines gefunden, das ich bis dato noch nicht kannte."

„So? Welches? Das auf dem Töpfchen?", spaßte seine Mutter, schmunzelte dabei.

„Nein. Bitte schau sie dir an!", Lucas wirkte ernst. „Eine Fotographie, die keinesfalls von mir sein kann. Schwarz-Weiß. Sie ist eindeutig alt. Ich denke, dieses Bild wurde in China aufgenommen." Er zeigte die Fotographie.

Lucas Mutter verlor augenblicklich die Gesichtsfarbe. Auch sein Vater erkannte den Mann sofort. „Ich wusste, dass eines Tages alles raus kommt. Von Anfang an hätten wir Lucas die Wahrheit erzählen sollen. Von Anfang an."

Keiner hatte einen Einwand. Niemand widersprach. Sie schwiegen, sahen einander eher ratlos an. Lucas Vater wirkte sehr angespannt, seine Mutter saß steif, leichenblass vor ihnen und senkte schuldbewusst ihre Augen.

Immer beunruhigter wurde der Vater, während seine Blicke nervös die schweigende Runde betrachtete. Lucas Antlitz gab eindeutig zu verstehen, dass er augenblicklich die Wahrheit erfahren wollte. „Bitte sagt etwas!"

Hilfesuchend versuchte sich die Mutter bei ihrem Mann anzulehnen. Er hingegen kämpfte innerlich mit seinen Gefühlen, schluckte schwer, probierte diesen Kloß aus seinem Hals zu verbannen. Noch einmal schluckte er schwer, räusperte sich. „Das machst du!" Erklang seine Stimme, die nicht nur zitternd bebte, sondern scharf fast schreiend entwich. „Ich geh. Schau nach dem Vieh." Knallrot war jetzt sein Kopf, als ob er jeden Moment platzen würde. „Sprich endlich die Wahrheit aus!" Darauf verschwand er.

„Lucas." War das einzige Wort, das die Mutter schuldbewusst herausbrachte. Ihre Stimme zitterte, darüber hinaus wirkte sie unsicher, spielte nervös mit dem Foto.

„Habe ich etwas verpasst? Wer ist das, Mutter? Und bitte! ... Was ist die Wahrheit?"

„Das ist, das ist ... ", sie schluckte jetzt laut.

Lucas flehte förmlich. „Wer? Um Himmelswillen ... sprich mit mir! Wer ist diese Person auf dem Foto!?"

„Er ist. Er ist, ... dein Vater." Sie weinte.

„Was? ... Sag dass, das nicht wahr ist!"

Die Mutter schwieg, putzte sich überschwänglich laut die Nase, während ihr Blick auf das verbliebene Stück Kuchen fiel. Die Stücke, die sie bis dato gegessen hatte, lagen auf einmal wie schwere Wackersteine in ihrem Magen.

„Sag was!", sein harscher Ton, den er jetzt anschlug, war alles andere als geduldig.

Jasmin nahm seine Hand. „Lucas bitte ... Lass uns das in Ruhe besprechen."

„In Ruhe. Du willst das in Ruhe besprechen! Es geht hier um meine Familie, meine!" Zu laut kamen die Worte aus seinem Mund. Doch sie waren gesprochen. Er beabsichtigte ihre Hand zu nehmen, sein Gesichtsausdruck sagte eindeutig Verzeihung.

Jasmin erstarrte regelrecht vor Schreck. Verdutzt, gekränkt, sah sie in seine Augen, zog ihre Hand weg. „Gut, wenn du meinst. Ich gehe zu deinem Vater. Vielleicht kann ich ihm behilflich sein."

Anfangs wollte er etwas sagen, ihr zu verstehen geben, dass sie bleiben sollte, obgleich seine verletzten Gefühle überwogen. Überfordert von dieser Situation, schrie er Jasmin hinterher. „Vater ... ha.", „Wer ist das denn bitte? Hier auf dem Foto?", gab er nun trotzig von sich. „Mutter, bitte sag was!?"

„Lucas. Bitte!", beschwor sie ihn.

„Was, bitte!? Wer ist dieser Kerl? Sag nicht Vater zu ihm! Mein Vater ist nämlich im Stall."

„Das ist er auch", erwiderte sie langsam und vorsichtig. „Aber er ist nicht dein biologischer Vater. Dieser Mann ist es.", kamen die Worte zögerlich aus ihrem Mund, während sie auf das Foto zeigte. Tief atmete sie ein. Gleichzeitig war sie froh, mit der Wahrheit herausgerückt zu sein. Wie oft hatte sie schon daran gedacht. Wie oft hatte sie schon die Worte im Mund zurechtgelegt. Doch jedes Mal, in den vielen Jahren, wich sie aus. Jedes Mal fand sie einen Grund, ihm nicht anzuvertrauen, wer sein Vater war. Sie spürte, wie diese schwere Last endlich von ihren Schultern fiel. Endlich.

Lucas Blick war immer noch auf seine Mutter gerichtet, bohrend, forschend zugleich. Sie versuchte, ihren Sohn anzulächeln. Wollte sie doch ein Leben lang nur eines. Ihren Sohn Lucas glücklich, gesegnet mit einem Vater aufwachsen sehen. In dieser Sekunde verstand sie die Wut, die Zweifel, den zerbrochenen Glauben an das, was er ein Leben lang dachte zu fühlen. Da waren sie wieder. Drei Dinge, die andauernd von Neuem ihr Gewissen warnten, es nicht auszusprechen. Jetzt war der Tag gekommen.

„Du hast mich ein Leben lang belogen! Ein Leben lang betrogen!"

Lucas Mutter zuckte merklich zusammen. Erschrocken starrte sie ihn an. Merkte, wie sich Tränen in ihre Augen drängten. Spürte, wie sich ihre Eingeweide langsam verkrampften.

„Ich war erst dreiundzwanzig.", wollte sie Lucas vorsichtig erklären. „Auf dem Oktoberfest habe ich ihn kennengelernt. Wir liebten uns. ... Ja das taten wir. Und aus dieser Liebe bist du entstanden." Dicke Tränen rollten jetzt aus ihren Augen.

„Ich ... Und das erwähnst du über siebenunddreißig Jahre später! Mal ganz nebenbei, am Tisch, bei Kaffee und Kuchen?"

„Er hat sich damals für eine Andere entschieden!", kam der Satz fluchtartig aus ihrem Mund. Eindeutig sprach sie diesen Satz, weil das alte verletzte Gefühl wieder in ihr aufstieg. Darüber hinaus konnte die Mutter es nicht mehr mit ansehen, wie enttäuscht Lucas Blick auf sie wirkte.

Auch Lucas zuckte kurz, erschrak. Seine Wut war verflogen, stattdessen erkannte man deutlich die Enttäuschung auf seinem Gesicht. „Obwohl er mich hatte?"

„Du warst noch nicht geboren. Nachdem er mir verkündet hatte, dass er eine andere Frau liebt, habe ich es ihm auch nicht mehr erzählt. Basta."

Er wurde wieder laut. „Basta? Heißt das, dieser Mann, mein biologischer Vater, rennt immer noch irgendwo rum und weiß nicht, dass ich existiere?"

„Nein. Er rennt nicht mehr.", sie erschrak noch einmal. Dieser Satz war so nicht gewollt. Schnell hielt sie die Hand vor ihren Mund.

Lucas Blick verschärfte sich. Er erkannte etwas in ihren Augen, legte seinen Kopf ein wenig auf die Seite, brachte wütend zischelnd heraus. „Wieso ...? Sitzt dieser Mann schon im Rollstuhl!"

Erschrocken starrte sie ihn an, schluckte schwer, dennoch schwieg sie.

„Woher weißt du das überhaupt?! Hat er sich nach der Trennung doch um mich gesorgt?"

Nervös wirkte sie wieder. „Nein, Ja. ... Ich fange einfach von vorn an." Noch einmal atmete sie tief ein. „Nachdem wir uns getrennt hatten, brach eine entbehrungsreiche Zeit für mich an. Ich war allein, wurde Mutter. Als du elf Monate warst, war ich mit dir in der

Stadt. Auf dem Viktualienmarkt traf ich ihn mit seiner Freundin. Am Anfang wollte ich mich verstecken, doch dann. ... Ich denke, damals war ich noch immer in ihn verliebt. Ich beschloss, ihn zur Rede zu stellen.", sie schwieg.

„Und?", bohrte er vorsichtig nach.

„Na ja, das habe ich auch."

Ungeduldig sprach Lucas „Was hat er gesagt?"

„Er war alles andere als erfreut."

„Na das war doch klar. So ein Arsch!"

„Lucas! Ich bitte dich! So habe ich dich nicht erzogen!"

„Entschuldige. Aber mir fällt kein passenderes Wort ein."

Kurz nickte seine Mutter zustimmend, überlegte noch einmal, bevor sie fortsetzte. „Nein, nicht so! Er war enttäuscht von mir. Er sah dich. Erkannte sofort, dass du sein Sohn warst. Alles an dir ... Du bist deinem genetischen Vater wie aus dem Gesicht geschnitten. Er versprach, sich um uns zu kümmern. Das tat er auch. ... Nach einem Jahr lernte ich dann, wie sollte es auch anders sein, deinen Vater kennen. Und wie das Schicksal es vorsah, auch auf dem Oktoberfest. Du kannst mir glauben, wenn ich dir sage, Liebe auf den ersten Blick gibt es wirklich.", endlich lächelte sie wieder. Auch Lucas Gesichtszüge wandelten sich. Er wusste, dass seine Mutter in diesem Punkt absolut recht hatte.

„Auf jeden Fall spielte ich von Anfang an mit offenen Karten. Nachdem er dich kennenlernte, hat er dich im gleichen Zug als sein eigen Fleisch und Blut, seinen Sohn bezeichnet. Egal, was seine Familie sagte. Egal, was die Leute sprachen. Wie ein Löwe hat er uns vor jedem, der uns Verurteilte, verteidigt."

„Und was ist mit dem?" Er zeigte auf das Foto.

„Dein genetischer Vater heißt auch Lucas."

„Warum?"

„Na ja, als ich dich geboren hatte ... Du hattest seine Augen. Eindeutig sein Gesicht. Du warst eindeutig die jüngere Version von ihm. Also Lucas."

„Woran ist nun Lucas gestorben?"

„Er starb in China. Auf diesem Platz. Ich habe damals von ihm noch erfahren, dass seine Freundin ein Kind bekam. Wenig später hat sie mir nur noch mitgeteilt, dass er zur Zeit der Unruhen auf diesem Platz ums Leben kam."

„In China? Wieso war er dort?"

„Er war ein Kämpfer. Jederzeit auf der Seite der Unterdrückten. Er wollte die Welt verändern." Lucas Mutter nahm seine Hand. „Genau wie Du. Du bist wie dein genetischer Vater." Von weitem erkannte sie ihren Mann, der freudestrahlend mit Jasmin zurückkehrte. Sie lachte jetzt, konnte nicht anders, als hinzuzufügen. „Und den Dickkopf, den sturen Schädel, hast du eindeutig von ihm." Verliebt nickte sie in Richtung der beiden, die mit großen Schritten immer näher kamen.

Lucas lächelte wieder, war froh, dass er einen Vater hatte, der stets an seiner Seite stehen würde. Und eine Frau, mit der er den Rest seines Lebens teilen wollte.

## 7  Ergötzen


Sag mir, wen du glaubst zu sehen! Sag mir, was du bist!

Zwei Tage später klingelte Lucas Handy.
„Max? Dich habe ich ja schon lange nicht mehr gehört.", verkündete er freudig überrascht, als er seinen Namen im Display las.
„Ja. Hallo Lucas. Ich … Ich brauche deine Hilfe!", er hingegen klang mehr als nur niedergeschlagen. Seine Stimme zitterte. Er registrierte sofort, dass sich etwas Schreckliches ereignet hatte.
„Was ist passiert? Geht es um deinen Vater?" Lucas hörte, wie Max am anderen Ende der Leitung mit seinen Tränen kämpfte.
„Hier am Telefon … möchte ich nicht darüber sprechen. Komm bitte nach Starnberg! … Bitte!", bat er nachdrücklich.
Noch am gleichen Abend trafen beide aufeinander. Max war anfangs derart aufgebracht, dass Lucas erst nach und nach begriff, was Furchtbares geschehen war.
Nicht nur der Vater war Tod, auch die Mutter verstarb kurz darauf. Die Polizei konnte zwar der Geschichte von den Geschwistern folgen, doch daran glauben, das war eindeutig eine andere Sache. Sie ermittelte, das stand außer Zweifel.
Nachdem Max seine Version dargelegt hatte, leerte jeder ein großes Glas Cognac. Schweigend saßen beide im Arbeitszimmer vom verstorbenen Vater. Alles um sie herum wirkte leer, bedrückend, deprimierend. Sie durchdachten gemeinsam, was wohl in diesem Augen-

blick am besten zu tun wäre. Oder vielmehr, was wohl der sinnvollste Schritt sein könnte.

*„Hätte doch Max nicht von diesen Schatten erzählt. "*, dachte Lucas angestrengt nach. *„Vielleicht könnte dann Ruhe einkehren. Eingestuft als tragischer Unglücksfall. Die Polizei würde nicht in sämtlichen Unterlagen der Familie kramen. Würde nicht sein Leben und das seiner Schwester durchleuchten. ... "*

Helene hingegen war aus allem erst einmal fein raus. Sie bekam nach diesem schrecklichen Unfall einen Nervenzusammenbruch, wurde dann in die psychiatrische Klinik nach Haar bei München überwiesen. Lucas beunruhigte trotzdem diese Tatsache. Denn er wusste genau, wie gut Helene schauspielerte. Intensiv wägte er ab, zermarterte förmlich seinen Kopf, ob nicht auch sein Freund Max ihn anlog. Vorsichtig begann er zu fragen.

„Ich weiß, du machst eine furchtbare Zeit durch. Aber bist du dir auch ganz sicher, einen schwarzen Schatten gesehen zu haben? Mal ehrlich?"

„Wenn ich es dir doch sage! Dieses Ding, Nebel in Schwarz, es kroch flach über den Boden und fuhr in meine Mutter. Danach flog sie über diese verdammte Brüstung. Wir waren im ersten Moment wie gelähmt." Deprimiert strich er durch sein gegeltes dunkles Haar. Er hatte das alles gesehen, doch niemand schien ihm zu glauben. Hilfesuchend starrte er seinen Freund an.

„Ein Schatten? Er kroch?", bohrte Lucas skeptisch nach. Am liebsten hätte er seinem Freund geglaubt. Aber ... „Was sagt denn deine Schwester dazu?"

„Meine Schwester? Meine Schwester sagte erst kein Wort. ... Dann schrie sie immer wieder, wenn ich über diesen Schatten sprach. Dabei hielt sie ihre Ohren zu. Erst nachdem der Arzt ihr eine Beruhigungsspritze gab, wurde sie still. Aber ansprechbar war sie danach gar nicht mehr. Verstehst du das?"

„Natürlich verstehe ich das. Schock-Zustand. Eindeutig. Aber bitte ... überleg doch noch einmal! Wenn sie nicht sagt, dass da etwas war. Vielleicht hast du dich getäuscht. Und überhaupt: Warum sollte etwas deine Mutter einfach ohne jedweden Grund töten?"

Max Augen füllten sich mit Tränen. Offenbar war er nicht nur von der Trauer übermannt, sondern obendrein augenscheinlich verzweifelt. „Ich weiß es nicht. Glaube mir! Ich versuche wieder und wieder, die Geschichte in meinem Kopf Revue passieren zu lassen. Aber dieser Schatten, er war da! Die ganze Welt hat sich kurz davor geändert. Ich werde entweder verrückt, oder ..." Er schwieg.

„Du meinst das alles ernst?"

Max antwortete nicht auf diese Frage. Ein leises Schluchzen war nur von ihm zu hören. Die ersehnte Antwort jedoch blieb aus.

Lucas Fahrt zurück in die Stadtwohnung verlief ohne Zwischenfall. Kein Stau, keine hektischen Manöver beeinträchtigten zusätzlich die eher schon aufgeheizte Stimmung von ihm. In sich ruhend versuchte er die Stille, welche nur von den Geräuschen des Fahrzeugs durchbrochen wurde, zu genießen. Träumend durchlebte er die letzten fünf Jahre. Wie friedlich war dieser Lebensabschnitt für ihn und Jasmin. Keine unerklärbaren Ereignisse tauchten auf. Mehr als fünf Jahre des Glücks. Jetzt kam es ihm vor, als ob er unentwegt tiefer in den Abgrund rutschte. Erst drei Tage waren vorüber, die mysteriöse Vergangenheit hingegen hatte ihn augenscheinlich eingeholt. Eine niederschmetternde Zeit, die nicht nur für ihn, sondern auch für Max und Helene gleichermaßen angebrochen war. Unendlich schienen seine Sorgen, seine Ängste auf einmal. Sein Leben wurde eindeutig überschattet. Dennoch ist ihm keinesfalls bewusst gewesen, dass ein nichtendendes Martyrium beginnen sollte.

Lucas beschloss noch am gleichen Abend mit Jasmin zu reden. Ihr die Zweifel, die Ängste anzuvertrauen. Sein Gespräch, seine Wahrnehmungen, die Bedenken, die er damit verband. Nachdem er anschließend mit seiner Darstellung endete, verblasste ihr Antlitz vor Entsetzen. Keiner sprach, keiner urteilte. Keiner wollte aussprechen, was er dachte, zugleich befürchtete. Jasmin schloss ihn einfach in die Arme, trauerte beunruhigt im Stillen.

Doch als ob das noch nicht genug wäre, rückte, wie aus dem Nichts, ein alter Traum in jener Nacht in sein Bewusstsein. Lucas schreckte vom Schweiß durchnässt auf, schaltete das Licht an. Aufgewühlt erkannte er, nur geträumt zu haben, und sein emotionsgeladener Zustand flaute allmählich ab.

Beobachtend blickte er zu Jasmin, die schlafend neben ihm lag. Friedlich schien ihr Antlitz. Kurz überlegte er, ob er sie wecken sollte, doch dann schossen die furchtbaren Bilder erneut durch seinen Kopf. Lucas verschwitzter Körper wurde auf einmal von einer nicht endend wollenden Gänsehaut bedeckt. Die entsetzlichen Bilder, die er gerade noch durchlebt hatte, waren plötzlich zum Greifen nah. Rennende von Panik erfüllte Menschen, Schüsse, eine asiatische Frau, die einen leblosen Körper hielt. Keinen der vielen Menschen konnte er erkennen, nur das Gesicht der Frau. Sie weinte und schrie. Tief in seinem Unterbewusstsein kannte er die Antwort. Doch eingestehen, das war eine andere Sache. Nach außen wollte er stark wirken. Im Inneren von Lucas Seele sah das Ganze anders aus. Ihn belastete die unübersehbare Tatsache des Argwohns, der Zweifel. Zu seiner Schande musste er zusätzlich feststellen, dass die Darstellung von Max nicht glaubhaft für ihn war. Zu abstrus, zu abnorm. Er ertappte sich andauernd dabei, den Tatbestand eines Mordes als offensichtlicher, nachvollziehbarer anzusehen. *„Aber warum?"*, kreiste es in seinen Gedanken beunruhigend. Lucas fand einfach keinen richtigen Schlaf in dieser Nacht.

Der Morgen brach an. Nachdem Jasmin erwachte, bemerkte sie, dass er nicht an ihrer Seite lag. Sie stand auf, suchte ihn kurzerhand. Im Wohnzimmer wurde sie fündig. Erschöpft sah er aus, obwohl seine Augen geschlossen, seine Atmung ruhig wirkte, spürte sie, dass sich etwas an ihm verändert hatte. Er litt augenscheinlich. Dieses unbehagliche Gefühl ließ sie nicht mehr los. Lucas war irgendwie anders, schwieg als er aufwachte. Sein aschfahles Gesicht, die dunklen Augenringe.

Anfangs versuchte sie ihn aufzumuntern. Ein Küsschen hier, ein Küsschen da, ein beiläufiger Scherz. Doch nichts half. Ganz im Gegenteil, sein Bewusstsein hatte sich eindeutig gewandelt. Aus einem erfolgsverwöhnten, offenherzigen, fröhlichen Menschen ist über Nacht ein ernster, in sich gekehrter Mensch geworden.

Die Tage verstrichen, obgleich sein Zustand unverändert blieb. Von Tag zu Tag wirkte er niedergeschlagener. Das selbstauferlegte, intensive Arbeitspensum und wenn er dann endlich nach Hause kam, zog er sich sofort um, trieb ein paar Stunden Sport. Er aß kaum, sah müde aus, schlief sehr unruhig.

Eine Woche verging. Lucas Gesicht wurde immer schmaler, blasser. Mit Sorge bemerkte Jasmin, dass er wenig sprach, kaum lachte. Ihre zärtlichen Küsse, Umarmungen, die innige Zweisamkeit. Nichts half. Schmerzlich gestand sie die Tatsache ein, dass über sein jetziges Dasein eindeutig ein Damoklesschwert hing. Drohend schwebte es.

Wieder folgte eine unruhige Nacht. Erneut der gleiche Traum und endlich veränderte sich seine Wahrnehmung, die Ungewissheit verschwand allmählich. Ein großer Platz, viele junge Menschen, anrollende Panzer. Schüsse fielen. Er erfasste eine asiatische Frau inmitten unzähligen, flüchtenden Menschen. Soldaten schossen ohne jedwede Regung wie Roboter auf Unbewaffnete. Die Frau kniend, mitten im Geschehen. Sie rührte sich nicht. In ihren Armen ein Mann, leblos sein Körper. Tränen quollen wie Sturzbäche aus ihren Augen. Bis sie vor Verbitterung, tiefer Trauer das Wort Tian'anmen schrie. Tian'anmen vernahm er erneut, erkannte zum ersten Mal, wer in den Armen der Frau Tod gelegen hatte.

Plötzlich schüttelte ihn etwas. „Lucas bitte!", hörte er von weitem. „Lucas …"

Er schnellte nach oben und saß schweißgebadet im Bett. Eine warme zärtliche Hand berührte seinen Arm. „Lucas, du hattest einen Albtraum. Geht es dir gut?"

„Mein Kopf … brummt." Vorsichtig stand er auf. Sie bemerkte, wie Lucas seine Brust anfasste.

„Hast du Schmerzen?", fragte sie beunruhigt.

„Was? … Nein.", log er noch benommen vom Schlaf. „Nein. Mach dir bitte keine Sorgen. Nur etwas Kopfschmerzen. Ich habe wahrscheinlich zu wenig getrunken."

Er ging ins Bad. Dort angekommen, stützte er beide Hände auf den seitlichen Waschbeckenrand, betrachtete sein verschwitztes Gesicht. „Oh man, was für eine Nacht.", flüsterte Lucas schläfrig. Er öffnete den Wasserhahn, tauchte seinen Kopf unter den kalten Wasserstrahl. Noch einmal verspürte er Jasmins warme Hand, die ihn sanft am Rücken berührte.

„Lucas, wir müssen reden! Ich mache mir Sorgen. Du arbeitest in letzter Zeit zu viel. Du isst viel zu wenig.

Der viele Sport und dann die Sache mit Max. Du schläfst kaum und wenn, dann träumst du schlecht. Ich denke außerdem, dass du mir etwas vorenthältst. Dich belastet etwas."

„Jasmin. Mach dir um mich keine Gedanken. Max braucht unsere Hilfe."

„Ich weiß. Aber vergiss bitte nicht dich. Wenn du zusammenbrichst, bist du auch Max keinerlei Hilfe mehr."

„Ich weiß. Aber ..."

„Nichts aber. Bitte, du musst dich schonen!"

„Schonen?" Lucas lächelte. „Das in der Politik. Ich stehe mitten im öffentlichen Leben. Jeder Schritt von mir wird kritisch beäugt. Ein Termin hetzt den anderen. Dann diese dummen Kommentare von der Presse. Max, als mein ehemaliger Kollege, bester Freund steht unter Mordverdacht. Die Presse verdreht alles. Von meinen Parteikollegen werde ich auch schief angeschaut. Nur weil ich zu Max halte. Alle denken, er wäre ein Mörder. Und du möchtest, dass ich mich schone?"

Jasmin sah ihn mitfühlend an. „Was denkst du? Bitte sei einmal ehrlich! Nicht nur zu mir, auch zu dir selbst!"

Lucas erschrak. „Ich dachte, du stehst auf meiner Seite.", sprach er ausweichend.

„Ich stehe auf deiner Seite. Aber wenn du einfach mal ganz ehrlich zu dir selbst bist. Was glaubst du?"

„Ich ... Ich weiß es nicht!", gestresst wirkte er wieder in diesem Augenblick.

„Siehst du? Diese Sache belastet dich zu sehr. Du musst über deine Gefühle reden! Wenn du nicht mit mir sprechen möchtest, warum nicht mit jemandem, der das beruflich macht?"

„Du meinst, ich soll ...?"

„Ja, das meine ich.", sprach sie bestimmt.

„Kommt überhaupt nicht in Frage! Wenn das die Presse mitbekommt, heißt es sofort, ich hätte ein schlechtes Gewissen. Ich würde etwas verbergen."

„Ach Lucas, dann sprich doch wenigstens mit mir!"

Er umarmte Jasmin, um sie zu beschwichtigen. „Weißt du, wovon ich gerade geträumt habe?"

Sie schwieg kurz. „Lenk bitte nicht ab.", erwiderte sie traurig.

„Ich lenke nicht ab."

Jasmin holte tief Luft. „Also gut. Na dann. Es war auf keinen Fall ein guter, schöner Traum.", sie überlegte jetzt. „Wer ist bitte, Tian'anmen? Du hast das Wort mehrere Male laut und deutlich ausgesprochen."

Erschöpft setzte er sich auf den Toilettendeckel. „Ich habe diesen Traum schon mehrmals geträumt. Die Bilder werden immer klarer. Der Abstand zwischen ihnen wird immer kürzer. ... Vor Jahren, das weiß ich noch genau; träumte ich diesen Traum schon einmal. Sofort fiel es mir ein. Er ist ... " Lucas schwieg.

„Er ist was?", fragte Jasmin vorsichtig. Man erkannte eindeutig aufkommende Anspannung.

„Dieser Traum war so real. ... Es geht um eine Frau. Na ja sie kniet zwischen vielen Leichen. Sie weint. Ich höre Schüsse. Dann schreit sie. Damals sah ich nur ihr Gesicht. Eine Asiatin. Dieses Mal jedenfalls entdeckte ich auch den leblosen Körper, der in ihren Armen lag. Es war ... Es war ..."

Jasmin kniete sich vor ihn. „Wer war es?", flüsterte sie.

„Es war ... mein genetischer Vater."

„Aber, was ...?", Jasmin weinte. Instinktiv war ihr klar geworden, dass Lucas Last schwerer wog, als sie bis dato glaubte. Und sie bekam Angst, furchtbare Angst.

Am darauffolgenden Tag wurde Helene aus der psychiatrischen Klinik entlassen. Max holte sie ab. Nachdem beide in ihr Elternhaus zurückgekehrt waren, merkte Max sofort, dass sich seine Schwester nicht wohl fühlte. Schon in der Eingangshalle blieb sie stehen. „Max bitte! Sei mir nicht böse, aber ich kann hier keinesfalls bleiben. Keinesfalls.", beschwor sie ihn flehend.

„Das kann ich verstehen. Ich fühle mich hier auch nicht mehr wohl.", er überlegte. „Helene, ich muss dir etwas sagen…"

„Sprich ruhig! Noch schlimmer kann es nicht mehr werden."

„Weißt du in deiner Wohnung … Nun ja …"

„Red schon! Was ist mit meiner Wohnung?"

„Die Polizei hat alles auf den Kopf gestellt. Bei dir herrscht nur Chaos. Ich wollte aufräumen, aber ehrlich gesagt …"

„Ach Max. Mein ganzes Leben besteht seit dem Tod unserer Eltern aus Chaos. Ich muss hier raus.", sie drehte sich abrupt um und verließ schnellen Schrittes die Villa.

Als beide in seinem Wagen saßen, fragte er noch einmal. „Bist du dir sicher, dass du in deine Wohnung möchtest?" Er blickte auf die Villa.

„Da kriegen mich keine zehn Pferde mehr rein! Mach was du willst da drin. Oder noch besser: Verkauf es! Fahr jetzt bitte!" Und sie fuhren los.

Im Fahrstuhl zum Loft atmete sie tief ein. „Schön, endlich Daheim. Als Erstes nehme ich ein heißes Schaumbad.", sprach sie voll euphorischer Erwartung. Doch als sie vor ihrer Eingangstür standen, bemerkte Max sofort, dass diese nur angelehnt war.

„Einbrecher?", flüsterte sie kaum hörbar.

Max hielt sich den Zeigefinger der rechten Hand vor den Mund. „Psst!"

Sie nickte zustimmend. Aufgeregt kramte er in seinen Taschen. Er suchte etwas, das wenigstens ein bisschen zur Verteidigung beitragen könnte. Obgleich er zu seinem Bedauern nichts fand, das auch nur ansatzweise einer Waffe ähnlich war. Wie angewurzelt standen beide vor ihrer Wohnung. Letztendlich war es Max, der seine Furcht überwand, die Tür vorsichtig öffnete.

Schnelle Schritte hörten sie im Inneren. Ein wildfremder Mann stand plötzlich mitten im Raum, hektische Bewegungen machte er. Beide erkannten die Kamera in seinen Händen. Unzählige Schnappschüsse folgten in jede Richtung des Raums.

„Was machen sie da?", rief Max aufgebracht.

Der fremde Mann, der sich als aufdringlicher Reporter entpuppte, drehte sich erschrocken um. Einen Moment hielt er inne, doch nur ein paar Sekunden später wurden weitere Fotos geschossen. Max und Helene waren vollkommen überrumpelt, hielten sich ihre Hände vors Gesicht. Für den Reporter spielte das jedoch absolut keine Rolle. Er bombardierte sie gleich mit Fragen.

„Was sagen sie zu dem Vorwurf, sie hätten ihre Eltern aus Habgier getötet? Bitte geben sie mir ein exklusives Interview!" Flogen die Worte anmaßend, dreist, ohne jedwede Pietät aus seinem Mund. Seine Kamera indes, schien dabei keine Pause zu machen.

Max war komplett überfordert, fühlte sich gedemütigt. Dennoch versuchte er, dem Reporter die Stirn zu bieten. „Bitte, gehen sie jetzt! Was sie hier tun, ist Hausfriedensbruch."

„Ich bestehe auf meine Pressefreiheit. Bitte erläutern sie mir den Tatvorgang, der ein derart dilettantisches und eindeutiges …, die meisten Menschen sprechen im

Übrigen von kaltblütigem Mord … Verbrechen an den Tag legt!"

Helene stieß ihren Bruder beiseite. „Raus hier! Sofort. Oder ich rufe die Polizei."

Der Reporter wiederum ließ sich keineswegs beirren, fotografierte munter weiter. Obendrein lächelte dieser aufdringliche Kerl provokant.

Helene war mittlerweile derart aufgebracht, dass sie ihre Handtasche als Waffe benutzte und mit dieser nach dem Reporter schlug.

„Das nenne ich Behinderung von ehrlicher Reportage.". Der erste Anflug von Einschüchterung war bei ihm endlich zu erkennen.

„Und ich nenne das, Hausfriedensbruch. Und jetzt raus! Oder ich schreie." Bei diesen Worten stieß sie ihn wie eine wildgewordene Furie in Richtung Tür. Als er im Hausflur stand drehte sich der dreist blickende Kerl um, brachte erneut seine Kamera in Position.

Jetzt jedoch war es Helene, die triumphierend lächelte während die Tür mit einem dumpfen, lauten Knall ins Schloss von ihr gestoßen wurde.

„Ich fasse es nicht, diese Dreistigkeit. Was sagst du denn dazu?", außer Atem, vollkommen aufgebracht, wandte Helene sich zu Max, der mit geöffnetem Mund wie eine Statue vor ihr stand.

„Max, ist alles in Ordnung mir dir? Was hast du? Geht es dir nicht gut?", Helene wirkte besorgt. „Mach dir keine Sorgen, das war nur ein kleiner Schmierfink." Vorsichtig strich sie mit ihrer Hand über seine Wange. Im ersten Moment dachte sie, ihr Bruder wollte schreien. Aber das tat er nicht. Im Gegenteil, sein Unterkiefer begann zu zittern, seine Augen wurden glasig, er fiel auf die Knie, verbarg sein Gesicht mit den Händen und ließ seinen Tränen freien Lauf.

Lucas hatte einen Tag zuvor mit Max am Telefon gesprochen. Ihm war bewusst, wie sehr sein Freund litt. Stark versuchte er zu wirken, schließlich standen Freunde auch in schweren Zeiten zueinander. Umso mehr schmerzte es ihn, die Bitte, Helene von der psychiatrischen Klinik nach Starnberg zu bringen, abzulehnen. Die Zeit war einfach furchtbar, nicht nur für die Geschwister. Nein, auch Lucas und Jasmin litten.

Als sie am darauffolgenden Tag ihre Station im Krankenhaus betrat, wirkte Jasmin nervös.

*„Frühstückspause."*, dachte sie gerade, nachdem sie zum wiederholten Male einen zerbrochenen Teller vom Boden aufhob.

„Mensch Jasmin, du siehst angespannt, müde aus.", sprach Cat besorgt, erkannte außerdem wie durcheinander sie war.

„Ach Cat ...", sagte sie, blickte den Tränen nah in ihr Gesicht. „Wenn du wüsstest, was bei mir Zuhause los ist. Ich mache mir jeden Tag größere Sorgen um Lucas. Und diese furchtbare, unsägliche Geschichte mit Max und Helene. Es ist einfach eine entsetzliche, vor allem aber nervenraubende Zeit. Nicht nur für sie, auch für mich. Diese Reporter belagern jetzt schon unser Leben, ziehen Lucas immer mehr in den Abgrund. Verstehst du? Das Schlimmste ist, ich kann nichts, rein gar nichts dagegen unternehmen." Jasmin weinte. Cat nahm sie in ihre Arme.

Es dauerte nicht lange, und Jasmin versuchte krampfhaft ihre Gefühle in den Griff zu bekommen. Ihr war es peinlich, auf dem Stationsgang, derart die Kontrolle über ihr Befinden zu verlieren. Sie spürte musternde Blicke von Patienten, die gelangweilt über den Gang wanderten. Unangenehm war das Gefühl.

Plötzlich hielt sie eine Hand an ihren Bauch, die zweite vor ihren Mund. „Entschuldige!", nuschelte

Jasmin gerade noch. Sie rannte über den Flur direkt auf die Toilette. Cat folgte ihr.

Ein lautes Würgen vernahm ihre Freundin vor der Tür, wo sie beunruhigt wartete. „Kann ich dir helfen? Möchtest du, dass ich dir ein Glas Wasser hole?", mitfühlend klangen diese Worte eindeutig.

Die Toilettentür ging langsam auf. Jasmin wirkte blass, erschöpft.

„Jasmin? Geht es dir wieder besser?"

„Schon gut. Es ist nichts. Es ist normal.", sie wusch sich die Hände, gleich darauf das Gesicht.

„Was ist normal?", fragte Cat, während sie beobachtend neben ihrer Freundin stand. Sie dachte nach. „Soll das etwa heißen? Du …"

„Ja, genau das soll es heißen."

„Oh, wie schön." Sie umarmten einander.

„Wie lange weißt du das schon?", sprach Cat aufgeregt.

„Ich weiß das schon seit ein paar Monaten. Aber seit einer Woche wird mir erst übel."

„Mensch, das ist … Ich weiß gar nicht, was ich sagen soll."

Jasmin wirkte traurig.

„Glückwunsch!", versuchte sie ihre Freundin aufzumuntern. „Das ist super.", Cat lachte sie an.

Verlegen blickte Jasmin zum Boden.

„Sag bloß, Lucas weiß nichts von seinem Glück?"

„Na ja. Ich wollte es ihm sagen. Aber erst wollte ich auf Nummer sicher gehen. Dann kam die Sache mit Max und Helene dazwischen.", sprach sie sehr schnell.

„Ach Mensch, Jasmin. Was gehen dich die beiden in dieser Situation an? Es geht um dich und um Lucas. Ihr, werdet Eltern."

„Ja, aber … Lucas leidet."

„Eben. Er leidet. Darum ist es umso wichtiger, dem Kindesvater die freudige Botschaft mitzuteilen."
„Aber ..."
„Willst du mir damit etwa sagen, dass er keine Kinder möchte? ... Dieser ...", wollte Cat gerade fassungslos äußern.
„Nein, nein. ... Du verstehst das falsch. Ich denke, er mag Kinder. Wir haben nur noch nie darüber gesprochen."

Der Abend brach an. Jasmin hatte diesen sorgfältig mit Cat nach ihrem Gespräch geplant. Er sollte perfekt sein. Freude, endlich wieder Glück in beider Leben bringen. Wenn Lucas sah wie viel Aufwand, Zeit sie für den Abend aufgebracht hatte. Er musste für diesen einen Moment die Sorgen vergessen. Davon war Jasmin fest überzeugt.
Sie kochte. Einfach, schmackhaft, leicht. Etwas Gemüse im Wok angebraten mit Hühnerbrust, die in feine Streifen geschnitten war. Süßsauer natürlich. Das mochten beide sehr gern. Reis als Beilage. Für ihre Vorspeise, eine klare Suppe, die auch mit bunt gemischten Gemüsestreifen durchzogen war. Ein paar hartgekochte Wachteleier, die sie halbierte und zur Garnierung verwendete. Als Nachtisch gab es ihr Leibgericht. Schokoladenpudding. Nur in ihren mischte sie eine kleine, für sie sehr schmackhafte, für andere eher widerwärtige Geheimzutat, die aus kleingeschnittenen sauren Gurken, obendrein feingewürfelten leicht angedünsteten Zwiebeln bestand. Das aß sie im Augenblick am liebsten. Offensichtlicher konnte sie ihren Zustand nun wahrlich nicht mehr mitteilen.
Es wurde spät. Ungeduldig wartete Jasmin. Wieder einmal kam Lucas nicht pünktlich nach Hause.

„Wo warst du?", fragte Jasmin etwas nervös, nachdem er eineinhalb Stunden später die Tür öffnete und sie ihn am Eingang empfing.

Beide küssten einander kurz. „Du brauchst doch nicht zu warten. Ich hatte noch Termine. Ich ziehe mich schnell um, dann gehe ich noch Joggen."

Die Enttäuschung war deutlich auf Jasmins Gesicht zu erkennen. „Geh ruhig.", sprach sie traurig.

Behutsam strich er über ihr Gesicht. „Eine Stunde. Eine Stunde einfach nur laufen. Ich brauche einen freien Kopf. Es war heute wirklich viel los. Und erst dieser aufdringliche Journalist!" Er küsste kurz ihre Stirn, wandte sich ab, schritt über den Flur, wo sich am Ende das Schlafzimmer der beiden befand.

Die Wohnzimmertür stand offen. Lucas war schon fast vorbei, als er das ungewöhnliche Licht im Raum bemerkte, stehen blieb und überrascht hineinblickte.

Jede Kerze, die sie fand, hatte sie sorgfältig im Wohnzimmer aufgestellt. Der niedrige Wohnzimmertisch war mit einer weißen Tischdecke belegt und stand jetzt mitten im Raum. Ein großer fünfarmiger Kerzenleuchter in der Mitte. Alle Kissen, die sie besaßen, waren rund herum drapiert. Ein Hauch Jasmin lag in der Luft, gemischt mit dem Duft des Essens aus der Küche.

Jasmin blieb gebannt an seiner Seite stehen, umschloss liebevoll Lucas Unterarm. Gleich darauf lehnte sie ihren Kopf verträumt an seinen Oberarm. „Ich habe gekocht!", sprach sie leise, freudig, voller Erwartung. Das leicht flackernde Licht der Kerzen erhellte die Stimmung des Raumes, verbreitete angenehm wohlige Wärme und ließ beider Augen aufleuchten.

„Das sehe ich.", Lucas dachte nach. „Habe ich etwa irgendeinen Jahrestag … vergessen?"

„Nein warum? Ich wollte nur einmal einen gemütlichen Abend mit dir verbringen.", antwortete sie gefühlvoll.

Er umarmte sie zärtlich. „Ach Jasmin. Ich … Ich weiß, ich habe dich sträflich vernachlässigt, aber … Ich habe schon gegessen. Ich wollte mich jetzt noch bewegen. Der Tag war anstrengend. Wir holen das nach. Versprochen.", das schlechte Gewissen war deutlich zu erkennen. Dennoch, er brauchte jetzt Zeit für sich.

Jasmin schluckte schwer. „Gut, ich verstehe.", kamen leise die Worte enttäuscht aus ihrem Mund.

„Morgen. Ich verspreche es dir, morgen bist du der Mittelpunkt des Abends." Mit diesen Worten ging er ins Schlafzimmer, verschwand aus ihrem Blickfeld.

Nach einigen Minuten stürmte er regelrecht aus dem Schlafzimmer, gekleidet in seinen Sportsachen. Ein paar Dehnübungen folgten. Erneut durchquerte er den Flur, vorbei am Wohnzimmer, erblickte Jasmin, die traurig am Boden saß und stumm den gedeckten Tisch fixierte. Ihn plagten jetzt eindeutig Gewissensbisse. „Jasmin eine Stunde. Ich brauche eine Stunde und wir können reden. Versprochen. Tut mir leid." Er zögerte. *„Heute läuft aber wirklich alles schief."*, bedauerte Lucas seine Entscheidung, dennoch blieb er entschlossen. „Ich muss jetzt laufen, einfach laufen. Versteh mich doch bitte!"

Sie hob leicht ihre Hand, ohne ihn eines weiteren Blickes zu würdigen und sprach mit wenig Überzeugungskraft. „Geh nur! Alles in Ordnung. Geh!"

„Bis dann. Ich habe dich sehr lieb."

Sie antwortete nicht. Sein schlechtes Gewissen wurde durch das Schweigen von ihr verstärkt. Langsam schritt er zur Haustür. Nachdem Lucas sie geöffnet hatte, blieb er noch einmal stehen, lauschte. Die stille Atmosphäre, deprimierend wie sein Tag, erkannte Lucas gerade noch, bevor Jasmin laut und gekränkt von sich gab.

„Geh ruhig! Immer geh! Verkrieche dich in deinen Kummer. Ich wollte dir auch nur mitteilen, dass du Vater wirst. Vater, verstehst du?", sie weinte. Gekränkt vergrub sie ihren Kopf in einem der umliegenden Kissen.

Lucas schloss sofort die Tür. Seine Atmung setzte kurz aus. Die letzten Sätze, die Jasmin sprach, flogen wild durch seinen Kopf. „Vater? Ich werde Vater?", sprach er ungläubig, kaum hörbar aus.

Er lief zu ihr, kniete sich neben ihren zusammengerollten Körper. Ihr Gesicht war nicht zu sehen, so eng hatte Jasmin es in eines der Kissen gepresst.

„Was hast du da gerade gesagt?", fragte er, obwohl Lucas genau ihre Worte verstanden hatte.

Abrupt setzte sie sich, schniefte laut, wischte ihre Tränen wütend von ihrem verschmierten Gesicht. „Du wirst Vater.", schluchzte Jasmin. „Ich habe den halben Nachmittag dazu verwendet, dir alles recht zu machen. Dich von deinem Kummer abzulenken. Dir zu sagen, dass du Vater wirst.", erneut rollten Tränen aus ihren Augen. Sie klopfte mit der rechten Faust auf ihren Brustkorb. „Ich habe auch Gefühle! Und ich habe gekocht." Sie stand auf, rannte in die Küche und holte ihren Schokoladenpudding. „Siehst du das hier? Siehst du das?", wieder glitt ihr ein Schluchzen über die Lippen.

„Was ist das?", sprach er irritiert.

„Das ist meine Leibspeise im Augenblick. Verstehst du? Das ist mein Schokoladenpudding, mit gehackten Zwiebeln und saurer Gurke.", erneut schluchzte Jasmin.

Er schmunzelte. „Mh… lecker."

Trotzig kam es über ihre Lippen. „Willst du mich veralbern?" Sie ließ beide Arme sinken. Der Pudding fiel auf den Boden, verteilte sich dort. Verweint, verschmiert stand sie vor ihm. Wirr war ihr Haar. Sie schniefte. Lucas sprach kein Wort. Er sah sie an und tausend schöne Dinge aus ihrer gemeinsamen Vergangenheit flogen durch seinen Kopf. Er lächelte.

In diesem Moment war ihr alles egal. Alles. Ihre Hormone spielten eh verrückt. Sie stampfte kurz wie ein trotziges Kind mit ihrem rechten Fuß auf den Boden. „Sag schon. Was sagst du dazu!", forderte sie ihn heraus.

Noch einmal lächelte er. „Ich liebe dich, Jasmin Rosenberg. Ich liebe Dich."

Er stand auf, kniete sich sofort vor Jasmin, nahm ihre rechte Hand, umschloss diese zärtlich und hauchte erwartungsvoll. „Willst du meine Frau werden? Ich habe zwar keinen Ring, aber diesen Gedanken trage ich schon lange mit mir herum. Glaube mir, ich liebe dich."

„Was?" Sie schniefte abermals, wischte sich mit dem Ärmel das Nasse von der Nase.

Lucas lachte, war glücklich, zufrieden, sorgenfrei in diesem Augenblick. Stand auf, drückte sie zärtlich an sich, umarmte sie sanft. „Möchtest du, Jasmin Rosenberg, meine Frau werden?", flüsterte er ihr nochmals ins Ohr.

Jasmin schniefte, holte tief Luft und sprach zaghaft „Ja."

Wieder verging eine Woche. Max und Helene stand das Wasser bis zum Hals. In der Presse waren beide das Thema Nummer eins. Keiner glaubte an ihre Unschuld. Selbst die Polizei war zu dieser Überzeugung gelangt.

Es begann der Abend vor der ersten Verhandlung. Lucas beendete extra früher den steten Arbeitsalltag, um seinen Freund noch einmal zu besuchen. Er hatte die Absicht, ihm Mut zuzusprechen, ihm unterstützend zur Seite zu stehen. Dennoch ließen ihn Zweifel an seiner Unschuld einfach in keinster Weise mehr los. Helfen wollen, ist das Eine. Doch helfen können, ist das andere. Es ist nicht gerade leicht, wenn man tatsächlich der Meinung der Presse entspricht, fiel es ihm immer wieder von Neuem auf.

Nachdem er nach Starnberg gefahren war, vor der Villa parkte, musste er als erstes in roten großen Buchstaben das Wort Mörder an der Hauswand lesen. Erschrocken betrachtete er die Schmiererei, bemerkte keineswegs, dass Max aus einer der vielen Garagen eilte, die sich aneinandergereiht auf der rechten Seite des Hauses befanden. Er hielt einen großen Eimer weißer Farbe, darüber hinaus eine dicke Malerrolle in den Händen. „Schön Lucas, dass du vorbeikommst.", sprach Max, riss ihn förmlich aus seiner starren Haltung.

„Aber immer doch. Schließlich sind wir Freunde und ich habe es dir versprochen."

„Ja ...", Max lachte ironisch. „Da bist du wohl der Einzige, der noch vorhanden ist."

„Ach, das glaube ich nicht.", brachte er ihm aufmunternd entgegen. Insgeheim schämte sich Lucas zu lügen. Er wusste genau, dass seine Aussage unsicher klang, lenkte schnell ab. „Wer hat das denn an euer Haus geschmiert?"

„Na wer wohl." Max wurde lauter. „Das kann nur dieser feige Nachbar von nebenan gewesen sein. Seit Jahren versucht er schon unsere Familie aus diesem Haus zu vertreiben." Er schrie jetzt. „Du bist bald am Ziel deiner Träume. Hinterfotziger Hallodri. Elendiger."

„Max! Nicht so laut, der hört dich womöglich noch. Möchtest du noch eine zusätzliche Anzeige wegen Beleidigung?"

„Kann er ruhig. Ist eh alles egal. Unsere Anwälte kosten ein kleines Vermögen. Auf mehr oder weniger ... Wenn ich das Haus jetzt verkaufe, bekomme ich durch diese Geschichte noch nicht einmal den Mindestwert."

„Max bitte! Die Verhandlung hat noch nicht einmal begonnen."

„Hh ... Einmal schuldig, immer schuldig."

„Jetzt siehst du aber zu Schwarz. Möchtest du, dass ich dir helfe?"

„Nein, geh schon rein! Ich erledige das selbst. Meine Schwester ist im Haus." Jetzt wirkte er traurig. „Sie betrinkt sich in letzter Zeit ziemlich oft. Halte sie davon ab! Morgen müssen wir einen guten, vor allem glaubwürdigen Eindruck hinterlassen. Geh ruhig, die Tür ist nicht abgeschlossen."

Lucas ging, wenn auch widerwillig, allein ins Haus. In der großen Eingangshalle hörte er schon laut dröhnende Musik. Wagner. Er verdrehte die Augen und betrat das riesige Wohnzimmer. An der großen Fensterfront mit direktem Blick zum See stand Helene mit einem Glas hochprozentigen. Sie träumte. Lucas ging zum Plattenspieler, stellte die Musik aus. *„Schon besser."*, dachte er bei sich.

Helene drehte sich leicht schwankend um, das Reden fiel ihr schwer. „Ach du bist es, Lucas, wie schön. Mein Bruder ist vor dem Haus. Hast du ihn denn nicht gesehen?"

Vorsichtig ging sie in Richtung eines der Sessel, ließ sich hineinfallen, dabei schwappte die Hälfte ihres Drinks auf den Boden. „Hupfs ..."

Sie versuchte ihn zu fixieren. „Willst du auch einen? Bitte bedien dich! Du weißt ja, wo die harten Sachen stehen. Sei so gut und schenk mir nach."

Lucas ging auf sie zu. „Du solltest nichts mehr trinken. Morgen beginnt ein anstrengender Tag für dich. Du brauchst einen klaren Kopf."

„Ach, du sprichst schon wie mein verstorbener Vater. Warum magst du mich eigentlich nicht mehr? Wir hatten doch eine schöne, sogar intime Zeit miteinander." Sie lächelte ihn an. „Komm, lass uns auf die alte Zeit anstoßen!"

„Helene, ich sage noch einmal, du solltest nichts mehr trinken! Außer ein Mineralwasser vielleicht."

„Mh…", sprach sie noch. „Komisch wie die Zeiten sich ändern. Früher konnte ich dich um meinen kleinen Finger wickeln. Heute bin ich dir wohl nicht mehr hübsch genug? Zu taff anscheinend."

„Helene, ich denke, das ist nicht die richtige Zeit über etwas Derartiges zu sprechen."

Sie lachte. „So, wann dann? Nimm mich Lucas. Nimm mich hier und jetzt.", Helene öffnete ihre Bluse.

Max kam dazu. „Habe ich etwas verpasst?"

„Nein Max. Gut, dass du kommst. Deine Schwester muss unbedingt nüchtern werden."

„Mensch Helene." Max ging zu ihr, nahm ihr gerade noch das Glas ab, bevor es ihr aus der Hand fiel. „Das war knapp." Erleichtert zeigte er es Lucas, woraufhin beide kurz lächelten. Helene fing an zu schnarchen. Max nahm eine Decke von der Couch und deckte sie zu. „Gehen wir in die Küche, ich würde jetzt zu gern einen Kaffee trinken."

„Es ist zwar schon spät, aber einen Espresso hätte ich auch gern."

„Espresso?"

„Ja, ich schlafe immer wie ein Baby, wenn ich den am Abend trinke. Andere werden munter, ich schlafe tief und fest."

„Na gut, dann komm! Gehen wir in die Küche!"

Selbst die Küche wirkte in diesem Haus riesig, die Einrichtung modern, fast steril. Schneeweiße glattpolierte Frontflächen. Elektrische Einbaugeräte in glänzendem Edelstahl. Ein stumpfer schwarzer Marmorboden, perfekt abgestimmt mit der Arbeitsplatte. Eine große Kochinsel, anliegend ein höherer Tisch, ähnlich einer kleinen Bar. Darunter standen drei hohe Hocker mit schwarzem Leder bezogen, auf denen beide Platz nahmen.

Sie schwiegen einige Minuten. Nachdem Max den letzten Schluck seines Kaffees getrunken hatte, sprach er. „Sag mal Lucas! Glaubst du mir wirklich, dass ich meine Mutter nicht getötet habe?"

Lucas verschluckte sich, da er gerade im Begriff war einen Schluck seines Heißgetränkes hinunterzuschlucken. „…tschuldigung!", äußerte er kurz, räusperte sich noch einmal. Mit großen Augen blickte er Max an. „Ich, ich kenne dich schon seit ich den ersten Tag im Landtag sitze. Folglich eine lange Zeit. … Ich weiß, dass du zu so etwas nicht in der Lage bist. Ich weiß aber auch, dass deine Mutter alles andere als lieb und nett war. Darüber hinaus …"

„Also glaubst du mir nicht! Du denkst wie der Rest der Welt. Ich hätte gelogen, bin folglich ein Mörder."

„Nein. Das denke ich nicht. Ich denke, dass es wirklich ein Unfall war. Aber ich kann bis heute nicht verstehen, warum du behauptest, ein schwarzer Schatten wäre in deine Mutter gefahren und hätte sie zu diesem Unfall verleitet. Da stimmt doch was …" Gerade wollte er den Satz beenden, als urplötzlich ein furchteinflößender Schrei aus dem Wohnzimmer zu ihnen hallte.

„Helene!", rief Max beunruhigt. Beide rannten ins angrenzende Wohnzimmer.

Sie stand leichenblass vor ihrem Sessel, hielt die Decke fest an sich gedrückt. Sie zitterte.

„Helene, ist alles in Ordnung mit dir? Was ist los? Was ist passiert?"

„Da … Da war das Ding."

„Welches Ding?"

„Na er. Er war hier." Helene sank erschöpft zurück in ihren Sessel.

„Wer war hier? Sprich endlich!", beschwor Max seine Schwester.

„Na dieser Schatten."

„Was! Wo?" Max blickte hektisch in alle Ecken des Raumes.

Lucas musste zugeben, dass ihm diese ganze Szenerie unheimlich erschien. Ein unangenehmer kalter Schauer lief über seinen Rücken, welchen er schweigend über sich ergehen ließ.

„Du hast ihn also doch gesehen?", schimpfte Max jetzt völlig aufgebracht.

„Was ... e. Ja!" Helene schrie. „Das habe ich!"

In Max brodelte es. Wutentbrannt kamen die Worte aus seinem Mund. „Und warum hast du während deiner Vernehmung nicht über diesen Schatten gesprochen, sondern geschwiegen?"

„Weil uns sowieso niemand glaubt. Ich bin Scheidungsanwältin. Himmel. Wenn ich mit einer derartigen Geschichte an die Öffentlichkeit trete, bekomme ich keine anständigen Klienten mehr. Sondern nur irgendwelche Loser, die nichts auf die Reihe bringen."

„Immerhin habe ich ein reines Gewissen. Verleumdung führt nur zu Wahnvorstellungen.", brüllte Max zurück.

„Ach, jetzt habe ich also Wahnvorstellungen, weil ich das Ganze verleumdet habe? Ja Max? Ist das so? Dann sage ich dir jetzt und hier noch einmal. Er war hier, stand direkt vor mir."

„Ach, auf einmal? Was hat er denn getan? He!"

„Er blickte mich an. Er stand vor mir, beobachtete mich."

„Helene! Du hast zu viel getrunken.", mischte sich Lucas ein.

Energisch verteidigte sie ihre Behauptung. „Hör schon auf, Lucas! Ich weiß, was ich gesehen habe. Er stand hier im Wohnzimmer. Er hat mich beobachtet."

„Ich glaube dir.", erwiderte Max auf einmal vorsichtig.

„Also ich weiß ja nicht, welches Theater ihr mir vorspielen wollt, aber ..."

Max war ganz ernst. „Lucas, das ist kein Theater. Auf keinen Fall ein Spiel. Bitte glaube mir! Ich habe ihn gesehen. Helene hat ihn gesehen. Und das nicht nur einmal ..."

„Das sagst du mir erst jetzt. Lockst mich wieder in dieses verfluchte Haus.", Helene wirkte über alle Maßen empört.

„Helene. Ich dachte, es sind meine Nerven. Wer bitte schön glaubt uns denn? Schwarzer Schatten, der in Personen einfährt. Sie sogar tötet. Ha, das kommt doch aus einem schlechten langweiligen Horrorfilm. Aber ich sage dir, ich habe ihn gesehen und du auch! Auch wenn du bei der Vernehmung alles abgestritten hast."

Sie brüllte. „Und warum Tat ich das? He ...? Weil ich wusste, dass uns nicht geglaubt wird. Die ganze Welt lacht doch über uns. Jeder hat schon sein Urteil gefällt. Jeder. Wir sind Mörder." Helene weinte jetzt.

„Ja das mag sein. Wenn ich nicht von einem schwarzen Schatten erzählt hätte, der in unsere Mutter fuhr, wären wir jetzt vielleicht nicht angeklagt, würden nicht auf unsere Verhandlung warten. Doch als ich vernommen wurde, bin ich der festen Überzeugung gewesen, die Wahrheit würde uns helfen. Die Wahrheit ist in solch einer Situation sinnvoll und klug. Denn nachdem ich den toten Körper meiner Mutter berührte, die eisige Kälte fühlte und sah, wie dieses nebelhafte schwarze Ding wieder aus ihr herauskroch. Man. ... Wenn ich nur daran denke. ... Ich bin keinesfalls schreckhaft, aber das ..."

Sie schwiegen, starrten einander an.

Helenes Blick fiel auf ihren Schoß. Sie flüsterte. „Er stinkt."

Lucas fragte. „Was meinst du?"

„Dieser Schatten. Er ist nicht nur eiskalt. Er stinkt.", antworte sie laut.

„Nach was?", wollte er skeptisch wissen.

„Nach was wohl?", plusterte Max. „Nach Tod, Verwesung, modriger Erde, faulen Eiern nach allem möglichen eben."

Helene stand abrupt auf. „Ich will hier raus! Sofort! Ich bleibe in diesem Haus keinen Augenblick länger und ich werde es auch nie wieder betreten!"

Die Geschwister blickten Lucas an. „Ja natürlich, ich nehme euch beide mit zu mir. Einer kann auf der Couch übernachten, der andere im Gästezimmer.

Helene wurde hektisch. „Ich brauche noch Kleidung für morgen und mein Beauty Case."

„Hol es! Ich packe auch noch ein paar Sachen zusammen.", erwiderte Max.

„Ich bewege mich keinen einzigen Schritt mehr alleine in diesem Haus. Wer von euch begleitet mich?"

Lucas nickte, woraufhin beide verschwanden. Max schrieb schnell einen Zettel für die Haushälterin und eilte anschließend in sein Zimmer, um einige Kleidungsstücke, Waschutensilien zusammenzupacken.

Zwanzig Minuten später standen alle drei vor Lucas Auto, stiegen ein, fuhren davon und keiner von ihnen wagte einen Blick zurück.

*„War das gespielt? Oder entspricht das Geschehene der Wahrheit?"*, schwirrten die Fragen in Lucas Kopf, die er noch einmal in seinem Unterbewusstsein durchspielte. Helene war wirklich leichenblass, zitterte am

ganzen Körper. Max Verhalten wirkte auf ihn echt. Und schließlich gab es auch in seinem Leben einige rätselhafte Dinge. Die Träume von seinem genetischen Vater. Seinen Tod hatte er gesehen. Und das, bevor er überhaupt wusste, dass er existierte.

Eine schweigsame Fahrt zu Lucas Heim folgte. Nur ganz kurz unterhielt er sich mit Jasmin über die Freisprechanlage im Fahrzeug, um ihr mitzuteilen, dass er nicht allein nach Hause kommt.

Es wurde ein stiller Abend, den sie gemeinsam verbrachten. Mehr als ein, „Bitte kannst du mir mal …" und ein „Danke", kamen auch beim Abendessen nicht auf.

Helene stocherte teilnahmslos im Essen. Inzwischen war auch der Alkohol aus ihrem Körper verschwunden. Hunger verspürte sie nach diesem Schrecken keinen mehr. Bald darauf entschuldigte sie sich, verschwand im Gästezimmer und ging ins Bett.

Der Abend klang ebenso wortkarg aus. Eher verhalten zueinander räumten sie die Küche auf. Ausweichende Blicke, feinfühlige Gesten, die Situation war wirklich alles andere als normal. Mal ein Lächeln, mal ein Nicken, allenfalls ein wiederholtes „Danke …", darüber hinaus ein kurzes „Bitte".

Mittlerweile war es nach elf. Erschöpft, Müde gingen alle ins Bett. Max schlief auf der Couch. Lucas und Jasmin im eigenen Bett. Stille trat ein. Sie dachte nach, tat jedoch diese ungewöhnlichen Verhaltensweisen der Anderen damit ab, dass ihre Nerven wegen des bevorstehenden Gerichtstermins blank lagen. Selbst Lucas blieb schweigsam, nachdem sie mit ihm allein war. Ein Wirrwarr von Gefühlen, von Gedanken, vom Erlebten. Alles erst einmal ordnen, verinnerlichen. Auf gar keinen Fall wollte er Jasmin mit dem Erlebten konfrontieren oder gar beunruhigen.

## 8    Bewusstseinsverändernde Mächte

Verschwunden sind unschuldige Phasen, die uns an manch schönen Ort verweilen lassen. Zu schnell beginnt ein neuer Abschnitt des wahren Lebens.

Der Prozess begann. Die Staatsanwaltschaft bekam vom Richter Zuspruch. Max und Helene hingegen wurden schon am ersten Tag in Untersuchungshaft genommen. Glaubhaft konnte der Staatsanwalt vermitteln, dass durch den Fund von zwei Flugtickets nach Havanna, die sie in Helenes Loft beschlagnahmt hatten, eindeutig Fluchtgefahr bestand. Ihre Verteidigung erhob zwar Einspruch, wies auf die Rückflugtickets hin, doch der Richter entschied zu Gunsten des Staatsanwaltes.

Die Gerichtsverhandlung dauerte länger als eineinhalb Monate. In dieser Zeit wurde alles, aber auch wirklich alles an die Öffentlichkeit gezerrt, was einst die Familie Reindl betraf. Psychologen mussten aussagen, Reporter, Nachbarn. Die Anklageschrift hart, die Beweise dürftig, die Beweisführung des Staatsanwaltes mangelhaft.

Eine schwere Zeit für die Geschwister. Aber auch für Lucas, der oft von seinen Parteikollegen auf dieses Thema angesprochen wurde. Die einen bewunderten ihn für seine Standhaftigkeit, der Loyalität gegenüber Max und Helene. Andere wiederum warnten ihn. Er wurde im Landtag gemieden, vorverurteilt, eingeengt.

Am Ende entschied das Gericht, dass eine Schuld gegen die Angeklagten nicht eindeutig nachgewiesen werden konnte. Somit urteilte der Richter mit einem Freispruch. „Im Zweifel für die Angeklagten.", hieß es in der Urteilsverkündung.

Während dieser unsäglichen Zeit war Lucas neben seiner Arbeit voll und ganz damit beschäftigt, eine neue Wohnung für Max zu suchen. Die Villa übergab er einem Maklerbüro. Darüber hinaus organisierte er eine Entrümpelung und half geliebtes Inventar von Max in die neue Wohnung zu transportieren. Etliche Male musste er in dieses enorm große Haus. Doch so etwas wie einen Geist, sah er nie.

Die Geschwister wurden noch am Tag des Urteils aus der Untersuchungshaft entlassen. Lucas holte beide ab, fuhr sie mit seinem Auto nach Hause. Die Fahrt allerdings war alles andere als freudig himmelhochjauchzend. Still und schweigsam. Eher eine deprimierende Stimmung herrschte unter ihnen.

Helene setzte er als erstes ab, bevor die Freunde gemeinsam Max neues Zuhause betraten. Vor der Wohnungseingangstür, die im dritten Stock eines Altbaus, Stadtteil Schwabing lag, übergab Lucas den Schlüssel. „Neues Heim, neues Glück.", lächelte er aufmunternd.

„Na dann. Schlimmer kann es nicht mehr werden.", sprach Max, der immer noch zermürbt wirkte. Innerlich hatte er einige beunruhigende Bedenken sein neues Zuhause zu betreten. Was wenn es genau so furchtbar war, wie die Unterbringung in seiner einstigen Zelle? Er rang sich ein Lächeln ab, das Lucas erwiderte. Zugegeben hätte Max keinesfalls, dass es ihm davor graute die Wohnung zu betreten, nachdem er den Schlüssel ins Schlüsselloch steckte. Insgeheim betend, flehend mit der Hoffnung, Jasmin hatte wenigstens etwas geholfen und ihren Einfluss in Stilfragen geltend gemacht. Lucas war ein wahrer Freund, das hatte er schon mehrfach bewiesen. Obgleich derartige Dinge, die noch dazu mit Ästhetik zu tun hatten, waren für ihn nun wirklich nichts. In Lucas einstmals spartanisch eingerichteten

Wohnung war es schließlich Jasmin, die etwas Wärme und einen gewissen Touch an guten Geschmack einbrachte. Mit Grauen erinnerte er sich gerade an den Stilmix. Ein alter Nussbaumschrank, eindeutig stammte er aus den Siebzigern. Und der überaus hässlichen Couch aus den Neunzigern in den Farben rotbraun kariert, mit gelben dicken Punkten, die irgendwie zu springen begannen, je länger sie betrachtet wurden. Ganz zu schweigen von den dazugehörigen Sesseln, die einen drehbaren Metallfuß besaßen, zudem mit gelben Stoffbezügen überzogen waren und von weitem schon eklatant aufdringlich leuchteten. Stolz verkündete Lucas damals vor Max, „Das sind alles wertvolle Stücke, die ich aus meinem Elternhaus mitgenommen habe."

„Ich habe mir große Mühe gegeben.", unterbrach Lucas Max Gedanken, als ob er ahnte, woran er gerade dachte. „Es gefällt dir bestimmt." Wieder lächelte er aufmunternd und erneut erwiderte Max das Lächeln, atmete tief ein, wobei er die Tür beherzt mit einem schnellen Schwung öffnete.

Nachdem er eintrat, erkannte er auf Anhieb den Einfluss von Jasmin. Voller Erleichterung erblickte er eine angenehm, behaglich eingerichtete Wohnung.

„Mensch. Derartig viel Stil habe ich dir gar nicht zugetraut. Dieses großzügig, geschmackvoll eingerichtete Wohnzimmer. Nicht schlecht.", gestand er lobend.

„Na ja zugegeben. Jasmin hat mir ein wenig geholfen."

Noch einmal lächelte er. „Richte ihr bitte meinen Dank aus! Wirklich sehr maskulin. Dieses Wohnzimmer. Perfekt, genau mein Geschmack.", sprach er, setzte sich in einen der dunkelbraunen Ledersessel, welcher aus seinem Elternhaus stammte. Die hohen Decken mit Stuck in den Ecken, das Fischgrätparkett, eine moderne kleine Bar an einer Wand, gegenüberstehend ein Flachbildfernseher mit hohen Lautsprechern an jeder

Seite. Vor ihm bodentiefe Fenster, mittig ein großer schwarzer Glastisch, rund herum die Sessel und eine Dicke im Kolonialstil gefertigte Ledercouch. Passend zur Farbe der Sessel.

„Also wenn es hell ist, siehst du direkt auf das viele Grün der umliegenden Bäume.", erklärte Lucas begeistert.

„Super, Danke! Dieses dunkle Holz der Bar, zu den schweren dunkelbraunen Sesseln.", bewunderte er anerkennend.

„Ich brauche jetzt einen Drink. Möchtest du auch einen?", fragte Max, während Lucas wieder von Neuem betonte, dass er nicht mehr in seine Vergangenheit blicken sollte. Er nickte darauf bejahend.

Nachdenklich goss er den Cognac in die Gläser. „Die Presse denkt immer noch, ich wäre der Täter. Und meine Schwester hätte mich gedeckt. Aber davon einmal abgesehen ...", redete er über seine furchtbare Vergangenheit. Er war einfach nicht in der Lage abzuschalten. Man spürte, wie die anfängliche Euphorie kippte, seine Niedergeschlagenheit in jedem Wort, in jeder Gestik zurückgekehrt war.

Unerwartet klingelte es.

„Erwartest du jemanden?", wollte Lucas überrascht wissen.

„Nein, wie kommst du darauf? Überdies kennt keiner meine neue Anschrift. Außer du, Jasmin und Helene natürlich." Max ging zur Tür, öffnete sie. Er wirkte augenscheinlich angespannt. Irgendwie war das auch nicht verwunderlich für Lucas. Doch nachdem es Helene war, die wutentbrannt durch die Eingangstür stürmte, wandelte sich schlagartig sein verdrießliches Verhalten.

Schnellen Schrittes eilte sie ins Wohnzimmer, dicht gefolgt vom Bruder, der sich ein deutlich überzogenes

Augenrollen gegenüber Lucas nicht verkneifen konnte. Beide lächelten kurz.

Sie brachte eine Tageszeitung mit, welche sie eingerollt in ihrer rechten Hand trug. Diese nutzte sie zur Unterstützung ihrer gereizten Stimmung. Wild fuchtelte sie fortwährend damit vor ihnen herum, während sie schimpfte und ihrem Unmut freien Lauf ließ.

„Wisst ihr was diese Schmierfinken über uns schreiben? Wir hätten jetzt alles erreicht, was wir wollten. Ha …, wie sarkastisch."

„Reg dich doch nicht …", erwiderte Max, um seine Schwester zu besänftigen.

„Ich bin noch nicht mit meinen Ausführungen fertig.", plusterte sie noch erregter. „Sie schreiben, wir hätten das Geld, die Villa, das große gigantische Vermögen unseres Vaters. Ha, anscheinend haben sie vergessen, dass er …"

„Beruhige dich!", versuchte Max abermals ihre Wut zu bändigen.

„Beruhigen? Beruhigen soll ich mich?! Ich fange gerade erst an und bitte hör auf, mich andauernd zu unterbrechen! Das ist unhöflich."

„Entschuldige bitte.", nuschelte ihr Bruder eingeschüchtert, worauf er eilig einen Schluck Cognac zu sich nahm.

„Darüber hinaus haben diese Dilettanten anscheinend vergessen, dass unser Vater, eine sehr lange Zeit krank war. Dass unsere souveräne und überaus fürsorgliche Mutter zwei Pflegekräfte für ihn, und das natürlich rund um die Uhr brauchte. Sie trotz dieser zusätzlichen finanziellen Belastung, regelmäßig schoppen ging, ausschweifende Partys gab. Letztendlich feierte, bis sprichwörtlich der Arzt kam."

Eher stampfend ging sie in Richtung ihres Bruders, schmiss ihm die eingerollte Zeitung entgegen und ließ sich erschöpft in einen der Sessel fallen. Der anschließende Satz klang eher bekümmert. „Ich konnte noch nicht einmal mein eigenes Zuhause betreten, da stand die dumme Nachbarin vor der Tür.", jetzt kniff sie ihre Augen zusammen, blickte ins Leere vor sich, bevor der nächste Wortschwall ihrem Unmut erneut Ausdruck verlieh. „Sie drückte mir dieses Schmierblatt, mit einem breiten Lächeln auf ihrem feindseligen Gesicht, in die Hand. Diese Schlampe!" Urplötzlich änderte sich ihr gesamtes Wesen, ein freudestrahlender Tonfall, gepaart mit einer entspannten heiteren Gesichtsmimik. „Schön, deine Wohnung. Geschmackvoll. Hast du auch so einen Drink für mich?"

„Natürlich." Antwortete Max verunsichert. Obgleich froh, dass er nun endlich einmal zu Wort kam. „Danke für dein Kompliment, das eher Jasmin zukommen müsste."

Lucas grinste.

Max sprach weiter. „Du darfst dich über derartige Dinge nicht aufregen. Du wirst sehen, ein paar Wochen ziehen ins Land und niemand spricht mehr darüber."

„Hoffentlich hast du recht. Denn heute hat schon wieder ein Klient abgesagt. Das war die erste Nachricht meiner Sekretärin, die sie mir nach mehr als eineinhalb Monaten per SMS mitgeteilt hatte. Nicht einmal ein … Schön, dass sie wieder auf freien Fuß sind, Chef. - Oder ein … Ich freue mich, wenn sie wieder in der Kanzlei erscheinen. - Nein, nur ein … Ihr Termin mit ihrem Klienten wurde abgesagt. Er dankt für ihre Hilfe, lässt sich jedoch ab sofort von einem Kollegen vertreten. -"

Max gab ihr ein Glas gefüllt mit Cognac, den sie mit einem großen Schluck austrank. „Noch einen, bitte."

Indes hatte Max die Zeitung Lucas gegeben, der jetzt auf der Titelseite in Großbuchstaben die gedruckten Worte „*Wenn die Gier siegt …*" laut vorlas und den

etwas kleiner abgedruckten Untertitel *„Geschwisterpaar auf freien Fuß. Heute war ein schwarzer Tag für die deutsche Rechtsprechung ..."*, begann der Leitartikel und endete. *„Letzten Endes entschied der Richter, im Zweifel für den Angeklagten. In diesem besonderen Fall, im Zweifel für die Angeklagten."* Lucas schüttelte seinen Kopf, schmiss die Zeitung achtlos auf den Tisch. „Schmierfinken!"
„Sage ich doch. Schmierfinken! Ein bisschen hier recherchieren, ein bisschen im Dunkeln fischen, noch etwas hinzudichten, damit es ein Aufreißer werden kann und danach sich im Leid der Gedemütigten suhlen. Obendrein noch eine Belobigung vom Chefredakteur einheimsen. Ich habe eindeutig den falschen Job.", erklärte Helene den beiden. „Prost! ... Noch einen bitte!"

Jasmin hatte an diesem Tag eine Spätschicht. Anfänglich wollte sie den letzten Prozesstermin beiwohnen, um Lucas seelisch zu unterstützen. Doch durch den stetig wiederkehrenden Pflegenotstand konnte niemand ihr zugunsten einspringen. Hektik herrschte wie üblich auf der Station. Und als ob das noch nicht reichte, drückte ihr die Stationsleitung eine weitere Spätschicht für den folgenden Tag aufs Auge.
Als beste Freundin versuchte Cat stets dieselbe Schicht zu ergattern. Jasmin war es jedes Mal schleierhaft, wie sie das immer von Neuem anstellte. Ständig suchte Cat ihre Nähe. Eine Glucke wäre dagegen harmlos. Akribisch genau achtete sie darauf, dass ihre Freundin sich keinesfalls überanstrengte.
Nachdem beide gemeinsam die einzelnen Patienten auf der Station versorgt hatten, fing Cat während der Pause im Stationszimmer mit ein und dem gleichen Thema an.

„Sag mal, hast du einen Termin mit unserer Pflegedirektion ausgemacht?", begann sie.

Eine andere Kollegin mischte sich ein. „Willst du uns etwa verlassen? Ich weiß jetzt schon nicht mehr wie ich Familie, Arbeit, darüber hinaus meinen Mann unter einen Hut bekommen soll. Ständig muss ich hin und her manövrieren. Meine Kinder sagen mittlerweile zu meiner Freundin Mama. Ganz zu schweigen von ihrem eigenen Familienleben."

Cat beruhigte die Kollegin. „Nein, keine Angst. Jasmin bleibt. Das ist was Privates.", worauf sie weiter belustigend in ihr Ohr flüsterte. „Vorerst!"

Jasmin verschluckte sich daraufhin. „Nein …", räusperte sie gerade noch, bevor ein durchbrochenes, kleinlautes „Rei n pri vat.", aus ihrem Mund kroch.

„Puh, da bin ich aber beruhigt. Habt ihr schon gehört? Nächste Woche bekommen wir endlich eine neue Kollegin. Endlich. Aber stellt euch vor, sie gibt ihr Kind in die Kinderkrippe, um bei uns anzufangen. So weit sind wir schon, noch nicht einmal um unseren Nachwuchs können wir uns richtig kümmern. Nicht nur weil wir aus Verantwortung handeln. Nein. Damit wir uns ein bisschen was neben den horrenden Mieten leisten können. Unsere Kinder nicht ausgegrenzt werden, wenn sie in der Schule von Urlaub, angesagter Kleidung oder irgendeinen technischen Schnickschnack sprechen. … Stellt euch nur einmal vor! Letztens kam meine Tochter zu mir und erzählte mir, eine Mitschülerin fragte sie … Wo wart ihr denn im Urlaub? Und nachdem sie antwortete, dass ich zu viel arbeite, wenig Freizeit hätte … Was deine Mutter arbeitet? Seid ihr etwa arm? … Ihr könnt mir glauben, am liebsten hätte ich diesem Kind einmal etwas über das wahre Leben erzählt. Aber das nutzt sowieso nicht viel. …"

Jasmin hörte die nächsten wütenden Sätze nicht mehr, verließ ihre Kolleginnen und Kollegen. Schnellen Schrittes eilte sie zur Toilette, betrat sie, während der heftige Würgereiz schallend die Stille des Raumes einnahm. Die allgegenwärtige Übelkeit war mittlerweile unerträglich geworden. Erschöpft, ausgelaugt betrachtete sie danach ihr Gesicht im Spiegel. Schmal, blass obgleich noch gerötet von der Anstrengung. *„Das muss aufhören! Du bist so winzig und doch verlangst du mir so viel Kraft ab."*, schwirrte der Gedanke durch ihren Kopf, worauf im gleichen Moment ein kleines leichtes Zucken in ihrem Bauch zu fühlen war. Überrascht von dieser Regung strich sie behutsam mit der Hand über ihren Bauch. Es war wirklich noch nichts zu sehen und dennoch war sie sich sicher etwas gespürt zu haben. „Bist du das?", flüsterte sie. Wie zur Bestätigung ein weiteres kleines, winziges Zucken. Sehr kurz, kaum spürbar und doch da. Jasmin lächelte, flüsterte überglücklich. „Du bist es wert."

Matt, dem jedoch ungeachtet betrat sie freudestrahlend den Korridor. Anfangs schien sie allein, als ihr plötzlich eine hochschwangere Frau in einem langen, gelben Bademantel entgegeneilte. Blass, fast weiß war ihr Gesicht, grünlich schimmernd die Augenringe. Ihre rechte Hand lag behutsam auf dem dicken Bauch. Die Augen der Frau starr. Sie waren regelrecht auf Jasmin fixiert.

Jasmin versuchte zu lächeln. Schätzte die Unbekannte auf Ende des achten Monats. Die Frau sah unglücklich aus und dennoch bekam Jasmin Gänsehaut, je näher die Unbekannte auf sie zu eilte. Auf Augenhöhe packte die Frau vollkommen unerwartet ihr Handgelenk, zog sie an sich heran. Kalt ihr Atem, kalt ihre Berührung. Erschrocken standen beide einander gegenüber. Der Blick dieser Frau, eher nervös, starrend in alle Richtungen. Sie wirkte eingeschüchtert.

Jasmins anfängliche Starre verflog sofort, als sie die Frau genau betrachtend fixierte, sie dachte. *"Die Arme. Wahrscheinlich kommt sie aus der psychiatrischen Abteilung."* Sie versuchte augenblicklich ruhig, gelassen zu wirken, sachlich. Obgleich die Worte im Widerspruch dazu nur stockend über ihre Lippen kamen. „Kann ich ... ihnen helfen? Sie sehen so ... blass, ich meine ... müde aus. Und eiskalt sind sie auch. ... Kommen sie. ... Bitte ... haben sie keine Angst!"

Der Blick der Unbekannten schnellte sofort zu Jasmin, starrend ohne zu blinzeln, fixierte sie ihre Augen. „Jasmin du musst aufpassen! Es kommt der Tag, es ist bald soweit. Die Zeit ...", sprach die Unbekannte schnell in einem Ton, der durchdringend, warnend, zugleich wirr aus ihrem Mund zum Vorschein kam.

„Was? Wie meinen sie das? Woher kennen sie meinen Namen?", wollte Jasmin jetzt wissen. Diese ganze Situation wuchs ihr mit einem Mal über den Kopf. Ihr Körper begann zu zittern, ihre Beine wurden taub. Und noch bevor ein weiterer Laut aus ihrem Mund entwich, verschwand die Welt um Jasmin herum, verstummte ihr Bewusstsein, tränkte es in absolute Dunkelheit.

Schnelle Schritte näherten sich. Ein Arzt, an dessen Seite aufgeregt Cat eilte. Bewusstlos lag Jasmin am Boden. Eine Kollegin eilte mit einem Rollstuhl hinzu. Aufgewühlt standen die Drei um Jasmin herum.

Der Arzt fühlte ihren Puls, öffnete kurz ihre Augenlider, tätschelte danach gefühlvoll einer ihrer Wangen. Starr lag sie da, ihre Atmung schien flach.

„Frau Rosenberg hören sie mich?", erneut tätschelte er ihre Wange. „Hallo?"

Endlich bewegte sie ihren Kopf. „Wo bin ich? Was...?"

Erleichtert waren alle, nachdem sie ihr Bewusstsein wieder erlangt hatte.

„Was ist …? Warum liege ich hier am Boden?"

„Du bist ohnmächtig geworden.", sprach Cat, noch bevor der Arzt etwas sagen konnte.

Der Arzt hingegen wirkte gelassen. Er nahm einen Kugelschreiber aus der Mantelbrusttasche und leuchtete mit der darin enthaltenen kleinen Lichtquelle in ihre Pupillen. „Wie viele Finger sehen sie?"

„Na vier. Es geht mir gut, wo ist die hochschwangere Frau? Der müssen sie doch helfen! Ich hatte nur …"

Keiner der Umstehenden reagierte auf ihren Einwand. Unbeirrt fragte der Arzt weiter.

„Welchen Tag haben wir heute?"

„Mir geht es gut."

Erneut mischte sich Cat ein, kam dem Arzt zuvor, sprach hastig. „Jasmin. Hier war niemand. Keine Menschenseele. Marta wollte auch zur Toilette, als sie dich hier liegen sah. Du warst ohnmächtig."

Marta, ihre Kollegin lächelte sie mitleidig an, während sie den Rollstuhl immer noch mit ihren Händen festhielt.

„Ach ja?", sie überlegte verunsichert, doch die nächste Frage unterbrach ihre Gedanken.

„An was können sie sich erinnern?", wollte der Arzt jetzt wissen.

„Ich … Ich ging auf den Flur … Das habe ich doch schon alles erzählt …" Jasmin unterbrach ihre Ausführung, als sie die besorgten Blicke um sich herum registrierte. Sie fühlte sich missverstanden. Konnte im ersten Augenblick nicht begreifen, warum ihr diese eigenartigen Fragen gestellt wurden. Ihr Herz begann unbehaglich zu rasen. Im Kopf spielte sie die gerade erlebte Situation noch einmal durch. Allmählich zweifelte Jasmin an ihrem Verstand. Manch einer könnte behaupten, Paranoia mit halluzinogenen Bildern. Phasen, die nach der Einnahme von drogenartigen Pilzen wahrscheinlicher wären. Aber weder nahm sie Drogen, noch litt sie an Wahnvorstellungen. „Ich bin nur ein wenig schlapp. Mehr nicht.", log sie auf einmal. Eindeutig fühlte sie sich missverstanden.

„Was ist mit dieser Frau, die sie sahen?" Der Blick nach dieser Frage vom Arzt wirkte jetzt eher forschend, zugleich bestimmt.

„Ach, ich bin etwas überarbeitet. Ich habe mich wohl geirrt."

Jetzt kniff er seine Augen ein wenig zusammen. „Sie müssen sich schonen!", bestand der Arzt auf seine Meinung.

Sie war eindeutig gekränkt, blickte ihre Freundin herausfordernd an. „Hast du es ihm etwa gesagt?"

„Ich bin Arzt.", wand er ein. „Ich kann eins und eins zusammenziehen. Sie sind hier unweit der Toilette in Ohnmacht gefallen. Entweder haben sie einen Schwächeanfall, verursacht durch eine eventuelle grippale Entzündung. Oder? Haben sie ihr Frühstück vergessen?"

Jasmin schüttelte verneinend den Kopf.

„Essen sie regelmäßig und ausreichend? Nehmen sie genügend Flüssigkeit zu sich?"

Sie nickte jetzt.

Der Arzt lächelte. „Aber was ich für wahrscheinlicher erachte, besteht eine Schwangerschaft?"

Wieder nickte sie, doch jetzt eher verlegen.

„Ich bin vierfacher Vater von drei prächtigen Jungen und einem kleinen Mädchen.", versuchte er Jasmin aufzumuntern, die alles andere als glücklich aussah.

„Oh, ich wollte nicht. Aber …"

„Schon in Ordnung. Sie werden jetzt ins Behandlungszimmer gefahren. Ihre Kollegin begleitet sie. Dann folgt noch eine kurze Untersuchung, bevor sie nach Hause gehen, um sich den restlichen Tag auszuruhen."

„Ja.", glitt das Wort kleinlaut über ihre Lippen. Müde wirkte Jasmin, die es leid war, sich zu rechtfertigen. Langsam hatte sie die bemitleidenden Blicke satt, wenn sie Dinge sah oder über sie sprach, deren Realität in den Augen der anderen keinesfalls existierten. Deshalb konnte sie gar nicht schnell genug nach Hause kommen, um in ihr eigenes Bett zu fallen.

Während der Arzt Jasmin erneut untersuchte, durchlebte ihr Unterbewusstsein den angebrochenen Tag, der alles andere als normal begann. *„Der Treppenabsatz!"*, fiel es ihr warnend wieder ein. Am Morgen auf dem Weg zur Arbeit. Schnelle Bilder schossen aufgeregt durch ihren Kopf. Jasmin erlebte gedanklich nochmals das Geschehene. Erlebte wie sie den letzten Treppenabsatz hinunterrutschte. Worauf in ihren Augen ein unbedeutender Schmerz folgte, der einem leichten Ziehen in der unteren Bauchgegend gleichkam. Sie überlegte kurz, ob sie es dem Arzt mitteilen sollte, schwieg jedoch. Nachdem er ihren Bauch abermals abtastete, fragte er. „Ihre Schwangerschaft verläuft normal?"

„Ja.", Jasmin wirkte nervös.

„Gab es irgendwelche ungewöhnlichen Zwischenfälle?", forschend sein Blick.

„Nein.", log sie jetzt.

„Wenn ich ehrlich bin, dann würde ich sie am liebsten einen Tag im Krankenhaus behalten und des Weiteren gleich noch einen Ultraschall durchführen. Nur, um ganz sicher zu gehen."

„Wieso, ist etwas nicht in Ordnung?"

„Mm ... Bis auf ihren niedrigen Blutdruck, ist alles in Ordnung ..."

„Ach, den hab ich schon immer." Log sie noch einmal. „Morgen ist eh der nächste Termin bei meiner Gynäkologin. Und mein freier Tag obendrein."
„Nun gut. Aber sie versprechen mir, sich auszuruhen!"
„Natürlich."
Der Arzt war noch nicht zufrieden. „Ich würde gern einen Ultraschall bei ihnen durchführen!"
„Nein, das brauchen sie wirklich nicht! Wie gesagt. Morgen bin ich eh in Behandlung. Mir geht es wirklich gut."
Warum log sie? Stellte sie sich innerlich die Frage. Warum konnte sie nicht einfach schildern, was bei Tagesbeginn passiert war? Wieder wirkte sein Blick eher forschend.
*„Der Arzt denkt, ich werde verrückt. Aber das bin ich nicht! Die Frau war da. Und ja, ich bin gestürzt, doch es ist alles in Ordnung. Ich bin nur müde. Irgendwie ist alles zu viel in letzter Zeit. Ich brauche dringend eine Mütze voll Schlaf."* Beruhigte sie ihr Gewissen im Stillen.
Sie stand auf. Gab dem Arzt zum Abschied die Hand und ging zur Tür. Kurz davor stoppte sie, wandte sich um.
„Ja?", fragte er.
Sie zögerte kurz. „Ach nichts. Auf Wiedersehen! Danke nochmal."
„Schonen müssen sie sich!"
„Ja. Versprochen."

Erschrocken reagierte Lucas, gleichzeitig war er sauer, nachdem ihm seine Sekretärin mehr als drei Stunden später die Nachricht überbrachte. „Frau Kranich. Sie hätten mir sofort Bescheid geben müssen!"
„Erstens rief ihre Freundin persönlich an, versicherte mir, alles wäre in Ordnung. Und zweitens haben sie

ausdrücklich darauf hingewiesen, ich sollte ihre Besprechung nur stören, wenn es um Leben oder Tod gehe.", rechtfertigte sie ihre Handlung.

Die letzten Worte bekam er schon nicht mehr mit. Die Tür knallte hinter ihm ins Schloss. Seine Gedanken allein bei Jasmin. Seine Schritte wurden schneller, hektischer.

Jasmin, die mittlerweile in ihrem Bett lag, begann zu schwitzen. Ihr Körper zitterte und sie wälzte sich unruhig hin und her. Das Fieber indes stieg fortwährend an. Wirre Träume, die unwirklich zugleich real ihre Gedanken beeinflussten.

Aus heiterem Himmel kamen eilige Schritte näher. Laut, schmerzhaft hallten die Töne in ihren Ohren. Erschöpft öffnete sie langsam ihre Augen.

„Jasmin?", hörte sie weit entfernt jemanden rufen. Lucas kniete vor ihrem Bett. Achtsam legte er die Hand auf ihre Stirn. „Warum hast du den Rat des Arztes ignoriert und bist nicht dort im Krankenhaus geblieben? Ich wollte dich abholen. Nachdem mir meine Sekretärin berichtet hatte, was mit dir geschehen ist, bin ich sofort auf den Weg zu deiner Arbeit. Dort angekommen sagte man mir, du hast dir ein Taxi gerufen. Warum hast du nicht gewartet?"

„Es geht mir gut. Nur etwas Schlaf brauche ich. Du kannst …", kamen die Worte leise aus ihrem Mund.

„Nichts da.", hörte sie ihn gerade noch sprechen, da verlor sie das Bewusstsein.

Erschrocken tätschelte er ihre Wange. Als keinerlei Reaktionen von ihrer Seite kamen, warf er die Bettdecke aufgeregt beiseite, um sie anschließend zurück ins Krankenhaus zu bringen. Sekunden der Schockstarre vergingen, nachdem Lucas entdeckte, dass Jasmins Bett durchtränkt von Blut war. Reflexartig verständigte er den Notarzt.

Erst am folgenden Morgen erwachte Jasmin im Krankenhaus. Noch benommen erkannte sie Lucas, der sitzend neben ihr schlief. Seinen Kopf hatte er vorsichtig an ihre Seite gebettet.

Bittere Tränen rannen aus ihren Augen, nachdem sie erkennen musste, wo sie sich befand.

Lucas wachte auf. „He … du hast mir Sorgen bereitet.", waren seine ersten umsichtigen Worte.

„Wir haben unser …" Jasmin schluckte schwer.

Mitfühlend wirkte sein Blick. „Ruh dich aus! Bitte, alles wird gut."

Erneut schlief sie ein. Erst als der Nachmittag anbrach, erwachte Jasmin. Tief in Trauer musste sie erfahren, dass sich durch mehrere Uterusmyome, drei an der Zahl, ein Riss in ihrer Gebärmutter gebildet hatte. Das was sie als leichte Zerrung oder Ziehen wahrnahm, war in Wahrheit eine folgenschwere Verletzung. Der entstandene Blutverlust wurde erst später sichtbar. Dieser Verlust verursachte die auftretende Müdigkeit. Ihre Gebärmutter konnte man nicht mehr retten. Nie wieder, würde sie Kinder bekommen.

Ein schwarzer Tag, der trauriger nicht sein konnte, musste sie sich innerlich eingestehen. Nach einer Woche im Krankenhaus wurde sie entlassen. Ihr Leben war jetzt nicht mehr wie früher. Das wohlige Glück, wie ausgelöscht. Eine weitere Woche verging und zusehends vereinsamte sie. Lucas kam nicht mehr an sie heran. Jasmin ließ weder eine Umarmung noch einen liebevollen Kuss auf ihre Wange zu. Sie sprach nur das Nötigste, lachte kaum.

Dieses angespannte, zugleich bedrückende Verhältnis der Beiden entlud sich eine weitere Woche später. Sie stritten fürchterlich. Jasmin weinte. Lucas hingegen verließ wutentbrannt die Wohnung.

Nachdem die Tür hinter ihm ins Schloss gefallen war, bereute er, dass er übereilt die gemeinsame Wohnung verlassen hatte. Auf dem Weg durch das Treppenhaus zog er sein Handy aus der Hosentasche und rief Cat an. Er wollte nicht zurück, trotz seiner quälenden Gewissensbisse. Lucas konnte ihr nicht in die Augen sehen, den Kummer nicht mit ihr teilen. Es war zu viel für ihn. Zu viel, zu schmerzvoll und die Kraft, die Lucas jetzt für Jasmin brauchte, hatte er nicht, konnte er nicht mehr aufbringen. War nicht vorhanden.

Letzten Endes war er froh, Cat an einem freien Tag telefonisch erreicht zu haben.

„Bitte Cat, du musst kommen! Wir haben entsetzlich gestritten. Ich stehe hier vor unserem Haus. Ich kann sie nicht allein lassen! Aber mit ihr sprechen möchte ich keinesfalls mehr. Ich denke, die Situation wird dann erst recht aus allen Fugen geraten. Ich brauche Abstand. Verstehst du das?"

Ein „Ich komme sofort. Rühr dich bloß nicht von der Stelle!", war alles, was Cat nach seiner Darstellung der Situation von sich gab, bevor sie das Gespräch einfach beendete.

Etwa zwanzig Minuten später, die Lucas wartend vor dem Haus verbracht hatte, traf sie ein. Er fixierte gerade noch die Fenster der Wohnung, ging dabei aufgeregt am Straßenrand auf und ab, als das Taxi in die Straße einbog.

Cat stieg hastig aus, beglich die Taxirechnung, eilte auf Lucas zu. Man erkannte sofort, dass sie wütend war. „Ich verstehe euch Männer nicht! Wenn euch passende, vor allem zutreffende Argumente fehlen, kneift ihr einfach, haut ab.", blaffte sie ihm angriffslustig entgegen, rauschte ohne ein weiteres Wort an ihm erhobenen Hauptes vorbei. Erst nachdem sie an der Haustür stand, blieb sie kurz stehen, drehte sich um. Deutlich sah man ihr an, dass sie überlegte. „Männer, typisch!", musste sie noch einmal sagen, bevor sie ins Haus eintrat.

Bewusst waren ihm seine Schuld und die furchtbaren Gewissensbisse. Unerträglich, dennoch stand er wie angewurzelt vor dem Haus. Lucas zweifelte, dachte kurz darüber nach zurückzukehren, bereute schon. Doch als Lucas beide Frauen als Schattenbild auf den Gardinen der Fensterfront erblickte, war er erleichtert und verschwand.

Unbedingt wollte er jetzt mit jemandem sprechen, der auf seiner Seite stand. Ein Mensch, der in dieser Konstellation neutral oder noch besser, seine Version der Erlebnisse verstand. Ein ehrlicher Freund, der ihm zuhörte, darüber hinaus zustimmte.

„*Max.*", schoss es ihm wie ein Geistesblitz durch den Kopf. Auf dem Weg rotierten regelrecht die vergangenen Ereignisse des Unglücks.

Nachdem Lucas bei Max ankam, ohne Unterlass klingelte, durchs Treppenhaus eilte und ihm schließlich übermüdet an der Wohnungstür antraf. „Max, schön, dass du da bist!", sprach er schnell atmend, fast keuchend.

„Mensch Lucas, wir haben uns schon über Wochen nicht gesehen, komm rein!", er gähnte, kratzte seinen Kopf. Man sah, dass er völlig konfus, gleichzeitig nervös wurde.

Lucas hingegen nickte nur angespannt.

„Ist alles in Ordnung? Wie geht es Jasmin?", fragte Max, sein Gesichtsausdruck wirkte bedenklich, der auf einmal alles andere als freudig überrascht war.

„Gut, danke!", kamen unsicher die Worte über Lucas Lippen. Es hatte kurz den Anschein, dass er eigentlich etwas anderes sagen wollte, aber da kam nichts mehr.

„Geht es ihr nicht gut?", hakte Max vorsichtig nach.

Lucas schüttelte heftig verneinend den Kopf.

„Hattet ihr Streit?"

Lucas antwortete nicht, setzte sich wortlos in einen der Sessel und starrte gebannt aus dem Fenster. „Die Blätter verfärben sich langsam."

„Was?", fragte er überaus irritiert. Doch sein Freund sprach nicht, starrte weiter aus dem Fenster und schien ihn obendrein zu ignorieren. Max bohrte ungeduldig nach. „Ist mit dir alles in Ordnung?"

Stille. Kein Laut, kein Mucks kam von seiner Seite.

„Lucas? Ist was mit Jasmin?", brachte er gleich darauf sorgenvoll heraus. Obgleich er sich den Satz hätte sparen können, denn sein Freund reagierte keineswegs. Max überlegte, ging an die Bar, füllte jedem ein Glas mit Cognac, ging damit zu ihm. „Mensch Lucas, hier trink!" Er reichte ihm eines der Gläser.

Lucas jedoch war wie erstarrt und sein Blick fiel beständig aus dem Fenster. Jetzt bemerkte Max, dass die Augen seines Freundes zu glänzen begannen.

„Ihr hattet Streit? Lucas!"

Schließlich kam eine Regung. Ein leichtes Schütteln, was auf einmal seinen Körper befiel und ihn aus einer fernen Welt zu holen schien. „Was? Nein, wenn es das nur wäre."

„Wie meinst du das? Sprich mit mir! Ich kann dir nicht helfen, wenn du mir nicht sagst, was um Himmelswillen geschehen ist!"

Er nahm ihm das Glas aus der Hand, trank einen kräftigen Schluck, bevor endlich die Last aus ihm heraussprudelte. „Es sind jetzt schon mehr als zwei Wochen vergangen. Jasmin verschließt sich immer mehr. Sie möchte nicht reden, sie liest noch nicht mal eines ihrer geliebten Bücher. Kein Fernsehen, kein Radio, nichts. Sie schweigt. Wenn ich ins Bett gehe, dreht sie sich um, versucht mir weiß zu machen, dass sie schläft."

„Jasmin verlor ihr Kind. Sie wird...", brachte Max kurz überlegt und dennoch gefühlvoll formuliert heraus.

Lucas fühlte sich missverstanden. „Wir haben unser Kind verloren." Er klang eindeutig empört. „Es ist auch für mich schwer. Gut sie kann keine Kinder mehr bekommen, aber was soll's. Wir sind ein tolles Paar. Wir könnten eines adoptieren."

„Ja das verstehe ich.", gab Max ihm jetzt vorsichtig zu verstehen. „Bitte beruhige dich! Hast du mit ihr darüber gesprochen?"

„Nein, genauer gesagt. ... In diesem Zustand. Wenn sich in den nächsten zwei Tagen nichts ändert, bringe ich sie zu einem Psychiater." Lucas atmete tief ein und trank das Glas, welches er immer noch in den Händen hielt, leer.

„Du meinst, Jasmin leidet an Depressionen?"

„Ich denke, das wäre möglich. Aber ich bin kein Fachmann." Lucas senkte seinen Kopf, sprach leise. „Wenn ich ehrlich bin. Ich habe Angst sie zu verlieren."

# 9     No Hope
##                           Keine Hoffnung

„Vergraben, tief im Traum erscheint die Wahrheit, offenbart sich ein geöffnetes Fenster."

Hörte Jasmin Worte aus dem Mund einer Frau, die sie anfangs im Schlaf nicht erkennen konnte. In jener Nacht sah sie Bilder, hörte sie Stimmen, die einerseits vertraut, andererseits fremd in ihr Bewusstsein traten. Jasmin erkannte Dinge, die beunruhigend und gleich darauf beruhigend über sie hereinbrachen. Erst vereinzelte Fragmente, dann erschütternde Bilder. Das Wort *„Tian'anmen"* hallte nach und nach in ihrem Kopf. Sie sah Lucas Vater. Sie sah seinen Tod, bevor ein längst verstorbener Patient, unerwartet vor ihrem geistigen Auge erschien, wiederholt die Worte ausspricht, welche sie schon lange vergessen glaubte.
„Jasmin, das Herz einer anderen. Verbunden für immer. Schmetterling flieg." Alarmierend wirkte dieses Durcheinander. Ein erschreckender Sog, der sie mit in die Tiefe zog. Einerseits fesselnd und im gleichen Moment unerträglich, da sich die mysteriösen Ereignisse wie eine nichtendende Zeitspule zu wiederholen schienen.
Aufwachen wollte sie. Wollte, dass diese Ereignisse aufhören. Hoffte, dass das Gewesene vergangen bleibt. Mit aller Kraft wehrte sich ihr Verstand dagegen. Es half nichts. Eine Stimme erklang und ein kurzer erlebter Augenblick tauchte unwiderruflich vor ihrem geistigen Auge auf. Furchteinflößend. Die Begegnung mit einer schwangeren Frau, ein Trugbild, Geist oder doch nur eine Einbildung, Täuschung? Sie schien so real. Ihre

Warnung zu beängstigend, um von Neuem daran erinnert zu werden.

„Jasmin du musst aufpassen! Es kommt der Tag, es ist bald soweit.", schallte die Warnung der Frau erneut, alarmierend, Schrecken verbreitend.

*„Aufwachen!"*, schrie sie im Geist. *„Aufhören!"* Zu viel für ihren Verstand. Zu unmenschlich. *„Aufwachen!"*, schrie sie noch einmal im Traum. Ein grelles Licht erschien, blendete sie. Es dauerte bis ihre Augen wieder richtig sehen konnten.

Endlich wusste Jasmin, wo sie war, erkannte das Schlafzimmer. Doch irgendetwas war falsch, stimmte nicht. Beunruhigt sprang sie aus ihrem Bett, erfasste mit Grauen das Blut auf ihrem Nachthemd. Ein warnender roter Kreis, der schneller und schneller das Nachthemd bedeckte. Ihre Hände waren verschmiert vom Blut. Jammernd fiel sie auf die Knie. Sie weinte. Sie trauerte, wollte einfach nur schreien. Mit Schrecken musste sie feststellen, dass Luft, die sie dringend zum Atmen benötigte, fehlte. Fieberhaft wehrte sie sich.

Taumelnd, der Bewusstlosigkeit nah, brach Dunkelheit über Jasmin herein. Furcht verkrampfte ihren Körper, ließ sie in Starre verfallen. Dieses Gefühl der Hilflosigkeit, der Sog, die Tiefe, die unbändige Angst, als erneut Licht in weiter Ferne erschien. Es auf sie zueilte, sie mitriss. Bis sie endlich in ihrem Bett schweißgebadet, noch zitternd vor Angst zu sich kam.

Schnell atmete Jasmin. Ihr Herz raste, hektische Blicke warf sie in alle Richtungen. Wieder erkannte sie ihr Schlafzimmer. Friedlich, still wirkte die Umgebung. Es war Nacht. Konzentriert versuchte sie ihre Sinne zu schärfen. Unerwartet hörte sie auf einmal, wie jemand ruhig neben ihr atmete. *„Lucas"*, dachte sie erleichtert bei sich. Erkannte die Augen der Katze, welche in der Dunkelheit leuchteten, sie zu beobachten schienen.

Vorsichtig tastete sie nach dem Lichtschalter, griff ins Leere. Kurz kehrte die Unruhe zurück. Hastig ihre Bewegung. Endlich der ersehnte Lichtschalter, welcher die Nachttischlampe erhellen ließ.

Es war Cat, die tief und fest an ihrer Seite schlief. Dann fiel es ihr wieder ein. Der Streit, die schlimmen Worte, die sie und Lucas einander entgegenbrachten.

Niedergeschlagen, reumütig. Ihr Blick wirkte verloren, ihre Augen füllten sich allmählich mit Tränen. Es war Sehnsucht, die ihr Bewusstsein einnahm. Ein Schmerz tief in ihrer Brust. Langsam stand sie auf. Intuitiv fiel ihr Blick auf das Nachthemd, welches sie trug. Kein Blut. Es war tatsächlich ein Traum, gestand sie sich erleichtert, gleichzeitig zerrissen, zwischen Sehnsucht und gekränkten Gefühlen ein.

Auf wackligen Beinen betrat Jasmin das angrenzende Badezimmer. Müde, erschöpft ihr Körper, blass ihr Gesicht. Sie öffnete den Wasserhahn, spürte das kalte Nass über ihre Hände laufen, benetzte damit ihr Gesicht, tauchte unter. Es müssen Minuten vergangen sein, bis sie endlich das Handtuch nahm. Entspannt trocknete sie ihr Gesicht ab, um anschließend in den Spiegel zu blicken.

Ein markerschütternder, schriller Schrei, welcher mit voller Wucht über ihre Lippen trat, war der erste Auslöser, der gleichfolgend die Umgebung um sie herum sofort verblassen und Jasmin ohnmächtig zu Boden fallen ließ.

Noch zitternd vor Angst, wachte sie auf. Fand sich in Lucas Armen wieder, der mit besorgtem Blick in ihre Augen sah. „Geht es wieder?", fragte er bestürzt. In diesem Moment sah man ihm die große Sorge um ihre Person ganz genau an.

„Was ist …? Wo ist Cat? Was ist …?"

„Cat? Was redest Du? Cat ist nicht hier. Du hast so unwahrscheinlich laut geschrien. Und als ich dich hier am Boden sah. Jasmin was ist mit dir los? Ich bin es. Cat war nicht hier."

„Ich …" Sie überlegte. *„Was ist nur mit mir? Ich spinne!* Es geht schon wieder. Du kannst mich loslassen!"

„Bitte Jasmin, du machst mir Angst. Sprich endlich! Sag was dich bedrückt!"

Doch sie schwieg. Dann stand sie langsam auf, schob dabei seine helfende Hand beiseite, verschwand in die Küche. Lucas folgte ihr.

„Wir müssen miteinander sprechen, Jasmin! Ich halte deine schweigsame, abweisende Haltung nicht mehr aus."

Kurz überlegte sie. Und dann kam es einfach unbedacht aus ihrem Mund. „Musst du auch nicht", trotzig war ihr Ton. Wieder dachte sie nach, bevor sie vorsichtig aussprach, was ihr gekränkter Stolz schon lange verbarg. „Ich denke, es ist besser, wenn …"

„Wenn was?", donnerte Lucas sofort dazwischen. „Wenn wir uns trennen?"

Doch es kam keine Reaktion. Sie sah ihn nicht an. Öffnete, ohne ihn zu berücksichtigen, langsam eine der Schranktüren, nahm eine Tasse heraus, legte einen Teebeutel hinein. Minuten später war das Wasser im Schnellkocher fertig. Ruhig, eher gelassen goss sie das heiße Wasser auf.

Lucas indes wartete ungeduldig. Hoffte auf eine Regung von ihr. Irgendeine Empfindung, ein Wort. Unruhig stand er die ganze Zeit beobachtend neben ihr, schwieg. Dann hielt er es nicht mehr aus. „Jasmin, antworte mir! Bitte!"

„Ich bin der Ansicht, es ist besser …" Diese Aussage kam absolut kalt über ihre Lippen, sodass sie selbst erschrak, flau wurde es irgendwie in ihrer Magengegend, ihre Gedanken rotierten jetzt. Sie hatte eindeutig diese Situation schon einmal erlebt. *„Gefangen in einer Zeitschleife bin ich. Psychosomatische Wahrnehmungsstörung."*, fiel es ihr ein. Lang war es her, als sie in einer Psychiatrie gearbeitete hatte. Sie kannte also die Symptome.

Lucas wurde energischer, nachdem er merkte, dass Jasmin nicht auf ihn reagierte. Keine Reaktion, nichts. Sie starrte auf ihre Tasse, trank den Tee.

„Wenn du noch mal sagst, es ist besser, wir trennen uns, schreie ich. Ich habe nämlich auch mein Kind verloren. Nicht nur du."

Jasmin reagierte nicht, schien weit entfernt zu sein. Lucas änderte seine Taktik. Er flehte jetzt. „Aber wir haben uns! Verstehst du das? Wir beide. Wir sind ein starkes Team. Wir beide können alles, aber auch wirklich alles erreichen. Zu zweit."

Ihr Blick schnellte plötzlich auf, fixierte ihn, doch die Reaktion von ihr. Zorn, Hass nahm er an in ihren Augen zu sehen. Sie schrie. „Wir? Ich habe mein Kind verloren und nicht du. Ich bin diejenige, die ein Leben ausgelöscht hat!"

Seine Stimme zitterte. „Aber du hast doch überhaupt keine Schuld!"

Beide schwiegen einen Moment, bevor Jasmin flüsternd, traurig äußerte. „Ich hätte dem Arzt die Wahrheit sagen sollen."

„Welche Wahrheit?", fragte er vorsichtig. Er wirkte irritiert.

Sie zögerte etwas, dann endlich sprach sie aus, was ihr schon lange auf der Seele lag. Der schmerzvollste Tag, den sie je erlebt hatte. Er floh letztendlich aus ihrem Mund. Das erste Mal redete sie von ihren Gefühlen, von dem Schrecken, von ihrer Verzweiflung. Am Ende von ihrer Fehlgeburt. Jasmin jammerte, weinte. Nach und nach fiel die schwere Last, die sie fast zu erdrücken schien, ab. Am Ende war alles ausgesprochen, alles gesagt.

Lucas konnte erst nicht sprechen. Ihm fehlten einfach die richtigen Worte. Er verstand, warum sie sich verschlossen hatte. Aber warum dröhnte sein Kopf derart alarmierend? Etwas stimmte nicht. „Warum …?", sprach er fast lautlos aus.

„Weil. Weil ich egoistisch, dumm und überheblich war. Ich habe unser Kind getötet.", erneut weinte sie.

Auch aus Lucas Augen rollten jetzt dicke Tränen. „Ich, ich weiß gar nicht, was ich dazu sagen soll. Ich … Ich muss hier raus. Tut mir leid." Er drehte sich um und ließ Jasmin weinend in der Küche zurück.

Wenige Sekunden später hörte Jasmin, wie die Wohnungstür ins Schloss fiel. Sie war allein, nur Jacky, die still an ihrer Seite saß und den Streit beobachtet hatte, war da.

Nicht nur enttäuscht war Lucas, auch furchtbar gekränkt. Er konnte nicht ahnen, welche schwere Schuld Jasmin mit sich herum getragen hatte. Immer war er der Meinung, dass sie alles miteinander teilten. Sogar ihre Gedanken. Ein ständiges füreinander Dasein. Er liebte Jasmin über alle Maßen, sodass er sich einfach nicht eingestehen konnte, Geheimnisse lägen zwischen ihnen. Und derart gravierend Wichtige erst recht nicht. Wie sehr musste sie gelitten haben. Wie sehr hätte sie ihn gebraucht. Nach der Fehlgeburt versuchte er unermüdlich Nähe zu ihr aufzubauen. Zärtliche Berührungen, oder eine ganz banale Umarmung. Nichts von alledem war möglich, nichts. Sie schottete sich regelrecht ab. Kein vernünftiges Gespräch, nur schweigen, letztendlich eine kalte Schulter. Und während sie ihm, dann doch das langersehnte Vertrauen entgegenbrachte, lief er feige davon. „Wie konnte ich nur!", gestand er sich schuldbewusst ein.

Lucas bereute den Schritt, Jasmin in der gemeinsamen Wohnung allein gelassen zu haben. Dennoch war er nicht in der Lage, zu ihr zurückzukehren. Scham, Wut, Verzweiflung hemmten ihn. Darüber hinaus saß sein Schmerz einfach zu tief. *„War er etwa auch schuldig?"*, dröhnte die Frage in seinem Kopf.

Er musste mit jemandem reden, brauchte eine vertraute Person, die ihn kannte, verstand. Max, sein bester Freund. Noch einmal sah er zurück, spähte auf das erleuchtete Fenster seiner Wohnung. Jasmin, eine Schattenfigur hinter der Gardine. Ihre Person so nah, dennoch entfernt. Die tiefe Reue, die Schuld, die Angst, welche er empfand, Dinge die ihn hemmten. Hemmten zurückzukehren.

Unruhig überlegte er. Telefonierte. „Cat! ...", und Cat war sofort bereit, ihrer Freundin beizustehen.

Unendlich erscheinende Minuten vergingen, in denen er schuldbewusst das Fenster fixierte. Etwa zwanzig Minuten später hörte er quietschende Reifen, erkannte ein Taxi, das unweit entfernt von ihm anhielt. Eine aufgewühlte, vollkommen überdrehte Cat stieg aus, in einem Bademantel gehüllt. „Was ist passiert? Warum stehst du hier unten? Wo ist Jasmin?", harschte sie ihn an, während ihre Schritte auf ihn zueilten.

„Beruhige dich!"

„Ich soll mich beruhigen! Du sagtest, es geht um Leben und Tod!"

„Wir stritten", brachte er kleinlaut hervor. „Und ..."

„Ihr habt euch gestritten?", hallten die Worte fassungslos aus ihrem Mund. „Dann hast du sie allein gelassen? Stehst hier wie ein begossener Pudel, anstatt da oben zu sitzen, um zu schlichten, ihr beizustehen?"

„Ich ..."

„Ich ... Wenn ich das schon höre! Männer! Geh mal bei Seite!", Cat war derart aufgebracht. Sie kochte vor Wut, stürmte ins Haus, verschwand im Treppenhaus. Nachdem Lucas zwei Schatten hinter der Gardine erkannte, machte er sich auf den Weg. Wieder waren es Zwanzig Minuten, die er zu Fuß und mit der S-Bahn brauchte. Inzwischen ist es kurz nach dreiundzwanzig Uhr gewesen, als er klingelte.

„Ja", hörte er eine verschlafene Stimme aus der Gegensprechanlage.

„Ich bin es, Lucas. Hast du Zeit? Ich muss mit jemandem reden."

„Was, wie spät ..." Er gähnte. „Ach komm rauf!"

Sofort nachdem Lucas in Max Wohnung ankam, redete er. Aufgeregt wiederholte er die vergangenen Ereignisse. Max wirkte immer noch müde, doch er sagte nichts, ging langsam in die Küche, stellte seinen Kaffeeautomaten an. Lucas folgte ihm auf Schritt und Tritt. Er war aufgewühlt. Je mehr er sprach, desto unruhiger wirkte er. Erst als beide im Wohnzimmer Platz nahmen, erhob Max leicht seine rechte Hand. „Stopp, Lucas! Bitte lass uns in Ruhe sprechen. Trink erst einmal einen Schluck vom Kaffee. Der ist wirklich gut. Im Übrigen eine neue Sorte. Lass uns inzwischen etwas ... Ich meine, bitte! Kurze Pause!"

Lucas nickte ungeduldig, schwieg jedoch endlich. Mit betrübten Augen sahen sie wortlos in den dunklen Nachthimmel. Es dauerte eine Weile, bis Max die Ruhe durchbrach. Ruhig sagte er. „Lucas! Ich habe die Hälfte von dem, was du gerade gesprochen hast, nicht mitbekommen. Ich hatte einen anstrengenden Tag. Genau wie du. Bitte verzeih, wenn ich dich darum bitte, mir noch einmal ganz genau zu erzählen, was passiert ist. Ihr habt euch gestritten?"

„Ja genau, das sagte ich doch ...", begann Lucas das Erlebte in jeder Einzelheit wiederzugeben. Max indes schwieg, schüttelte ab und an bejahend oder auch verneinend den Kopf, bis Lucas mit seinen Ausführungen fertig war.

Anschließend erkundigte sich Max. „Du hast Jasmin ohne ein weiteres Wort ...?"

Lucas Handy klingelte. Er nahm es, sah auf das Display und ging sofort dran. „Gut, danke. ... Bitte sage ihr, ... dass es mir leid tut. Ich brauche einfach Zeit. Danke Cat."

„Cat?", fragte Max. „Was hat Cat ..."

„Ich habe sie vorhin kontaktiert. Sie ist jetzt bei ihr."

„Gut, aber dennoch war es falsch ..."

„Das hat Cat auch schon gesagt."

Max lächelte kurz.

Lucas versuchte sich zu verteidigen. „Aber sie hätte dem Arzt ..."

„Ja, aber das hat sie nicht. Trotzdem wäre es womöglich etwas später passiert. Du weißt es nicht. Oder?"

Er schüttelte schuldbewusst den Kopf.

Max fuhr fort. „Meinst du nicht, sie ist jetzt genug bestraft? Lucas, deine Jasmin wird nie ein Kind bekommen, kann nie wieder schwanger werden. Sie ist jung, muss ihr ganzes Leben mit dieser Tatsache leben. Mit den Fragen, was hätte ... oder was wäre wenn. ... Mensch! Betrachte das doch einmal von ihrer Seite!"

Lucas schwieg, fixierte mit den Augen seinen Kaffeebecher.

„Weißt du, im Leben geht es nicht immer nach Plan. Glaub mir! Du hast meine letzten Monate mitbekommen. Wie schnell wird aus einem Unfall, ein Mordfall. Oder ein Opfer zum Täter und umgekehrt."

Jetzt blickte er Max fragend in die Augen. „Du meinst, sie wird ein Leben lang mit dieser Schuld kämpfen? Es war auch mein Kind. ... Als ich sie damals im Bett fand. Ich ... Ich wusste sofort, dass etwas nicht stimmte. Schweißnass wie sie vor mir lag. Nachdem ich ihr helfen wollte, die Bettdecke zurückschlug, das viele Blut entdeckte ..."

Max entsetzte Blicke sprachen Bände, dennoch sagte er nichts. Er hörte zu und schwieg.

Cat indes fand eine restlos, niedergeschlagene Jasmin vor. Nach einer eineinhalbstündigen Tränenattacke, die weder gute Ratschläge, noch liebgemeinte Tipps unterbinden konnten, gab sie letztendlich auf. Schweigend saßen beide eine ganze Weile nebeneinander. Innerlich kochte Cat vor Wut. Sie konnte einfach nicht begreifen, warum Lucas derart, in ihren Augen eher kaltherzig Jasmin gegenüber getreten war. Ihre verquollenen Augen, das blasse Gesicht, sie wirkte matt. Je mehr sie ihre Freundin betrachtete, desto mehr übermannte auch Cat der Kummer. Keinesfalls wäre es ihr eingefallen Jasmin allein zu lassen. Obwohl sie kein Wort von sich gab, blieb sie bei ihr. Nahm sie in den Arm und tröstete. Letzten Endes war Jasmin erst am Morgen in der Lage ihr genau zu erzählen, was vorgefallen war.

„Mir war an diesem Tag irgendwie übel. Ich hätte nicht aufstehen sollen, um in die Arbeit zu rennen. Weißt du Cat? Ich denke, die Übelkeit kam von diesem Hormon, was ich zusätzlich einnehmen musste. Dieses Progesteron. Du weißt, wir sprachen darüber, lachten noch. Später irgendwann, wird es für unsere Wechseljahre verantwortlich sein."

Cat lächelte kurz. „Wegen deiner Gelbkörperschwäche?"

„Ja mein Gynäkologe meinte, es wäre deshalb ratsam." Jasmin schwieg jetzt.

„Hat er dich über deine Uterusmyome aufgeklärt?"
„Nein. Er sprach nur davon, dass es noch zu früh sei mir zu gratulieren, da ich mein Kind noch verlieren könnte."
„Was für ein Unmensch." Cat hatte jetzt keinerlei Zweifel an Jasmins Unschuld. Sie war zutiefst betrübt, zugleich sehr beunruhigt. Der Verdacht, dass die Verfassung ihrer Freundin in eine Depression abgerutscht sein könnte, tauchte in ihr auf. Nur wenige Minuten später bewahrheiteten sich Cats Befürchtungen. Mit beängstigender Miene folgte sie den weiteren Äußerungen Jasmins. Sie behauptete stetig den Streit mit Lucas, das fluchtartige Verlassen der gemeinsamen Wohnung sowie die Anwesenheit von ihr, darüber hinaus die letzten Stunden, all diese Begebenheiten schon einmal erlebt zu haben.

Von alldem bekamen die beiden Männer nichts mit. Max und Lucas frühstückten gerade, als es an der Wohnungstür klingelte. Es war Helene. Nachdem Lucas auch ihr erklärte, welche tragischen Ereignisse sich zugetragen hatten, wirkte sie anfangs besorgt, mitfühlend.
Max hingegen war alarmiert. Er erkannte sofort, was seine Schwester mit der rücksichtsvollen, vor allem einfühlsamen Nummer, die sie vor beiden abzog, bezweckte. Ihr altes egoistisches Dasein kehrte nach und nach zurück.
Helene sprühte nur so vor übertriebener Fürsorge. Max hingegen, der einen wichtigen Termin in der Stadt hatte, war sauer auf seine Schwester. Er bat Helene, ihn an die Tür zu begleiten.
„Was ist? Du bist heute eigenartig. Weißt du das?", sprach Helene. Sie lächelte.
„Was wohl? Ich weiß genau, was du hier abziehst."

„Ich? Ich weiß wahrhaftig nicht, was du meinst."

„Weißt du Helene? Ich habe gedacht, ein tragisches Unglück, das mit unserer Mutter und darüber hinaus das, was mit uns geschehen ist ... Dass dich diese ganzen Dinge verändert haben. Dich eventuell zu einem guten Menschen gemacht haben, der vielleicht ab und an nicht nur an sich denkt. ... Aber da habe ich mich wohl getäuscht."

„Also, was willst du denn? Ich stehe ihm bei. Vielleicht besuche ich nachher Jasmin. Tröste auch sie."

Max kniff seine Augen zusammen, begann warnend zu flüstern. „Ich hoffe wirklich, dass du die Wahrheit sprichst. Vergiss nicht, welches Unglück unserer Mutter widerfahren ist!"

Helene erschrak anfangs. Dann lächelte sie erneut. „Auf Wiedersehen mein Lieber."

„Denk an meine Worte!", sprach er noch einmal und verschwand.

Kaum war Max weg, verwandelte sich Helene. Ihr altes Ich kehrte zurück. Spielerisch, rücksichtsvoll und intrigant zugleich.

„Möchtest du vielleicht noch eine Tasse Kaffee, Lucas?" Sie klang wirklich besorgt.

„Nein Danke. Ich hatte schon drei. Ich werde mich jetzt auch verabschieden, ist vielleicht an der Zeit mit Jasmin offen zu sprechen. Danke, dass auch du mir zugehört hast."

„Aber das ist doch selbstverständlich. Wir sind doch Freunde. Schließlich sind Freunde füreinander da."

Lucas lächelte kurz.

„Bist du dir sicher, dass du bereits mit Jasmin reden kannst?"

Er stutzte. „Wie meinst du das?"

„Na ja? Wenn ich an Jasmins Stelle wäre ...", begann sie vorsichtig zu sprechen. „... und du mich gestern alleingelassen hättest, nachdem ich dir endlich meine ganze Last, die ich bis dato mit mir allein herumtrug, gestanden hätte ... Verstehst du, was ich dir damit sagen möchte?"

Er nickte kaum merklich.

„Du hast sie einfach in ihrer Trauer allein gelassen. Anstatt zu reden, bist du einfach verschwunden."

„Du tust mir unrecht. Sie hat mich immer wieder abgewiesen. Es war auch mein Kind. Ich hatte mich gefreut. Ich war glücklich. Und dann ... Ich habe auch Gefühle, ich habe gelitten. ... Jasmin hat mich stets von sich gestoßen und dann ...? Ja gut vielleicht wäre es besser gewesen, bei ihr zu bleiben. Aber ... Ich war gekränkt. Verstehst du das? Ich brauche auch Liebe, Mitgefühl. Ich habe ein Herz in meiner Brust, keinen Stein." Lucas Augen wurden glasig. Noch bevor sich eine Träne löste, schritt Helene auf ihn zu und umarmte ihn.

„Ist schon gut. Ich bin bei dir. Du wirst sehen, es renkt sich alles ein." Vorsichtig, mitfühlend strich sie über seinen Rücken, verbarg insgeheim ein Lächeln.

Helene hatte es geschafft. Lucas zerbrach vor ihren Augen und sie? Sie war bei ihm. Bei ihm, um zu trösten, ihm zu geben, was er qualvoll vermisst hatte.

## 10  Wispernde Stimmen

Lautlos im Raum der Zeit verbirgt sich ein kleiner Gedanke, verbirgt sich ein Stück vom eigenen Ich.

Das Gespräch mit Cat tat Jasmin unendlich gut. Mit jedem Wort fühlte sie sich erleichterter. Die Anwesenheit einer Freundin, der tröstende Zuspruch von ihr. Am Ende ist sie in der Lage gewesen ihren Ballast mit jemandem, der nicht wegrennt, zu teilen. Ihr war auch keinesfalls bewusst gewesen, dass Cat mittlerweile mit den Tränen kämpfte. Ihre Freundin hörte sehr aufmerksam zu, konnte davon abgesehen einfach nicht fassen, wie viel Leid, vermischt mit paradox wirkenden Handlungen, ihre ausgesprochenen Worte beinhalteten. „Jasmin, bitte!", unterbrach Cat ihre beängstigenden Ausführungen.
Jasmin sah sie verwundert an, lächelte. „Was ist?" Erst jetzt bemerkte sie, dass etwas mit ihrer Freundin nicht stimmte. „Weinst du?", fragte sie irritiert.
Cat versuchte, den Tränenfluss zu unterdrücken. Sie räusperte sich, holte ein Taschentuch aus ihrer Tasche, schniefte, wischte die Tränen aus ihren Augen. „Nein! Ich … Ich meine, weißt du eigentlich, was du mir gerade erzählt hast?"
„Ja, wieso? … Ich sprach davon, dass ich diese letzten Stunden schon einmal erlebt habe. Jedes Wort, jede Bewegung, alles.", die Worte klangen belanglos, wie die einer belustigenden Bagatelle. Ihr war keinesfalls bewusst, warum ihre Freundin derart traurig reagierte.
Cat konnte nicht mehr. Die Tränen strömten regelrecht wie Sturzbäche aus ihren Augen. Erneut versuchte sie, ihre Gefühle unter Kontrolle zu bekommen.

„Cat. Aus welchem Grund weinst du?"

„Bitte versteh mich nicht falsch.", brachte sie jetzt eher vorsichtig hervor. „Aber das alles hört sich überaus... Wie soll ich das sagen ...?"

„Meinst du etwa, ich denke mir das alles aus?"

„Ich habe ehrlich gesagt den Verdacht, dass du viel zu viel durchgemacht hast. Dein schrecklicher Verlust. ... Ich meine die Fehlgeburt. Dein Streit. Aber vor allem bereitet mir dein jetziger Zustand große Sorge. Verstehst du, was ich dir sagen möchte?"

„Warum? Was meinst du denn?", bohrte Jasmin nach. Im Augenblick allerdings verstand sie die Welt nicht mehr.

„Na, ständig bist du erschöpft. Merkst du das denn nicht? Du bist nicht mehr wie früher. Du kapselst dich ab. Seit Wochen und jetzt? Jetzt ..."

Missverstanden fühlte sich Jasmin im ersten Moment. Gedanklich herrschte eindeutig das absolute Gefühlschaos. Erst verließ sie Lucas, dann reagierte Cat identisch auf ihre Äußerungen. Augenblicklich ließ sie ihre Schultern hängen, senkte ihren Kopf, schwieg, dachte nach.

Lucas tauchte vor ihrem inneren Auge auf. Seine wohltuende Nähe, seine Wärme, seine liebevollen Umarmungen fehlten ihr ungemein. Sie bereute ihren Entschluss, Lucas in den letzten Wochen von sich gestoßen zu haben. Vergraben in Selbstzweifel, Schuldgefühlen, darüber hinaus gefangen in ihrer eigenen Trauer. Die Ereignisse, welche vor wenigen Minuten noch alltäglich oder besser gesagt normal aus ihrem Mund widerhallten. Diese Aussagen waren plötzlich zweifelhaft, eher unwirklich in ihren Augen. Den bemitleidenden Blick, den ihr Cat unterdes zuwarf verstärkte dieses Gefühl nur noch und ließ Jasmin langsam an ihren gesunden Menschenverstand zweifeln.

Ihre Katze sprang zu Jasmin auf die Couch, ließ sich neben ihr nieder, woraufhin Jacky gekrault wurde. Ihr Schnurren hatte eindeutig etwas Beruhigendes. Genüsslich streckte sie ihre Vorderpfoten, fuhr dabei vorsichtig ihre Krallen aus.

*„Katze müsste man sein."*, schoss ein Gedanke gerade durch ihren Kopf, als Jacky abrupt aufschrak. Hellwach stand sie auf der Couch, starrte Jasmin mit weit aufgerissenen Augen an.

Ein befremdliches Gefühl überkam sie mit einem Mal. Gebannt war ihr Blick auf ihre Katze gerichtet. Irgendetwas an ihr hatte sich verändert. Ihr Kopf wirkte unheimlich, gewissermaßen menschlich. Jasmin traute erst ihren Augen nicht, nachdem ein Schatten schnell huschend Jackys Augen verdunkelte. Schwarz, düster. Eiskalt lief es ihr den Rücken herunter. Anfangs dachte sie an Einbildung, verursacht durch die ständige Trauer. Ein eingebildetes Trugbild, kam es ihr in den Sinn, doch da geschah es abermals. Die Augen der Katze, schwarz wie die Nacht.

*„Was hat das zu bedeuten?"*

„Jasmin?" Aufgeregt fragte ihre Freundin noch einmal. „Jasmin? Hörst du mich? Was hast du? Was ist vorgefallen?", wieder bildeten sich Tränen in den Augen Cats, die auf einem Sessel gegenüber von ihr saß und das Geschehen besorgt beobachtet hatte.

Keine Antwort, kein Laut kam erst über ihre Lippen. Stattdessen stand sie auf, holte ihr Handy, telefonierte.

„Ich … Ich weiß nicht, was mit mir los ist! Ich muss jetzt sofort mit Lucas sprechen. Da stimmt etwas nicht.", erzählte sie in Hektik verfallen.

Es klingelte. Einmal, ein zweites Mal. Ungeduldig wartete sie. Als der dritte Klingelton zu hören war, drückte er sie einfach weg. Jasmin wurde noch nervöser. Sie schrieb eine SMS. „Lucas, ich vermisse dich." Und setzte aufgeregt drei rote Herzen dahinter. Das Warten war für sie einfach unerträglich.

Lucas indes war froh endlich Nähe zu spüren. Gut, Jasmin wäre ihm zwar eindeutig lieber gewesen, doch jetzt, da er Helene in den Armen hielt. Wie sehr hatte er diese Banalitäten der alltäglichen Zärtlichkeit vermisst.
Sein Handy klingelte. Er unterbrach die Umarmung kurzzeitig, blickte darauf. Lucas erkannte wer anrief, beendete jedoch das Telefonat, noch bevor es begonnen hatte. Anschließend schaltete er den Klingelton ab, warf es achtlos auf den Tisch, um danach Helene erneut in die Arme zu schließen.
Sie hingegen war überglücklich, dass Lucas vor ihren Augen einen Anruf, der offenbar von Jasmin kam, einfach ignorierte, das Handy achtlos auf den Tisch schleuderte. Tief atmete sie ein, genoss triumphierend den Moment, als nur wenige Sekunden später das Handy vibrierte. Das Holz vom Tisch verstärkte die Vibration.
„Lass es nur klingeln! Jasmin ruft bestimmt noch einmal an." Sie lächelte.
Lucas stutzte, dachte nach. Je länger er über diese lapidaren Worte nachdachte, umso nervöser wurde er. Helene rückte an ihn sehr nah heran. Langsam, fast schlangenartig versuchte sie ihren Körper an seinen zu schieben. Dann spürte er ihre Lippen an seinem Hals. Sofort sprang er erschrocken auf.
„Was machst du da?", fragte er empört. Das Handy vibrierte jetzt dauerhaft. Schnell nahm er es auf, las. Eher starrend, gleichzeitig skeptisch erkannte Lucas drei Herzen auf seinem Display. Irritiert überlegte er.
Jeder, der Jasmin kannte, wusste, dass sie derartig verschnörkeltes Getue verabscheute. „Worte ...", sprach sie immer. „Worte können mehr sagen als Smileys,

Herzen oder irgendwelche anderen grellbunt gestalteten Gegenstände." Er schmunzelte kurz. *„Ob sie etwas ahnte?"*, überlegte er flüchtig. „Ich muss gehen.", unerwartet kam dieser Satz. Hart und absolut ernst klang er. Ihm war klar was sie vorgehabt hatte und irgendwie fühlte er sich jetzt in dieser Sekunde ertappt. In flagranti erwischt, obwohl nichts geschehen war. Seine Bewegungen wirkten eindeutig nervös während er, ohne noch einmal auf Helene zu blicken, den Raum verließ.

„Aber du solltest ...", flehte sie laut hinter ihm her. Allerdings hörte sie Lucas nicht mehr, denn er befand sich schon im Treppenhaus.

Aufgeregt, ungeduldig wanderte Jasmin währenddessen im Wohnzimmer hin und her. Sie sprach kein Wort, kratzte ab und an ihren Kopf, überlegte, spekulierte insgeheim. *„Werde ich paranoid?"* Dazu kam dieses Gefühl der inneren Unruhe.

Cat gab es mittlerweile auf, Jasmin mit Fragen zu bombardieren. Sie antwortete eh nicht. Wenn ihre Freundin etwas sagen wollte, fuchtelte Jasmin aufgebracht mit der Hand vor ihrer Nase herum, um zu zeigen, dass sie schweigen sollte. Jenes Verhalten erinnerte Cat beängstigend an die Zeit, während sie noch in der Psychiatrie gearbeitet hatte.

Sie ging in die Küche, kochte Tee. Kamille natürlich. Denn schließlich sollte der Tee ihr aufgebrachtes Gemüt ein wenig beruhigen. Cat machte sich sichtlich Sorgen. Die Angst, Jasmin würde mehr und mehr den Verstand verlieren, plagte sie. Diesen schrecklichen Gedanken konnte sie einfach nicht verhehlen.

Im Internet hatte Cat schon vor Tagen heimlich, auf eigene Faust einen geeigneten Psychiater gesucht, den sie im richtigen Zeitpunkt erst einmal Lucas mitteilen wollte.

Die Haustür öffnete sich unerwartet. Cat späte aus der Küchentür und erblickte Lucas im Flur. „Gott sei Dank.", sprach sie gerade noch, als Jasmin aus dem Wohnzimmer stürmte und ihm in die Arme fiel.

„Was ist passiert? Ich habe mir solche Sorgen gemacht! Ist mit dir alles in Ordnung?", flogen die Sätze förmlich aus Jasmins Mund.

Lucas lachte. „Ja, alles gut. Ich habe eher das Gefühl gehabt, dass du …"

Cat wirkte von der Situation überfordert. Sie konnte nicht glauben wie schnell Empfindungen, Gemütszustände wandelbar sind. „Ach ihr seid mir zwei Verliebte.", flüsterte sie, schüttelte anschließend erleichtert den Kopf, konnte dann nicht anders als energisch hervorzubringen. „Jetzt geht mal ins Wohnzimmer! Ich bringe gleich den Tee."

Beide setzten sich auf die Couch, lachend, aneinander kuschelnd.

Cat kam ein paar Minuten später dazu. „Mkrrrr... Ich bringe euch Tee, Kamille, beruhigt die Nerven. Na wenn ich euch ansehe, ist das wohl nicht mehr nötig. Nun gut. Er ist gesund. Also erfüllt er einen guten Zweck."

Lucas und Jasmin blickten ihr freudestrahlend entgegen.

Cat merkte genau, dass sie hier überflüssig war. Ein vorgetäuschter Blick auf ihre Armbanduhr. „Ach, schon so spät. Ich muss euch jetzt verlassen. Ihr kommt allein zurecht?"

Keiner von beiden antwortete, sie lächelten immer noch.

„Na dann, tschüss und ruf mich an Jasmin! Wenn du noch Hilfe brauchen solltest?" Den letzten Satz hätte sie sich sparen können. Beide reagierten in keinster Weise auf sie. Fest umschlungen saßen sie auf der Couch und küssten sich innig, ohne auf ihre Umgebung zu achten.

Cat verschwand, sie lächelte. Doch schon im Treppenhaus wurde ihr wieder die Eigenartigkeit der vergangenen Situation, die Absonderlichkeit ihrer widersprüchlichen Handlung bewusst und so war es eindeutig ein beängstigendes Gefühl, welches sie in sich trug.

Minuten vergingen, niemand sprach. Dicht an dicht saßen die Zwei auf der Couch, umarmten einander, genossen diesen stillen, schönen Moment der Zweisamkeit.

„Ich habe dich vermisst.", flüsterte Lucas als erster in ihr Ohr.

„Es tut mir leid Lucas. Ich hätte dich nie wegstoßen sollen. Ich bin dumm."

„Du bist nicht dumm. Du bist in Trauer. Ich habe auch Fehler gemacht, doch jetzt wird alles wieder gut. Wir beide halten fest zusammen."

„Ja", sprach Jasmin zaghaft, bevor sich ihre Lippen langsam näherten. Unbeschreiblich schön war dieser Augenblick. Sie spürten die Geborgenheit. Dieses berauschende Gefühl der Wärme, die beide so schmerzlich vermisst hatten.

Max kehrte erst am Abend in seine Wohnung zurück. Sie war leer. Kurz dachte er an das Gespräch mit seiner Schwester. Ein beunruhigendes Gefühl überkam ihn gleich darauf. Seine Schwester war ihm wirklich wichtig. Insgeheim hatte er dennoch mehr Sympathien für seinen Freund. Bisher ahnte er nicht, welche tiefgreifenden Gefühle tatsächlich in ihm schlummerten. Von seiner Seite aus sollte sich das auch keinesfalls ändern. Sein Leben war schließlich kompliziert genug. Die letzten Jahre über alle Maßen anstrengend. Lucas stand stets fest an seiner Seite und das wiederum wollte er auf gar keinen Fall aufs Spiel setzen. Innerlich malte sich Max dennoch schon einige Horrorszenarien aus. Beunruhigt griff er schnell zum Handy, stellte glücklicherweise fest, dass Lucas wieder Zuhause bei Jasmin wohlbehalten und ohne jedweden desaströsen Zwischenfall angelangt war.

Allerdings blieben Zweifel. Max kannte seine Schwester. Er wusste wie böse, gemein Helene werden konnte, wenn ihr jemand auf offensichtlich entgegengebrachte Gefühle nicht antwortete. Wie niederträchtig sie früher schon gewesen war.

Seine eigene Jugend rückte gedanklich in seinen Focus. Er dachte an die vielen Probleme, welche sie damals schon bereitete, als er im Abiturjahr war. Seine Schwester hingegen erst in der Neunten. Verliebt hatte sie sich in einen Jungen, welcher ein paar Klassen über ihr war. Nachdem sie damals eifersüchtig feststellte, dass er nur Augen für ihre beste Freundin gehabt hatte, tat sie alles, um die Beiden zu entzweien. Verbreitete Gerüchte. Erfand Augenblicke, indem sie angeblich innige Stunden mit ihm verbrachte. Ihrer Freundin brach es in jener Zeit sprichwörtlich das Herz. Zusätzliche Lügen verschlimmerten die Angelegenheit. Herzlos, grausam wie Helene war.

Mit Schrecken dachte er daran. Das Mädchen nahm Tabletten, wäre fast gestorben. Ganz genau konnte er sich daran erinnern, denn sein Vater tat alles, um die ganze Sache zu vertuschen. Den Schuldigen, in diesem speziellen Fall die Schuldige, nämlich seine Schwester zu schützen. Froh waren sie alle, dass das Mädchen überlebt hatte. Bei seiner Schwester wiederum ... Er verwarf diesen aufkommenden Gedanken. Max wusste noch, dass das Mädchen kurz danach wegzog. Seit dieser Zeit betrachtete er Helene mit Argwohn. Sie schwor damals auf alles, was ihr heilig war, dass sie sich ändern wollte. Ihr Bruder hingegen wusste genau, welches Biest noch heute in ihr schlummerte.

Ein weiterer Monat zog ins Land. Die Blätter fingen an von den Bäumen zu fallen. Jasmin erholte sich Zusehens. Zum einen lag es an der zärtlichen Nähe, die sie einander bei jeder Begegnung entgegenbrachten. Zum anderen, dass nichts Ungewöhnliches oder Erschreckendes vorfiel. Sie hatte den Rat ihrer Freundin Cat angenommen und einen sehr erfahrenen Psychiater kontaktiert, bei dem Jasmin sofort in Behandlung kam. Letzteres allerdings war dem Einfluss Lucas zu verdanken.

Der Winter zog ins Land. Das Weihnachtsfest rückte immer näher. Jasmin liebte diese Zeit. Der Duft von Tannennadeln, der helle angenehme Schein vieler brennender Kerzen. Eine feierliche Stimmung, die sie mit Weihnachtsliedern zu gern unterstrich.

Am sechsten Dezember plante Jasmin einen romantischen Abend. Sie hatte gekocht, wartete sitzend, mit einem Glas Rotwein und einem Buch auf der Couch im Wohnzimmer.

Plötzlich wurde der zimtartige Duft ihrer Umgebung von einem süßlich, eher stinkenden Geruch überdeckt. Jacky, ihre Katze, die gerade neben ihr schlief, wurde wach, starrte auf den Sessel, der beiden gegenüberstand. Jasmin beobachtete Jacky. Unerwartet sprang sie von der Couch. Aufgeregt fauchend verschwand das Tier auf ihrem Kratzbaum, versteckte sich in einer der Höhlen. Der unangenehme Geruch hingegen hatte sich mittlerweile penetrant verstärkt.

„Wer ist da?", erschrocken floh die Frage aus ihrem Mund. Eiskalt lief es ihr gleichzeitig den Rücken herunter und Gänsehaut hatte ihren Körper komplett eingenommen. Dann war sie da. Mit Schrecken erkannte sie, wer da vor ihr auf einem der Sessel saß. Leichenblass war ihre Gesichtshaut, die grünunterlaufenen Augenringe verstärkten das furchteinflößende Aussehen. Schlagartig schoss Jasmin das geistige Bild der Frau durch den Kopf, die sie schon einmal gesehen hatte, während sie einander starrend fixierten.

Ihre Alarmglocken dröhnten, zugleich ließ sie die Angst augenblicklich in Starre verfallen. „Was willst du? Lass mich in Ruhe!", sprach sie mit zitternder Stimme. Erst jetzt erkannte sie, dass diese Frau nicht mehr schwanger war. Ihr Bild begann zu flackern, verschwand jedoch nicht. Flüsternd, wenn auch bedrohlich, ertönte eine eher unerwartet traurige Stimme. „Jasmin du musst aufpassen! Es kommt der Tag, es ist bald soweit."

„Warum tust du das? Was willst du? Geh weg!" Sie weinte, doch die Frau blieb, flüsterte erneut. „Es ist bald soweit."

„Geh weg! Lass mich in Ruhe!", schrie sie jetzt in Hysterie verfallen. Sie sprang auf, kniff ihre Augen zusammen, rieb sie fest und nachdem sie diese wieder geöffnet hatte, war die fremde Frau verschwunden und mit ihr der stinkende Geruch.

Nervöse, beharrliche Blicke auf eine Stelle gerichtet, an der gerade noch eine fremde Gestalt zuerkennen war, ein geisterhaft wirkendes Geschöpf in Frauengestalt. Eindeutig war sie da, hatte vor ihr gesessen, gesprochen. Endlich löste sich ihr Blick. Eher unbewusst blickte sie jetzt auf das Weinglas. Einen winzigen Schluck hatte sie nur getrunken. Dessen war sie sich sicher. Die Worte ihres Psychiaters hallten sofort ermahnend in ihren Ohren. „Frau Rosenberg, bitte achten sie darauf, dass ihr Medikament mit Alkohol die Wirkung verfehlen kann!" Schnell nahm sie das Glas, rannte damit in die

Küche und kippte den restlichen Inhalt in das Spülbecken.

Lucas kam an diesem Abend wie schon oft erst spät nach Hause. Blass war er, seine dunklen Augenringe verstärkten den Verdacht Jasmins, dass er überarbeitet und erschöpft gewesen war.

„Ich habe gekocht." Sie lächelte mitfühlend. „Geht es dir gut?" Fragte sie besorgt, nachdem er sie zur Begrüßung herzlich umarmt und geküsst hatte.

„Ja.", log er. „Alles in Ordnung. Ich brauche etwas Ruhe, gehe duschen, zieh mir bequeme Sachen an und dann können wir zu Abend essen."

„Gut, lass dir ruhig Zeit. Ich warte."

Jacky, die gerade schmusend um seine Beine kreiste, wurde von ihm auf den Arm genommen und gekrault. Anschließend verschwand er mit der Katze im Schlafzimmer.

Beunruhigt sah sie ihm nach. Jasmin gefiel das Aussehen von Lucas gar nicht. So erschöpft und aschfahl wie sein Gesicht wirkte. Wahrscheinlich hatte er wieder zu viel an diesem Tag erledigen wollen, pflichtbewusst jeden vereinbarten Termin wahrgenommen, keinesfalls einen abgesagt. Es alarmierte sie darüber hinaus die Tatsache, dass er für einen neuen Posten vorgeschlagen wurde. Sie wusste, dass dieser noch mehr Arbeit mit sich brachte. Kurz überlegte sie, ob es nicht besser wäre ihm von der unheimlichen Begegnung zu erzählen. Doch dann verwarf sie den Gedanken schnell. Schließlich war Lucas froh, dass sie endlich durch diese Therapie Fortschritte gemacht hatte. Sie waren sich wieder näher gekommen und wenn sie recht darüber nachdachte, ist ihre Beziehung gereift, gefestigter geworden.

*„Dieser kleine Rückschlag von heute?"*, kam ihr der Gedanke in den Sinn. Gleich folgend wog sie das Für

und Wider ab. Ihr Psychiater riet ihr, beängstigende Episoden sofort auszusprechen. Stets beteuerte er, dass Geister nicht existent wären. Sie hervorgerufen werden, wenn in der Psyche etwas konträr verläuft. Ausgelöst durch schwere Tiefpunkte, schlimme Erfahrungen. Reflexion wäre das Zauberwort. Mit jemandem das Gespräch suchen und offen über derartige Dinge reden. Die unwirklichen Ereignisse erst gar nicht im Bewusstsein zu manifestieren. Doch Lucas Verfassung? Er sah schlecht, vor allem erschöpft aus. Und sie? Sie hatte getrunken. Wenn auch nur einen Schluck. Dieser reichte jedoch, um ihre alten Phantasiegebilde erneut zu projizieren. In ihrem Kopf herrschte ein furchtbares Durcheinander. Tief atmete sie ein und beschloss darauf insgeheim, nur den normalen Tagesablauf zu besprechen. Hauptsächlich wollte sie ihm zuhören, an seinen Lippen hängen, gebannt seinem politischen Alltag folgen und ihn keinesfalls beunruhigen.

So kam es dann auch. Der Abend verlief sehr ruhig. Romantisch saßen sie nach dem Essen zusammen auf ihrer Couch. Kuschelten, sprachen miteinander und für einen kurzen Moment vergaß Jasmin die unheimliche Begegnung, lauschte, hing förmlich an seinen Lippen. Gern hörte sie ihm zu. Er konnte begeistern, nicht nur Wähler, einfach jeden. Es tat ihm sichtlich gut, über den Stress, den er hatte, zu sprechen. *„Politik ..."*, wog sie unterdes ab, *„... ist wirklich absolut nicht meins"*.

Kurz nach zehn Uhr gingen beide an diesem Abend ins Bett, Lucas schlief sofort ein. Mitten in der Nacht wurde Jasmin munter. Wirre und aufregende Träume hatten sie unruhig schlafen lassen. Auf dem Wecker zeigten die Zeiger kurz vor drei an. Vorsichtig stand sie auf, ging in die Küche, trank ein Glas Wasser und dachte über diese unheimliche Erscheinung noch einmal nach.

Was hatte das zu bedeuten? War diese Frau wirklich in ihrem Wohnzimmer gewesen, oder war es Einbildung? War dieser Schluck Wein schuld? Vielleicht sollte sie diese Begegnung ihrem behandelnden Arzt mitteilen? Oder erwähnen, dass sie nach langem ein Glas Wein zu trinken beabsichtigte? Und das obwohl der Alkohol ein absolutes Tabu während der Einnahme des Medikamentes war.

Immer wieder war es für sie eine enorme Überwindung jemandem von schwarzen Hunden, sterbenden Patienten, Toten, Geistern zu erzählen. Ihr fielen die Blicke von Cat und dem Arzt ein, der sie einst gründlich untersuchen wollte, bevor sie ihr Kind unter Einfluss tragischer Umstände verlor. Blicke, die sie forschend, gleichzeitig bedauernd ansahen. *„Werde ich verrückt?"*, dachte sie damals wochenlang, ehe sie endlich professionelle Hilfe aufsuchte. Der Psychiater verschrieb schon im Laufe ihrer ersten Sitzung ein Medikament. Es half, sie war glücklich. Und jetzt? Musste sie sich etwa eingestehen, erneut in alte Muster zu rutschen? Unreale Begegnungen zu haben? Was würde sie während ihrer nächsten Sitzung erzählen? Etwa, die Wahrheit? War es denn die Wahrheit? Oder wäre es besser zu lügen? Sie wusste genau, dass das Medikament zur Abhängigkeit führen konnte. Sollte sie einfach leugnen, um einer entstehenden Suchterkrankung zu entfliehen? Die Therapie ohne Vorwarnung abbrechen? Vielleicht brauchte sie gar keine Behandlung mehr. War gesund und diese Ereignisse real.

Die letzte Erkenntnis ließ sie erschaudern, kalt lief es ihr den Rücken hinunter. Vollkommen durcheinander war sie augenblicklich und mit einem flauen Gefühl in der Magengegend schlich sie vorsichtig zurück ins Schlafzimmer. Er hatte nicht mitbekommen, dass sie beunruhigt aufgestanden war. Jetzt stand sie im Halbdunkel, zwischen dem Flur, der erleuchtet war und dem Zimmer, indem er friedlich schlief. Sie beobachtete ihn, grübelte.

*„Was hat das zu bedeuten?"* Ihr war inzwischen bewusst, wenn es ein Geist gewesen sein sollte, dann wollte er ihr auf keinen Fall etwas Böses. Im Gegenteil. Jasmin ist sich sicher gewesen, dass diese fremde Frau im Begriff war sie zu warnen. Wer war sie? War sie denn wahrhaft anwesend? Es könnte auch eine Fata Morgana, ein Trugbild, das aufgekommen ist, weil sie vielleicht eklatant über irgendetwas über die Maßen beunruhigt war. Eine Art Warnung aus ihrem Unterbewusstsein? *„Geht es um Lucas? Er sieht abgespannt aus. Möglicherweise wäre es ratsam, einen Arzttermin bei meiner Psychiaterin für ihn zu vereinbaren? Oder ..."*

„Jasmin, ist alles in Ordnung?", fragte Lucas, der aufgewacht war und erkannte, dass sie ihn beobachtet hatte.

Die Frage riss Jasmin förmlich aus ihren trüben Gedanken. Verunsichert, zugleich stockend brachte sie hervor. „Was? Ja ... alles gut."

„Warum schaust du mich an?"

„Es ist nichts.", log sie. „Ich beobachte dich gern, wenn du schläfst."

„Ehrlich? Ich finde das eher unheimlich."

„Sie lächelte. Ich bin froh, dass ich dich gefunden habe.", sprach sie überraschend für ihn aus.

Er kniff seine Augen skeptisch zusammen. „Das bin ich auch. Ist wirklich alles in Ordnung?", bohrte er nach.

„Ja, alles ist gut. Ich hatte nur einen etwas wirren Traum, bin dadurch munter geworden. Und wie gesagt. Ich beobachte dich gern, wenn du schläfst."

Er lächelte. „Komm wieder ins Bett."

Sie warf ihm ein kurzes Lächeln zu und legte sich in seine Arme.
„Du riechst gut.", flüsterte er liebevoll in ihr Ohr.
„Ehrlich? Wie rieche ich denn?"
„Du riechst ...", schmunzelte er. „Du riechst, wie meine Jasmin." Darauf küsste er zärtlich ihren Hals.
„Ich dachte, du bist müde und willst schlafen?"
„Ich bin jetzt aber munter. Und ..." Er drückte seinen Körper behutsam an ihren.
„Ah, so ...", sprach sie belustigend, drehte sich zu ihm um, worauf beide liebevoll miteinander verschmolzen.

Helene hatte sich nach dem unangebrachten Annäherungsversuch bei Lucas, Wochen lang, sehr rar gemacht. Sie verschwieg Max die letzten Minuten ihrer Zusammenkunft, dennoch ahnte er, dass etwas derartig Brisantes vorgefallen sein musste.
Lucas dagegen stand im regelmäßigen Kontakt mit Max, der nach wie vor einer seiner engsten Freunde war. Nicht nur über Privates konnte er vertrauensvoll mit ihm sprechen, auch in politischen Angelegenheiten war er in der Lage helfend, vor allem vertrauenswürdig an seiner Seite zu stehen. Das Einzige, was der steilen Karriere abermals zu beeinflussen drohte, war die Sorge um das Wohlergehen von Jasmin.
Er war glücklich, dass sie wenigstens Cat hatte. Aber es beunruhigte ihn zusehends, dass sie weitere soziale Verbindungen immer mehr verweigerte, selbst an ihrer geliebten Arbeitsstelle. Die begeisternde Art von ihr, welche sie stets an den Tag legte, war verschwunden. Ihr fehlte die Freude an dem, was sie tat. Er konnte sich noch genau daran erinnern, wie fähig sie war, wenn es darum ging anderen Menschen zu helfen. Und jetzt? Es kam ihm vor, als wäre das Glück in ihrem Leben wie vom Erdboden verschluckt, ausgelöscht.

Dieser bedenkliche Zustand musste geändert werden, beschloss Lucas. Ablenken wollte er sie. Er ahnte nicht, dass Jasmin ihr Medikament abgesetzt, ihren Arzt nicht mehr kontaktiert und die Behandlung einfach abgebrochen hatte. Er war der Meinung, Gespräche mit einem Fachmann taten ihr gut. Schließlich ging es ihr sichtlich besser. Ihr plötzlicher Sinneswandel, das aufkommende Tief ihrer Stimmung, war das normal?

Strahlen wollte er sie endlich wieder sehen. Das beschwingte Unbeschwerte, was ihr Wesen ausmachte, jeden ansteckte. Das war es, was er sehnlichst vermisste. Es musste sich ihr Zustand ändern und das schnell.

Deshalb lud er, trotz des straff gefüllten Terminkalenders, einen politischen Parteifreund mit dem Namen Arnold Gruber, dessen immer lustige Frau Maria, seinen Freund Max, Helene - bei ihr überlegte er kurz -, Cat und einen weiteren Parteikollegen für den nächsten Abend zum Essen ein.

Er organisierte ein Catering. Denn Jasmin sollte nicht nur überrascht, sondern unbesorgt einen gemütlichen abwechslungsreichen Abend verbringen.

Alles lief nach Plan, das erste Mal seit langem kam er pünktlich. Um siebzehn Uhr öffnete Lucas die Wohnungstür. Vorsichtig trat er ein, suchte Jasmin. Er fand sie still sitzend auf einem der Sessel im Wohnzimmer. Sie bemerkte ihn nicht, obwohl er vor ihr Stand. Starr war ihr Blick auf den Boden gerichtet. „Jasmin?", sprach er behutsam.

„Oh. Lucas tut mir leid, ich habe gar nicht mitbekommen, dass du schon Zuhause bist." Sie lächelte.

An ihm erkannte man genau, dass er sich Sorgen machte. Zögernd reichte er ihr die Blumen, welche er mitgebracht hatte.

„Für mich?

Jetzt wirkte er irritiert. „Ja natürlich für Dich."

Jasmin verzog keine Miene. „Baccara Rosen!"
„Ich wollte …"
Doch er konnte gar nicht weiter sprechen, denn sie sprang auf und umarmte ihn. „Danke", flüsterte sie in sein Ohr.
„Kannst du dich an unseren anfänglichen Zwist, ich meine unseren ersten Streit erinnern?", fragte er jetzt strahlend vor Freude.
Jasmin sah ihn überrascht an, überlegte kurz. „Na ja, eigentlich war es kein richtiger Streit. Ich meine den ersten Strauß hattest du, … ich denke, mich daran zu erinnern, in einem Gurkenglas. Und den zweiten in diesem Spagetti Topf, den du mit einem atemberaubenden Wutausbruch einfach daneben platziert hattest?"
„Ja.", lachte sie in Erinnerungen schwelgend. „Das Gurkenglas musste ich von den vielen Eincentstücken befreien. Die hatte damals meine Mutter über Jahre für meine Brautschuhe gesammelt."
Er hob fragend seine Augenbraue.
„Ach, das ist so eine Art Familientradition."
„Ehrlich? Erzähl mir doch bitte davon! Ich weiß ohne hin nicht viel über deine Familie."
„Ja. Denn wir hatten eine Abmachung!"
„Ich weiß, aber das mit dem Gurkenglas …"
„Also gut. Meine Mutter hob sie anfangs für mich auf. Nachdem sie verstarb, tat ich das dann weiter. Eine Mutter sammelt für ihre Tochter die Eincentstücke und wenn sie einmal heiratet, bekommt die Tochter von diesem Geld ihre Brautschuhe. Das war es auch schon." Nach Beendigung des Satzes änderte sich ihre Stimmung schlagartig.
Lucas ahnte, was sie derart beunruhigte. „Du kannst für unsere Tochter auch ein Glas mit Eincentstücken sammeln. Obwohl ich kaum glaube, dass sie in der

heutigen Zeit derartige Dinge braucht. Die jungen Leute heiraten doch nicht mehr." Er lachte.

Jasmin weinte jetzt. „Was redest du denn da? Wir heiraten doch bald und darüber hinaus werde ich nie für meine Tochter … Ich werde nie …"

Lucas nahm sie in den Arm. „Ach mein kleines Dummerchen. Wir werden ein Kind haben. Du möchtest, ich möchte. Also frage ich dich. Warum möchtest du denn keines adoptieren? Ich bin mir sicher, du wirst fabelhaft in einer Mutterrolle aufgehen."

„Adoption?", schluchzte sie. „Darüber habe ich mir noch nie Gedanken gemacht."

„Na dann meine liebe zukünftige Frau Berger, möchtest du ein Kind mit mir?"

Sie weinte, versuchte weitere Tränen aus ihrem Auge zu wischen. „Ja, das möchte ich."

Der nächste Tag brach an. Jasmin wusste mittlerweile immer noch nicht, was mit Lucas los war. Er strahlte, war fröhlich und lustig. Unbeschwert verkündete er ihr, dass er den Tag über frei genommen hatte. Bestand darauf, gemeinsam mit ihr in die Stadt zu fahren, um ein neues Kleid für sie zu kaufen. Anfangs wirkte sie sehr überrascht.

„Du möchtest mir ein Kleid kaufen?"

„Ja das möchte ich."

„Du weißt schon, dass ich in meinem Kleiderschrank mehrere zur Auswahl habe?"

„Das weiß ich, aber…"

„Ach und diese sind dir wohl nicht geschmackvoll genug?", langsam sank ihre Stimmung.

„Nein , so meine ich das nicht. Ich möchte dir einfach ein schönes festliches Kleid kaufen. Deine Kleider sind sehr schön. Passen aber nicht zu diesem Anlass."

„Na zu welchen Anlass sollten sie denn passen?"

„Das ist noch ein Geheimnis. Lass dich doch bitte ein Mal von mir überraschen." Mehr sagte er nicht. Es sollte festlich, schlicht, schön, eher in gedeckten Farben sein und ihr gesamtes Erscheinungsbild unterstreichen.

Eindeutig war sie jetzt der festen Überzeugung, dieses Kleid wäre für irgendeinen zukünftigen Empfang, bei dem sie das erste Mal im politischen Rampenlicht zusammen erscheinen würden. Doch wann das war, wollte er partout nicht verraten.

Ein Cocktailkleid in Schwarz suchte sie aus. Der Stoff war aus zarter Spitze, knielang mit einem raffinierten Rückenteil. Zudem fiel es gekonnt, formvollendet über ihren grazilen Po und brachte ihn somit noch besser zur Geltung.

„Umwerfend.", sprach Lucas, nachdem sie aus der Umkleidekabine heraustrat.

Inzwischen wurde es Nachmittag und die Cateringfirma trudelte ein. Ein Koch, zwei junge Kellnerinnen. Kurz darauf klingelte es erneut und während Jasmin einer Friseurin die Tür öffnete, offenbarte er endlich, was er geplant hatte. Jasmin war überrascht, dennoch hielt sich ihre Freude in Grenzen. Sie wusste einfach nicht, wer kommen sollte, empfand den Aufwand eher als furchtbar übertrieben.

Trotz alledem sagte sie nichts. Schließlich hatte Jasmin ihren Lucas schon lange nicht mehr derart strahlend glücklich erlebt, weshalb sie ohne Widerworte mit der Friseurin im Badezimmer verschwand.

Eine Stunde war vergangen, als Lucas das Resultat begutachtete. Er strahlte vor Freude. *„Wunderschön."* Dachte er, ehe ihm einfiel. „Jetzt noch eine Maniküre."

„Was, warum? Ich habe mir doch erst die Fingernägel gefeilt."

Sein Lächeln war augenblicklich verschwunden, daraufhin lenkte sie sofort ein. „Na gut. Warum eigentlich nicht." Sprach sie, noch bevor sie dieses absolut überflüssige Prozedere, was es in ihren Augen darstellte, zuließ.

Neunzehnuhrdreißig war es, als sie von Kopf bis Fuß gestylt aus dem Badezimmer kam. Lucas stockte kurzzeitig der Atem. „Du siehst umwerfend aus. Ich liebe dich, Jasmin, meine baldige Frau Berger.", folgten seine Worte voller Begeisterung.

„Ich liebe dich auch, aber ..."

„Nichts aber!", wandte er ein, reichte ihr ein Glas Sekt. Jasmin lächelte stumm, währenddessen sie das Glas entgegennahm und obwohl ihr dieser übertriebene Aufwand im gleichen Zug eher peinlich erschien. Sie kam sich vor wie Aschenputtel, das eigentlich Aschenputtel bleiben wollte. Zu gespielt, zu exorbitant, aber ihr Lucas war glücklich und so war sie es auch.

Die ersten Gäste trudelten ein. Jasmin schnappte ein zweites Glas Sekt, um ihre innere Unruhe zu dämpfen. Sie sprach kaum, wirkte nach außen erfreut, doch gedanklich kam sie sich unnötig übertüncht, einfach nur maskiert vor. *„Das bin ich nicht."* Kam es ihr in den Sinn, wenn sie zum wiederholten Male am Spiegel im Flur vorbeihuschte. Das viele Make-up, das Kleid, das Getue, dieser festlich gedeckte Tisch und das alles nur so. Kein Anlass, den sie erkennen konnte.

Lucas hingegen war in seinem Element, man erkannte wie wohl er sich fühlte. Ab und an lächelte er Jasmin an. Sie wiederum stand da, hielt eher verkrampft, wie eine Art Schutzschild, das Glas vor ihren Körper und beobachtete.

Endlich trudelte Cat ein. Nachdem Cat den Parteifreunden vorgestellt wurde, wirkte auch sie eindeutig deplatziert. Sie stellte sich zu Jasmin.

„Habe ich vielleicht etwas verpasst? Gibt es was zu feiern? Wird dein Lucas Minister oder so etwas?"

„Ich weiß es selbst nicht. Schau mich mal an. Ich sehe aus wie eine Barbie. Das bin ich nicht."

„Du siehst gut aus und sogar manikürt."

„Eben, weder war diese Maniküre von Nöten noch dieses übertriebene Make-up."

„Tatsächlich, du trägst Make-up. Das sehe ich jetzt erst.", sie lachte.

„Lach nicht!"

„Entschuldige, aber mal ehrlich. Es steht dir. Du bist auch nicht mehr so überaus blass."

„Danke. Aber was das hier alles gekostet hat. Dafür kann eine vierköpfige Familie für mindestens einen Monat leben."

„Genieße es einfach. Sieh mal, sogar Lucas sieht glücklich aus."

„Ja das ist er. Ansonsten, das kannst du mir glauben, würde ich diese Gesellschaft verlassen."

„Jetzt hab dich nicht so! Sind doch nur ein paar Leute. Wer ist der halbglatzige Mann mit der lachenden Frau an seiner Seite?"

„Er heißt Arnold Gruber, die Frau daneben ist seine Ehefrau Maria. Sie scheint sehr nett und lustig. Ich kenne beide erst seit heute Abend."

„Na siehst du, lauter nette Leute, bis auf Helene."

„Ach, Helene ist ganz in Ordnung."

„Das glaubst du doch selber nicht. Die ändert sich nie."

Lucas bat alle zu Tisch. Er hielt sogar eine Rede und nachdem er verkündete, dass der heutige Anlass der Entschluss nach ihrer Hochzeit ein Kind zu adoptieren war, erkannte Jasmin wie wichtig ihm dieser Abend sein musste. Sie prostete ihm zu und bedauerte die vorhergehenden Äußerungen gegenüber Cat zutiefst. Ihr war ihre übertriebene Überempfindlichkeit einfach nur noch peinlich.

Helene indes verschluckte sich am Sekt. Ihr steckte das Getränk sprichwörtlich im Hals. Max wusste sofort, dass sie diesen Abend nicht ohne eine weitere Szene von ihr überstehen konnten. Er beabsichtigte Helene abzulenken, ihr ein schlechtes Gewissen einzureden, um sie schon frühzeitig von allen zu trennen.

„Helene bitte, ich weiß, was du vorhast, tue es nicht!", flüsterte er beschwörend in ihr Ohr.

„Was denn? Ich sitze hier und genieße die Aussicht." Antwortete Helene unschuldig, prostete Lucas mit einem obszönen Lächeln zu und um dem Ganzen noch eins draufzusetzen, verformte sie ihren Mund zu einem Kuss, den sie ihm mit ihrer Hand durch die Luft zuwarf.

„Es reicht! Musst du immer deinen Willen durchsetzen?" Max war jetzt wirklich wütend. Am liebsten hätte er seine kleine Schwester fest am Arm gepackt und sie, noch bevor ein weiteres Wort aus ihrem Mund entweichen konnte, aus der Wohnung geführt.

„Was hast du denn? Wenn du nur wüsstest!" Flüsterte sie ihm augenblicklich zu.

Lucas wirkte jetzt sichtlich angespannt. Er erinnerte sich an die letzte Begegnung mit ihr. Wie sie versuchte seinen Kummer sprichwörtlich auszumerzen, um ihn zu verführen.

Jasmin war mit ihrem schlechten Gewissen beschäftigt, starrte regelrecht auf ihren Teller vor sich und bekam von all dem nichts mit. Nur Cat beobachtete das Szenario mit argwöhnischen Augen. Am liebsten wäre sie Helene an den Hals gesprungen und hätte ihr diese heimtückischen Augen ausgekratzt.

Der Abend steuerte immer mehr auf ein Desaster zu. Max schämte sich eine derart intrigante, vor allem skrupellose Schwester zu haben und Lucas? Ja Lucas fühlte sich nicht mehr wohl mit dem, was er auf die Beine gestellt hatte, bereute sichtlich, Helene eingeladen zu haben. Er litt unter dieser Situation, schwitzte, bekam plötzlich Sodbrennen. Angespannt, miserabel gelaunt sah er auf einmal aus, stand auf und ging. Weg wollte er von ihr, einfach nur weg. In der Küche nahm er eine Tablette, genoss die Ruhepause von einem Abend, den er vor wenigen Minuten noch als entspannend und überaus glücklich empfand.

Bei Jasmin machte sich jetzt der Alkohol bemerkbar. Ihr ging es etwas schlecht. Teilnahmslos saß sie vor ihrem Teller. Ihr schmeckte das Essen nicht sonderlich und das spiegelte sich auch in ihrem Gesicht wider. Deshalb dachte sie anfangs, es wäre ihre Schuld, dass die Stimmung von Lucas gekippt war, er übereilt den Raum verließ. Der Blick zu Cat half ihr auch keineswegs. Sie zuckte nur nicht wissend mit den Schultern.

Helene versuchte aufzustehen, doch Max hielt sie fest. „Was soll das? Bitte benimm dich! Ich bin doch kein Kind!"

„Bitte, Helene mach keinen Unsinn! Er ist mein Freund. Jasmin ist seine zukünftige Ehefrau! Du hast nicht die geringste Chance."

„Also was denkst du denn von mir? Ich möchte mir nur einmal meine Nase pudern gehen. Sonst nichts."

Er ließ sie los. Helene stand auf und verschwand in den Flur.

Lucas blickte indes aus dem Fenster, genoss die Ruhe. Allmählich spürte er die Wirkung der Tablette, vergaß das Geschehene, entspannte. Schritte näherten sich. Er fühlte zwei warme Hände, die langsam von seinen Hüften ausgehend, seine Taille zärtlich umfassten. Geschmeichelt drehte er sich um.

„Sag mal!", brachte er wütend hervor, schob Helene von sich. „Begreifst du es nicht? Ich liebe Jasmin. Du bist eine Freundin. Mehr nicht. Wenn du nicht Max Schwester wärst, würde ich dich hochkant rauswerfen!"

„Ich, ... ich dachte, da ist mehr. Schließlich blickst du mich immer an und ich fühle doch, wenn sich jemand für mich interessiert.", sprach Helene vorsichtig. Ihre Augen wurden glasig.

„Ich glaube, ich bin im falschen Film. Ich sage es dir jetzt zum letzten Mal. Lass mich in Ruhe! Ich liebe eine andere Frau und diese heißt Jasmin."

„Was ist mit mir?", fragte Jasmin, die eben erst die Küche betreten hatte.

„Ach, ich habe gerade zu Helene gesagt ..."

„Ja, Lucas hat mir eindeutig zu verstehen gegeben, dass ich nur das ab und zu Betthupferl für ihn bin und du die Frau wirst, die er aus politischen Gründen heiraten möchte. Ansonsten aber ändert sich nichts in unserer Beziehung."

Jasmin stockte der Atem.

„Du intrigante Schlange!", sprach Lucas entsetzt. „Ich habe immer gedacht, du wärst eine Freundin, doch jetzt merke ... nein, jetzt weiß ich, dass dein Bruder recht hatte. Du bist eine Schauspielerin vom Allerfeinsten. Intrigant und absolut schamlos!"

Helene weinte. „Jasmin, bitte glaube ihm nicht! Weißt du, noch vor einem Monat habe ich das letzte Mal mit ihm im Bett gelegen. Er hat gesagt, dass er eine Frau an seiner Seite braucht, die nicht wie ich aus einer Unternehmerfamilie stammt. Jemanden, der aus einem normalen Hause kommt. So jemanden wie du. Das wäre besser für seine politische Karriere."

Vehement liefen Jasmin die Tränen aus den Augen. Regungslos, ja fassungslos stand sie da, schwieg. Ihre Blicke wanderten zwischen beiden hin und her.

Lucas versuchte die Situation zu retten. Er eilte auf Jasmin zu, um sie zu umarmen. Doch sie schob ihn angewidert weg.

„Bitte Jasmin, glaube ihr kein Wort! Ich habe nichts dergleichen gesagt, geschweige denn getan." Lucas lockerte seine Krawatte, trank einen Schluck Wasser, in der Hoffnung seine Nerven etwas zu beruhigen. Kalter Schweiß stand auf seiner Stirn, die Gesichtsfarbe änderte sich. Rot glühend wirkte auf einmal sein Kopf.

Max kam dazu. Nachdem er erkannte, dass Jasmin in Tränen aufgelöst war, davon abgesehen seine Schwester zu weinen schien, wusste er augenblicklich, wer hier mit falschen Karten spielte. „Hör auf zu heulen!", blaffte er Helene an. „Bitte Jasmin, glaube ihr kein Wort! Helene lügt, wenn sie nur den Mund aufmacht!", beschwor Max Jasmin und Lucas nickte zustimmend.

Auch Cat war inzwischen anwesend, stürmte stillschweigend Jasmin entgegen.

Helene merkte, dass ihre gespielte Scharade zu platzen drohte. „Jasmin bitte. Du bist doch meine Freundin. Ich hatte nicht die Absicht, dich zu verletzen. Aber Lucas meinte, du seist schon damit einverstanden, dass wir auch das Bett teilen, wenn ihr erst einmal verheiratet seid ..."

Lucas wurde blass. Er wollte etwas sagen, konnte aber nicht. Seine Schmerzen in der Brust, die er seit ein paar Minuten hatte, verstärkten sich zusehends. Er presste die Hand gegen seinen Oberkörper, verlor im gleichen Atemzug das Bewusstsein und stürzte besinnungslos auf den Boden.

Eine kurze Schrecksekunde war es still. Dann überschlugen sich die Ereignisse.

„Lucas! Um Himmels willen!", rief Max vor Entsetzen. Helene schnappte nach Luft, als ob sie eingeschnappt wäre, da er ihr die Show stahl. Jasmin hatte sich derartig erschrocken, dass sie bewegungslos neben ihm kniete. Cat überprüfte eilig seine Vitalfunktion.

„Wir brauchen einen Arzt!", schrie sie alle Umstehenden an.

Maria stürmte in die Küche. Auch sie kniete sich augenblicklich neben Lucas. Mit ruhiger Hand untersuchte sie ihn und jeder begriff in diesem Moment, dass sie Ärztin gewesen sein musste.

## 11    Tränen der Trauer

Wehrlos gefangen offenbart der Drache seinen unzähmbaren Schmerz, erwacht sein glühend brennendes Herz.

Genau ein Jahr zuvor, als die Situation in der Stadtwohnung derart eskalierte, Lucas krampfend zu Boden fiel, begannen über zehn Flugstunden von München entfernt die frühen Morgenstunden im großen Land China.

Um genau zu sein, befinden wir uns im Nordwesten der Provinz Hebei. Es ist kalt. Der eisige Wind heult um das bescheiden, winzig erscheinende Steinhaus der Familie Wang, am Rande eines von Armut gezeichneten Dorfes.

Die Familie ist nicht groß. Nur drei Personen leben in diesem Haushalt. Ein alter gebrechlicher Vater mit seiner adoptierten Tochter Shenmi und deren Kind, seiner Enkelin Meiming. Die Großmutter war schon gestorben. Damals hatte sie Shenmi mit in die Ehe gebracht.

Der genetische Vater Shenmis war ein Europäer, was ihre Augenlider eindeutig bewiesen. Ein kleiner Unterschied, der ihr Neid, Bestaunen und eine Art wollüstige Verehrung einiger Männer um sie herum einbrachten.

Ein altes Bild der Großmutter stand auf dem niedrigen Altar im Wohnzimmerraum. Das Kreuz Christi bildete das Zentrum und weitere Fotos mit Familienahnen waren ebenfalls liebevoll eingerahmt darum drapiert. Der christliche Altar hatte in etwa die Größe eines sechzig Mal dreißig Zentimeter großen Tisches, der voll beladen mit diesen emotional behafteten Zeugnissen war.

Shenmi, die nicht nur Tochter und Mutter eines sechsjährigen zierlichen Mädchens gewesen ist, war auch Hauptemährer dieser Familie. Sie hatte keinen Partner, keinen Ehemann, keinen Vater für das Kind. Der Ursprung, die Zeugung des Kindes, ein Bordell, erfüllte sie keineswegs mit Stolz. Dennoch liebte Shenmi ihre Kleine unendlich. Sie war ein Trost, ein Anker, um diese Zeit der grausamen Erinnerung zu ertragen. Ein Lichtstrahl, mitten im Dunkel der Finsternis.

Es war nicht der Name Shenmi - was so viel bedeutet wie geheimnisvolles Mädchen, Geheimnis Gottes -, der ihr Bedeutung verlieh. Es war das grausige Schicksal, die schwere Bürde, das Leid, was ihr die Zukunft noch bringen sollte.

An jenem Tag stand Shenmi schon ungern auf. Ihr Instinkt ahnte, spürte, dass etwas Unschönes über sie hereinbrechen wird. Die drei aßen gerade wie üblich ihren Hirsebrei. Nicht viel für einen entbehrungsreichen harten Alltag, würde man in Europa sagen. Nichtsdestotrotz war sie glücklich und zufrieden.

Wenn sie in das strahlende Gesicht ihrer kleinen Tochter sah, füllte sich ihr Herz mit unendlicher Liebe. In diesem Moment war ihre verwerflich geprägte Vergangenheit egal, war das missgünstige Gerede der Nachbarn nicht existent. Die Beschimpfungen, die Verunglimpfungen.

Der Glaube an Gott half ihr die Demütigungen zu überwinden. Obgleich an einigen Tagen die Kraft fehlte, sich selbst davon zu überzeugen, dass Gott bei ihr war, ihr beistand, ihr half.

An diesen Tagen schöpfte sie auf eine andere Weise Kraft, stärkte ihren Geist, ihren Körper, indem sie meditierte. Unterstützte dabei ihren Körper mit Hilfe einfacher Übungen, sammelte Energie, vereinigte sie zum Einklang und entnahm dadurch positive Lebenskraft, die sie zum Strahlen brachte. Wahrhaftigkeit, Güte und Nachsicht. Die wichtigsten Prinzipien bildeten den Kern der Lehre, welche sie zusätzlich im alltäglichen Leben universell integrierte. Ihre dunkle Vergangenheit, ihr Kummer verschwand. Ehrlichkeit, nicht nur zu sich, nein auch gegenüber anderen. Ein hohes Ziel zur wahrhaften Regenerierung der eigenen Seele, zur Stärkung der Gesundheit, Erlangung von Gleichklang und innerer Harmonie.

Nach dem Frühstück begannen die meditativen Übungen. Ihr Vater saß, trotz seiner schlechten Augen, in einer Ecke des kleinen Raumes. Versuchte, den geschmeidigen Bewegungsabläufen von Tochter und später der Enkelin zu folgen.

Bewegungen, die fließend ihren Geist zu befreien schienen. Vom gesellschaftlichen Leid, vom politischen Druck, von körperlichen Gebrechen. Shenmi fühlte sich nach der Beendigung frei, erleichtert, standhaft, stark und offen. Sie fühlte sich dann wie ein winziger Glückstropfen, eine reine Seele, die ihr Kind schützend umgab. Darüber hinaus ihre moralischen Ansichten verstärkten. Nie hätte sie ihr Kind den kalten Strömen des Flusswassers übergeben. Nie hätte sie derart gehandelt. Nie hätte sie Leben, egal wie es entstand, vernichtet.

Shenmis Tochter, Meiming, spiegelte die Bedeutung ihres Namens wahrhaft wieder. Schön wie das strahlend, helle Licht war das Kind. Meiming folgte den gelenkigen Bewegungsabläufen der Mutter. Jede noch so kleine Veränderung ihrer aufrechten sitzenden oder stehenden Haltung, jede Richtung, die sie mit ihren Körper und ihren Gliedmaßen vollzog, jeden geschmeidigen Fingerzeig sog sie mit ihren Augen wie ein Schwamm auf.

„Jetzt du, mein Kind", sprach Shenmi zu Meiming liebevoll und sie gehorchte bereitwillig daraufhin. Ihre Mutter war stets den Tränen nahe, wenn sie erkannte, wie folgsam ihr Kind ihre vorherigen Bewegungen nacheiferte. Nur die Augen ihrer Tochter füllten Shenmis Herz manchmal mit Traurigkeit, erinnerten sie an das Grauen, das sie einst erfuhr, das sie über einen langen Zeitraum ertragen musste. Waren es doch die Augen ihres Peinigers, den sie verachtete. Der ihr mehrmals die Seele raubte, sie entehrte, zu dem machte, was sie heute war. Eine nicht ehrbare Frau.

Die Tür sprang unerwartet, laut krachend auf, hüllte den kläglich gefüllten warmen Raum mit eiskaltem Wind, der sofort wirbelnd um ihre Körper kreiste. Meiming schrie vor Schreck, rannte in die Arme ihrer Mutter. Der Großvater in der Ecke bekreuzigte sich, sprach ein stilles Gebet. Shenmi saß immer noch aufrecht am Fußboden. Ihr Kind hielt sie fest umschlungen. Mit Entsetzen starrte sie in das Gesicht des Mannes, in die kalten finsteren Augen ihres einstigen Peinigers.

Mit energischen Schritten trat er auf Shenmi zu, holte mit der rechten Hand aus, schlug sie derart fest ins Gesicht, sodass ihr Oberkörper strauchelte und hart auf den Boden aufschlug. Meiming weinte, schlang ihre Arme noch fester um ihre geliebte Mutter.

Ein Polizist trat neben ihn. „Shenmi Wang. Ich nehme sie fest, im Namen der Volksrepublik China. Ihre Anklage lautet Hochverrat. Aufstehen!"

Noch einmal umarmte sie ihr Kind, das immer lauter zu weinen begann.

Verzweifelt flehte ihr Vater. „Sie hat nichts getan! Bitte nehmt mir nicht meine Tochter. Wer soll uns ernähren? Ich bin alt und Meiming ist viel zu klein. Bitte!"

„Schweigt!", sprach der Polizist bösartig, schritt auf ihn zu, um auch ihn zu schlagen.

„Nein!", schrie Shenmi. „Er ist ein alter Mann. Dass ihr euch nicht schämt."

Die Wut in den Augen des Polizisten pulsierte. Aufgebracht wollte er noch einmal auf Shenmi einschlagen.

„Halt! Das reicht!", brüllte der Mann mit den kaltherzigen Augen jetzt. „Abführen!"

Meimings Schreie wurden lauter. Sie weinte, klammerte fest an ihrer Mutter. Doch es half nichts. Die Männer entrissen dem Mädchen das Liebste, was es besaß. Sie nahmen ihr in dieser Sekunde die unbeschwerte Kindheit, das strahlende Lächeln, was sie tagtäglich zum Leuchten brachte. Letztendlich entrissen sie ihr die geliebte Mutter.

Zurück blieben ein verzweifelter Großvater, die weinende Meiming und der eiskalte Wind, der traurig zu flüstern schien.

„Sag mir, was geschieht, wie ich handeln soll! Sprich mit mir! Sing mir ein Lied!"

*„Wie glücklich war der vorangegangene Tag, bevor Lucas zu Boden fiel."* Kreisten die Gedanken durch Jasmins Kopf. Alle, die an der kleinen Feierlichkeit teilgenommen hatten, saßen jetzt direkt vor der Notaufnahme vom Krankenhaus.

Beunruhigt rutschte sie auf ihrem Stuhl hin und her, verstand einfach nicht, wie das Vergangene geschehen konnte. Ihre Augen wanderten über die Gesichter ihrer Freunde. Ein jeder schien traurig und hoffend zugleich.

Jasmins Blick traf auf Helenes Antlitz. Sie erkannte Kummer darin, obgleich jedwede Reue darauf fehlte. Kurz dachte sie, ein gehässiges Lächeln gesehen zu haben. Doch, wenn in diesem Moment der Schmerz in ihrem Innern nicht überwog, hätte sie auf jeden Fall eine Schlägerei, oder wie es gern unter Männern betitelt wird, eine Schlammschlacht mit allem, was dazugehört, veranstaltet. Aufgesprungen wäre sie und wie eine Furie hätte sie dieser dreist blickenden Person sämtliche Haare vom Kopf gerissen. Jasmin spürte wie die Wut in ihr aufstieg, wie sich ihr Geist voll Zorn mental auf Helene fixierte. Die Sorge um Lucas war mit einmal verschwunden. Das wütende Gefühl metaphorisch verwandelt und umgelenkt in einen Wasserkessel mit kochendem Inhalt, dessen pulsierende Pfeife im hohen Bogen gleich vom Kessel fliegen wird, um den aufgestauten Dampf ungehindert abzulassen. Jasmin lächelte höhnisch, kniff ihre Augen etwas zusammen, konzentrierte sich, voller Anspannung auf Helene. Ein winziger Funke hätte genügt.

Doch es war eine leichte Berührung an ihrer Schulter, welche sie urplötzlich aus dieser rachsüchtigen Vorstellung riss.

„Kaffee?" Es war Max, der einen vollen Becher in seinen Händen hielt. Er versuchte zu lächeln. „Pass auf! Der ist noch sehr heiß."

Sofort war sie wieder da, die Sorge, die Angst um einen Menschen, den sie über alles liebte. Insgeheim fühlte sie sich ertappt, schämte sich jetzt definitiv dafür, nicht gedanklich bei der Person gewesen zu sein, die hilflos und krank ein paar Räume von ihr entfernt kämpfte. Sie hingegen suhlte sich in gekränkter Eitelkeit, in Selbstmitleid, füllte obendrein ihr Innerstes mit Hass, der wiederum auf Helene gerichtet war, die eindeutig kerngesund, darüber hinaus so boshaft wie eh und je nur einige Meter von ihr gesessen hatte.

„Ja.", sprach Jasmin zaghaft, obwohl die Wut in ihr immer noch Vorrang hatte. Erleichtert war sie in dieser Sekunde, als dieses kleine unscheinbare Wort nicht zu schreiend aus ihrem Mund entwich. Sie konzentrierte sich auf ihr heißes Getränk. Nach und nach erlosch die Wut in ihr, während sie intensiv pustete, gleichzeitig den Duft des frisch gebrühten Kaffees tief in ihre Nase sog.

Da waren sie wieder, die quälenden Fragen. Was hatte Lucas? Was war mit einem Mal geschehen? Er krampfte, als er am Boden gelegen hatte. Hielt seine Brust, schnappte nach Luft. Ein schöner Abend sollte es doch werden. Sie wollten ein Kind adoptieren. Alles begann harmonisch, freudestrahlend. Nach langem war Lucas glücklich, dann entwickelte sich diese ganze Szenerie zu einem katastrophalen Desaster.

Es mussten Stunden in ihren Augen gewesen sein, die vergingen. Ein Auf und Ab zwischen Wut, Angst, Sorge, hilflosem Warten. Das Nichtstun war wie eine schwere Last, die nicht enden wollte, als endlich ein Arzt aus der Notaufnahme direkt auf sie zusteuerte.

„Frau Berger nehme ich an? Mein Name ist Doktor Drechsler. Ich bin der behandelnde Arzt ihres Mannes.", sprach er, nachdem sie aufsprang, dem Arzt einige Schritte entgegenkam.

„Nein.", antworte sie unsicher. „Ich bin die Verlobte.", sagte sie gleich darauf, als sie den verwirrten Blick des Arztes bemerkte.

„Ah ja. Ich darf nämlich nur mit Angehörigen über den Zustand Herrn Bergers sprechen."

Max trat energisch hinzu. „Verlobt ist fast verheiratet, also sprechen sie bitte!"

„Und wer bitte sind sie? Ein Verwandter?"

„Nein, sein bester und auch sein engster Freund."

Der Arzt sah wieder Jasmin an. „Ihrem Verlobten geht es im Moment besser. Seinen besorgniserregenden Zustand haben wir stabilisieren können. Aber über kurz oder lang. Hmm ... Gehen wir doch ein Stück!", sprach der Arzt.

„Was ist mit Lucas?", Max war jetzt mehr als nur aufgeregt.

Dem Arzt schien die Anwesenheit von Max zu stören, wollte ihm gerade den Rücken zudrehen, als...

„Sie haben meine Einwilligung. Sagen sie uns bitte, was mit Lucas passiert ist! Max ist wirklich sein bester Freund.", beruhigte ihn Jasmin.

Doktor Drechsler verteidigte sich. „Ich muss mich an die Vorschriften des Krankenhauses halten!"

„Mein Verlobter wäre auf jeden Fall auch damit einverstanden. Sprechen sie bitte offen!"

„Also gut", erwiderte der Arzt. Noch bevor er einen weiteren Satz formulieren konnte, tauchten Lucas Eltern vollkommen abgehetzt auf.

„Jasmin? Wie geht es meinem Lucas?" Hallten die erregten Worte laut über den Flur, während beide schnellen Schrittes auf sie zueilten.

„Darf ich vorstellen! Herr Doktor Drechsler."

„Mein Junge, wie geht es ihm?" Lucas Mutter wirkte immer nervöser.

„Sie sind nach dem die Eltern?" Er reichte ihnen die Hand. „Gut. Dann kann ich ja jetzt frei sprechen."

Beide Eltern nickten bejahend.

„Lucas ist im Moment stabil. Leider ist es meine Aufgabe ihnen mitzuteilen, dass sich sein Herz bedenklich vergrößert hat. ... Litt denn ihr Sohn an Bluthochdruck?"

„Ja.", warf Jasmin schnell ein. „Er lebte doch aber gesund. Oh Gott, dass ich das als examinierte Pflegekraft nicht wahrnahm! Der viele Stress, der politische Druck, das ständige Joggen. Das Sodbrennen. Ich wollte schon lange, dass er sich einmal durchchecken lässt. Doch immer beschwichtigte mich Lucas und sprach, ihm gehe es gut. *Dann tat er alles, um sich um mich zu kümmern. Und ich dumme Pute dachte, es wäre alles in Ordnung.*" Tränen liefen ihr aus den Augen.

„Frau Berger!"

Max wandte behutsam ein, „Rosenberg."

„Ah, nun ja. Frau Rosenberg. Herr Berger muss über Jahre schon Probleme mit seinem Blutdruck gehabt haben. Nahm er denn kein Medikament?"

Sie überlegte kurz. Sah seine Mutter an, die mit ihren Schultern nichts wissend zuckte. „Doch, aber die vertrug er nicht. Deshalb setzte er sie ab und behauptete, ohne diesen Pillen würde es ihm besser gehen."

„Hmm … Nun ja. Er hätte einfach mal einen Arzt aufsuchen müssen, um das Präparat zu wechseln. Aber jetzt ist es leider so, dass Herr Berger dieses besagte Herz … Selten oder auch manchmal im Volksmund bekannt an einem Ochsenherz leidet. Das hat die Echokardiographie ergeben, die wir bei Herrn Berger durchgeführt haben."

„Ochsenherz?", wandte Max ein.

„Ja, in Fachkreisen spricht man von einem Cor bovinum. Chronischer Bluthochdruck ist eine der Hauptursachen. Auch bei Leistungssportlern tritt dieses Phänomen auf. Bei Herrn Berger ist es folgendermaßen: Sein Herz kämpfte schon länger beim Blutausstoß gegen einen sehr hohen Widerstand in seinen Gefäßen. Daraus resultierte, dass der Herzmuskel immer mehr Leistung bringen musste, um die gleiche Pumpaktivität konstant aufrechtzuerhalten. Mehr Arbeit bedeutete wiederum, dass sich die Muskelmasse, insbesondere der linken Herzkammer, verstärkte. Das Herz vergrößerte sich aufgrund der Muskelzunahme, aber gleichzeitig leidet die Sauerstoffversorgung der Muskelzellen unter dieser Vergrößerung. Man spricht davon, sagt, das Herz wird müde. Die Folge ist eine Herzinsuffizienz, bekannt als Herzschwäche, mit der Herr Berger zu kämpfen hat. … Diese wiederum ist derartig weit fortgeschritten, dass sein Herz die erforderliche Leistung nicht mehr erbringen kann. Er braucht viel Ruhe, darf sich keinesfalls aufregen. Er bekommt zusätzlichen Sauerstoff und herzstimulierende Medikamente. Mehr kann ich im Augenblick nicht für ihn tun."

„Braucht er etwa ein neues Herz?", fragte Lucas Mutter fassungslos. „Aber er ist doch erst Mitte dreißig. Um Himmels willen."

„Wissen sie, Herr Berger wird über kurz oder lang ein Spenderorgan brauchen. Ich weiß im ersten Augenblick hört sich das schlimm an, ein Schock für sie als Beteiligte. Unsere Datenbank ist groß. Ein Spenderorgan zu bekommen ... nun ja, wie soll ich ihnen das sagen. Die Chancen stehen nicht schlecht. Aber die Wartezeit kann dennoch mehrere Jahre andauern. Bitte bedenken sie! Sein Zustand ist, auch wenn er im Moment stabil ist, eher kritisch und somit ist eine Transplantation unumgänglich. Wenn sie möchten, dürfen sie kurz zu ihm gehen. Aber bitte nur zwei Personen."

Jasmin betrat gemeinsam mit Lucas Mutter das Intensivzimmer, in dem er lag. Blass und irgendwie eingefallen wirkte sein Gesicht. Sie dachte sofort an diese Sinnestäuschung. Hatte sie sich eine derartig obskure, unerklärliche Begegnung von einem weiblichen Geist nur eingebildet? Diese Warnung, dieses erschreckende Gefühl. Real oder doch ein Trugbild? Ein Geist, der sich vor ihren Augen gebildet hatte? Etwas was ihr persönliches Bewusstsein wahrnahm, aber sie stets verdrängte? Eine Art suggestive Botschaft, welche von ihrem Verstand herrührte? Sozusagen eine Stimme aus ihrem Inneren, welche eine gesundheitliche Gefahr eindeutig erklärte. Ihre Alarmglocken hätten doch läuten müssen. Obwohl Lucas andauernd gegenteilige Äußerungen aussprach, die beständig in ihren Ohren hallten. *„Es geht mir gut. Mach dir keinen Sorgen! Die Arbeit, lass mich ein wenig ausruhen! Ich gehe laufen ..."* Waren es doch hunderte von Aussagen, die sie jetzt erst als Warnzeichen erkannte. Erneut schämte sie sich, gleichzeitig war sie wütend auf ihre eigene Person, eine examinierte Pflegekraft, die nicht bewusst gemerkt hatte, dass sich eine desaströse Verschlechterung seines Gesundheitszustandes anbahnte.

Vorsichtig berührte sie seine Hand, die ihr kreidebleich vorkam. Seine Adern schimmerten durch die dünne Haut, was dieses künstliche Licht noch verstärkte.

Langsam öffnete er die Augen. Erkannte Jasmin, seine Mutter, die gemeinsam am Bett standen. Sie versuchten zu lächeln, obgleich man genau ihre Sorge sah.

„Ach Lucas ...", sprach Jasmin flüsternd, beugte sich vorn über und küsste seine Stirn. „Du hast uns in Angst und Schrecken versetzt." Sie weinte, warf einen kurzen Blick zu Lucas Mutter, in deren Augen auch dicke Tränen hervorquollen, über ihr Gesicht liefen.

„Nicht weinen ihr zwei. Ich werde wieder gesund. Und bitte, sei mir nicht mehr böse! Ich habe nichts mit Helene ..."

„Bitte sprich nicht weiter! Ich glaube dir. Selbst wenn. Es wäre mir egal. Ich liebe dich, Lucas."

„Ich liebe dich auch." Er lächelte und schlief gleich darauf vor Erschöpfung erneut ein.

Eine Krankenpflegerin Mitte vierzig betrat den Raum. „Es tut mir leid. Aber der Patient braucht noch viel Ruhe. Es ist gut, wenn er jetzt schläft. Glauben sie mir! Er ist hier in den besten Händen."

Jasmin blickte noch ein letztes Mal zurück, während sie den Raum verlassen wollte. Friedlich lag er auf seinem Bett. Zögerlich blieb sie stehen. Beobachtete die Monitore, erkannte auf einem das gleichmäßige Ausschlagen des Pulslautes, der sie etwas zu beruhigen schien.

„Gehen sie ruhig! Glauben sie mir! Wir sind Tag und Nacht für ihn da", sagte die Pflegekraft noch einmal, worauf sie den Medikamentenbaum, der sich rechts neben seinem Bett befand, zu überprüfen begann.

Die Anderen warteten ungeduldig, stürmten geradewegs auf sie zu, um Jasmin mit Fragen zu bombardieren. Nur Helene war verschwunden. *„Das ist auch gut so"*, dachte sie gerade noch, bevor Max als Erster ungeduldig fragte. „Wie geht es Lucas? Geht es ihm gut? Er wird doch wieder, oder?"

„Ja, ich denke schon.", log sie. Innerlich wusste Jasmin wie schwer es ist, ein kompatibles Herz als Spenderorgan zu erhalten. Selbst wenn die OP erfolgreich wäre. *„Was würde passieren, wenn sein Körper auf einmal das Organ abstößt, oder noch schlimmer, Lucas erkrankt an einem Virus und, und ...?"*

„Natürlich wird mein Junge wieder gesund!", riss seine Mutter Jasmin aus ihren traurigen Gedanken. „Er ist wie ein Bulle. Ein Kämpfer. Das war er schon immer."

„Wie geht es ihm?"

„Jetzt nicht Max. Ich bin zu erschöpft und möchte nur noch nach Hause!" Mehr konnte und wollte Jasmin nicht mehr sagen.

Lucas Eltern brachten sie zu ihrer Wohnung, setzten sie nach einer kurzen Verabschiedung vor dem Haus ab. Eine betrübte Stimmung, die ein Jeder von ihnen schweigsam besser zu ertragen schien.

Das betrübliche Gefühl allein zu sein überkam sie sofort, nachdem die Tür hinter ihr ins Schloss fiel. Ein Stück von ihrem inneren Gleichgewicht schien zu fehlen. Ein Stück, das sie schon über mehrere Jahre, begleitet von einem strahlenden Leuchten in ihrem Herzen, mit sich trug, war mit einem Mal verschwunden. Ihre Katze war es in diesem Moment, die vor ihr auftauchte, ihr aufgeregt entgegensprang. Es war dieses Tier, das einen winzigen Hoffnungsschimmer in ihr auslöste und ein lautes, grässliches Schreien zu unterbinden vermochte.

Sie musste etwas berühren, halten. Etwas fest in ihre Arme nehmen, um nicht vollends zu verzweifeln, um die entstandene Traurigkeit weit wegzuschieben.

Schnell nahm sie Jacky, die mittlerweile kreisend um ihre Beine schlich.

„Dein Lucas kommt bald wieder nach Hause. Du wirst sehen. Bald", flüsterte sie in ihr Ohr. Der traurige Unterton ihrer Worte, der eindeutig ihre Stimmung widerspiegelte, füllte augenblicklich Jasmins Augen mit bitteren Tränen, welche ihren klaren Blick langsam verschwinden ließen. Wie betäubt schritt sie in ihr Wohnzimmer und fiel entkräftet in einen der Sessel, schleuderte die hohen Schuhe regelrecht von ihren Füßen.

„Schon besser!", sprach sie sehr leise, konzentrierte ihr Bewusstsein auf das wohltuende Entspannen ihrer entblößten Füße und auf Jackys Wärme, ihr beharrliches Schnurren. Grob wischte sie die restlichen Tränen mit dem Ärmel ihres Pullovers aus den Augen und betrachtete das Wohnzimmer, um endlich an etwas anderes zu denken.

Von einer Party war keine Spur mehr. Der Raum war nicht mehr gefüllt mit den Stimmen von Menschen, die vor wenigen Stunden noch einen unbeschwerten Abend genießen wollten. Alles stand an seinem Platz. Der Tisch war abgedeckt, nichts lag unordentlich herum. Der Partyservice hatte einwandfreie Arbeit geleistet.

Gedankenversunken erhob sich Jasmin und betrat ihre Küche. Auch dort waren die Überreste sorgsam verstaut, in Aufbewahrungsboxen im Kühlschrank oder auf dem kleinen Küchentisch. Das Geschirr war abgewaschen und ordnungsgemäß in die Schränke gestellt.

Sie entkorkte eine Flasche Rotwein, nahm sich ein Glas, füllte das Schälchen von Jacky mit etwas Katzenmilch.

„Ausnahmsweise!", sprach sie, blinzelte ihrer Katze zu, die sich sofort auf den ungewöhnlich späten Leckerbissen stürzte.

„Prost, meine Liebe." Einen Moment hielt sie inne, dachte nach, um beherzt zu äußern. „Auch dir Prost, Geist. Du hast mich gewarnt. Und jetzt? Ach, hätte ich doch auf dich gehört." Sie trank das Glas in einem Zug leer, goss nach, ging zurück ins Wohnzimmer und ließ sich erschöpft auf die Couch fallen.

Sofort waren die angsterfüllten Gedanken um Lucas zurückgekehrt. Ihre Augen, die inzwischen durch das stete Auf und Ab ihrer Gefühle angeschwollen waren, wurden erneut glasig und der fortwährende Tränenfluss, war nicht mehr aufzuhalten, bis Jasmin letztendlich vor Erschöpfung einschlief.

Ein absonderlicher Traum durchquerte ihr Bewusstsein in dieser Nacht. Er begann mitten auf einem unendlich erscheinenden Mohnblumenfeld. Lachend, hüpfend fand sie sich darauf wieder. Unbeschwert war sie. Hunderte von ockerfarbenen Schmetterlingen umkreisten ihr wallendes Haar. Vor sich sah Jasmin mit einmal Lucas, der auf einem Krankenhausbett lag.

*„Ein eigenartiger Anblick.",* dachte Jasmin gerade noch, während sie auf Lucas, der ihr zulächelte, zusprang. Glücklich, ein Hochgefühl wie im Rausch, betäubt vom Mohnduft hüpfte sie immer weiter auf ihn zu. Eine betörende Empfindung als ob sie schwebte, durchfuhr ihren Körper unmittelbar. Die Schmetterlinge entfernten sich von ihr und flogen auf Lucas zu, bis sie über ihm schwebten, sich zu einem Knäuel formten. Jeder einzelne Flügelschlag schien gleichzeitig pulsierend zu sein.

*„Wie ein gesundes Herz."* Dachte Jasmin bei diesem Anblick. Erfasste jeden Schmetterling, welcher sich nach und nach aus diesem Knäuel befreite und sanft schwebend auf seiner rechten Brustkorbhälfte landete, um anschließend einfach zu verschwinden. Bis letztendlich keiner von ihnen mehr zu sehen war.

Dieser Schlaf tat ihr gut und der Traum hatte in ihr die Hoffnung verstärkt, dass alles wieder in Ordnung käme. Der Tag hatte bereits begonnen. Die Sonne schien durch das geschlossene Fenster und sie hörte einige Vögel zwitschern, während sie friedlich erwachte.

*„Was für ein herrlicher Sonnentag."*, war das Erste, was Jasmin bewusst wahrnahm, nachdem die wärmenden Sonnenstrahlen auf ihr Gesicht fielen.

Eindeutig hatte der Traum ihr Bewusstsein verändert, beschwingt und sorgenfrei fühlte sie sich im ersten Moment. Doch als sie am Fenster stand und ihr Blick den Schnee erkannte, wusste sie, dass die Realität, die große Sorge um Lucas sie schlagartig eingeholt hatte. Sie öffnete das Fenster und die euphorische Stimmung, die Ruhe, das Schöne, der Gedanke an einem friedlichen Traum, nichts von all dem, schien jetzt angebracht. Nichts von all dem, schien angemessen.

Jasmin schämte sich wieder einmal, dass der Kummer um ihren Lucas, die Sorge um ihn, nicht kontinuierlich Vorrang hatte. Dass die aus ihrer Sichtweise eigenen egoistischen Empfindungen zum wiederholten Male ihre Realität beeinflusst hatten. Die lärmenden Autos, die schlechte kalte Luft verstärkten dieses Gefühl. Ihr Atem wirkte wie eine dichte Nebelwolke, welche sie vollends umgab. Unwillkürlich bemerkte Jasmin wie Gänsehaut ihren Körper einnahm, sich dieser unbehagliche Zustand auf ihre Stimmung auswirkte. Sie schloss das Fenster. Schlagartig kämpfte Jasmin mit ihren Tränen.

*„Reiß dich zusammen!"*, beschwor sie sich innerlich. Ihr war absolut bewusst, dass sie stark sein musste. Lucas brauchte sie jetzt. *„Er braucht eine positive Person an seiner Seite und keine mickrige Heulsuse!"*, keinesfalls durfte der Trübsinn die Oberhand gewinnen. Schnell hüpfte sie unter die Dusche. Das warme Wasser

wirkte wie ein wohlig wärmender Umhang, der jetzt schützend ihren Körper umgab. Der erlebte Traum rückte zurück in Jasmins Bewusstsein. Sie dachte angestrengt nach. Er war auf einmal wie ein zu Unrecht verkannter Hoffnungsschimmer, ein aufgehendes, strahlendes Licht am Horizont. Zwar wusste sie nicht, was er genau zu bedeuten hatte. Aber dennoch fixierte sich die feste Überzeugung in ihr, Lucas würde bald genesen. Dieser Gedanke sollte absolut an erster Stelle stehen. Die unerträglichen Gefühlsschwankungen hatten sie eindeutig erschöpft. Sie klammerte sich an alles Positive, wollte beherrscht, vor allem aber glücklich auf Lucas wirken. Keinesfalls durfte sie in einen erneuten Abgrund rutschen.

Jasmins Bewegungen verfielen jetzt in Hektik. Sie sprang schnell aus der Dusche, kleidete sich an, aß einen Joghurt, fütterte die Katze und begab sich auf den Weg ins Krankenhaus. Dort angelangt schritt sie geradewegs zur Intensivstation, ging flinken Schrittes entlang des Flurs, bis sie endlich sein Zimmer erreicht hatte. Unmittelbar danach klopfte sie zaghaft an die Tür und öffnete diese mit einem Lächeln auf ihrem Gesicht.

Kurz blieb ihr vor Schreck die Luft aus. Lucas war nicht in seinem Zimmer. Augenblicklich kehrte die nervenzerreißende Ungewissheit, die stete Sorge, die Unruhe um ihn zurück. Panisch steuerte sie auf das Personalzimmer zu. Dort angelangt, erfuhr Jasmin erleichtert, dass man gerade einige Tests an ihm durchführte, um eine eventuelle kleine OP vorzubereiten. Mehr wollte und durfte niemand sagen.

Ihr war eindeutig übel. „Nur keine Panik! Immer ruhig bleiben. Es wird alles gut.", sprach sie leise zu sich, nachdem sie im leeren Intensivzimmer von Lucas erneut angelangt war. Geduldig wartete sie sitzend auf einem der Stühle in der rechten Fensterecke des Raums.

Unendlich erscheinende Augenblicke vergingen, bevor der behandelnde Arzt mit Lucas, der im Bett lag, eintrat.

Jasmin wirkte gefasst, wenn auch etwas steif. Erkannte erleichtert im gleichen Moment, dass Lucas gesunde Gesichtsfarbe zurückgekehrt war. Sie lächelte, gab ihm einen zaghaften Kuss. Erst anschließend begrüßte sie den Arzt, Doktor Drechsler.

Minuten lang erklärte er den Beiden, was alles auf sie zukommen wird. Bedrückt wurde Jasmins Stimmung erneut, als er sehr ernst darauf hinwies, dass keinesfalls eine Besserung, eher eine Verschlechterung seines Gesundheitszustandes wahrscheinlicher sein würde. Ihre anfängliche Euphorie wich zusehends. Die Angst, das beklemmende Gefühl kehrte augenblicklich zurück.

Lucas indes wirkte stark, drückte ihre Hand, lächelte und nickte bejahend als der Arzt aufzeigte, welche Behandlungen noch ausstanden.

„Ich muss sie darauf hinweisen, dass sie keinerlei Anstrengung mehr unternehmen dürfen. Sie befinden sich jetzt im sogenannten dritten Stadium. Keine körperliche Anstrengung. Sagen sie mir doch bitte, wie ist ihre Wohnsituation?"

„Wie meinen sie das?", fragte Lucas irritiert.

„Wohnen sie im Erdgeschoss?"

„Nein, wir wohnen im dritten Stock, Altbau."

„Tabu.", sprach der Arzt kurz angebunden. „Haben sie einen Fahrstuhl im Haus?"

„Ja. Aber der ist etwas für Ältere."

„Und für sie!", bestand der Arzt nachdrücklich mit dieser energischen Aussage, schloss daraufhin an. „Keine Treppenstufen mehr! Und vor allem keine Arbeit."

„Wenn sie körperliche Arbeit meinen? Ich bin Politiker.", er lachte.

„Darüber machen sie dann keine Scherze mehr, wenn sie wieder umfallen und nach Luft ringen. Arbeit ist tabu. Aufregung ebenso." Er deutete auf den Stapel Ordner auf dem Nachttisch neben seinem Bett.

„Ach das. Eine Kleinigkeit, die mir meine Sekretärin vorbeibrachte. Aber … Das meiste muss ich nur kurz durchsehen und unterschreiben."

„Bitte Lucas, hör auf den Arzt!", kam der Satz eher flehend und über die Maßen besorgt von Jasmin.

„Ich wiederhole noch einmal. Keine Arbeit! Nichts was mit Arbeit zu tun hat! Keine Aufregung! Nur Bettruhe und das umgehend!" Seine Ausführungen kamen sehr ernst über die Lippen.

Lucas nickte widerwillig. Vorsichtig begann er zu formulieren. „Ich möchte Jasmin heiraten und das wenn möglich sofort."

Der Arzt schien kurz sprachlos, überlegte und fing an zu lächeln. „Dagegen habe ich keinerlei Einwände, aber die Hochzeitsnacht wird verschoben!"

„Natürlich." Antwortete Jasmin sofort und wurde darauf etwas rot im Gesicht, worauf beide Männer schmunzelten.

Doktor Drechsler verließ den Raum. Jasmin lehnte sich liebevoll an Lucas Schulter, während sie dicht an seinem Bett auf einen Stuhl saß. Er sollte noch am gleichen Tag das Intensivzimmer verlassen. Beide bemerkten erst jetzt wie ruhig dieser helle Raum wirkte, nachdem die Geräte vom Pflegepersonal abgestellt wurden. Zuversichtlich lauschten sie auf ihren Atem. Keiner sprach, keiner durchbrach die Ruhe. Ihre Liebe, der Gleichklang ihrer Herzen, wie sehnlichst hatten sie diese Zweisamkeit vermisst.

Die Angst in Jasmin war verschwunden. Ihr Bewusstsein entspannte, rückte den vergangenen Traum in den

Vordergrund. Automatisch musste sie lächeln. Je mehr sie nachdachte, je glücklicher wurde ihr Zustand.

„Woran denkst du?", fragte Lucas, der die ganze Zeit ihren Kopf, der immer noch an seiner Schulter gelehnt auf seinem Bett lag, zärtlich streichelte.

„Nichts, Lucas, ich denke an nichts.", sie sah ihn jetzt an. „Ich bin nur überaus froh, dass alles noch einmal glimpflich ausgegangen ist."

„Du brauchst dich nicht zu sorgen!" Sprach er voller Überzeugung. Wie zerbrechlich, verletzlich Jasmin auf ihn wirkte. Lucas wurde immer bewusster, dass er sie über alles liebte. Helene erschien wie ein Warnzeichen vor seinem Auge. Kurz bemerkte er Unruhe in seinem Inneren aufkommen, erkannte die Wut, die er gegen diese Person aufgestaut hatte.

„Was hast du Lucas?"

„Nichts.", log er wie schon oft. „Es wird alles gut. Keine Angst.", kam die Antwort liebevoll über seine Lippen. Er merkte, dass, während er zu lächeln begann, der Beschützerinstinkt in ihm erwacht war.

„Ich? Ich habe keine Angst! Mir geht es gut. Ich bin mir sicher, dir wird es auch bald wieder besser gehen.", sprach sie überzeugt von dieser Aussage.

Forschend versuchte er ihre Gedanken zu ergründen. Worauf sie verlegen sagte. „Ich liebe dich, Lucas Berger."

„Ich liebe dich auch. ... Möchtest du mich eigentlich immer noch heiraten?"

Überrascht antwortete sie. „Wie meinst du das?"

„Na ja. Ich habe vorhin dem Arzt offenbart, dass ich dich sofort heiraten möchte und du? Du hast nichts darauf erwidert ..."

„Bitte, sprich auf der Stelle kein Wort mehr! Du solltest dich wirklich schämen, Herr Lucas Berger!"

Er musste lächeln, schließlich regte sie sich gerade auf. Lucas sah förmlich, wie ihr Gesicht vor Wut zu glühen begann. Er liebte diese mürrisch wirkenden Gesichtszüge. Wie sie reagierte, wenn sie wütend wurde. Oder ihr etwas unterstellt wurde, was keinesfalls der Wahrheit entsprach.

„Warum lachst du jetzt? Nimmst du mich etwa nicht ernst, wenn ich dir sage, dass ich dich heirate, weil ich dich liebe?"

Lächelnd streichelte er ihre Wange, zog sie liebevoll an sich heran und beide Lippen berührten einander zärtlich.

„Entschuldige, du musst dich ausruhen.", unterbrach sie schuldbewusst den Kuss.

„Papperlapapp. Ausruhen kann ich mich immer noch. Lass uns heiraten!"

„Ich sagte doch schon, dass wir heiraten, auch wenn du krank bist. Jetzt wirst du erst einmal gesund und dann …"

„Nichts und dann. Ich meinte das vorhin ernst. Der Arzt hat mir bestätigt, dass es in Ordnung wäre. Ich möchte dich jetzt heiraten, auf der Stelle."

„Aber …", verblüfft schaute sie ihn an, dachte nach.

„Was meinst du?", folgte die Frage herausfordernd. Er lächelte.

Sie wischte sich schnell eine Träne aus ihrem linken Auge. Eindeutig eine Freudenträne. „Ja.", auch ihr Gesicht strahlte in diesem Moment. „Ja, ich will."

# 13         Finster erscheinende Tage

So weit, wie der Himmel trägt, fließt das Blut in unseren Adern, wächst die Frucht in unseren Lenden. Pulsiert das Leben.

Kalt, nass war der Boden, nachdem Shenmi aufwachte. Der fensterlose Raum wirkte stickig. Wie viele Tage, Wochen hatte sie schon in diesem dunklen Raum verbracht? Sie wusste es nicht.
   Die Tür wurde geöffnet. Helle Lichtstrahlen blendeten sie. Ihr Arm schnellte schützend vor ihr Gesicht. Sie blinzelte fortwährend, damit ihre Augen sich schneller an die Lichtverhältnisse gewöhnen konnten. Die unbekannte Person, welche jetzt vor ihr auftauchte, war sehr schlank und groß.
   „Aufstehen!", brüllte eine forsche männliche Stimme.
   Immer noch benommen vom plötzlichen Licht, konnte sie nur langsam gehorchen. Ihre Knochen waren steif, ihr Verstand orientierungslos. Vorsichtig trat sie den Weg in Richtung des Lichtes an.
   Endlich stand Shenmi außerhalb der finsteren Zelle. Ihre Augen hatten immer noch Schwierigkeiten die Umgebung genau zu betrachten, schnelle Bewegungen schmerzten. Zusätzlich bemerkte sie, dass ihr Körper nicht so reagierte wie es von ihr verlangt wurde. Die stete Angst in ihr rückte erneut an erster Stelle. Sie versuchte auf irgendeine Art die Wand zu erreichen, wollte sich daran festhalten, sich stützen. Doch der Griff ging eindeutig ins Leere.
   „Geht das nicht schneller!", befahl er noch einmal kalt.
   „Ich …", antwortete sie kaum hörbar, verstummte. Wie sollte Shenmi auch Widerworte geben, hatte sie

doch lange Zeit keine Menschenseele sprechen gehört. Dieser fremde Mann war nach der unendlich erscheinenden Tortur der erste Kontakt zur Außenwelt. Schroff der Ton seiner wenigen Worte. Sein Schatten, der auf den Boden fiel, wirkte wie ein Riese auf sie, schüchterte die Frau immer mehr ein. Ihre Beine wacklig. Ein Versuch von ihm, sie zum schnelleren Gehen zu bewegen, scheiterte kläglich, als ihr grob von hinten ein harter Gegenstand in den Rücken gerammt wurde, der Shenmi sofort straucheln ließ.

Stolpernd mit der furchtsamen Erkenntnis keinesfalls zu fallen, um etwaigen Schlägen schon im Vorfeld zu entfliehen. Doch nichts geschah. Zu ihrer Verblüffung schien er schweigsam zu warten, entfernte sich obendrein noch einen Schritt. Ihr kam es so vor, als habe dieser Fremde Angst sie noch einmal zu berühren. Erst jetzt bemerkte sie den stinkenden penetrant wirkenden Geruch. Eindeutig stammte er von ihr. Ihre Hände waren schmutzig, ihre Kleidung abgewetzt. Sie musste erschreckend aussehen, kam es ihr in den Sinn.

Wie lange saß sie schon in diesem dunklen Raum? Ohne Dusche. Ohne richtige Toilette. Nur ein Loch, das sie immer von Neuem mit ihren Händen suchte, um nicht im eigenen Urin schlafen zu müssen. Eindeutig roch sie danach. Das leise fließende Wasser darin, stinkend, dennoch trank sie. Eigenartig der Geschmack, nach Urin und modrigem Nass. Ihr Stuhlgang, im Eimer einer stinkenden Ecke.

Beunruhigt ging sie weiter. Gebückt ihre Haltung, eher schleppend ging es voran. Ihr Magen meldete sich mit einem langen Knurren und gleich darauf bekam sie zittrige Knie.

„*Nur nicht fallen.*", kam es ihr sofort in den Sinn. „*Wo werde ich hingebracht? Was will man von mir?*"

Noch einmal stieß ein harter Gegenstand schmerzvoll in ihren Rücken. „Schneller!"
Die Furcht in ihr wuchs ins Unermessliche, während sie begriff, dass dieser harte Gegenstand das hintere Ende eines Gewehrkolbens sein musste.
Glückliche Bilder von Meiming, ihrer Tochter, liefen vor ihrem geistigen Auge ab. Ein weit entfernter Traum, der ihr Bewusstsein einnahm. War das ihr letzter Weg? War dieser fremde Mann mit einem Gewehr das Letzte, was sie zu sehen bekam? Momente des Glücks, der Trauer, der Wut und der Erkenntnis nicht zu wissen, was man eigentlich verbrochen hat, um derartiges Leid zu ertragen. Das Hoffen, das Sehnen. Es war eindeutig, Shenmi wollte leben.
„Stehen bleiben!", ertönte die harte Stimme erneut hinter ihr, durchbrach mit einem Schlag die Trauer, wurde abgelöst vom Adrenalin, welches jetzt ihren Körper tosend durchflutete. Ihr Herz klopfte wild. Sie zuckte zusammen, nachdem sie die Hand des Mannes sah, die an ihr vorbeiglitt, um eine Tür, vor der beide zum Stehen gekommen waren, zu berühren. Er klopfte.
Schnell flog der Blick über den Fremden, den sie unerwartet neben ihrer Person erkannte. Eindeutig ein Soldat in Uniform. Ein junger Mann nicht älter als Mitte zwanzig. Eine weitere männliche Stimme antwortete, bat darum einzutreten. Doch wider erwarten war diese sanft, entgegenkommend.
Shenmi stand nun in einem noch helleren Raum. Betrachtete einen älteren Mann, den sie ende fünfzig schätzte, in einem weißen Arztkittel, an einem Schreibtisch sitzend, der sie neugierig anstarrte.
„Bitte nehmen sie Platz! Ich bin gleich für sie da." Sprach dieser, nachdem der Soldat die Tür hinter ihr schloss. Der Blick des fremden Mannes fiel wieder auf seinen Schreibtisch. Er schrieb.

Shenmi setzte sich vorsichtig, blickte ängstlich zu Boden. Federleicht kam sie sich in diesem Moment vor. War es doch der erste Stuhl nach langer Zeit, auf dem sie sitzen durfte. Der finstere Raum, aus dem sie kam, hatte weder einen Tisch noch einen Stuhl. Nur ein Eimer in der Ecke des Bodens, in der sie ihre Notdurft verrichten konnte. Eine dünne Decke, eine Matte aus Reisig am Boden. Kein Kissen. Nichts. Nur Dunkelheit, seltene Schritte, die vor der Tür zu hören waren.

Ab und an legte sie sich flach auf den Boden, versuchte einen Lichtstrahl, der durch die Spalte unter der Tür in Erscheinung trat, mit ihren Fingern zu erhaschen. Sie träumte, sann über Geschichten nach, die sie eines Tages ihrer kleinen Tochter erzählen wollte. Sie dachte an das, was sie verbrochen haben könnte, um eine derart harte Strafe erdulden zu müssen. Shenmi zermarterte sich das Gehirn, dennoch kam sie zu keinem ihr begreiflichen Schluss. Jetzt saß sie auf einem Stuhl, vor einem echten Menschen. Es kam ihr vor, als ob sie lächeln müsste, nachdem sie die wärmenden Sonnenstrahlen erkannte, welche auf ihre verschmutzten Hände fielen. Ein kurzes Hochgefühl, das eine bittere Träne zum Vorschein brachte.

Shenmi zuckte merklich, als der Fremde zu sprechen begann. Schnell entfernte sie die Träne und sah zu ihm auf.

„Nun, sie sind Frau Shenmi Wang und stammen aus der Provinz Hebei aus dem kleinen Ort, hmm … das kann ich nicht lesen, nun gut. Sind diese Angaben, die ich ihnen gerade vorgelesen habe, richtig?"

Sie nickte zaghaft.

„Nun gut. Also ist das korrekt. Darf ich sie mit Shenmi ansprechen, Frau Wang?"

Jetzt blickte sie dem Mann direkt in die Augen. „Ja natürlich.", erwiderte sie vorsichtig.

„Wie geht es ihnen denn heute?"

Sie wirkte eindeutig irritiert. Dachte kurz nach, entschloss „Gut" zu antworten.

„Das ist schön. Ich bin Arzt. Mein Name tut hier nichts zur Sache. Ich möchte bitte, dass sie sich im Nebenraum ausziehen. Eine Schwester hilft ihnen dort. Dann duschen sie erst einmal richtig. Danach kommen sie bitte wieder in mein Sprechzimmer, wo sie sich auf die Waage stellen, welche direkt neben der Tür steht."

Sie stutzte kurz, dann tat sie was ihr der Arzt, wenn auch nett, befahl.

Erneut betrat sie einen hellen Raum. Dieser allerdings hatte keine Fenster. Er war überdies weißgefliest. Dort stand ein Stuhl und gleich daneben war eine Dusche. Die Krankenschwester half ihr beim Ablegen der Kleidung, die sie gleich darauf in einen Müllsack steckte.

„Bitte auch ihren Slip.", bat die fremde Frau freundlich.

Shenmi schluckte schwer, gehorchte. Dann begab sie sich vorsichtig unter die Dusche. Die Frau stellte das Wasser an.

Wie ein Rausch, befreiend wirkte dieses nasse Glück, die wohlige Wärme, welche nach und nach ihren Körper umschmeichelte. Shenmi weinte. Nicht aus Scham. Nein, vor Freude. Die Tage der Qual, der Einsamkeit. War es der Lohn für ihre Entbehrungen. Hatten die Menschen um sie herum, ihre Unschuld erkannt. Oder war es nur der Vorhof, zu etwas... *„Wo war der Haken?"*, dachte sie gerade noch, als sie zu ihrer eigenen Überraschung Seife bekam.

Dem Himmel nah, so fühlte sie sich. Genoss das wohltuend warme Nass. Mit jedem neuen Wassertropfen empfand sie mehr und mehr Erleichterung. Zu schnell war der Augenblick der Glückseligkeit beendet. Zu schnell war das Hochgefühl verflogen.

Das Wasser wurde abgestellt. Shenmi bekam ein Handtuch, doch noch ehe ihr Kleidung zur Verfügung stand, trat sie erneut ins Behandlungszimmer. Als Erstes wurde sie gewogen, danach musste sie sich auf eine Bahre legen, die gleich daneben stand.

Es war entwürdigend für Shenmi. Keine noch so kleine Öffnung ihres Körpers wurde von seinen Blicken, von seiner Berührung verschont. Shenmi resignierte. Sie erkannte die angebliche Krankenschwester, welche jetzt an seinem Schreibtisch saß und schrieb, wusste nicht was. Sie fühlte seine kalten Hände, grob auf ihrem Körper, ahnte nicht warum. Sie hörte die Worte, die er sprach, verstand sie jedoch aus Schamgefühl nicht.

Die Qual war vorbei. Wieder betrat sie den Nebenraum, der Duschboden war noch nass. Ein sehnender, flüchtiger Blick, dann zog Shenmi die Arbeitskleidung an, welche auf dem Stuhl neben der Tür gelegen hatte.

Froh endlich bekleidet zu sein, stand sie erneut vor dem Schreibtisch, nahm auf dem Stuhl Platz. Am liebsten hätte sie geweint.

Obwohl ihr Körper gereinigt war, fühlte sie den Schmutz, die Qual der Erniedrigung, die sie kampflos über sich ergehen ließ. Im Inneren erkannte Shenmi, dass diese Tortur noch nicht beendet war, dass das Ganze erst der Anfang gewesen sein musste.

Wie im Traum hörte sie die Worte, die ihr Gegenüber lächelnd aussprach. Worte, die nur einer verstand. Einer, der wusste, dass diese den sicheren Tod bedeuteten.

„Shenmi Wang. Sie sind hier als geführtes Mitglied einer Sekte. Bekannt als Falun Gong.", sprach er immer noch freundlich.

Entsetzt blickte sie ihm in die Augen. Ihr Magen verkrampfte sich. Verzweiflung war alles, was sie empfand. Sie wusste jetzt, weshalb man sie derart schroff von der Familie trennte. Warum sie litt, das mehrere Wochen lang. Warum man sie so weit vom Heimatort entfernte.

Zwei Tage saß sie im Zug, einen weiteren Tag in einem Bus mit verdunkelten Scheiben. Angekettet, verschmäht, bespuckt, getreten wurde sie, bis man sie in dieses Loch warf. Eine Stunde zuvor kam sie heraus. Und jetzt, nachdem endlich jemand mit ihr sprach, wusste sie, welches Grauen vor ihr lag.

Wie eine fiese Fratze sah der Arzt jetzt in ihren Augen aus. Sie erkannte das Biest, den Dämon. „Sie brauchen Sonnenlicht.", sprach er gelassen. „Sie werden verlegt. Ihre Muskeln müssen sich wieder erholen. Das haben wir schnell wieder im Griff. Wie ich sehe, sind ihre Blutwerte in Ordnung. Sie haben keinerlei Geschlechtskrankheiten und sind bis auf dem vorliegenden Mineralstoffmangel gesund. Glückwunsch, meine liebe Shenmi." Freudestrahlend stand er auf, reichte ihr die Hand.

Auch sie stand auf, versuchte zu sprechen. Ein Wort, ein kleines Wort. Sie versuchte in Gedanken zu fliehen, ganz kurz, einen winzigen Augenblick. Doch sie schwieg, blieb stehen und wusste, dass ihr Name verschwinden wird. Namenlos, keine Person, nur eine Ware mit einer Nummer. Ein gutes Stück Fleisch in einer kalten, von Profitgier geleiteten Welt. Wenn sie letzten Endes verkauft wird, verschwindet ihr Name für immer.

## 14   Ein dubioser Hoffnungsschimmer

Für immer wird Vergangenes bestehen. Für immer brennt das Licht aus der Ferne, wo es nicht vergessen werden kann. Es erinnert still und hell.

Genau am dritten Tag, nachdem Lucas in das Krankenhaus eingeliefert wurde, hatte Jasmin ihre Hochzeitsplanung abgeschlossen.
Lucas lag im Bett. Er durfte immer noch nicht aufstehen. Doch das machte Jasmin nichts aus. Glücklich ist sie in diesem kurzen Moment gewesen, als sie gemeinsam mit Cat das Krankenzimmer betrat. Die Sonne, die ihr strahlendes Lächeln noch schöner erscheinen ließ, verschlug Lucas fast den Atem, als er sie in ihrem schlichten weißen Kleid anblickte.
„*Wow.*", schwirrte gerade noch der Gedanke durch seinen Kopf.
Ihre Haare waren kunstvoll hochgesteckt und rechts zu einem formvollendeten Knoten gebunden, an dessen Ende einige gelockte Strähnen auf die schmale Schulter fielen. Sie trug ein paar schlichte weiße Perlenohrringe, die sie von ihrer Mutter geerbt hatte. Aber weder eine Halskette noch ein Armband. Denn Schmuck mochte sie nicht sonderlich.
Lucas als Bräutigam störte das wirklich wenig, denn nach seiner Meinung benötigte wahre Schönheit keinerlei Ablenkung. Jasmin hatte ihm am heutigen Tag wieder einmal bewiesen, dass er mit dieser These eindeutig recht hatte.
Entschieden hatten sich beide für einfach geformte Ringe in Weißgold, in dessen jeweilige Innenseite das

heutige Datum, neunter Dezember und ihre Vornamen, graviert waren.

„*Perfekt*", dachte Lucas vom Glück berauscht, während er die Ringe noch einmal begutachtete. Er reichte sie Max.

Sein bester Freund strahlte ihn an. „Du hast vielleicht ein verdammtes Glück. Sie ist wirklich die Richtige. Dazu noch wunderschön, mit einem erstaunlichen Charakter." Letzteres sollte eigentlich als eine Art besonderes Bonbon Lucas aufgeregte Stimmung lockern. „Halte sie bloß fest, sonst übernehme ich." Scherzte er noch einmal. Max hatte genau bemerkt, dass sein Freund immer wieder nervös zur Tür blickte. Insgeheim hatte auch er dieselben Bedenken. Obgleich er ahnte, dass seine Schwester Helene keinesfalls auftauchen würde. „*Oder doch?*", fragte er sich kurz beunruhigt. Und während die Tür aufging, ertappte er sich dabei, wie er den Atem anhielt.

Lucas Eltern erschienen und brachten beide Freunde augenblicklich zum Strahlen. Die Trauung begann im kleinen Rahmen. Zwei Trauzeugen, Cat und Max, die gleichzeitig die besten Freunde der beiden waren, seine Eltern und noch Maria, die ihn gerettet hatte, mit ihrem Mann, seinem Parteifreund, Arnold Gruber.

Der Standesbeamte hielt eine kurze einleitende Rede, vollzog die Trauung. Jasmin weinte. Auch Lucas Mutter schluchzte, doch alles in allem verlief die Trauung ohne einen Zwischenfall. Helene hatte es nicht gewagt aufzutauchen. Ihr lag der letzte Auftritt doch noch ziemlich schwer im Magen, denn mit einem derartigen Zusammenbruch von Lucas hätte sie nie gerechnet.

Max redete seit dieser Zeit kein einziges Wort mit ihr. Die Enttäuschung, die er ihr entgegenbrachte, machte Helene am meisten zu schaffen. Insgeheim hatte sie kurzzeitig daran gedacht aufzutauchen. Ihrem Bruder zuliebe verzichtete sie auf weitere Diskrepanzen. Geschwisterliebe wäre im Spiel, könnte man meinen. Dennoch, wer sie erst einmal kennengelernt hatte, wusste, dass jeder nur Mittel zum Zweck für sie war.

Nach der Trauung verblieben alle in diesem kleinen Krankenzimmer. Sie lachten, plauderten und schon ein paar Stunden später waren die frisch Vermählten wieder allein.

Als es dunkel wurde, schaltete Jasmin das Licht aus. Verträumt blickten beide durch die bodentiefen Fenster des Zimmers. Der Himmel offenbarte seine ganze Pracht. Sternenklar mit vielen Sternschnuppen, die sie gemeinsam zählten, bis sie nebeneinander überglücklich, ohne an das Morgen zu denken, einschliefen.

In den darauffolgenden Tagen waren beide wie alle frisch Vermählten, turtelten, machten Späße, neckten einander und blendeten den Alltag vom Krankenhaus einfach aus. Das Thema einer Transplantation vermieden sie strikt.

Es vergingen die Wochen. Unzählige Untersuchungen musste Lucas über sich ergehen lassen. Mittlerweile scherzte er gegenüber seinen Besuchern, der behandelnde Arzt kenne jede einzelne Körperzelle, da er ihn tagtäglich akribisch durchleuchtet hatte. Insgeheim jedoch war er froh, dass die Wissenschaft noch nicht in der Lage war, Gedanken, vor allem wenn sie geheim waren, zu durchforsten. Diese überschwängliche Art, die er an den Tag legte, durfte keinesfalls auffliegen.

Der Entlassungstag brach endlich an. Beide waren unendlich froh die Sterilität des Krankenhauses verlassen zu können. Vertraute Zweisamkeit war alles, was sie sich jetzt wünschten. Kein kurzes Klopfen an der Tür, keine Entschuldigung für das Unterbrechen der Zweisamkeit, nur Ruhe.

Schnell lebten sie sich in ihrem gemeinsamen Zuhause wieder ein. Jasmin ging nach einer Woche wieder arbeiten. Lucas verbrachte die Tage mit lesen, grübeln und der Katze Jacky, die ihn mittlerweile wie ein Schatten überall hin folgte.

Die Zeit verflog. Aus Tagen, Wochen wurden letztendlich Monate. Lucas fühlte sich erholt, obgleich ihm Missmut, Stimmungsschwankungen, eine Art Wohnungskoller zu schaffen machten. Er wollte wieder arbeiten. Nur ein paar Stunden, doch der Arzt untersagte jegliche Tätigkeit.

Der Juli brach an. Lucas war mittlerweile derart streitbereit, dass er mit seinem behandelnden Arzt eine kleine Auszeit vereinbaren wollte. In seinem Kopf schwebte schon lange der Gedanke, eine Reise mit Jasmin anzutreten. Das ständige Nichtstun, das viele Herumsitzen in der Wohnung. Ab und an mal ein Besuch. Doch ansonsten waren seine Tage trist, fad. Hingen ihm sprichwörtlich aus dem Hals. Jeden Tag die gleiche Zimmerdecke, die er betrachtete, wenn er aufstand. Mittlerweile genoss er die kurzen Besuche im Krankenhaus, die seinem eintönigen, langweiligen Leben etwas Schwung gaben. Aber jetzt reichte auch diese Abwechslung nicht mehr aus.

Er brauchte eine Auszeit und das schnell. Insgeheim wusste er genau, was er wollte. Natürlich erwähnte er kein einziges Wort Jasmin gegenüber. Schließlich sollte es eine Überraschung werden. Sein Arzt versuchte ihn wieder und wieder zu überreden das ganze Vorhaben zu vergessen, es einfach zu verschieben.

„Ich habe nur das eine Leben!", sprach Lucas, während sein behandelnder Arzt auf keinen Fall einwilligen wollte.

„Aber Herr Berger, bitte bedenken sie! In ihrem Zustand, es ist wirklich nicht ratsam!"

„Ich verreise doch nur. Ich werde viel lachen. Nehme einen Rollstuhl mit. Eine Kollegin von ihnen wird mich begleiten. Ehe sie sich versehen bin ich wieder da."

„Sie wissen, dass eine Herztransplantation schnell erfolgen muss, nachdem ein Spenderorgan zur Verfügung steht."

„Ja, in etwa fünf, höchstens sechs Stunden sollte das Herz in meiner Brust transplantiert sein."

„Genau. Und wie lange sind sie mit dem Flieger unterwegs?"

„Eine Stunde nur", log Lucas. „Ich weiß, was sie mir damit sagen möchten. Keine Sorge, ich habe vorgesorgt und eine Ärztin an meiner Seite. … Außerdem steht mein Name auf der Transplantationsliste nicht an erster Stelle. Darüber hinaus sagten sie, dass es mir besser geht. Das bedeutet eindeutig, dass ich automatisch auf dieser Liste weiter nach hinten rutsche."

„Aber sie sind bereits unter den ersten dreißig. Ich weiß, dass sich ihr Zustand im Moment stabilisiert hat. Dennoch, ein Rückfall kann jederzeit eintreffen. Dann brauchen sie umgehend Hilfe!"

„Ach? Sie meinen, dass ich einfach so dahinvegetieren soll? Die Beine hoch, abwarten? Jetzt da es mir besser geht?"

„Herr Berger, ihr Herz ist nicht mehr leistungsfähig. Jetzt geht es ihnen gut, aber …"

„Das weiß ich!", unterbrach Lucas seinen behandelnden Arzt. „Aber was meinen sie, wie lange es dauert, bis das passende Organ gefunden wird?"

„Die Vergangenheit hat gezeigt, dass es auch sehr schnell gehen kann ein geeignetes Transplantat zu erhalten."

„Ach und sie meinen, morgen ist das Wetter schön, ein Motorradfahrer verletzt sich bei einem Unfall so stark, dass er ins Koma fällt, nicht mehr lebensfähig ist? Und genau dieser Mann hat das passende Organ für mich? Wie hoch liegt da wohl der Prozentsatz? ... Noch dazu weiß niemand, ob er dann auch ein Spender ist. Die wenigsten Spenden."

„Na ja in Ausnahmefällen ..."

„Wie lange?"

Doktor Drechsler überlegte.

„Warum schweigen sie jetzt? Ist es nicht so, dass manchmal auch Jahre vergehen können, ehe man ein geeignetes Organ transplantiert bekommt?"

Der Arzt nickte zögerlich.

„Ich bin glücklich mit einer wunderschönen Frau. Frisch verheiratet. Ich möchte nicht, dass sie mich dahinvegetieren sieht, ohne auf etwas Besonderes zurückzublicken."

„Herr Berger, ich verstehe, was sie mir damit sagen möchten. Ihre Frau ist examinierte Krankenpflegerin, sie versteht es."

„Natürlich versteht sie es. Aber was ist mit mir? Ich möchte nur für zwei Wochen eine Auszeit. Dann lege ich ihnen mein kaputtes Herz zu Füßen."

„So leid es mir tut. Ich kann einer derartigen Reise nicht meine Zustimmung geben."

„Gut! Dann eben anders. Was muss ich machen, damit ich reisen kann?"

„Bitte Herr Berger, überlegen sie ..."

„Was muss ich tun, damit ich zwei Wochen verreisen kann?!"

„... Sie müssen eine Vereinbarung unterschreiben, in der sie sämtliche Ansprüche auf Schadensersatz, oder rechtliche Konsequenzen gegenüber dem Krankenhaus als gegenstandslos erklären. Des Weiteren ein Formular ausfüllen, indem sie ausdrücklich auf bestehende Risiken von mir hingewiesen wurden."

„Gut, dann mal her mit den Papieren!" Lucas lächelte.

Doktor Drechsler stand auf, öffnete eines seiner Schubfächer und holte zwei Formulare heraus, die er Lucas zögernd überreichte.

„Danke. Keine Angst! Sie sehen mich schneller wieder, als ihnen lieb ist.", erneut lachte er. Nachdem Lucas die Dokumente durchlas, jede Kleinigkeit des Inhalts mit dem Arzt besprach, reichten sie sich zum Abschied die Hand.

„Abschließend wünsche ich ihnen eine gute Reise, Herr Berger. Ich hoffe wirklich, dass ich sie in ein paar Wochen wieder in meiner Nähe habe. Viel Glück und bitte, bleiben sie gesund!"

„Aber sicher.", erwiderte er noch. Auf dem Weg nach Hause bekam Lucas dann doch ein paar Gewissensbisse. Schließlich hatte er mit keinem Mal erwähnt, wohin er wollte. Maria hingegen wusste es. Sie ist vor Schreck ganz bleich geworden, als er ihr sagte, dass er nach China möchte.

„Willst du dich umbringen?", fragte sie leichenblass.

„Nein, nur eine schöne Zeit mit Jasmin!"

„Das kannst du auch noch, wenn du ein neues Spenderherz erhalten hast."

„Und was, wenn das alles nichts mehr nutzt und ich trotzdem ..."

Maria schwieg und blickte verloren aus dem Fenster.

„So schnell sterbe ich schon nicht! Keine Angst! Ich weiß das Leben ist zu kurz. Du bist Ärztin, weißt, wie schnell ein Leben beendet ist."

Schließlich knickte sie ein, stimmte zu. Gleichzeitig bestand Maria darauf, ihn während seiner Hochzeitsreise zu begleiten. Eine Art Bodyguard für die Einhaltung ärztlicher Anordnungen. Als Lucas das kategorisch ablehnte, obwohl er seinem behandelnden Arzt genau das vor wenigen Stunden versprach, kam sie auf die Idee ihren Mann mitzunehmen. Eine perfekte Gelegenheit, die beide schon seit Jahren verschoben hatten. Mit dem Einwand. „Doppelhochzeitsreise.", hatte sie ihn überzeugt.

Während der Taxifahrt grübelte er angestrengt über das Warum nach. Warum musste es unbedingt so weit entfernt sein? Warum China?

Es ist immerhin das Land des Lächelns, der Freude, der Schönheit. Ein Teil seiner Vergangenheit lag in diesem Land. Sein Vater starb dort für eine gute Sache. Er wollte irgendwie diesen Ort einmal mit eigenen Augen sehen.

Noch dazu schwärmte Jasmin ständig von China. Ein Land, in der die Pflanze ihren Ursprung hat, deren Namen sie trug. Er wusste, dass sie keine anstrengenden Touren unternehmen konnten. Doch für ein paar unbeschwerte Ausflüge würde seine Kraft reichen, davon war er felsenfest überzeugt.

Den nachfolgenden Tag telefonierte Lucas ständig. Zuerst bestellte er in einem chinesischen Restaurant Pekingente, den dazugehörigen Koch und eine traditionell bekleidete Bedienung dazu. Dann lud er noch seinen Parteifreund Arnold und dessen Frau Maria ein. Beide hatte er in seinen Plan eingeweiht. Maria war so etwas wie eine Rückversicherung für ihn, ohne ihre Hilfe würde seine Frau keinesfalls zustimmen.

Jasmin kam, wie üblich nach einer Frühschicht, kurz nach siebzehn Uhr nach Hause.

„Hallo Lucas. Wie war dein Tag?", fragte sie und noch bevor er antwortete, gab sie ihm einen Kuss.

Er lächelte und setzte sich auf die Couch.

„Ist alles mit dir in Ordnung? Du hattest doch einen Arzttermin?"

„Ja, ja alles gut."

Jasmin setzte sich neben ihren Mann auf die Couch.

„Bist du erschöpft?", fragte er eher belanglos.

„Ein wenig, meine Beine, ich sage dir ab und an würde ich sie am liebsten abschrauben und neben mich stellen. Sie dann einfach nicht mehr fühlen."

„Ist es so schlimm?"

„Schlimmer." Jasmin lachte kurz und ließ ihren Kopf auf ein Kissen, das neben ihr lag, fallen.

Behutsam nahm er ihre Beine und legte sie auf seinen Schoß.

„Was wird das?"

„Ich möchte meiner Frau die Füße ein wenig massieren." Wenn er Jasmin mit dem Titel „Meine Frau" ansprach oder bei anderen ihren Namen mit diesen Worten ersetzten konnte, machte ihn das überglücklich.

„Geht nicht."

„Warum? Ich kann gut Füße massieren. Du wirst sehen."

„Geht nicht Lucas. Ich bin unwahrscheinlich kitzlig."

„Das meinst du nicht wirklich." Er schmunzelte.

Er hatte ihre Füße noch nicht richtig in der Hand und Jasmin begann zu kichern.

„Echt jetzt, so schlimm?"

Sie lachte. „Schlimmer. Hör bitte auf! Ich weiß, du meinst es nur gut." Wieder musste Jasmin laut lachen und zog abrupt ihre Beine von seinem Schoß.

„Nun gut, dann nicht." Antwortete er etwas gekränkt.

„Lucas mein Lieber, bitte sei mir nicht böse. Aber ich war schon immer unglaublich kitzlig."

Er blickte sie fragend an. „Wo bist du noch kitzlig?"

„Du willst mich veralbern, das weißt du genau."

Er lachte jetzt.

„Ich gehe duschen."

„Ich komme mit."

„Lucas? Du weißt, was der Arzt sagt."

„Was sagt er denn?"

Sie lachte und beide verschwanden in der Dusche.

Nach fünfzehn Minuten kam er als Erstes heraus.

„Ich habe es satt."

„Lucas, mein Lieber, das ist nicht schlimm."

„Was? Dass ich kein Mann bin? Ich hasse diese Medikamente, meinen Körper. Das, was da so schwach in meinem Körper pumpt!"

„Lucas Berger, jetzt hör bitte auf! Du bist alles, was ich besitze. Ich erlaube dir keinesfalls, so über mein persönliches Eigentum zu sprechen! Ich liebe dich, Lucas Berger. Ob es dir passt oder nicht! Ich werde immer an deiner Seite sein! Punkt." Plusterte sie energisch heraus, bevor sie tief durchatmete, um ruhig weiter zu sprechen. „Und jetzt mein Lieber, möchte ich nichts mehr hören!"

Sein Mund stand offen. Er war glücklich, wenn sie derart tadelnd mit ihm sprach. Lucas wusste, dass jedes Wort, das Jasmin ausgesprochen hatte, der Wahrheit gleichkam. Vorsichtig setzte er sich aufs Bett.

Sie schmiss ihm ein Handtuch entgegen. „Du bist noch nass. Trockne dich bitte ab!"

Jasmin schlang sich das Handtuch um ihren Körper, setzte sich neben Lucas. „Bitte, nicht trübselig sein!"

„Ich bin nicht trübselig."

„He." Sie umarmte ihn. „Du bist mein Mann. Wenn jetzt die schlechteren Zeiten für uns angefangen haben, beginnen bald die guten."

„Meinst du das ernst?"

„Natürlich. Das weiß ich Lucas", sprach sie voller Überzeugung und küsste ihn auf den Mund.

*„Unbeschreiblich"*, dachte er gerade noch, bevor sie sanft auf ihr gemeinsames Bett sanken. Verträumt blickten sie eng umschlungen einander an, genossen diesen schönen Moment. Nur wenige Minuten später schliefen beide vor Erschöpfung ein.

Jacky sprang aufs Bett. Erschrocken wachten sie auf.

„Wie spät ist es?", wollte Lucas gleich darauf wissen.

„Eine halbe Stunde später. Nur keine Panik. Willst du noch etwas Bestimmtes im Fernsehen schauen?", fragte Jasmin, während sie ihre Kommode öffnete, Kleidung herauszog, um sich anzuziehen.

Lucas schmunzelte. Sie merkte, dass er etwas vorhatte. Doch bevor sie fragen konnte, kam er ihr zuvor. „Was ziehst du an?"

„Ich weiß noch nicht."

„Nimm das kurze Schwarze!"

„Warum soll ich mich derart zurechtmachen? Erwartest du noch jemanden?"

„Für mich.", sprach Lucas ohne auf die zweite Frage zu antworten.

Jasmin unterdes versuchte seine Gedanken zu lesen, indem sie ihn mit leicht zusammengekniffenen Augen fixierte. „Hat der Arzt etwas Neues festgestellt? Geht es dir schlechter?" Jetzt war sie derart beunruhigt, dass sie sich neben ihn aufs Bett setzte, seine Hand nahm. „Wir schaffen das!"

„Nein. Nein, alles im grünen Bereich, mir geht es gut. Ist es denn so überaus schlimm, dass du für mich in ein schönes Kleid schlüpfst?"

Jasmin wirkte verlegen. „Entschuldige. Weißt du? Das ist einer der Nachteile. Ich bin verheiratet und denke, dass ich mich gehen lassen kann. Entschuldige noch einmal!"

„Wenn du jetzt schon derart denkst, weiß ich, wer den ersten Hochzeitstag vergisst." Lucas küsste lachend ihre Hand, worauf auch sie ihn anlächelte.

„Ha, ha. Ich bin eine Frau. Frauen vergessen derartige Dinge nie."

„Wetten?"

„Also gut. Nun mal im Ernst. Wenn ich jetzt das kurze Schwarze anziehen soll. Was hast du vor? Der Arzt sagt, du musst ..."

„Ich weiß, was mir mein Arzt empfohlen hat und deshalb ..."

Es klingelte.

„Ich gehe schon." Sprach Lucas schnell. „Du bleibst hier und ziehst das kurze Schwarze an! Warte bis ich wieder komme, bitte!"

Jasmin stand da und beobachtete wie Lucas einen Bademantel überwarf. Bevor er den Raum verlies, drehte er sich noch einmal zu ihr, lächelte, zwinkerte kurz mit einem Auge und verließ den Raum, um die Tür zu öffnen. Ein Koch, die Bedienung betraten die Wohnung.

Jasmin indes zog das kurze Schwarze an, schminkte sich dezent, band ihr Haar zu einem dicken kunstvollendeten Knoten am hinteren Kopf zusammen. Mittlerweile ahnte sie, dass er eine Überraschung geplant hatte. Innerlich war sie aufgeregt, doch die Angst, ihr Mann könnte sich überschätzen, ging ihr nicht mehr aus dem Sinn. Zumal die vergangene Partie ein eindeutiges Desaster, mit erschreckenden Folgen gewesen war. Immer wieder positionierte sie sich vor der verschlossenen Tür. Überlegte, ob sie nicht doch nach dem Rechten sehen sollte. Sie lauschte und hörte mehrere Stimmen. Dennoch, was sie sagten und wer sie waren, konnte Jasmin nicht erkennen. Die Minuten vergingen. Sie wurde immer ungeduldiger. Eine gefühlte Ewigkeit später kam Lucas endlich wieder zu ihr.

„Na, aufgeregt?" Er lächelte und küsste ihr sanft auf den Mund.

„Da fragst du? Lucas bitte, du versprichst mir, dich nicht zu überanstrengen!"

Er lachte nur, zog sich an, nahm sie an die Hand und beide betraten das Wohnzimmer.

Es sah toll aus. Rote Lampions hingen von der Decke über dem Esstisch. Es roch wunderbar nach gegrillter Ente und Gemüse. Der Tisch war prachtvoll für vier Personen eingedeckt. Sie sah den Koch gemeinsam mit der Bedienung neben dem Esstisch stehen. Alle lächelten sie freudig in ihren asiatischen Gewändern an. Im ersten Moment wusste sie nicht, was sie sagen sollte.

„Ich hoffe, es gefällt dir?", flüsterte er liebevoll in ihr Ohr.

„Ob es mir gefällt? Lucas. Womit habe ich das verdient?" Ganz genau merkte sie Tränen in ihren Augen.

„Du musst doch nicht weinen."

„Bist du dir sicher, dass alles mit dir in Ordnung ist?"

„Ja das ist es. Keine Sorge!"

Wieder klingelte es. Arnold kam mit seiner Frau.

„Schön, dass ihr da seid." Log sie, versuchte dabei ihre Tränen zu unterdrücken. Jasmin hatte überhaupt kein gutes Gefühl bei der Sache. Immer mehr hatte sie die Befürchtung, Lucas würde es schlechter gehen, als er ihr eingestand. Angst und ein leichter Anflug von Panik kam in ihr auf. Ihre Hände begannen zu schwitzen.

Lucas strahlte. Nachdem sie Platz nahmen, begann die Bedienung zu servieren.

Gelassen versuchte Jasmin zu wirken. Verstohlen blickte sie in alle Richtungen, fixierte ihre Gesichter, versuchte den belanglosen Gesprächen zu folgen. Eigentlich hatte sie großen Hunger gehabt, doch der war weg. Sie blickte besorgt in Lucas Richtung, der mit einem Mal blass und erschöpft aussah.

Lucas wiederum fielen ihre kummervollen Blicke sofort auf. Er musste etwas unternehmen, das schnell. Sie ein wenig ablenken. Lächelnd, kurz zwinkernd prostete er ihr mit seinem Wasserglas zu und blickte danach freudestrahlend in die Runde. „Erheben wir unser Glas, trinken auf diesen schönen Abend!"

Nach dem Essen begaben sich alle zur Couchecke, tranken gemütlich Kaffee. Entspannt, fröhlich verlief der Abend. Jasmin vergaß eine kurze Zeit Lucas schwere Krankheit. Seine gelassene, überaus heitere Art. Er war ein wenig wie früher. Sein Charme, seine gewählten Worte. Damit konnte er schon immer Massen von Menschen in seinen Bann ziehen. Sie dachte an die alte unbeschwerte Zeit. Den Jahren als sie glücklich, ohne Kummer miteinander lebten.

Doch während er die eigentliche Überraschung verkündete, veränderte sich schlagartig Jasmins Gemütszustand. Noch vor wenigen Minuten war sie glücklich wie schon lange nicht mehr und jetzt stand die große Sorge um ihren Mann wieder an erster Stelle.

Maria versuchte die aufsteigende Erregung in Jasmin zu stoppen. „Ich und natürlich Arnold wollten schon lange einmal in dieses schöne Land. Also warum nicht mit Freunden? Ich weiß, dass Lucas vorsichtig sein muss.", sie lächelte.

Lucas musste einfach noch anführen. „Wir fliegen nach Peking. Selbst wenn dort etwas passieren sollte, wird Maria immer an meiner Seite sein. Mal ehrlich! China ist keine einsame Insel. Außerdem haben sie in dieser Metropole ausgezeichnete Ärzte."

Antworten konnte Jasmin nicht. Sie ließ sich einen Maotai bringen, trank den kleinen Becher leer, merkte das brennende Gefühl in ihrer Speiseröhre, die Hitze, welche überhandnahm. Trank einen großen Schluck Wasser, holte tief Luft. „Ich weiß nicht. Lucas, ich bin wirklich überrascht. Dieser Vorschlag. Eine Hochzeitsreise? Aber ... Bitte verstehe mich nicht falsch! Dein Herz schafft diese Reise ... Ich meine ... Ich könnte es mir nie verzeihen, wenn dir etwas zustößt. Du womöglich stürzt, oder zu schwach bist und ich dich womöglich ..."

„Nichts dergleichen wird zutreffen. Wir werden diese Reise antreten. Mit Maria und Arnold. Maria hat schon einmal bewiesen, dass sie eine tolle Ärztin ist."

„Aber ..."

„Nichts aber. Ich möchte mit dir diese Reise antreten. Und das jetzt. Nicht erst, wenn ich operiert wurde. Nicht erst danach, sondern jetzt. Schließlich habe ich nur dieses eine Leben. Ich lebe jetzt!"

Hilfe suchend blickte sie zu Maria, die sanft lächelte und zustimmend nickte.

„Na gut.", sagte sie zögerlich. „Dann ist das abgemacht. Wir werden nach China fliegen. Dort die schönsten Wochen seit langem verbringen."

„Hört, hört", sprach Arnold theatralisch und trank seinen Maotai leer.

## 15 Nacktes Überleben

Erst wenn du direkt am Abgrund stehst, erkennst du die wahre Bedeutung des Lebens. Erkennst du, wer du bist und was du der Welt hinterlassen wirst.

Fremde Soldaten brachten Shenmi mit einem Kleintransportbus ins nirgendwo. Das Gefühl der Hilflosigkeit, der Ungewissheit wurde durch die geschwärzten Scheiben des Fahrzeugs verstärkt. Kein Sonnenlicht drang hinein. Kein Baum, kein Tier, kein Mensch. Nichts, das an Leben erinnert war greifbar für sie. Ihre Sicht auf die Außenwelt abgeschnitten.
Am liebsten hätte sie geschrien, gebrüllt vor Angst, vor Wut. Sie wusste nicht warum, weshalb. Nur ein winziger Verdacht. Doch dieser konnte, durfte keinesfalls bewahrheitet sein.
Isoliert, bibbernd vor Angst saß sie in diesem Fahrzeug, mit dem kläglich gescheiterten Versuch ihre Tränen zu bändigen. Ein lautes hupendes Geräusch, das unmittelbar neben dem Fahrzeug ertönte, war es, welches sie aus dieser scheinbar ausweglosen Situation herausriss. Tief atmete sie ein. Bemühte sich innere Ruhe aufzubauen. Aufmerksam lauschte sie. Die Geduld, das innere Gleichgewicht begann endlich ihr Bewusstsein zu stärken. Diese Geräusche waren das Einzige, was Shenmi in diesem einsamen Moment hatte. Sie verhalfen ihr letztendlich dazu nicht komplett durchzudrehen.
Autogeräusche, die sie wahrnahm. Große, kleine, schnelle, langsame Fahrzeuge hörte sie. Drängende Hupgeräusche von vielen Mofas, vernahmen ihre Ohren. Das pulsierende Leben. Dann wieder Stille.

Vogelgezwitscher, Flugzeuglaute weit entfernt. Ein schnell vorbeifahrender Zug, der eindeutig ihren langen Weg kreuzte, als das Fahrzeug kurz stehen blieb. Dazugehörige Bilder im Kopf, die sie beruhigten. Nervöse Fingerspiele, die sie zähmten still zu sein. Tränen, die ab und an auf ihrem Schoß landeten, erinnerten sie an vergangenes Leid. Was ist geschehen? Was wird passieren? Warum?

Spät wurde der Abend, als schließlich die Fahrt endete. Die Tür des Fahrzeugs war noch nicht ganz geöffnet, als ihr eine harsche Männerstimme befahl, auf den Boden zu blicken. Nicht nach links, nicht nach rechts durfte sie wagen zu sehen. Verängstigt stieg sie aus, folgte einem Mann, dem sie kein Gesicht zuordnen konnte. Seine schwarzen Stiefel, ein dunkler Boden, Grillen im Hintergrund, immer wiederkehrende fremde Männerstimmen. Wahrnehmungen, die ihre Sinne regelrecht aufsaugten. Banale Ereignisse des alltäglichen Lebens. Sie lachten, scherzten, wer waren sie?

Einsam, mitten im Unbekannten. Den steten Blick zu Boden, die aufsteigende Angst im Rücken. Kein Wagnis, keinen Gedanken daran ihre Augen auf die Umgebung zu richten. Absolute Gehorsamkeit.

Hunderte Meter mussten es gewesen sein, die sie zurücklegte, als sie den unbekannten Mann absolut unterwürfig folgte. Umgeben von der Dunkelheit, dem klaren Nachthimmel, dessen funkelnde Sterne sie nur erahnen konnte, bis sie abrupt stehen blieb, ein weiterer fremder Mann, wieder ertönte eine harsche Stimme, fragte. „Halt! Wer da!"

Die pure Furcht in ihrem Inneren bekam die Oberhand. Sie konnte sich nicht mehr auf die weiteren Worte konzentrieren. Ihr Körper versteifte sich mehr und mehr. Immer im Hinterkopf jeden Moment verletzt zu werden. Angst, sie spüre gleich einen heftigen Schlag, einen Tritt oder schlimmeres.

Sie zuckte in sich zusammen, sah auf, erkannte eine Tür. Schlüssel, die klirrten. Die verschlossene Tür, welche jetzt knarrend geöffnet wurde, durchbrach ihre lähmende Starre. Eine verängstigte, gebrochene Frau, deren Name immer mehr verblasste. Derb war der Griff, den sie auf ihrer linken Schulter spürte, sie abrupt nach vorn über die Schwelle stieß. Plötzlich stand sie in einem kleinen Raum mit vergittertem Fenster. Unsanft hineingedrängt, wie Vieh abgestellt, alleingelassen.

Endlich, ein kurzer huschender Blick durch den spärlich eingerichteten Raum, mit schlichtem Stuhl, kleinem Tisch, Toilette, daneben ein kleines Waschbecken, zuletzt ein Nachtlager. Froh war sie, nachdem die Tür grob ins Schloss fiel. Wie ein Schutzwall empfand sie jetzt dieses Geräusch, was die extreme Furcht in ihr schließlich abflauen ließ.

Einsam rann eine letzte Träne aus ihrem Auge, die sie schnell von ihrem Gesicht wischte. *„Tapfer bis zum Schluss."*, dachte sie bei sich. Bemerkte dabei die aufkommende Kraftlosigkeit in ihrem Körper, worauf sie sich einließ, um gleich darauf auf dem Nachtlager einzuschlafen.

Unruhige Träume verfolgten sie in der einsamen Dunkelheit der Nacht. Bilder aus ihrer Vergangenheit. Von ihrer Mutter, ihrer Tochter. Wirr, durcheinander flohen die Ereignisse an ihrem inneren Auge vorbei, während ihr Körper sich hin und her wälzte.

Ein seltsamer Traum eroberte ihr Bewusstsein. Ihre Tochter lief freudestrahlend neben ihr über eine Wiese, umgeben von tausenden scharlachroten Mohnblumen. Die Sonne schien hell. Der Himmel war wolkenlos, erstrahlte im himmlischen Blau. Sie lachten, waren glücklich. Unbeschwert genossen beide den Augenblick, bis Meiming vor ihrem geistigen Auge verschwand, sie allein auf diesem unendlich erscheinenden Feld erschrocken stehen blieb. Am Anfang rief sie den Namen ihrer Tochter, dann verschwand ihre Stimme, kein Wort konnte mehr aus ihrer Kehle entfliehen.

Unerwartet erkannte sie, etwa dreißig Meter vor sich, ein Krankenhausbett, auf dem eine unbekannte Person lag. Vorsichtig schritt sie auf diese Person zu. Doch je näher sie kam, desto leichter, beschwingter fühlte sich ihr Körper. Ihr kam es vor, als ob sie fliegen würde. Wie wohl war ihr zumute. Sie schwebte. Die fremde Person, die sie jetzt eindeutig als Mann erkannte, lag genau unter ihr. Plötzlich bemerkte sie am Rand des Bettes ihre kleine Tochter. Laut weinend hatte sie die Hände vor ihrem Gesicht.

Wieder war es Panik, die sie verunsicherte. Es fühlte sich so überaus real an, was sie empfand. Die Liebe für ihr Kind. Obwohl Meiming weinte, schien sie in Sicherheit. Dennoch blieben offene Fragen. Viele Fragen füllten ihr Unterbewusstsein. Beunruhigt dachte sie darüber nach. *„Wer war er? Warum steht meine Tochter neben dem Bett eines fremden Mannes? Er war noch nicht einmal ein Asiate. Und was um Himmels willen tat ich über ihm? War ich etwa tot? ..."* Sie versuchte zu schreien, doch kein Laut kam über ihre Lippen. Kein Ton wollte ihrem Mund entweichen. Sie musste mit ansehen, wie dieser fremde Mann nach ihrer Tochter griff. Wie Meiming heftiger weinte, sich ihre Augen dabei rieb, während der Mann nur lachte. Doch dieses Lachen kam ihr seltsam, eigenartig vor. Der Verzweiflung nah, wieder wollte sie schreien. Worte brüllen: *„Fass sie nicht an!"*, kein Ton, kein Flehen, kein Wimmern glitt über ihre Lippen. Die aufkommende Wut riss sie weit weg. Mit letzter Kraft versuchte sie nach ihrem Kind zu greifen. Ihre Hände griffen ins

Leere, konnten das Mädchen nicht berühren, glitten ins kalte Nichts, woraufhin sie sofort in der realem grausamen Welt erwachte.

Kurzatmig, gleichzeitig schweißgebadet wachte sie auf. Der Morgen war angebrochen. Die Sonnenstrahlen, die durch ihr vergittertes Fenster fielen, beruhigten sie kurz, bevor eine harsche Männerstimme, ein lauter Befehl durch die verschlossene Tür hallte. Eine schmale Klappe, die sich am unteren Ende der Eingangstür befand, öffnete sich. Ein Teller mit Reisbrei wurde durchgeschoben. „Essen innerhalb einer Stunde! Den Teller abgewaschen auf den vorgefundenen Platz stellen!"

*„Gehorchen!"*, brummte es in ihrem Kopf. Jeder Schritt, jede Bewegung. Ein Roboter, programmiert von skrupellosen Menschen, die nur darauf warteten sie zu bestrafen. Oder noch schlimmer, ihrer Familie etwas anzutun. Sie griff nach dem Teller, hielt ihn dicht unter ihr Kinn, begann den Brei aus Hirse mit Hilfe der Finger zu verschlingen. Wie ein Rauschmittel kam ihr dieser Brei vor, der mit frischem Obst angereichert war. Lang verlorene Sinne glaubte sie neu zu entdecken. Genuss, hervorgerufen durch Abstinenz, Einsamkeit, Angst. Ihr war bewusst, sie wurde gemästet wie ein Schwein bevor es geschlachtet wird. Nichts konnte sie dagegen tun. *„Gehorsam!"*, brummte fortlaufend das Wort in ihrem Schädel. Den Befehlen der fremden Männer gehorchen, damit ihr Kind leben kann. Keine Hoffnung für sie. Ihr Herz schmerzte, wenn sie an die Zukunft ihres Kindes dachte.

Jeder ihrer Tage verlief jetzt gleich. Sie stand auf, aß, musste dann auf einem unweit entfernten Reisfeld arbeiten. Durfte weder nach links, noch nach rechts blicken, ihr Kopf war stets gesenkt. Keiner sprach ein Wort mit ihr, nur schweigen umgab sie. Wenn jemand redete, waren es Soldaten, die nicht nur auf sie aufpassten, sondern auch auf andere.

Einer dieser Soldaten machte ihr besonders Angst, denn manchmal rückte er sehr nah an sie von hinten heran. Sie spürte förmlich sein Verlangen. Jedes Mal tauchten alte Bilder vor ihrem geistigen Auge auf. Wieder fühlte sie die unbändige Angst in sich. Wehrlos. Angst nicht um ihr eigenes Leben, sondern das ihrer Tochter. Sie musste etwas unternehmen. Ihr eigenes Leben war schon nicht mehr existent. Doch was geschieht, wenn sie nicht gehorsam ist? Was geschieht mit ihrem alten, kranken Vater und was mit ihrer geliebten Tochter?

Zum Tode verurteilt. Ein letzter Gedanke, ein letzter Brief, ein alter Kontakt. Wie lange dauerte es noch bis sie für immer von dieser Welt verschwand? Wie lange?

Sie schrieb einen letzten Brief, das war ihr noch erlaubt. Nur einen, der nicht ihrer Tochter galt, sondern einem Menschen, der sie einst demütigte, missbrauchte und wegwarf. Dafür entschied sie sich. Sie schrieb. Eine Woche später kam seine Antwort.

Die Gefangene, eine zum Tode Verurteilte durfte noch einen einzigen Menschen sehen und sie entschied sich für ihren Peiniger. Der sie verriet, schließlich einsperren ließ. Einen Menschen, den sie verachtete, doch der ihr das Liebste schenkte, was Shenmi besaß, ihre Tochter Meiming.

Groß erscheint einem die Welt, unendlich das Universum. Doch das Schicksal findet dich. Egal wo du bist, egal wo du lebst.

Jasmin war alles andere als beruhigt, nachdem das Flugzeug startete und langsam auf die Startbahn rollte. Besorgt betrachtete sie Lucas blasses Gesicht.

„Mir geht es gut. Keine Angst!", er wusste genau, was sie gerade dachte.

Jasmin kniff ihre Augen zusammen. Man erkannte sofort, dass ihr diese Aussage in keinerlei Hinsicht reichte. Sie wollte ihn aus der Reserve locken, ihm sprichwörtlich die Wahrheit aus der Nase ziehen. Denn keinesfalls war er ehrlich. Darüber hinaus verbarg er eindeutig etwas vor ihr.

„Ach?", sprach sie bohrend. „Du meinst, ich muss mich nicht Sorgen? Es ist nichts? Du bist völlig in Ordnung? ... Weißt du? Ich möchte noch lange mit dir leben! Verstehst du das?", kamen die Sätze sorgsam formuliert, zusätzlich gepaart mit einem Hauch des Vorwurfs aus ihren Mund.

„Das wirst du auch!", versuchte er sie gleich darauf zu beruhigen.

Ihr Blick, der immer noch forschend sein Gesicht untersuchte, war sehr ernst. Schließlich hatte sie sich über diese Krankheit erkundigt. Jasmin sprach mit einigen Ärzten, die sie durch ihre Arbeit kannte. Es waren zwar keine Spezialisten wie Lucas behandelnder Arzt Dr. Drechsler. Dennoch hatten sie Ahnung und jeder sagte, dass in dieser Situation eine Reise, noch dazu in ein fernes Land wie China, unverantwortlich sei.

„Du hast mir wirklich nichts verschwiegen? Der Arzt hat diesem Urlaub tatsächlich zugestimmt? Und er weiß, dass wir nach China fliegen? Ich meine…?"

„Natürlich. Ansonsten würden wir nicht in dieser Maschine sitzen. Beruhige dich jetzt! Wenn wir erst einmal in er Luft sind, bestellst du dir einfach ein Glas Champagner und entspannst." Lucas log, ohne bei Jasmin auch nur den kleinsten Anschein eines Zweifels zu hinterlassen. Leichte Bedenken kamen zwar auf, weil es Jasmin gewesen war, die er anflunkerte. Doch zum jetzigen Zeitpunkt erschien es ihm richtig zu sein.

Man merkte förmlich, dass er den Moment genießen wollte. Endlich mal etwas anderes sehen, etwas anderes hören. Diese Vielzahl von fremden Menschen um sich herum. Sie taten ihm eindeutig gut. Von seiner Krankheit fühlte er sich im Augenblick jedenfalls komplett befreit. Er hatte nicht die geringste Absicht zu diskutieren. Unter gar keinen Umständen strebte er an, mit der Wahrheit konfrontiert zu werden. Lucas hatte es sprichwörtlich satt, ob es nun Jasmin gefiel oder nicht, war ihm gegenwärtig völlig egal.

„Ach? Und du meinst, wenn ich ein Glas Champagner trinke, beruhigt mich das? Im Sinne von, Alkohol beruhigt die Nerven? Bist du dir sicher, dass ich mich danach erholen kann?", beleidigt war sie jetzt. *„Wie konnte er nur?"* Kurz überlegte sie, ob es nicht besser wäre zu weinen. Schließlich kamen Tränen immer gut an, wenn es darum ging ihn zu überzeugen. Aber…

Lucas wirkte gelassen, blickte aus dem Fenster des Flugzeugs, schwieg.

Es ärgerte Jasmin, dass er ihren Fragen, ihren Sorgen auswich. Diese als belanglos abtat.

„Nur keine Panik! Wir fliegen erster Klasse. Alles ist gut. Möchtest du dir eine Tüte vor den Mund halten?"

Jasmin stutzte. „Willst du mich auf den Arm nehmen?"

„Nein, wie könnte ich." Er sah sie an, lachte. „Mir geht es gut. Außerdem darf ich mich laut Anweisung meines Arztes keinesfalls aufregen. Ich soll mich entspannen, relaxen. Also bitte! Entspann dich endlich!"

Darauf antwortete sie nicht. Jasmin stutzte, ihre Mimik wirkte abrupt wie versteinert. „Tut mir leid.", hallten die Worte jetzt schuldbewusst aus ihrem Mund. Ihr schlechtes Gewissen war offensichtlich. „Ich wollte dich wirklich nicht aufregen. Bitte! Verzeihst du mir?"

Lucas hatte diese kleine Diskussion gewonnen, zufrieden nickte er. Das immer wiederkehrende Erinnern an seine Krankheit, die übertriebene Aufmerksamkeit, das ständige Bedauern, diese unsäglichen mitfühlenden Blicke. Er hatte es satt. In diesem Moment war es Urlaub. Urlaub, denn mehr verlangte er nicht. Und diese kleine Lüge war einfach notwendig, um genießerisch entspannen zu können. Doch noch während er in ihr besorgtes Gesicht sah, tat es ihm leid. Belogen hatte er seine Frau. Gewissensbisse, die er gleich darauf versuchte mit einem liebevollen Kuss auf ihrer Wange zu beschwichtigen, mit den Worten „Ich liebe dich", zusätzlich zu untermauern. „Ich werde überleben. Diesen Urlaub mit dir, meiner Frau genießen. Du wirst sehen. Alles wird gut. Das weiß ich."

Maria, die vor beiden saß, verstand jedes Wort. Sie wusste, dass Lucas log. Über derartige Sorglosigkeit konnte sie einfach nur den Kopf schütteln. Am liebsten hätte sie Jasmin die Wahrheit gesagt. Obgleich sie Lucas Beweggründe verstand. Aber als Ärztin durfte sie diese Reise keinesfalls gutheißen. Er pokerte zu hoch. Im schlimmsten Fall würde das sein Leben von jetzt auf gleich beenden.

In der ersten Klasse ließ es sich während des langen Fluges gut aushalten, gestand sich Jasmin ein. Gerade bestellte sie das dritte Glas Champagner bei einer der Flugbegleiterinnen. Das Licht wurde verdunkelt. Lucas schlief schon tief und fest neben ihr. Froh ist sie gewesen, dass das prickelnde Gefühl die Sorge um ihn etwas abflauen ließ. Sie beobachtete ihn, hörte das gleichmäßige Brummen der Flugzeugturbinen. Ihre Augenlider wurden schwer und bevor sie den letzten Schluck des Champagners gelehrt hatte, schlief sie ein.

Diese Zeit nutzte Maria. Immer mal wieder hielt sie Lucas Arm, fühlte den Puls, beobachtete ihn aufmerksam. Er sah blass aus, hatte dunkle Augenringe, welche durch seine magere Erscheinung noch alarmierender auf sie wirkten. Eindeutig machte sie sich Sorgen. Bereute insgeheim dieser wahnwitzigen Idee zugestimmt zu haben.

Entgegen ihrer Einschätzung endete der Flug ohne weitreichende Zwischenfälle. Die Turbulenzen, deren Erschütterungen eher unerheblich waren sowie der unangenehme Druck in den Ohren, sind alles gewesen, was sie gemeinsam überstehen mussten.

Auf dem Boden angekommen wandelte sich Lucas Befinden. Ihm wurde übel. Inzwischen hatten sie das Flugzeug verlassen. Den anderen fiel es sofort auf, denn seine Bewegungen wirkten unsicher.

Als sie den Flughafen von Peking betraten, war er gezwungen, als erstes die nächste Toilette aufzusuchen. Arnold folgte ihm. „Lucas, ist wirklich alles in Ordnung?"

„Mensch Arnold. Nicht du auch noch. Bitte!", sprach er, während er würgend über der Toilette hing.

„Möchtest du, dass ich Maria hole?"

„Nein, bitte! Es geht schon wieder."

Weitere fünf Minuten später verließ Lucas die Toilette.

„Man. Du bist leichenblass!", kamen die Worte erschrocken aus Arnolds Mund.

„Ja ehrlich? Aber stell dir vor, ich lebe noch", antwortete er gereizt, während er zum Waschbecken ging, um sich mit kaltem Wasser das Gesicht zu benetzen.

„Tut mir leid! Wir machen uns Sorgen."

„Ich weiß. Das ist auch sehr rührend von euch. Aber ich habe diese Entscheidung für mein Leben getroffen. Also relax endlich!"

Beide Frauen sahen, dass Lucas schlechte Laune hatte, nachdem er mit Arnold die Toilette verließ. Eigentlich wollte Jasmin fragen, wie es ihm geht. Aber dieser wütende Gesichtsausdruck brachte aus ihr nur ein „Willkommen in Peking" hervor, was seine Stimmung erheblich lockerte.

Die Luft im Flughafen war warm. Hektik herrschte rundherum. Viele Menschen hatten Gesichtsmasken vor Mund und Nase. Lucas Bewusstsein konzentrierte sich neugierig auf den ungewöhnlichen Anblick. Plötzlich wurde ihm heiß. Das rege Treiben machte ihn nervös, die Luft wirkte jetzt nicht mehr nur warm, sondern stickig. Er überlegte den kleinen mitgebrachten Rucksack, indem sich eine Sauerstoffflasche befand, zu öffnen. Genau fixierte er ihn. Er lag oben auf den Koffern, die Jasmin vor sich auf einem Wagen herschob. Sollte er …?

*„Durchhalten!"*, schwirrte das Wort durch seinen Kopf. Beharrlich versuchte er mit den Schritten der anderen mitzuhalten. Von weitem sah er schon den Taxistand. Lucas spürte mit jedem Schritt seine Unsicherheit mehr. Wacklig, wie Pudding fühlten sich seine Beine an. *„Meine Schwäche ausblenden, durchhalten!"*, wollte er seinem Körper klarmachen. Die schwere Krankheit beiseiteschieben. Die Kraftlosigkeit ignorieren. *„Lauf! Jetzt sofort!"* Sein Blick konzentrierte sich

auf das umliegende Geschehen. Er erkannte lachende, stehende, wartende, emsig suchende, sich unterhaltende, traurige, fröhliche aber auch wirklich alles, was man in einer rastlos erscheinenden Welt von Menschen, die eine kurze Gemeinsamkeit miteinander verband, vorstellen konnte. Europäische, afrikanische, indische Touristen sowie unzählige Chinesen, die ihren Weg kurz kreuzten und sich an ihnen vorbei drängten.

Anfangs klappte die Ablenkung, doch die ständig wechselnde Geruchsintensität, seine Atmung wurde schwer, seine Schritte immer langsamer. Innerlich versuchte er, stark zu sein. Aber er spürte deutlich, wie der Boden zu schwanken schien, als unerwartet eine alte Bekannte vor ihm auftauchte. Eine asiatische Frau, die sich von den übrigen Menschenmassen abhob. Ihre Silhouette war irgendwie milchig glasig. Schwarzweiß.

Lucas blieb stehen, begriff sofort, wer sie war. Die Frau aus seinen Träumen blickte ihn lächelnd an, winkte ihm zu. Jasmin, Maria und Arnold unterhielten sich miteinander. Keiner nahm wahr, dass Lucas zurückblieb. Sie gingen weiter, steuerten direkt auf die Frau zu. Jasmin war höchstens noch einen Schritt von ihr entfernt.

Arnold bemerkte als erster seine Abwesenheit, drehte sich um. „Lucas! Geht es dir nicht gut?"

Erschrocken drehten die Frauen ihren Kopf, stoppten, liefen gleichzeitig zurück.

Versteinert wirkte sein Körper. Seine Augen waren weit geöffnet, sein Kinn klappte nach unten. Lucas hob seine rechte Hand, deutete auf die Frau. Sein aschfahles Gesicht, die langsame Handbewegung. Verwirrt folgten sie dieser, doch keiner wusste so richtig, was er meinte. Ungläubig blickten sie gleich darauf einander an.

*„Was hatten sie gesehen?"*, dachte Lucas gerade, als Menschen kreuz und quer durch diese Person hindurch

liefen. Kein Mensch machte auch nur die geringste Anstrengung um sie herumzugehen.

„Ist alles in Ordnung mit dir, Lucas? Möchtest du dich auf unsere Koffer setzen?", fragte Arnold. Lucas sagte nichts. Seine Haltung war starr, seine Hand wies immer noch auf die Frau. Vorsichtig schob er den Gepäckwagen hinter ihn. Arnold fasste behutsam unter Lucas Arm, setzte ihn mit Hilfe von Maria, die das Gleiche tat, auf die Koffer. Jasmin kniete vor seinen Füßen, strich zärtlich über seine Wange.

„Lucas, was hast du? Brauchst du Sauerstoff?" Die ersten Tränen bildeten sich in ihren Augen.

Doch Lucas saß da, ließ seine Hand auf den Schoß fallen. Maria überprüfte seine Vitalwerte. Er saß stillschweigend auf den Koffern, schwieg und starrte die asiatische Frau an, welche immer noch liebevoll in seine Richtung winkte, dabei übers ganze Gesicht strahlte.

„Lucas! Bitte sag etwas!", flehte Jasmin, blickte gleich darauf hilfesuchend zu Maria, die nach einer kurzen Untersuchung nur mit den Schultern zuckte. „Lucas, bitte! Du machst mir Angst!"

Endlich gelang es ihm, seinen versteinerten Blick zu lösen. „Jasmin, warum …? Es ist in Ordnung, mir geht es gut." Er rieb seine Augen, blickte noch einmal in Richtung der Frau. Sie stand nach wie vor da, lächelte, winkte. Lucas überlegte einen winzigen Moment, ob er ihr eine Frage stellen sollte.

„Lucas bitte!", Jasmin weinte.

Er schwieg. Dachte angestrengt nach. Sollte er sagen, was er sah? Wen er sah? Sollte er …? Lucas wusste genau, dass Jasmin postwendend mit ihm in den nächsten Flieger steigen würde, um nach Deutschland zurückzukehren. Endlich konnte er seinen Kopf drehen, endlich sah er Jasmin an.

„Jasmin, es ist alles in Ordnung. Schaut mich bitte nicht so an! Mir geht es gut. Alles in Ordnung. Es war das Licht, die vielen Menschen irritierten mich einen Augenblick. Habt ihr den Mann im Hasenkostüm im Tutu gesehen?", lenkte er ab. Log, ohne rot zu werden.

Alle drehten sich um, durchsuchten mit ihren Augen das emsige Treiben.

„Wo?", sprach Jasmin, wischte sich die Tränen aus den Augen.

„Ach. Ich glaube, ich habe mich geirrt. Ist ja auch kein Wunder. Schließlich war ich einige Monate komplett abgeschottet und jetzt? Seht euch mal diese Vielzahl von Leuten an."

Kaum hatte Lucas den Satz beendet, verschwand die Frau, und mit ihr das beklemmende Gefühl verrückt zu werden. Zu seiner zusätzlichen Überraschung war die Kraftlosigkeit, die Übelkeit weg, spurlos verschwunden. Sein Herz schlug auf einmal wie in alten Zeiten. Emsig, gleichmäßig. Seine Atmung war gleichbleibend ruhig. Seine Füße wirkten kraftvoll, nachdem er aufstand. Die Schritte, welche er jetzt ging, waren nicht wie zuvor langsam, sondern konstant flott. Er strahlte wie zuvor der Geist, den nur er allein wahrgenommen hatte.

„Kommt schon!", forderte er die Drei auf.

Im ersten Moment waren sie bewegungsunfähig, konnten weder fassen, noch begreifen, was gerade mit ihm geschehen war. Sein desolater Krankheitszustand verschwunden. Vor wenigen Minuten war sein Gesicht blass, eingefallen. Sein Körper kraftlos. Und jetzt? Er strotzte nur so vor Energie. Seine Wangen waren rosig. Seine Schritte kraftvoll und schnell.

Eindeutig waren sie erstaunt, obgleich beunruhigt. Wie lange würde dieser gesund wirkende Zustand anhalten? War es nur ein kurzes Gefühl von Glück, bevor …?

Keiner von ihnen wollte darüber nachdenken. Keiner sprach, keiner fragte, was da gerade geschehen war.

Am Taxistand angekommen stiegen sie gleich ein, zeigten dem Fahrer die Visitenkarte vom Hotel und wenige Sekunden später begann die aufregende Fahrt durch ein unbekanntes Land.

Alle schwiegen. Es war nicht nur der kurze Moment der Sorge, der bei ihnen noch im Kopf herum schwirrte. Es war diese riesige, wenn gleich völlig fremde Stadt. Trotz der Nacht wirkte sie pulsierend. Die Luft im Taxi war leicht gekühlt und zu Marias Überraschung schien sie auch sauber. Letzteres war insgeheim ihre größte Sorge gewesen. Denn Smog wäre das absolute Aus für Lucas, in seiner Verfassung.

Jasmin, die auf dem Rücksitz mit Arnold und Maria saß, gingen ähnliche Gedanken durch den Kopf. Sie freute sich sichtlich in diesem gigantischen, gleichermaßen imposanten Land zu sein. Aber die unreine Luft, gerade in den großen Städten, die immer wieder in den Medien kritisiert wurde, bereitete ihr Kummer. *„Was, wenn unter einer gewaltigen Dunstglocke der morgige Tag sein Leben abrupt beenden würde? Was, wenn ...?"* Weitere düstere Gedanken konnte, wollte Jasmin nicht mehr in ihrem Kopf haben. Sie schaltete ab und war froh, dass alle letzten Endes, insbesondere Lucas, wohlbehalten im Hotel angekommen waren.

Zur freudigen Überraschung erwartete beide Paare wirklich ein modernes Haus, das keinerlei Wünsche offenließ. Ihre Reisebroschüren hatten tatsächlich nicht übertrieben. Die Eingangshalle geschmackvoll, wie auch ihre Zimmer im zwanzigsten Stock. Diese waren nicht nur großzügig, sondern boten auch eine fantastische Aussicht auf die riesige Metropole.

Zufrieden setzte sich Lucas aufs Bett. Er beobachtete Jasmin. „Na, hattest du es dir derart schön vorgestellt?", fragte er verträumt.

„Wenn ich ehrlich bin, habe ich nicht mit Luxus gerechnet."

„Für meine Frau nur das Beste." Lucas lachte jetzt. „Schließlich macht man nur einmal im Leben eine Hochzeitsreise. Oder was meinst du dazu?"

„Ja da hast du wohl recht.", antwortete sie gleich darauf. Jasmin hätte sich auch mit einem einfacheren Hotel zufriedengegeben, aber sie schwieg, betrat das Bad und duschte. Erst unter der Dusche merkte sie, wie wohltuend es war, nach einem langen Flug das erfrischende Nass auf dem Körper zu spüren.

Während sie sich abtrocknete, nahm sie zum ersten Mal die Stille wahr. Das stundenlange, gleichmäßige Summen der Turbinen im Flugzeug, die vielen Menschen im Flughafen, der kurze bangende Moment, das anschließende Hupen der Autos auf den Straßen, die immer mal wiederkehrende laute Musik aus einer der vielen Bars, an denen sie vorbei gefahren waren. Jetzt war es endlich still. Jasmin bemerkte bewusst, wie sehr ihr das alles zu schaffen gemacht hatte.

Unterdes schlief Lucas sofort ein, als Jasmin das Bad betrat. Als himmlisch, bequem nahm er das Bett wahr. Sein Blick fiel kurz auf das überdimensional große Panoramafenster. Die bunten Lichter, einige von ihnen flackerten mit großen Werbebuchstaben, Zeugen einer pulsierenden Metropole bei Nacht und obwohl er nur einige Meter entfernt in einem Bett lag, war es ruhig, absolut still.

Jasmin betrat müde das Schlafzimmer. Ihr Blick fiel sofort zu Lucas, der ruhig schlafend auf dem großen Bett lag. Sie erkannte, dass er seine Position nicht verändert hatte. Vorsichtig schritt sie schmunzelnd durch das Zimmer, blieb direkt vor dem Fenster stehen. Das gedämpfte Licht im Raum war für sie in dieser Sekunde wie ein Atrium, das sie vor den Augen der vielen Menschen außerhalb verschwinden ließ. Verträumt begann sie den Trubel vor dem Fenster zu beobachten. Als heimlicher Zuschauer betrachtete sie die Menschen hinter den beleuchteten Fenstern der Nachbargebäude, träumte.

Nach einer Weile gähnte Jasmin, drehte sich um. Erneut fiel ihr Blick direkt auf ihren Mann. Erst in diesem Moment erkannte sie die unzähligen roten Rosenblätter auf dem Bett. Die ruhigen Atembewegungen von ihm, das beruhigende Licht, ein wohlwollendes Spiel im Einklang mit ihren Sinnen. Er wirkte gesund, wie früher. Wieder glitt ein Lächeln über ihr Gesicht. *„Eigentlich wie Schneewittchen. Nur männlich natürlich"*, diese Stille, dieser Anblick märchenhaft und gleich darauf erschreckend.

Zu schnell holte sie die Wirklichkeit ein, verwandelte ihr Antlitz in Kummer. Tränen rannen aus ihren Augen. Da war sie wieder, die Sorge, das ständige Bangen. Sie bemerkte den Champagner, der direkt neben dem Bett mit zwei Gläsern stand. Leise schlich sie ans Bett, nahm die Flasche aus dem Kühlbehälter und öffnete diese. Ein lauter „Plopp" folgte. Erschrocken blickte Jasmin aufs Bett, doch Lucas schlief.

Am liebsten hätte sie diese Flasche mit ihm gemeinsam ausgeleert. Dabei auf seine Gesundheit und eine lange, glückliche Zukunft, angestoßen. Jetzt war es nur Stille, vermischt mit bitteren sorgenvollen Tränen, welche aus ihren Augen zu fließen begannen. Der Zweisamkeit so nah, obgleich das Glück weit entfernt, unendlich.

Nach dem ersten Glas folgte ein weiteres. Anschließend legte sie sich zu ihm, löschte das Licht. Seine friedlich schlummernde Silhouette war nur noch zu sehen, seine Brust, welche sich friedlich senkte und hob. Jasmin spürte die Wärme, die sein Körper ausstrahlte. Es war wirklich schön und dennoch rollten die Tränen erneut aus ihren Augen, bis sie am Ende dieses Tages mit unendlich erscheinendem Kummer im Herzen einschlief.

Der erste Urlaubstag brach an. Nach dem Frühstück, das beide Paare auf ihren Zimmern zu sich nahmen, trafen sie sich in der Lobby, um den Tag zu planen.

„Was haltet ihr davon, wenn wir heute gleich einmal die Verbotene Stadt besichtigen?", sprach Lucas eher beiläufig. Er strahlte.

Keiner der Drei wirkte sonderlich erfreut.

„Also bitte! Schaut mich nicht so an! Ich schaffe das. Mir geht es gut. Wir nehmen uns eine Riksha und lassen uns überall hinbringen.", kamen die Sätze begeistert aus seinem Mund.

„Aber …", wendete Maria ein.

„Kein aber. Mein kleiner Freund, das tragbare Sauerstoffgerät, ist bei mir. Seht ihr? Hier." Er klopfte auf den Rucksack an seiner Seite.

„Wollen wir nicht erst einmal etwas nicht so Gigantisches …"

„Also bitte! Jeder möchte diese Sensation sehen, wenn er in Peking ist. Jeder. Auch ihr."

Lucas hatte recht mit dem, was er von sich gab. Dennoch hatten die Drei große Bedenken. Sie schwiegen.

„Na dann, ab in die Verbotene Stadt", brachte Lucas die Worte freudestrahlend heraus, als keiner antwortete. Und obwohl die Blicke eher beunruhigt ihm entgegen funkelten, ignorierte er diese. „Na dann auf geht es! Im Übrigen möchte ich heute von keinem ein betrübtes Gesicht sehen. Mir geht es gut, basta!"

Zwei Rikschas mit Fahrer buchten sie für den Tag. Jasmin beschloss seine Worte zu respektieren. Er sah erstaunlich gut aus. Vielleicht etwas zu dünn, dennoch mit einer gesunden Gesichtsfarbe, er strahlte. Als die Fahrt begann und sie sich an ihrem Lucas anschmiegte, strahlte auch sie, kostete diesen Ausflug ins Unbekannte genussvoll aus. Der Himmel war wolkenlos und die Sonne leuchtete wohlig warm.

Ihr Fahrer legte sich mächtig ins Zeug. *„Seine Beinmuskeln mussten wirklich durchtrainiert sein."*, kam es ihr kurzzeitig in den Sinn, nachdem ihr Blick auf seine strampelnden Beine fiel. Der Körper des Mannes war eher schmächtig, schien nicht sonderlich muskulös, dennoch hielt er sein Tempo stetig stabil.

Es war ein herrlicher Tag, den sie seit langer Zeit an der frischen Luft zusammen genossen. Der strahlendblaue Himmel unterstrich die lebhafte Szenerie, an deren sie vorbeifuhren. Moderne Hochhäuser, Einkaufspassagen und Tempel. Jeder Meter, den sie zurücklegten, eröffnete einen neuen interessanten Blickwinkel. Diese pulsierende Stadt war trotz der Lautstärke, der Menschenmassen einfach sehenswert und ließ ihre trüben Gedanken verschwinden.

Schon nach kurzer Zeit begann das historische Areal, in der die Verbotene Stadt lag. Obwohl man anfangs noch nicht viel sah, erstaunten sie die gigantischen Dimensionen, während sie den Platz des Himmlischen Friedens überquerten. Auf der Mitte des riesigen Platzes, der nach Arnolds Auffassung immerhin mehr als 39,6 Hektar Fläche aufwies, hielten sie an.

„Atemberaubend ist dieser Platz." Ehrfürchtig, zugleich voller Begeisterung sprach Jasmin die Worte. Jeder pflichtete ihr bei, während sie die Umgebung interessiert betrachteten. Immer noch weit entfernt schienen die historischen Gebäude. Sie waren der gigantische Anfang der Verbotenen Stadt, die von einer hohen Mauer links und rechts zusätzlich anliegend aufgebaut war.

„Hier war es also." Durchbrach Lucas die Stille. „Wie gewaltig. Diese Dimension kann man wirklich erst verinnerlichen, wenn man hier steht. Fantastisch. Selbst die vielen Touristen sehen wie kleine Ameisen aus. Seht doch!"

„Was war hier?", fragte Maria nachdenklich.

„Wie meinst du das, Maria?"

„Du hast vor ein paar Sätzen gesagt. Hier war es also."

„Ach so. Ich habe gemeint … Mein Vater. Er ist hier links oder rechts von uns, oder auch hier an dieser Stelle vor vielen Jahren gestorben. Na ja, besser gesagt wurde er hier getötet."

Jasmin bemerkte sofort die erschrockene Haltung der Rikschafahrer. Argwöhnisch unterbrachen die Chinesen ihr Gespräch, obwohl beide einige Meter abseits standen.

„Verstehen sie mich?", fragte sie die Zwei.

Beide schüttelten verneinend mit dem Kopf, zuckten gleichzeitig mit den Schultern.

Lucas fuhr ohne darüber nachzudenken fort. „Eigentlich ist das eine längere Geschichte."

„Wir haben Zeit, du kannst ruhig weit ausholen. Ich habe doch deinen Vater erst bei eurer Hochzeit gesehen. Geht es dir wirklich gut?"

Jetzt lachte Lucas. „Entschuldige Maria! Natürlich, ihr könnt das nicht wissen. Mein Vater lebt. Aber er ist nicht mein genetischer Vater. Ich wurde adoptiert von ihm."

Aufmerksam hörten alle zu. Man spürte regelrecht die aufkommende Neugier. Nicht nur Maria und Arnold waren erstaunt, auch bei den Rikschafahrern bemerkte man reges Interesse.

Jasmin fragte die Männer noch einmal. „Entschuldigen sie bitte! Verstehen sie unsere Sprache?"

Wiederholt schüttelten sie ihre Köpfe verneinend.

„Sprich bitte etwas leiser!", flüsterte Jasmin darauf.

Lucas nickte. „Es ist schon eine längere Zeit vergangen, als ich …", begann er seine Schilderung. „… Ich habe in China im Übrigen irgendwo eine Halbschwester.", führte er noch belanglos hinzu.

„Ist nicht dein Ernst?", sprach Arnold erstaunt.

„Doch, so ist es."

„Du hast eine Schwester? Die lebt hier, in diesem Land? Und darüber hinaus erwähnst du, dass dein Vater hier starb? Mal ganz nebenbei und um dem Ganzen noch eins draufzusetzen, hören sich deine Äußerungen sehr belanglos an? Ist wirklich alles in Ordnung mit dir?" Maria wirkte fassungslos.

„Beruhige dich! Das ist Ewigkeiten her! Meine Schwester habe ich nie kennengelernt."

„Halbschwester.", brachte Jasmin in das Gespräch ein.

„Ja, jedenfalls war mein Vater so etwas wie ein Weltverbesserer. Er starb hier mit vielen anderen Studenten."

„Jetzt mal im Ernst. Dein Vater war, warte Mal ich denke, 1989 … Da war er hier, wurde erschossen?", wollte Arnold wissen.

„Ja."

„Darüber habe ich einiges gelesen, warte sie nannten es Tian'anmen. Der Name des Platzes auf Chinesisch. Habe ich recht?"

Lucas nickte. „Ja, genau. Maria, du sagst ja Garnichts?"

„Ich muss das alles erst einmal sacken lassen. Ich kann das nicht glauben. Du hast geträumt? Dann hat deine Mutter dir davon erzählt?"

Jasmin sprach jetzt. „Ja so ist es, ich war dabei. Ich hatte auch diesen Traum."

„Was hattest du?", fragte Lucas überrascht. „Du hast diesen Traum ... Ich meine meinen Traum auch geträumt?"

„Ja. Ich ... Jetzt frag bitte nicht wann. ... Ich weiß es nicht mehr." Sie wusste genau, wann das war. In dieser Zeit war sie diejenige, welche leiden musste. Hatte sie doch ihr Kind verloren und litt an Depressionen. Heute schmerzte es immer noch, aber jetzt war es Lucas Gesundheitszustand, der ihr zu schaffen machte. Mehr an Kummer verkraftete sie nicht und keinesfalls wollte Jasmin erneut in ein derartiges Tief rutschen, wenn doch Lucas sie dringender brauchte.

Diese Erkenntnis traf sie wie ein Blitz, veränderte schlagartig ihre heitere Stimmung in Traurigkeit. Kurz drehte sie den Anderen den Rücken zu, wischte eine Träne aus ihrem Auge.

Lucas bemerkte sofort, dass etwas nicht stimmte. „Jasmin? Ist mit dir alles in Ordnung?"

„Ja, alles gut." Log sie erneut, sah alle mit einem aufgesetzten Lächeln an.

„Ihr beide überrascht mich immer wieder", sprach Maria. „Das erzählt ihr, als ob das nichts Besonderes ist."

„Bist du irritiert?", wollte Lucas jetzt wissen.

„Na und ob. Das ist doch keine Kleinigkeit. Das ist ... Das ist ..."

„Mysteriös, unglaublich?", erwiderte Lucas belustigend. Zu seiner Überraschung lachte niemand. Keiner sprach, nur der leichte Wind, der die erschütterten Gemüter zu besänftigen schien, verhalf den Moment zu entspannen.

Nach einigen wortkargen Minuten verlief der anschließende Tag ohne beunruhigende Zwischenfälle. Keiner traute sich noch einmal das Thema anzusprechen. Es beschäftigte sie, eindeutig. Dennoch wurde geschwiegen.

Die gigantischen Dimensionen der Verbotenen Stadt waren eine willkommene Ablenkung. Alle Vier hatten schon einiges von der Welt gesehen, standen schon an berühmten historischen Orten, obgleich der Anblick von dieser Kultur … Das war eindeutig nochmal eine ganz andere Liga. Ehrfürchtig schritten sie durch mehr als dreitausend Jahre Geschichte.

Am Abend spürten die Vier ihre Erschöpfung. Ihre Knochen waren müde. Der lange Flug, das Klima, die vielen Eindrücke geprägt von enormen Dimensionen, waren es unter anderem, die sie derart erschöpften. Diese Stadt mit ihren vielen Facetten. Modern trifft auf alt. Vergangenheit trifft auf Fortschritt. Baustellen. Darüber hinaus unzählige Menschen am Puls der Zeit. Wachstum stetig und schnell.

Erschöpft gleichwohl glücklich trafen sie am Abend im Hotel ein. Es war schon einundzwanzig Uhr, als sie sich voneinander verabschiedeten und ihre Zimmer aufsuchten.

Lucas wirkte sehr blass, eher matt, doch alles in allem ging es ihm gut. Auch Maria war von seinem Zustand wohlwollend beeindruckt. An diesem Tag hatte er alles mitgemacht, durchgestanden. Obgleich sie im selben Augenblick vehement darauf beharrte einen Tag Pause einzulegen. Sie wollte keinesfalls riskieren, dass Lucas jetziger gesund wirkender Zustand sich schlagartig zum Negativen änderte. Jasmin und Arnold waren auch sofort einverstanden.

Die Laune von Lucas hingegen glich eher der eines ungezogenen trotzigen Kindes. Jeder, der ihn nicht kannte, wäre der Meinung, er würde nur etwas mehr Zeit in Anspruch nehmen. Der Annahme, dass Lucas derartig schwer krank war, sogar ein neues Organ brauchte, um weiter leben zu können, hätte niemand zugestimmt. Keinesfalls.

Den zweiten Tag verbrachten sie Marias Bitte folgend, meist im Hotel. Nur in den Nachmittagsstunden waren sie knapp zwei Stunden außer Haus. Fuhren erneut mit der Rikscha zu einem nahe gelegenen Markt.

Eines der sogenannten kulinarischen Schlaraffenmärkte ist das Ziel gewesen, das behauptete Lucas. Bevor sie nach China aufbrachen, hatte ihn ein Parteifreund in München besucht und ihm den Tipp gegeben.

Trotz seiner Krankheit genoss er jede Kleinigkeit, die er zu sich nahm, natürlich streng auf seine Diät achtend. Er entschied sich, so viel wie möglich zu verkosten. Natürlich durfte es nicht zu fett, vor allem nicht zu bauchlastig sein. Vielleicht war eines der Gründe diese unzähligen Speisen in vollen Zügen zu genießen der, da er wusste, welch eine Tortur ihm noch bevorstand.

„Herrlich, an jeder Ecke etwas anderes zum Essen", kamen seine Worte voller Bewunderung aus seinem Mund. Es roch fantastisch.

Jasmin fragte Lucas, während sie durch die schmalen Gänge der Händler liefen. „Wie geht es dir?"

„Gut, glaube mir!" Sein Gesicht strahlte vor Gelassenheit, eindeutig sah er gesund aus und um dem Ganzen noch eines drauf zu setzen, sprach er voller Euphorie. „Ich könnte Bäume ausreißen."

Erschrocken blieb sie stehen.

Er lachte. „Keine Angst! Ich meine das metaphorisch. Ich passe schon auf mich auf. Riech doch mal! Was riecht hier so überaus fantastisch?", wollte Lucas jetzt wissen.

„Mmh? Gebratenes Huhn vielleicht?", wandte Arnold ein.

„Äh. Seht doch mal! Dort auf der anderen Seite ein paar Meter vor uns. Gebratene Hühnerfüße gibt es da.", äußerte Maria ablehnend.

Jasmin wurde übel. „Ja, ich sehe sie. Die könnte ich nicht essen."

„Jasmin. Andere Länder, andere Sitten. Aber das meine ich nicht", sagte Lucas. „Es riecht nach sauberer Luft. Darüber hinaus nach Essen. Den Smog, den sie immer wieder in den Medien verschreien, den erkenne ich nicht."

„Ja, wir haben Glück.", antwortete Arnold. „Das ist der leichte Wind, der hier weht. Merkt ihr?"

Alle stimmten ihm zu.

„Was meinst du Lucas? Wollen wir mal so einen Fuß essen? Wir lassen unsere Frauen zusehen." Beide lachten.

„Das könnt ihr vergessen.", beschwerte sich Jasmin. „Komm Maria, wir gehen zum nächsten Stand. Weiter vor. Die schönen bunten Kleider dort. Siehst du sie?"

„Oh ja.", antwortete Maria und sie verschwanden.

„Lucas geht es dir wirklich gut?", fragte Arnold, nachdem die Frauen außer Hörweite waren.

„Ja, aber können wir uns einmal hinsetzen?"

„Soll ich Maria holen?"

„Nein. Setz dich!" Lucas wirkte genervt. Er wusste selbst, dass es ihm eigentlich zu gut geht. Plötzlich trat die winkende Frau, welche eher einem Geist glich, in sein Bewusstsein. Sie hatte damit etwas zu tun. Einen winzigen Moment dachte er daran, Arnold von der Frau am Flughafen zu erzählen. Er überlegte, musterte ihn. Doch er tat es nicht.

„Du bist doch erschöpft.", unterbrach Arnold, Lucas Gedanken.

„Nein. Sieh doch mal, die Rikschafahrer! Es sind dieselben wie gestern." Er winkte ihnen zu. Die beiden

Männer hingegen wandten sich von ihnen ab, starrten auf einen Stand, der Fische anbot.

„Ja, und?"

„Sie beobachten uns schon die ganze Zeit über. Wie Spione."

„Lucas, du meinst, sie beschatten uns?" Er lachte.

„Ja. Und sie belauschen uns."

„Ach, das bildest du dir ein. Selbst wenn. Sie passen auf, dass wir uns nicht verlaufen. Schließlich haben sie gestern ein anständiges Trinkgeld bekommen. Darüber hinaus sind die Fahrer nicht in der Lage uns zu belauschen."

„Warum?"

„Sie verstehen unsere Sprache nicht."

„Ach und das weißt du?"

„Na klar. Das haben sie doch gestern auch gesagt."

„Na ja vielleicht hast du recht. Aber trotzdem ist es eigenartig."

Der dritte Tag brach an. Arnold, der darauf bestand eine Steinbrücke zu besichtigen, auf der schon Marco Polo selbst gestanden hatte, daraufhin Namenspatron wurde, war somit das Tagesziel der Vier. Etwa fünfzehn Kilometer südwestlich von Peking lag diese.

Aufgeregt war Arnold, als sie die Brücke vor sich sahen. Er gestikulierte eifrig. Erzählte, unterstrich den Vortrag mit Erhabenheit, Ehrfurcht in seiner Stimme. Wie ein wandelndes Lexikon sprach er über die Geschichte der Brücke. „Dort ist sie. Fantastisch. Darf ich euch vorstellen? Die Marco Polo Brücke. Stellt euch vor, im Jahr 1192 wurde sie fertiggestellt. Und seht ihr die unzähligen Löwen, die entlang der Mauer auf der rechten und linken Seite sitzen, keiner gleicht dem anderen. ..."

Lucas Blick verharrte. Die steinernen Löwen hatten ihn eindeutig in den Bann gezogen. Arnolds Worte verhallten nach und nach. Sie schienen auf einmal weit entfernt, bis sie komplett verschwunden waren. Nur noch er und die Tierskulpturen. Staunend betrachtete er sie, bewunderte ihre Vielfältigkeit. Anfangs traute er seinen Augen kaum, als plötzlich die kleinen Löwen ihre Glieder zu strecken begannen. Vorsichtig fingen sie an aufzustehen. Müde, verschlafen, erwacht aus einem jahrhundertealten Traum. Er rieb seine Augen, versuchte sich, von diesen unrealen Geschehen zu befreien. Nachdem sein Blick erneut die Steinfiguren betrachtete, in ihm die stete Hoffnung geträumt zu haben. Doch es half nichts. Einer nach dem anderen sprang von der Mauer. Langsam kamen sie auf ihn zu. „Seht ihr das nicht?", fing er an die Anderen zu fragen. „Diese Löwen starren mich an. Sie …"

Weder Jasmin, noch Maria drehten sich zu ihm. Sie lauschten beharrlich auf Arnolds Worte. Selbst er unterbrach seine Ausführungen nicht. Keiner nahm Notiz von Lucas Angst, keiner erkannte seine hektischen Bewegungen, keiner sah, dass diese steinernen Löwen lebten.

Lucas im Gegenzug hörte sie nicht. Arnold bewegte eindeutig seine Lippen, doch es war kein Laut von ihm zu hören. Er brach in Panik aus. Als ihn noch dazu einer der Löwen ansprang, er auf den Steinboden der Brücke fiel, ihn die schwere Last der Figur zu erdrücken schien, dachte er die Zeit des Lebens, wäre vorbei. Seine Atmung stockte, seine Wahrnehmung verblasste. Die Bilder um ihn herum verschwanden allmählich. Seltsamerweise ging es ihm gut. Er fühlte sich frei, gelassen. Ein Licht tauchte vor ihm auf, wurde immer greller, blendete ihn. Es schmerzte. Schnell presste er seine Augenlider zusammen.

Gleich darauf klarte die Sicht vor seinen Augen auf. Lucas erkannte, dass er steht. Mittlerweile fühlte er sich wie einer der Löwen, leichtfüßig, stark. Eine Mohnblumenwiese lag jetzt am Ende der Brücke. Unendlich schien sie zu sein. Die Sonne über ihn brannte heiß. Die Löwen kreisten um seine Person. Sie knurrten nicht, sondern trabten schnurrend, schmiegten sich an. Ab und an streifte einer liebevoll sein Bein. Jetzt begriff er, dass die zum Leben erwachten steinernen Figuren ihn eindeutig schützen wollten. Viele kleine Löwen, die ihm auf Schritt und Tritt folgten, während er über die Brücke lief.

Wie schön die Mohnblumen in der Ferne strahlten. Er drehte sich um, wollte Jasmin; Maria und Arnold sagen. *„Kommt mit!"*, doch sie waren verschwunden. Ein graues Nichts lag hinter ihm und zu allem Unglück, zerfiel die Brücke. Die Steine, welche Seite an Seite den Boden pflasterten, fielen in die tiefe Dunkelheit.

*„Renn!"*, schrie er sich innerlich zu. Doch als er nach vorn blickte, war seine Panik verflogen, war seine Seele befreit und pures Glück, welches sich in seinem Inneren ausbreitete, machte ihn zu einem der ihren. Zu einem starken Löwen, der freudig das Ende der Brücke erreichte und mit einem leichtfüßigen Sprung die Wiese betrat.

**17**  Tag X


Wenn du gehst, hinterlasse eine Nachricht, hinterlasse ein Zeichen! Zeige der Welt, dass es dich gibt! Auch wenn du nicht mehr auf unserer Ebene wandelst, bist du vorhanden, ein Teil der Unendlichkeit, ein Teil von Allem.

Es war ein eher heißer Tag. Shenmi ging es jetzt körperlich gut, obwohl die schwere Arbeit auf dem Reisfeld, die Hitze, das schwül warme Wetter ihr zu schaffen machten. Abgefunden hatte sich ihre Seele nicht mit dem Schicksal, das ihr auferlegt wurde. Gedanklich formte sie Worte, spielte eine erhoffte Begegnung immer wieder von Neuem in ihrem Kopf durch. *„Kam der Brief an? Hat er ihn gelesen?"*, stellte sie sich die Fragen in ihrem Unterbewusstsein, sehnte, bangte im Stillen.
Schritte waren es, welche sie auf einmal ablenkten. Unaufhörlich kamen diese näher, wurden schneller. Aufgeschaut hätte sie am liebsten. Gesehen, wer die Unruhe in ihrem Herzen verbreitete, wer versuchte derart dringend in ihre Nähe zu kommen. Konnte sie, sollte sie es wagen aufzublicken? Die zu erwartende Strafe über sich ergehen lassen? Einen schmerzhaften Schlag erdulden? Auf gar keinen Fall zu fest, damit sie keinesfalls zu sehr verletzt wird. Doch so massiv, dass es ihr Schmerzen bereitet, letztendlich Tränen in ihre Augen treiben wird.
Wie viele Tränen hatte sie schon vergossen? Tränen der Angst. Tränen des Bangens. Tränen für geliebte Menschen, die sie zurücklassen musste, die nicht bei ihr sind.

„Negativ Null, 604, komm mit!", befahl ihr eine hart klingende Stimme, die eindeutig von einem der zahlreichen Soldaten stammte.

Sie stand auf. Den Blick stetig zu Boden. Obwohl sie gehorchte, nicht in die Augen ihrer Bewacher sah, war es ein dicker Stock, der grob auf ihrem Rücken landete und die Gefangene nach vorn stieß.

„Das muss schneller gehen!"

Die Gefangene wollte gehorchen, strauchelte und fiel auf die Knie. Sie fühlte den kurzen Windhauch, erahnte die Bewegung des Knüppels, den der Soldat gerade zum Schlag ansetzte. Innerlich richtete sie sich auf den Schmerz ein, doch dann …

„Halt, wag es ja nicht! Ich brauche diese Gefangene unversehrt." Schrie weiter entfernt eine tiefe Männerstimme, die sie Ewigkeiten nicht gehört hatte. Eine Stimme aus ihrer unheilvollen Vergangenheit, die sie ursprünglich verabscheute.

Doch heute war es anders. Heute war diese Stimme ein kleiner Lichtstrahl in dunkler Nacht. Gedanklich formte sie Worte, suchte eine Verbindung zu ihm. Etwas, was sie sagen könnte. Etwas, was sein finsteres Herz erreichen würde. Letztendlich etwas, was seine Seele noch vor dem Abgrund der Hölle, vor der Verfolgung der Geister im Jenseits retten könnte.

Minuten des Flehens, des Hoffens. Endlich allein, in einem Verhörraum. Allein standen sie einander gegenüber, sahen sich an.

Ein menschliches Gesicht. Wie lang war es her, dass sie eines derart offensichtlich in Augenschein nehmen durfte? Wie lang war es her, dass sie sich vor diesem Mann ekelte, diesem Mann fürchtete? Und heute?

Sein versteinertes, ernst wirkendes Gesicht versuchte zu lächeln. „Du siehst gut aus.", sprach der Mann eher grob und sie merkte, wie seine Blicke sabbernd vor Verlangen an ihr hingen.

Da war es ein weiteres Mal, das Gefühl der Hilflosigkeit, des Ekels, der Abscheu.

Er wollte sie berühren. Sie schritt einen Schritt zurück.

Wieder wollte er lächeln. Es gelang ihm nicht sonderlich, seine harten markanten Gesichtszüge verwandelten sein Antlitz eher in eine Fratze.

„Danke, dass du gekommen bist." Die Gefangene verbeugte sich kurz und ihr Blick fiel erneut gehorsam zu Boden. Mit Mühe versuchte sie den Kloß, der ihre Kehle zuzuschnüren drohte, loszuwerden. Versuchte, das Würgen, was eindeutig aus tiefster Seele kam, zu unterdrücken.

„Also, hier bin ich. Was ist so wichtig? Du weißt, dass du hier nie wieder raus kommen wirst?"

Die Gefangene nickte zaghaft, hob ihren Kopf. Es schmerzte dem Mann in die finsteren Augen zu schauen. Augen, welche sie bis heute in düsteren Träumen verfolgten.

„Was ist! Sprich endlich!"

„Ich ... ich habe eine Tochter."

„Na und? Das weiß ich doch. Du warst auch lang genug eine Schlampe."

„Ich war keine Schlampe.", der Satz kam wie eine schon lang gehütete Wahrheit aus ihrem Mund. Befreiend wirkte er.

„Du willst mir widersprechen?" Wütend hob er seine Hand.

Die Gefangene zuckte merklich zusammen, ihr Blick fiel jetzt stetig zu Boden. „Mein Kind ist ein wundervolles kleines Mädchen", flüsterte sie schnell.

„Kann sein, aber letzten Endes landet sie ein paar Jahre später in einem Bordell, das weißt du? Du weißt, sie hat keinen Vater. Ein Bastard. Wer weiß, wer alles über dich gerutscht ist. Das kann jeder sein. Sie hat in unserem kleinen Dorf keine Zukunft, erhält keinen Job, landet letztendlich in einem der Stadtbordelle. Dort werden wieder hunderte Männer über sie rutschen. Wenn sie dann, genau wie du, einen Balg bekommt, ist sie hoffentlich klüger. Ertränkt es! Wie es andere aus deinem Milieu auch tun."

„Sie ist ein menschliches Geschöpf. Sie hat eine Seele. Sie ist ein Teil von Gottes Schöpfung."

„Sieh her, wo dich dein Gott hinbrachte. Du bist nichts! Nur eine Nummer."

„Warum bist du dann hier?" Sie weinte.

„Das frag ich mich jetzt auch. Ich kann deiner Tochter nicht helfen. Du weißt, dass du einer Sekte angehörst? Du weißt außerdem, was mit den Leuten passiert, die mit dieser Sekte in Verbindung gebracht werden?"

Die Gefangene, Negativ 604, schluchzte. „Ja. Und ich weiß auch, wer mich verraten hat."

„Das war notwendig."

„Warum?"

„Meine Frau sagte, ich sehe dich eigenartig an."

„Deine Frau?"

„Ich denke sie hat gemerkt, dass ich …" Er schluckte schwer, zupfte an seiner Uniform, versteifte seinen Körper, schwieg.

„Deine Frau hat mich verraten? Ich habe ihr nie etwas getan. War immer freundlich. Ich arbeitete hart, sorgte für meine Familie. Ich meditierte. Was ist falsch daran?"

„Es ist verboten."

„Dieses System braucht Geld! Deshalb ist es verboten."

„Rede doch keinen Schwachsinn. Unsere Regierung hat jedes Mal recht. Sie wollen das Volk schützen."

Wieder schwieg die Gefangene. Sie wusste, dass ihre letzte Hoffnung, der Mann, der sie einst wegschleppte, missbrauchte, absolut regierungstreu ist.

*„Ein letzter Versuch, bitte ..."* Sie musste es wagen. Zögernd begann sie zu sprechen. „Meine Meiming, ist auch deine Meiming. Sie ist deine Tochter und Meiming ist ihr Name."

„Du Schlampe!" Er ging auf sie zu, schlug ihr fest ins Gesicht. „Das glaubst du doch selbst nicht! Wie viele Männer hattest du? Hunderte?"

„Waren es nicht. Und das weißt du genau! Du hast mich in dieses Dreckloch gesteckt. Ich war deine persönliche Dienerin oder besser gesagt Sklavin. Du hast mich geschlagen, vergewaltigt, geschlagen, verge …"

„Halt dein dreckiges verlogenes Mundwerk. Ich habe …", er stockte, überlegte.

Die Gefangene sprach weiter. „Damals als ich sie … Sie war gerade geboren und ich hielt Meiming in meinen Armen. Ich wollte am Fluss ihr Leben beenden. Doch dann. - Sie blickte mich an, ein helles Licht fiel auf ihr Gesicht. Gebündelte Sonnenstrahlen. Sieh sie dir an! Es sind deine Augen. Meiming hat deine Augen. Auf einmal spiegelten sich Bilder auf der Wasseroberfläche. Weiße Lotusblüten. Verstehst du? Es waren weiße Lotusblüten, die ich erkannte. Du weißt, dass das unschuldig bedeutet. Ich konnte sie nicht ertränken. Nein, nie! Sie ist rein, unschuldig. … Meiming ist deine Tochter." Es war ein letztes Aufbäumen. Der letzte Versuch, den sie voller Inbrunst mitteilte. Ein Schrei. Ein Schrei nach Hilfe, nach Barmherzigkeit.

Er zuckte kurz, als ob er auf sie zugehen wollte. Eine liebevolle Berührung, doch kaum nachdem er einen Schritt auf die Gefangene zuging, wich sie zurück.

Schnell fing er sich. „Ich habe einen Sohn."

„Das weiß ich.", flehte sie. „Und er hat eine Schwester."

„Was bitte verlangst du von mir?"

„Bring sie aus diesem Land. Ich werde dann über sie wachen."

„Wie willst du das tun? Du kommst hier nicht mehr raus."

„Woher willst du wissen, dass nach dem Tod nichts mehr ist?"

Er erschrak. „Du glaubst an den Christen Gott. Deine Seele wird verteilt."

Die Gefangene lächelte. „Ich lebe weiter. Das weiß ich, das fühle ich."

Blass war jetzt sein Gesicht. „Meiming ist meine Tochter?"

„Ja. Sie ist deine unschuldige Tochter. Sie ist rein."

„Ich glaube nicht an Götzenbilder."

„Du glaubst an deine Ahnen. Das weiß ich."

„Woher ...?"

Traurig begann sie. „Manchmal wenn du zu betrunken warst, mich nur schlagen konntest, dir die Kraft fehlte, dich auf mich zu drängen ... Du redest, wenn du schläfst. ... Bitte, hör auf deine innere Stimme!" Die Gefangene kniete sich vor ihren einstigen Peiniger. Der einzige Mensch, der ihren letzten innigen Wunsch auf dieser Welt erfüllen konnte.

„Wer weiß noch davon?", sprach er vorsichtig aus. „Etwa dein Vater?"

„Nein, Keiner. Niemand. Ich schwöre! Ich habe niemandem von dir erzählt."

„Also gut. Du hast mein Wort. Ich werde sie aus China bringen. Sie bekommt einen neuen Vater, eine neue Mutter. Versprochen."

Das Herz der Gefangenen Negativ 604 machte einen kleinen Sprung vor Freude.

„Aber ich werde dafür sorgen, dass sie nie erfährt, woher sie kam, wer du warst!"

Erschrocken blickte sie ihm in die Augen, die sich gleich darauf mit Tränen füllten, wie Sturzbäche aus ihren Augen rollten. Die Gefangene nickte kaum merklich, stimmte ein letztes Mal zu.

## 18  Seelenverwandt

Verworren ist das Spiel zwischen Leben und Tod. Zwischen Traum und Wirklichkeit. Zwischen dem Jetzt und das, was kommen wird.

Lucas öffnete vorsichtig seine Augen. Doch jetzt war es eine weiße Decke, ein grelles Licht, das er als erstes sah. Es dauerte, ehe er Jasmin wahrnahm, die weinend an seinem Bett saß.

„Wo bin ich?", sprach er flüsternd. Das Reden fiel ihm schwer, sein Mund war ausgetrocknet.

„Lucas, ich …", brachte sie unter Tränen heraus.

Eine Pflegekraft, die gerade in das Krankenzimmer kam, erkannte, dass Lucas aus seinem tiefen Schlaf erwacht war, benachrichtigte sofort einen Arzt.

Jetzt wusste er, dass etwas mit ihm nicht stimmte. Etwas was vor einigen Stunden noch weit entfernt schien, ist jetzt direkt an ihn herangerückt.

Sein Herz versetzte sich in eine Art hüpfen, nicht Freude vermochte er zu spüren, nein, es war ein schmerzhafter Stich, der in seiner Brust eindeutig zu fühlen war, ihn aufschreien ließ. „Ah, ich verspüre …", abrupt presste er seine Hände gegen die Brust.

„Bitte! Sie müssen an etwas Schönes denken! Ruhig atmen, es wird gleich alles gut.", sprach die Pflegekraft fast akzentfrei mit einem Lächeln auf ihrem Gesicht und stellte dabei den Tropf neu ein. Deutlich bemerkte er die Wirkung eines Medikaments, denn er beruhigte sich sofort.

„Was ist das? Was geben sie mir da?", fragte Lucas, während er schläfrig wurde.

Ein Arzt tauchte vor seinem Blickfeld auf. Er lächelte ihn an. Danach redete er mit der freundlichen Pflegekraft. Lucas verstand genau wie Jasmin kein Wort. Es dauerte nicht lange und die Unterredung war beendet. Anschließend begrüßte der Arzt Lucas, zudem seine Frau höflich mit einem kurzen respektvollen Nicken. Gleich darauf stellte er sich auf Englisch vor.

„Warum bin ich hier?", fragte Lucas als Erstes. Innerlich wusste er genau, was mit ihm los war. Aber nach außen wollte er es einfach nicht eingestehen.

Der Arzt antwortete erneut, aber auf Chinesisch, die Pflegekraft übersetzte daraufhin. „Herr Berger, sie sind hier im Krankenhaus Tianjin. Wir waren besorgt um ihren Zustand, doch jetzt ist er stabil. Sie dürfen sich bitte nicht aufregen! Sie wissen, dass sie an einem schweren Herzleiden erkrankt sind. Leider hat sich ihr bisheriger Zustand verschlechtert. Sie brauchen dringend ein Ersatzorgan. Ich spreche in einigen Minuten mit ihrem behandelnden Arzt in Deutschland, um weitere Maßnahmen abzuklären. Bitte seien sie versichert, dass sie bei uns genauso gut versorgt werden, wie in ihrem Heimatland." Wieder verbeugte sich der Arzt, lächelte und verschwand gleich darauf.

Lucas stutzte, blickte die immer noch lächelnde Pflegekraft an.

„Ich mache gerade meine Hochzeitsreise. Ich kann hier nicht ..." Er wollte seinen Oberkörper aufrichten, doch der Überwachungsmonitor an seiner Seite schlug Alarm. Ein erneut heftiger, stechender Schmerz durchfuhr seine Brust.

„Bitte beruhigen sie sich! Ihr Herz ist sehr schwach. Sie brauchen absolute Ruhe und dringend eine Herztransplantation!"

Nach diesem Wort fiel seine äußere Barrikade. „Mein Herz. Mein eigenes Herz muss raus?", ihm graute es eindeutig vor dieser Vorstellung. Eine Träne rollte unwiederbringlich aus seinem Auge.

„Lucas, bitte bleib liegen! Sie wollen dir helfen.", Jasmin weinte auch.

„Wie Herztransplantation? Mir ging es doch gut …", kamen die Worte jetzt entsetzt aus seinem Mund. Während er weiter sprach, wurde er ruhiger, fast flüsternd endete der Satz. „Und überhaupt. Selbst wenn in Deutschland …"

Jasmin schluchzte. „Nein Lucas. Nach Deutschland kannst du keinesfalls gebracht werden", hörte er die Worte wie im Rausch und schlief ein.

Es vergingen gefühlte Stunden, während Lucas schlief. Jasmin weinte, schluchzte, betete. Eigentlich war sie nicht besonders gläubig, aber in dieser Situation. Nie hätte sie selbst einer Organentnahme zugestimmt. Doch jetzt? Ein Für und ein Wider, immer im Wettlauf mit der Zeit. Jetzt würde sie sofort einen Organspenderausweis ausfüllen. Alles würde sie geben, alles. Innig flehte sie. Verloren im Nichts, zwischen Hoffnung und Endgültigkeit. Verloren in der Unendlichkeit von Trauer und Hoffnung.

Ab und an erkannte sie durch ihre verschwommenen Augen die Pflegekraft an seinem Bett, wie sie die Werte an den Monitoren überprüfte. Einmal legte sie behutsam eine Hand auf Jasmins Schulter, danach rannen erneut die Tränen.

Stunden waren vergangen, als Lucas wieder erwachte. „Wein doch nicht!", war sein erster Satz, der flüsternd, stockend zugleich über seine Lippen trat. „Ich habe es … herausgefordert."

„Ich liebe dich, Lucas Berger, mein Ehemann."

Er lächelte zaghaft. Schlapp, müde wirkte er. „Wie kam ich hier her?", fragte er und Jasmin erklärte, wie er nach Tianjin ins Krankenhaus kam, dass Maria alles unternahm, damit er gleich in diese Klinik gebracht wurde. Hier seien sie auf Transplantationen spezialisiert. Schon bald könnte er ein Spenderorgan bekommen, denn sein Zustand ertrug keinerlei Aufschub mehr. Dringend brauchte er ein neues Herz.

„Jasmin, bitte hör mir jetzt zu. Ich weiß, dass ich ein Spenderorgan brauche. Aber selbst, wenn sie eines für mich hätten, wie sollte es so schnell von Deutschland hier her gelangen?"

Ihre Augen füllten sich erneut mit Tränen.

Der Arzt betrat erneut den Raum, an seiner Seite die Pflegekraft.

„Sehr gute Nachrichten", übersetzte seine Begleitung.

„Wir haben ein geeignetes Spenderorgan für sie gefunden."

Jasmin traute ihren Ohren nicht. „Wirklich, so schnell?", vollkommen überrascht war sie. „Aber, wie …"

„Unser Gesundheitssystem hier in China verfügt über ein sehr gut vernetztes System, das uns geeignete Spenderorgane schnell finden lässt."

„Aber wer?", sagte Lucas absolut perplex. Seine Gefühle schwankten erheblich zwischen Erleichterung und Angst. „Aber wer … Ein Unfall?"

„Das tut mir leid, Herr Berger. Über den Spender darf ich ihnen nichts sagen. Nur, dass wir ein geeignetes Organ für sie haben. In ihrem Fall ein Herz und es passt perfekt."

Jasmin lächelte, küsste seine Hand vor Freude. Auch Lucas lächelte kurz, sagte aber nichts.

„Herr Berger, was sagen sie? In acht, neun Stunden, könnten wir operieren."

Wieder stutzte Lucas. „Ich möchte mit meiner Frau ein paar Minuten allein sprechen!"

„Aber sicher. Natürlich." Der Arzt verließ zusammen mit der Pflegekraft den Raum.

„Lucas was ist mit dir? Warum hast du nicht gleich zugesagt?" Wieder weinte sie.

Noch bevor er antworten konnte, betrat Maria den Raum.

„Warum weinst du? Du wirst sehen, sie verfügen über einen ausgezeichneten Ruf. Hier in der Klinik ist er gut aufgehoben."

„Ich weiß", sprach Jasmin betrübt. „Doch Lucas will auf einmal nicht …"

„Lucas warum?"

„Das fragst du jetzt nicht? Acht, neun Stunden. Überlege doch mal! In Deutschland sagte man, nicht länger als fünf Stunden hätte man Zeit, ein derartiges Organ zu transplantieren. Und hier. Da stimmt was nicht."

„Was sollte da nicht stimmen?"

„Mein Spenderorgan schlägt noch in einer anderen Brust. Das ist los."

„Ja und? Schon einmal an einen Hirntoten gedacht, der seine Organe zur Spende freigibt?"

Lucas versuchte vorsichtig zu formulieren, was er dachte. „Ich habe schon einmal … etwas darüber gelesen, … dass in China zum Tode verurteilte … Spenderorgane zur Verfügung stellen."

„Worauf willst du hinaus? Diese Menschen sind zum Tode verurteilt und wollen den Lebenden noch etwas Gutes tun?"

Er war immer noch wie betäubt, dennoch versuchte er seinem inneren Unmut Luft zu machen. „Was, wenn … dieser Mensch ein Sexualverbrecher oder … noch schlimmer ein Mörder ist … war?"

Maria blieb ganz ruhig. „Er ist dann tot. Hat seine Strafe erhalten."

„Und ich habe ein Herz von einem Triebtäter? Wie soll ich damit leben?"

„Lucas, du bist immer noch du selbst, kein Triebtäter."

„Aber ein Teil von mir gehört dann zu einem. ... Ich meine, ich bin Politiker. Die Menschen, die mich wählten, gaben mir ihr Vertrauen. Nach dieser OP habe ich einen Teil des Menschen in mir ... eines Menschen, der entsetzliche Dinge tat.", das Sprechen fiel ihm schwer. Lucas Mund wurde trocken, Jasmin gab ihm etwas zu trinken. Er bemühte sich weiter zu sprechen. Am liebsten hätte er aber energisch seine Ansicht verteidigt, wie bei einer seiner Reden gesprochen, doch ihm fehlte die Kraft. Seine Worte kamen nur langsam, leise aus dem Mund. „In Amerika ... gab es ... einen Fall."

Jasmin wusste, wenn er erst einmal anfängt zu debattieren, zu erläutern ... Sie hatte eindeutig Angst, er würde sich übernehmen. Behutsam nahm sie seine Hand. „Amerika ist nicht China.", wollte sie Lucas beschwichtigen.

„Hört mir bitte zu! Es war eine banale Hornhauttransplantation. Eine junge Frau konnte dadurch wieder sehen. Hornhauttransplantate stammen auch von Toten und sie hat Dinge danach gesehen."

„Was für Dinge?", fragte Jasmin. Sie rückten näher an ihn heran, um zu verstehen, was er ihnen mitteilen wollte.

„Es stellte sich heraus, dass die transplantierte Hornhaut von einem Missbrauchsopfer stammte, die nach ihrer Peinigung ermordet wurde. ..."

Jasmin und auch Maria erschraken.

„Seht ihr. Jedenfalls sah sie Dinge. Auf einmal konnte sie Autofahren, fuhr über den Highway und obwohl sie dort noch nie war, erkannte sie Landschaften, die sie zuvor noch nie sah, landete an einem Ort, in einer

Kleinstadt, in dessen Bar sie anfing. Sie wusste von Anfang an, wo alles stand. Wusste, wie es dort aussah, obwohl sie diese Kleinstadt nie zuvor betreten hatte. Die Frau arbeitete in dieser Bar und eines Tages sah sie den Mann vor ihren Augen, der diese verstorbene Frau einst umbrachte. Versteht ihr mich? Sie erkannte den Mörder der Frau, dessen Hornhaut sie trug und somit konnte dieser Mistkerl hinter Gitter gebracht werden."

„Aber dann ist ja alles gut!", sprach Maria voller Überzeugung.

„Bitte! Sei doch nicht so naiv. Was wenn ich ein Mörderherz eingesetzt bekomme? Von einem Mistkerl, der viele Frauen oder Gott bewahre Kinder … Ich kann nicht. Versteht doch!"

„Aber, aber …" Jasmin hörte seine Worte, erkannte was er meinte. „Aber es ist eine Geschichte. So etwas wie ein Märchen."

„Jasmin, die Forschung steht noch am Anfang. Heute weiß man, dass die Energie nicht verloren geht. Was wenn …"

„Jetzt reicht es, Lucas! Ich komme gleich wieder." Maria wirkte verärgert.

Einige Minuten später tauchte sie wieder auf, mit ihr der Arzt und die Pflegekraft. „Also Lucas, ich habe in die Akte des Spenders geblickt. Sozusagen von Kollege zu Kollege. Ich kann dir mit Sicherheit bestätigen, dass es kein Mörder oder Gewaltverbrecher ist, der dir sein Herz zur Verfügung stellt. Durch die freiwillige Spende unterstützt er seine Familie."

Jasmins Augen leuchteten. „Jetzt sag schon ja!"

„Aber …"

„Lucas Berger, sag endlich ja! Ich brauche dich. Ohne dich …"

## 19    Ein Himmel voller Schmetterlinge


Zeitlos, schwebend im Raum der Momente einen sich Dinge, die einstmals verschiedene Wege gegangen sind. Sie kreuzen einander, werden vereint und zu Neuem verbunden.

Eine entstandene Energie, die in der Unendlichkeit unseres Bewusstseins auftaucht. Wir leben auf einer großen Welt, mit über sieben Milliarden Menschen und dennoch ist die Welt klein für Lucas, nachdem er begriff, wer zwischen den unzähligen Unbekannten stand. Wer vor seinem geistigen Auge plötzlich auftauchte. In einem langen nichtendend wollenden Traum, der durch sein Bewusstsein schwirrte. Unbekannt und neu zugleich. Bilder von Menschen, die er noch nie zuvor sah. Wie aus einer anderen Erinnerung fügten sich unbekannte Ereignisse aneinander, wurden gebunden an Lucas Dasein. Angefüllt mit Gefühlen, mit der tiefsten Sehnsucht, die in einem Anderen gefangen war, begann für ihn die Zeit des Neuen, der Hoffnung, des Bangens, der Ruhelosigkeit und letztendlich des Sehnens nach Erlangung ewigen Glücks.
Erschrocken wachte Lucas auf, blickte in eine für ihn Neue Welt. Fremde Gedanken, Gefühle, Empfindungen. Er sah Bilder, Szenen, die noch unklar, verworren in seinem Kopf schwirrten, trotzdem unwiderruflich vorhanden waren. Der Blick von ihm wurde klarer. Der Nebel, das schiere Durcheinander schien im Nichts zu verschwinden und das reale Jetzt konnte von ihm erfasst werden, als er endlich die Umgebung erkannte. Sah, dass er im Krankenzimmer lag.

Ein Schlag, zwei Leben. Der Anfang vom Großen und Ganzen. Das, was augenblicklich vor ihm lag, begann von Neuem.

Die erste Bewegung, ein kurzer Augenaufschlag, ein flüchtiges Blinzeln. Der erste Gedanke, das Bewegen seiner noch müden Hand. Achtsam tastete er nach dem Menschen, der ihm jetzt am nächsten war. Jasmin, seine große Liebe, schlief halb sitzend an seinem Bett gelehnt. Ein zufriedenes Lächeln, ein kurzer glücklicher Moment, bevor ein stechend grausam erscheinender Schmerz seinen Körper verkrampfte und Lucas erneut in einen tiefen Traum mit sich riss.

„Meiming! Komm, wir gehen weiter!", sprach Shenmi und beobachtete mit einem glücklich strahlenden Gesicht ihre Tochter, die eher tapsend mit ihren noch zu kurzen Füßen über ein weitreichendes Feld von knallrot erblühten Mohnblumen hastete.

„Mama warte!", rief sie zu ihr.

„Komm mein Kind, ich möchte dir etwas Schönes zeigen!", antwortete die Mutter, blieb stehen und wartete.

Das kleine zierliche Mädchen tapste eilig hinterher, um ihre Mutter zu erreichen. Shenmi setzte sich zwischen den duftenden Mohn, blickte verträumt auf ihr Kind, das immer näher kam. Sie genoss diesen lebendigen Augenblick. Den Duft des Mohnes. Die zärtliche Berührung des Windes, der ihre weiche Haut umschmeichelte. Sie genoss den Blick auf ihr Kind, das das Schönste und Wertvollste war, was sie besaß. Ihr Kind, das sie über alle Maßen liebte.

Plumpsend mit einem schallenden Lachen ließ sie sich in die Arme ihrer Mutter fallen, nachdem sie sie endlich erreicht hatte.

„Mein kleiner Sonnenschein. Heute möchte ich dir eine Atemübung zeigen, die deinen Geist von bösen Gedanken befreien soll!"

„Mama, was sind eigentlich böse Gedanken?"

Shenmi lächelte, überlegte kurz. „Kannst du dich an den Nachbarsjungen erinnern?"

„Ich kenne viele Nachbarjungen."

„Der, der dich immer ausgelacht hat und dich mit dem Namen Bastard ärgerte?"

„Ja."

„Und kannst du dich daran erinnern, was ich dir damals gesagt hatte?"

„Ja. Ich bin ein Sonnenschein. Ein strahlendes Licht und ich soll mich nicht beirren lassen, denn ich bin etwas Besonderes."

Wieder lächelte die Mutter. „Du bist außerdem ein sehr kluges Kind."

„Mama?"

„Ja, mein Kind."

„Was ist eigentlich ein Bastard? Ist das ein Wort, wenn man keinen Vater hat?"

„Du hast einen Vater. Und dieses Wort ist ein schlimmes Wort, das kultivierte Menschen nicht aussprechen." Kurz wirkte sie etwas angespannt. Die Mutter schloss ihre Augen, flüchtete sich in schöne Gedanken, lächelte erneut. „Damals hast du geweint und obwohl du dieses Wort zuvor noch nie gehört hattest, wusstest du, dass es ein schlimmes Wort war und bist zu mir gerannt. Dich hatte dieses Wort in deiner kleinen Seele verletzt. Obwohl es ausgesprochen wurde, deinen Körper nicht berührt hatte, tat es weh."

„Ja, er war gemein."

„Das, was dieser Junge tat, ist nur eine Form von böse. Leider wirst du noch viele Male auf Bösartiges in deinem langen Leben stoßen. Doch achte darauf, dass deine Seele nicht bösartig wird. Denn wie heißt es so überaus treffend? Wie sagt dein Großvater immer, wenn er auf dem Feld steht, um die Saat in den Boden zu bringen?"

„Man erntet was man sät?"

„Genau. Das heißt einfach nur, wenn du das Böse nicht an dich heran lässt, kann es auch nicht in dich eindringen. Du bist gut. Wenn dein Großvater ein gutes und gesundes Saatkorn in die Erde bringt, dann erntet er auch gutes und gesundes auf dem Feld."

„Und deshalb kann mir böses nichts tun."

„Ja mein Schatz und das was ich dir jetzt zeige, hilft dir zusätzlich dabei."

„Sieh doch Maria!", sagte Jasmin aufgeregt und streichelte dabei die Hand von Lucas, darauf bewegten sich seine geschlossenen Augenlider.

„Er träumt, sein Puls ist normal."

„Was meinst du? Wird er es überstehen?", immer besorgter klang die Stimme von Jasmin. „Erwacht er aus dem Koma?"

„Natürlich wird er es überstehen. Er ist ein Kämpfer." Und obwohl die Sätze überzeugend aus ihrem Mund glitten, wirkten ihre Blicke geängstigt, nachdem sie erkannte wie schnell die geschlossenen Augenlieder hin und her sprangen, die Frequenz seines Herzens am Monitor zu schwanken begann.

„Meiming, ich werde dich immer lieben.", rief ihre Mutter Shenmi. „Pass gut auf Großvater auf! Hörst du! In deinen Gedanken bin ich immer bei dir."

Meiming weinte bitterlich, als die fremden Männer Ihre Mutter aus dem Haus zerrten.

„Mama, Mama.", rief die Kleine noch einmal, wollte hinterherrennen, noch einmal eine Umarmung, noch einmal den Duft ihrer Haut. Doch ihr Großvater hielt sie fest und so war es nur ein letzter sehnender Blick, den sie ihrer Mutter zuwerfen konnte. Wieder verschwanden die Bilder vor Lucas träumenden Augen, bevor ein neues Ereignis seine Gedanken durchkreuzte.

„Bitte kümmer dich um Meiming. Sie ist auch Deine Tochter."

Er überlegte, schwieg.

„Versprich es! Bring unser Kind raus aus diesem Land. Bitte!"

„Ich verspreche es.", gestand der unbekannte chinesische Mann Shenmi zu und verschwand, ohne sich noch einmal nach ihr umzudrehen.

„Lucas, Lucas, kannst du mich hören? Bitte! Komm zu mir zurück! Bitte, ich flehe dich an." Die Stimme Jasmins wurde immer lauter.

Lucas Bewusstsein veränderte sich schlagartig. Bilder, die er gerade noch sah, verschwanden im Nichts der Dunkelheit. Jasmins Stimme war alles, was hallend in seinen Ohren klang, durch die nichtendend wollende Dunkelheit drang. Ihre Worte wurden lauter, rückten näher. Neue Empfindungen, neue Augenblicke, neue Gedanken und dann traf es ihn wie ein Blitz, urplötzlich.

Er fühlte, er spürte und vernahm ein neues Geräusch in seinen Ohren, erst fern, dann nah. Lucas erkannte, dass dieses Geräusch zu ihm gehören wird.

Endlich konnte er seine eigenen Augenlider spüren, seine eigenen Hände fühlen und er blickte in die schwarz verschmierten Augen seiner geliebten Frau, Jasmin.

„Lucas. Endlich." Tränen der Freude rannen unaufhörlich über ihr Gesicht, nachdem er tatsächlich aus dem Koma erwachte. Die erste leichte zärtliche Berührung gab beiden die ersehnte Kraft aufzuatmen. Die furchtbaren Prognosen während er im Koma gelegen hatte. Doch letztendlich siegte das Leben über den Tod und Hoffnung erfüllte ihrer beider Seelen mit Glück.

„Nicht weinen. Es wird alles wieder gut", sprach Lucas noch immer schwach.

Die freundliche Krankenpflegerin kam an Lucas Bett. „Schön sie wieder bei uns zu haben, Herr Berger.", sie lächelte, verschwand aus dem Zimmer. Jasmin weinte immer noch, als der Arzt an seinem Bett auftauchte. An seiner Seite die Pflegekraft. Beide strahlten über ihr ganzes Gesicht.

Der Arzt sprach wieder auf Chinesisch, die Pflegekraft übersetzte. „Herr Berger, willkommen im Leben." Sie haben uns während der OP ganz schön auf Trab gehalten, aber wir haben es geschafft. Wie ich sehe ist ihr Kreislauf jetzt stabil. Schonen, schonen und noch einmal schonen sollten sie sich in den nächsten Wochen …"

„Kann ich schon wieder nach Deutschland?", unterbrach Lucas.

Dem Arzt war gar nicht zum Lachen. Er hatte den gleichen Gesichtsausdruck wie sein Arzt Dr. Drechsler in Deutschland, als er ihm mitteilte in den Urlaub reisen zu wollen.

„Ich sagte schonen! Sie sind noch lange nicht so weit, dass sie über eine derartige Reise mit mir sprechen können."

Lucas konnte nicht anders, er lächelte. Am liebsten hätte er laut schallend Gelacht, sich gekrümmt und den Bauch gehalten, aber er war zu schwach, unendlich müde und schlief mit einem breiten Lächeln auf seinen Gesicht ruhig ein.

Er träumte. Es war eindeutig ein schöner Traum. Sah Shenmi, die mit ihrem Vater auf dem Feld stand und arbeitete. Dann sah er das kleine Mädchen, was er von der ersten Sekunde an in sein Herz schloss. Fröhlich, ein kleiner Sonnenschein. Von Traum zu Traum kam er dem Kind näher. Lucas war glücklich, doch als er erkannte was dieses Kind mit seiner Seele verband, erschrak er.

Shenmi sprach mit ihrer Mutter. Sie erzählte von ihrem Vater. Ein Vater, der aus Europa stammte. Er starb für mehr Freiheit, er gab sein Leben für das Volk von China und er erkannte den Mann, der nicht zu seinem Traum passte, trotzdem war es der gleiche. Mit einem stechenden Schmerz, der nur eine Sekunde anhielt, begriff Lucas, dass das Herz in seiner Brust, das Herz von einer Frau war. Das Herz seiner Schwester Shenmi, die er zu Lebzeiten nicht kennenlernen konnte. Eine fremde Frau, die starb, um ihn zu retten. Die ihr Leben für etwas aufgeben musste, was er nicht verstand. Sie hatte ein Ziel und dieses Ziel wirkte falsch in den Augen ihres Landes. Banal in Europa, ein Todesurteil in China. Erschrocken liefen die Tränen aus seinen Augen, die er nicht mehr aufhalten konnte. Er weinte, schämte sich zugleich, dass er hier an diesem Ort gelandet war. Dass ein Teil von ihm einer Frau gehörte, die nicht nur seine Halbschwester, sondern ein unschuldiges Opfer in seinen Augen gewesen war.

Ein quälender Gedanke, der sofort tief in seiner Seele brannte, ihn quälte.

War er jetzt ein Mörder?

*Wenn wir gehen, soll es keine Nummer sein, die uns nachhallen lässt. Kein stummer Blick, der fragt: Wer war diese Person, dieser Mensch?*

*Tragen wir Sorge dafür uns glücklich zu fühlen und etwas Schönes, Gutes zu tun, was nicht nur uns selber betrifft. Lassen wir unseren Namen im Himmel widerhallen.*

Liebe Leserinnen, liebe Leser,

meine Geschichte bezieht sich teilweise auf wahre Begebenheiten. Handlung, jedwede Person sowie ihre Namen hingegen sind frei erfunden. Sollte es dennoch Übereinstimmungen geben, beruhen diese auf purem Zufall.

Auch in meinem zweiten Buch, möchte ich die Worte von Samuel Johnson mit einbringen: „Hoffnung ist eine Art Glück, vielleicht das größte Glück, das diese Welt bereit hat."[1]

Ester Bianka Zufelde

---

[1] „Hab Sonne im Herzen;Gedanken zum Glücklich sein Nr.: 76" Samuel Johnson: (Zitat S.10), 2014 Coppenrath Verlag GmbH & Co.

*Dank*

Ich danke allen, die an mich glaubten und meine Arbeit unterstützten. Viele Namen, die ich nie vergessen werde. Ein herzliches Danke an meine Probeleser für ihre wertvolle Unterstützung.

Ein besonderer Dank geht an Gisela und Waldemar, meinen beiden Wortfüchsen, die sich meine Entwürfe angetan haben und mir stets mit Rat und Tat zur Seite standen.

*Nachweis der verwendeten Quellen*

## Literaturnachweise

Peter J. Opitz: *Gezeitenwechsel in China*
*Die Modernisierung der chinesischen Außenpolitik.*
© Hannover 1991, Herausgegeben von der Niedersächsischen Landeszentrale für politische Bildung, Redaktion: Dr. Dietmar Storch, Druck u. Verlagshaus FROMM GmbH & Co. KG, Osnabrück.

Julia Lovell: *DIE GROSSE MAUER China gegen den Rest der Welt,1000 v. Chr.-2000 n. Chr.* © Für die deutsche Übersetzung 2007 Konrad Theiss Verlag GmbH, Stuttgart.

*DIE GROSSE BERTELSMANN LEXIKOTHEK,* Band 9.
© Verlagsgruppe Bertelsmann GmbH,
Gütersloh 1991G.

*DIE GROSSE BERTELSMANN LEXIKOTHEK,* Band 11.
© Verlagsgruppe Bertelsmann GmbH,
Gütersloh 1992G.

DE GRUYTER: *Pschyrembel Klinisches Wörterbuch 2012.* © 2011 by Walter de Gruyter GmbH & Co. KG, Berlin/Boston.

## Internetquellen

Reiseführer>>Sehenswürdigkeiten>>Marco-Polo-Brücke
http://www.insidebeijing.de/lugouqiao.htm,
22.04.2019, Seite 295.

Tian'anmen-Platz
https://de.wikipedia.org/wiki/Tian'anmen-Platz,
22.04.2019, Seite 288.

Evangelische Zentralstelle für Weltanschauungsfragen
Lexikon: Falun Gong/Falun Dafa
https://www.ezw-berlin.de/html/3_172.php,
22.04.2019, Seite 253.